Alla Conquista di un Impero

nuova edizione riveduta e corretta

ALLA CONQUISTA DI UN IMPERO

nuova edizione riveduta e corretta

di **EMILIO SALGARI**
adattamento e revisione di Marty Berro

"Alla Conquista di un Impero" è il sesto romanzo del Ciclo indo-malese Salgariano e fu stampato e venduto in 25 dispense con il titolo di "Alla Conquista di un Trono". Nel 1907 fu poi pubblicato a Genova, dall'editore Donath, con il titolo definitivo.

Questo romanzo è ormai libero dal copyright e in rete e in libreria ci sono molte edizioni più o meno corrette. In molti casi gli errori e l'approssimazione hanno finito per rendere il libro illeggibile e non perfettamente godibile. Con questa edizione si è inteso dunque correggere e rendere il testo più vicino a noi adattandolo, imprimendo un nuovo ritmo e liberandolo dalle forme cadute ormai in disuso, oltre a curarne in modo professionale la veste grafica.

Questa edizione è stata pubblicata nel marzo 2020 da Catap Editore e stampata a cura di Blurb.com a San Francisco, California, Stati Uniti.

Le fonti usate sono Adobe Caslon Pro per i testi e Clarendon URW per i titoli. Disegnato da Carol Twombli, Adobe Caslon Pro è un elaborazione della fonte disegnata da William Caslon fra il 1734 e il 1770. Clarendon, del quale Clarendon URW qui utilizzato è un adattamento alla stampa digitale di Herman Heidenbenz (1962), invece è una fonte disegnata nel 1845 da Robert Besley. In copertina una foto di Antoni Halim - Dreamstime.com che riporta il disegno tipico degli scudi da battaglia dayachi del Borneo è stata trattata con Photoshop CC.

Sommario

Milord Yanez 1
Il Rapimento d'un Ministro 11
Nell'Antro delle Tigri di Mompracem 19
La Pietra di Salagram 29
L'Assalto delle Tigri 39
Sul Brahmaputra 47
Il Rajah dell'Assam 57
La Tigre Nera 65
Il Colpo di Grazia di Yanez 75
Alla Corte del Rajah 83
Il Veleno del Greco 91
Un Terribile Duello 99
La Scomparsa di Surama 109
Sandokan alla Riscossa 119
L'Attacco della Pagoda Sotterranea 131
Fra le Pantere e le Tenebre 141
La Confessione del Fakiro 153
Il Giovane Indra 163
La Liberazione di Surama 173
La Ritirata Attraverso i Tetti 185
Una Caccia Emozionante 197
La Prova dell'Acqua 209
Le Terribili Rivelazioni del Greco 217
La Resa di Yanez 227
La Ritirata della Tigre della Malesia 239
Fra il Fuoco ed il Piombo 247
La Carica degli Jungli-Kudgia 259
I Montanari di Sadhja 269
Sul Brahmaputra 277
L'Assalto a Gauhati 283

Capitolo 1

Milord Yanez

La cerimonia religiosa, che aveva fatto accorrere a Gauhati, una delle più importanti città dell'Assam indiano, migliaia e migliaia di devoti seguaci di Visnù, giunti da tutti i villaggi bagnati dalle sacre acque del Brahmaputra, era finita.

La preziosa pietra di Salagram, che altro non era che una conchiglia pietrificata, del genere dei corni d'Ammone, di color nero, ma che nel suo interno celava un capello di Visnù, il dio conservatore dell'India, era stata ricondotta nella grande pagoda di Karia, e probabilmente già nascosta in un ripostiglio noto solo al rajah, ai suoi ministri ed al grande sacerdote.

Le vie si sfollavano rapidamente: popolo, soldati, bajadere, suonatori, s'affrettavano a far ritorno alle loro case, alle caserme, ai templi o agli alberghi, per rifocillarsi dopo le tante ore di marcia intorno alla città, seguendo il gigantesco carro che portava l'invidiato amuleto e soprattutto quel capello che tutti gli stati dell'India invidiavano al fortunato rajah dell'Assam.

Due uomini, che spiccavano vivamente per i loro costumi assai diversi da quelli indossati dagli indiani, scendevano lentamente una delle vie centrali della popolosa città, soffermandosi di quando in quando per scambiare una parola, soprattutto quando non avevano presso di loro né popolani, né soldati.

Uno era un bel tipo d'europeo, sulla cinquantina, con la barba brizzolata e abbondante, la pelle un po' abbronzata, tutto vestito di flanella bianca e avente sul capo un largo feltro somigliante al sombrero messicano, con piccole ghiande d'oro intorno al nastro di seta.

L'altro invece era un orientale, un estremo orientale, a giudicarlo dalla tinta della sua pelle, che aveva dei lontani riflessi olivastri, occhi nerissimi, brucianti, barba ancora nera e capelli lunghi e ricciuti che gli cadevano sulle spalle.

Invece del vestito bianco, indossava una ricchissima casacca di seta verde con alamari e bottoni d'oro, portava calzoni larghi d'egual colore, stivali alti di pelle gialla con la punta rialzata come quelli degli uzbeki e dalla larga fascia di seta bianca gli pendeva una magnifica scimitarra, la cui impugnatura era incrostata di diamanti e di rubini d'un valore certamente immenso.

Splendidi tipi entrambi, alti di statura, vigorosi, capaci di tener testa da soli a venti indù.

—Dunque, Yanez?—chiese ad un tratto l'uomo vestito di seta, fermandosi per la decima volta.—Che cos'hai deciso? i miei uomini si annoiano; tu sai che la pazienza non è mai stata il forte delle vecchie Tigri di Mompracem.

Sono otto giorni che siamo qui a guardare i templi di questa città e la corrente poco pulita del Brahmaputra. Non è così che si conquista un regno.

—Tu hai sempre fretta—rispose l'altro.—Gli anni non riusciranno a calmare mai il sangue ardente della Tigre della Malesia?

—Non credo—rispose il famoso pirata, sorridendo,—e a te non fiaccheranno mai la tua eterna calma?

—Vorrei, mio caro Sandokan, mettere oggi stesso le mani sul trono del rajah e strappargli la corona per metterla sulla fronte della mia bella Surama, ma la cosa non mi sembra troppo facile. Fino a che qualche fortunato avvenimento non mi farà avvicinare quel prepotente monarca, noi non potremo tentare nulla.

—Quell'avvicinamento si cerca. Si sarebbe spenta la tua fantasia?

—Non credo, perché ho un'idea fissa nel cervello—rispose Yanez.

—Quale?

—Se noi non facciamo qualche gran colpo, non entreremo mai nelle buone grazie del rajah, il quale detesta gli stranieri.

—Noi siamo pronti ad aiutarti. Siamo in trentacinque, con Sambigliong, e domani saranno qui anche Tremal-Naik e Kammamuri. Mi hanno telegrafato quest'oggi che lasciavano Calcutta per raggiungerci. Fuori l'idea.

Invece di rispondere, Yanez si era fermato davanti ad un palazzo, le cui finestre erano illuminate da panieri di filo di ferro colmi di cotone imbevuto d'olio di cocco, che fiammeggiavano crepitando.

Dal pianterreno, che pareva servisse d'albergo, usciva un baccano indiavolato e attraverso le finestre si vedevano numerose persone che andavano e venivano affaccendate.

—Ci siamo—disse Yanez.

—Dove?

—Il primo ministro del rajah, Sua Eccellenza Kaksa Pharaum non dormirà tanto facilmente questa sera.

—Perchè?

—Col chiasso che fanno sotto di lui. Che cattiva idea ha avuto di andare ad abitare sopra un albergo! potrebbe costargli cara.

Sandokan lo guardò con sorpresa.

—La tua idea partirebbe da questo albergo?—chiese incuriosito.

—Me lo saprai dire più tardi. Come ho giocato James Brooke, che non era uno stupido, farò un brutto scherzo anche a S. E. Kaksa Pharaum. Hai fame, fratellino?

—Una buona cena non mi dispiacerebbe.

—Te la offro, ma tu te la mangerai da solo—disse Yanez.

—Tu diventi un enigma.

—Sviluppo la mia famosa idea. Tu dunque cenerai ad un'altra tavola e qualunque cosa accada non interverrai nelle mie faccende; solo quando avrai finito di cenare andrai a chiamare i nostri tigrotti e li farai passeggiare, come tranquilli cittadini che si godono la frescura notturna, sotto le finestre di S. E. il primo ministro.

—E se ti minacciassero?

—Tengo sotto la fascia due buone pistole a due colpi ciascuna ed in una tasca ho il mio fedele kriss. Guarda, ascolta, mangia e fingi di essere cieco e muto.

Ciò detto lasciò Sandokan, più che mai stupito per quelle parole oscure, ed entrò risolutamente nell'albergo, con una gravità così comica che in altre occasioni avrebbe fatto schiattare dalle risa il suo compagno, quantunque per indole non fosse mai stato troppo allegro.

Quella trattoria non era così frequentata, come Yanez aveva creduto.

Si componeva di tre salette, ammobiliate senza lusso, con molte tavole e molte panche ed un gran numero di servi che correvano come pazzi, portando caraffe di vino di palma e d'arak e grandi terrine ripiene di riso condito con pesci del Brahmaputra, fritti nell'olio di cocco e mescolati con erbe aromatiche.

Seduti ai tavoli non vi erano più di due dozzine di indiani, appartenenti però alle alte caste, a giudicare dalla ricchezza dei loro costumi, per lo più kaltani e ragiaputra discesi dalle alte montagne del Dalch e del Landa per chiedere qualche grazia alla preziosa conchiglia pietrificata, che celava al suo interno il capello di Visnù.

L'improvvisa entrata di quell'europeo pareva che avesse prodotto un pessimo effetto su tutti quegli indiani, poiché i discorsi cessarono immediatamente, e l'allegria prodotta dalle abbondanti libagioni, dal vino e dall'arak arracanese sfumò di colpo.

Il portoghese, a cui nulla sfuggiva, attraversò le due prime sale ed entrato nell'ultima andò a sedersi ad un tavolo, che era occupato da quattro barbuti kalkani che avevano nelle larghe fasce un vero arsenale fra pistole, pugnali e tarwar assai ricurvi e affilatissimi.

Yanez li guardò bene in viso, senza degnarli d'un saluto e si sedette tranquillamente di fronte a loro, gridando con voce stentorea:

—Da manciare! milord avere molta fame!

I quattro kaltani, ai quali non doveva piacere troppo la compagnia di quello straniero, presero le loro terrine ancora semi-piene di curry, s'alzarono di colpo e cambiarono tavola.

—Benissimo—mormorò il portoghese,—tra poco vi farò o ridere o piangere.

Un garzone passava in quel momento, portando un piatto colmo di pesci, destinato ad altre persone.

Si levò rapidamente e lo afferrò per un orecchio costringendolo a fermarsi, poi gli gridò sul viso:

—Milord avere molta fame. Metti qui, briccone! è seconda volta che milord grida.

—Sahib!—esclamò confuso, e un po' irritato, l'indiano.—Questo pesce non è per voi.

—Chiamare me milord, birbante!—gridò Yanez, fingendosi irritato.—Io essere grande inglese. Metti qui piatto! buon profumo.

—Impossibile, milord. Non è per te.

—Io pagare e volere manciare.

—Un momento solo e ti servo.

—Contare momenti sul mio orologio, poi tagliare a te un orecchio.

Si tolse da un taschino un magnifico cronometro d'oro e lo mise sulla tavola, fissando le lancette.

In quel momento Sandokan era entrato, mettendosi a sedere ad un tavolo che si trovava presso una finestra e che non era stato occupato.

Indossando un costume orientale ed avendo la pelle colorata, nessuno aveva fatto gran caso a lui. Poteva passare per un ricco indù del Lahore o di Agrar, giunto per assistere alla celebre cerimonia religiosa.

Il famoso pirata malese si era appena seduto che tre o quattro giovani servi gli furono intorno, chiedendogli premurosamente che cosa desiderasse per cena.

—Per Giove!—esclamò Yanez, gettando via con stizza la sigaretta che aveva appena acceso.—È entrato dopo di me ed eccoli tutti intorno a servirlo. Un europeo non potrà mai fare niente di buono in questo paese, a meno che non sia un furbo matricolato. Ah! è così? vedrete che cosa saprà fare milord... Moreland. Prendiamo il nome del figlio di Suyodhana. Suona bene agli orecchi. Ah! toh! c'è da bere!

Una caraffa, ordinata certamente dai quattro kaltani che prima occupavano il tavolo, si trovava nel mezzo, con accanto una tazza.

Yanez, senza preoccuparsi dei suoi proprietari, l'afferrò e se l'accostò alle labbra, tracannando una lunga sorsata.

—Vero arak—disse poi.—Squisitissimo in fede mia!

Stava per dare un'altra sorsata, quando uno dei quattro kaltani barbuti si avvicinò al tavolo, dicendogli in un pessimo inglese:

—Scusa, sahib, ma quella caraffa appartiene a me. Tu hai appoggiato al vaso le tue labbra impure e pagherai il contenuto.

—Chiamare me, milord, innanzi tutto—disse Yanez, tranquillamente.

—Sia pure, purché tu paghi quel liquore che io ho ordinato per me—rispose il kaltano in tono seccato.

—Milord non pagare per nessuno. Trovare caraffa sul mio tavolo ed io bere finché non avere più sete. Lasciare tranquillo milord.

—Qui non sei a Calcutta e nemmeno nel Bengala.

—A milord non importare affatto. Io essere grande e ricco inglese.

— Ragione di più per pagare ciò che non ti appartiene.

— Vattene al diavolo.

Poi, vedendo passare un altro garzone che portava un certo piatto colmo di frutta cotta, lo prese per il collo, urlandogli:

— Qui! metti qui, davanti milord. Metti, o milord strangolare.

— Sahib!

Yanez, senza attendere altro, gli strappò il piatto, se lo mise davanti e dopo aver dato al garzone una spinta che lo mandò a battere il naso contro un tavolo vicino, si mise a mangiare, borbottando:

— Milord avere molta fame. Birbanti di indiani! mandare io qui cipay e cannoni e bum su tutti voi!

A quell'atto di violenza, compiuta da uno straniero, un minaccioso mormorio era sfuggito dalle labbra degli indiani, che stavano cenando nella trattoria.

I quattro kaltani si erano anzi alzati, tenendo le mani appoggiate sui loro lunghi pistoloni e lo guardavano ferocemente.

Solo Sandokan rideva silenziosamente, mentre Yanez, sempre imperturbabile, si divorava coscienziosamente la frutta cotta innaffiandola di quando in quando con l'arak che non aveva pagato, né che intendeva pagare.

Quand'ebbe terminato, afferrò quasi di volata un terzo garzone, strappandogli di mano una terrina piena di curry, accompagnato con un magnifico pesce.

— Tutto questo per milord! — Gridò. — Voi non servire, ed io prendere, by God!

Questa volta un urlo d'indignazione si alzò nella sala.

Tutti gli indiani che occupavano le tavole erano balzati in piedi come un solo uomo, seccati da quelle continue prepotenze.

— Fuori l'inglese! fuori! — gridarono tutti, con voce minacciosa.

Un ragiaputra d'aspetto brigantesco, più ardito degli altri, avanzò verso il tavolo occupato dal portoghese e gli additò la porta, dicendogli:

— Vattene! e basta!

Yanez, che stava già attaccando il pesce, alzò gli occhi sull'indiano, chiedendogli con perfetta calma:

— Chi?

— Tu!

— Io milord

— Milord o sahib, vattene! — riprese il ragiaputra.

— Milord non avere finito ancora cena. Avere molta fame ancora, caro indiano.

— Va a mangiare a Calcutta.

— milord non avere voglia di muoversi. Trovare qui roba molto buona ed io milord manciare ancora molto, poi tutto pagare.

— Buttalo fuori! — urlarono i kaltani, furibondi.

Il ragiaputra allungò una mano per afferrare Yanez; ma questi gli scaraventò in faccia il pesce che stava mangiando, accecandolo con la salsa pepata che faceva da contorno,

A quel nuovo atto di prepotenza, che suonava come una sfida, i quattro kaltani ai quali Yanez aveva bevuto l'arak, si erano slanciati contro la tavola urlando come indemoniati.

Sandokan si era pure alzato, mettendo le mani dentro la fascia; ma uno sguardo rapido di Yanez lo fermò.

Il portoghese era d'altronde un uomo che sapeva come cavarsela, senza l'aiuto del suo terribile compagno.

Scaraventò innanzitutto addosso ai kaltani la terrina del curry; poi afferrato uno sgabello di bambù l'alzò, facendolo roteare minacciosamente sui musi dei suoi avversari.

La mossa fulminea, la statura dell'uomo e più che tutto quel certo fascino misterioso che esercitano quasi sempre gli uomini bianchi su quelli di colore, avevano arrestato lo slancio dei kaltani e di tutti gli altri indù, che stavano per prendere le difese dei loro compatrioti.

—Uscire o milord inglese accoppare tutti!—aveva gridato il portoghese.

Poi, vedendo che i suoi avversari stavano lì immobili, indecisi, lasciò cadere lo scranno, trasse due magnifiche pistole a doppia canna, arabescate e montate in argento e madreperla e senza esitazione le spianò, ripetendo:

—Uscire tutti!

Sandokan fu il primo a obbedire. Gli altri, presi da un subitaneo panico e anche per evitare al loro governo, già non troppo ben visto dal viceré del Bengala, delle gravi complicazioni, non tardarono a battere in ritirata, quantunque tutti possedessero delle armi.

Il proprietario della trattoria, udendo tutto quel baccano, fu lesto ad accorrere impugnando una specie di spiedo.

—Chi sei tu che ti permetti di guastare i sonni di S. E. il ministro Kaksa Pharaum che abita sopra e mettere in fuga i miei avventori?

—Milord—rispose Yanez con tutta tranquillità.

—Milord o contadino t'invito a uscire.

—Io non avere ancora finito mia cena. Tuoi boy non servire me e io prendere a loro i piatti. Io pagare e avere per ciò diritto manciare.

—Va a terminare la tua cena altrove. Io non servo gli inglesi.

—E io non lasciare tuo albergo.

—Farò chiamare le guardie di S. E. il ministro e ti farò arrestare.

—Un inglese mai avere paura delle guardie.

—Esci?—urlò il trattore furibondo.

—No.

L'assamese fece atto d'alzare lo spiedo, ma subito indietreggiò fino sulla soglia della porta.

Yanez aveva impugnato le pistole che prima aveva deposto sulla tavola e gliele aveva puntate al petto, dicendogli freddamente:

—Se tu fare un solo passo, io fare bum e ucciderti.

Il trattore chiuse con fracasso la porta, mentre i kaltani ed i ragiaputra che erano accorsi anche dalle due sale, gridavano:

—Non lasciamolo scappare! è un pazzo! le guardie! le guardie!

Yanez era scoppiato in una gran risata.

—Per Giove!—esclamò.—Ecco come ci si può procurare una cena gratuita presso un altissimo personaggio del rajah d'Assam. Me la offrirà, non ne dubito. E Sandokan? ah! se ne è andato: benissimo, ora possiamo riprendere il pasto.

Tranquillo ed impassibile, come un vero inglese, si era seduto davanti ad un'altra tavola sulla quale si trovava un'altra terrina di curry, mandando giù qualche cucchiaiata.

Non era però giunto alla terza, quando la porta si riaprì con gran fracasso e sei soldati che avevano dei turbanti immensi, delle larghe casacche fiammanti, calzoni amplissimi e babbucce di pelle rossa, entrarono puntando sul portoghese le loro carabine.

Erano sei pezzi d'uomini, alti come granatieri, e barbuti come briganti della montagna.

—Arrenditi—gli disse uno di loro che portava sul turbante una penna d'avvoltoio.

—A chi?—chiese Yanez, senza cessare di mangiare.

—Noi siamo le guardie del primo ministro del rajah.

—Dove condurre me milord?

—Da Sua Eccellenza.

—Io non avere paura di Sua Eccellenza.

Si rimise nella cintura le pistole, si alzò con tutta flemma, depose sul tavolo un gruzzoletto di rupie per il taverniere e avanzò verso le guardie, dicendo:

—Milord degnare Sua Eccellenza di vedere me grande inglese.

—Consegna le armi, milord.

—Io non dare mai mie pistole: essere regalo di graziosissima regina Vittoria mia amica, perché io essere grande milord inglese. Io promettere non fare male a ministro.

Le sei guardie si interrogarono con gli sguardi, non sapendo se dovevano forzare quell'originale a consegnare le pistole; ma poi, temendo di commettere qualche grossa corbelleria, trattandosi di un inglese, lo invitarono senz'altro a seguirli presso il ministro.

Nella vicina sala s'erano radunati tutti gli avventori, pronti a prestare man forte alle guardie.

Vedendolo comparire, una salva di imprecazioni lo accolse:

—Fatelo impiccare!

—Gettate dalla finestra l'inglese!

—È un ladro!

—È un furfante!

—È una spia!

Yanez guardò intrepidamente quegli energumeni, che facevano gli spavaldi perché lo vedevano fra sei carabine e rispose alle loro invettive con una clamorosa risata.

Uscite dalla trattoria, le guardie entrarono in un vicino portone e fecero salire al prigioniero una marmorea gradinata che era illuminata da un lanternone di metallo dorato a forma di cupola.

— Qui abitare ministro? — chiese Yanez.

— Sì, milord — gli rispose uno dei sei.

— Io avere fretta cenare con lui.

Le guardie lo guardarono con stupore; ma non osarono dire nulla.

Giunti sul pianerottolo lo introdussero in una bellissima sala, arredata con eleganza, con molti divanetti di seta fiorata, grandi tende di percalle azzurro e leggiadri mobili, leggerissimi ed incrostati d'avorio e di madreperla.

Uno dei sei indiani si avvicinò ad una lastra di bronzo sospesa sopra una porta e la percosse più volte con un martelletto di legno.

Il suono non si era ancora dileguato, quando la tenda fu alzata ed un uomo comparve, fissando subito i suoi occhi, più con curiosità che con stizza, su Yanez.

— Sua Eccellenza il primo ministro Kaksa Pharaum — disse una delle guardie. — Saluta.

— Aho! — fece Yanez, togliendosi il cappello e porgendo la destra, come per stringere la mano al potentissimo ministro.

Kaksa Pharaum era un uomo sui cinquant'anni, piccolo, magro come un fakiro, con la pelle assai abbronzata, il naso adunco come il becco degli uccelli da preda, che si nascondeva in buona parte entro una foltissima barba che gli saliva fino quasi agli occhi.

Aveva deposto il ricco costume di corte, perché indossava un semplice dootée di seta gialla a ricami rossi che gli scendeva, come una veste da camera, fino alle babbucce di pelle rosso cupo.

Quantunque avesse veduto la mano di Yanez, si guardò bene dal toccarla, anzi si trasse un po' da parte, per far meglio capire a quello straniero che non desiderava accordargli nessuna confidenza.

— Sei tu che hai provocato tanto chiasso nella trattoria? — chiese.

— Essere stato io — rispose Yanez.

— Non sapevi che qui abita un ministro?

— Io sapere una sola cosa: di avere molta fame e di vedere altri a manciare senza me.

— E per questo hai fatto nascere una mezza rivoluzione e mi hai disturbato?

— Quando tua Eccellenza avere voglia cenare, tu manciare subito ed io no?

— Io sono un ministro...

— Ed io essere milord John Moreland, grande pari Inghilterra, amico grande regina Vittoria imperatrice tutte Indie.

A quelle parole, la fronte del ministro, poco prima corrugata, si rasserenò.

—Tu sei un milord?

—Sì, Eccellenza.

—E non l'hai detto al trattore?

—Averlo cridato a tutti e nessuno volermi dare da manciare. Non fare così noi in Inghilterra. Dare da manciare anche a indù.

—Sicché non hai potuto cenare, milord?

—Soli pochi bocconi. Io avere ancora molta fame, grandissima fame.

Io scrivere stasera a viceré del Bengala non poter compiere mia difficile missione, perché assamesi non dare milord da manciare.

—Quale missione?

—Io essere grande cacciatore tigri ed essere qui venuto per distruggere tutte male bestie che mangiano indù.

—Sicché tu, milord, sei venuto per rendere dei preziosi servigi. I nostri sudditi hanno avuto torto a trattarti male, però io rimedierò a tutto. Seguimi, milord.

Fece cenno alle guardie di ritirarsi, rialzò la tenda ed introdusse Yanez in una graziosa stanza, illuminata da un globo di vetro opalino, sospeso sopra una tavola riccamente imbandita, con piatti e posate d'oro e d'argento, colmi di svariati manicaretti.

—Stava appunto per cenare—disse il ministro.—Milord ti offro di tenermi compagnia, così ti compenserò della cattiva educazione e della malevolenza del trattore.

—Io ringraziare Eccellenza e scrivere a mio amico viceré Bengala tua gentile accoglienza.

—Te ne sarò grato.

Si sedettero e si misero a mangiare con invidiabile appetito, specialmente Yanez, e scambiandosi di quando in quando qualche complimento.

Il ministro spinse anzi la sua cortesia fino a far servire al suo convitato della vecchia birra inglese che, quantunque molto acida, Yanez si guardò bene dal non tracannare.

Quando ebbero terminato, il portoghese si rovesciò sulla comoda poltrona e fissati gli occhi in viso al ministro, gli disse a bruciapelo ed in buonissima lingua indiana:

—Eccellenza, io vengo da parte del viceré del Bengala per trattare con voi un grave affare diplomatico.

Kaksa Pharaum ebbe un soprassalto.

—Perdonate se io sono ricorso ad un mezzo... un po' strano per avvicinarvi e...

—Non sareste voi un milord...

—Sì, un vero milord e primo segretario e ambasciatore segreto di Sua Eccellenza il viceré—rispose Yanez imperturbabilmente.—Domani vi mostrerò i miei documenti.

—Potevate chiedermi una udienza, milord. Non ve l'avrei rifiutata.

—Il rajah non avrebbe tardato a esserne informato, mentre io per ora desidero parlare solo a voi.

—Il governo delle Indie avrebbe qualche idea su Assam?—chiese Pharaum spaventato.

—Niente affatto, tranquillizzatevi. Nessuno pensa a minacciare l'indipendenza di questo stato. Noi non abbiamo alcuna lagnanza da muovere all'Assam ed al suo principe. Ciò però che devo dirvi non deve essere udito da alcuna persona, sicché sarebbe meglio, per maggior sicurezza, che mandaste i vostri servi a dormire.

—Non ne saranno scontenti, tutt'altro—disse il ministro, sforzandosi di sorridere.

Si alzò e percosse il tam-tam che stava appeso alla parete, dietro la sua sedia.

Un servo entrò quasi subito.

—Che si spengano tutti i lumi, eccettuati quelli della mia stanza da notte e che tutti vadano a coricarsi—disse il ministro, con un tono da non ammettere replica.—Non voglio, per nessun motivo, essere disturbato questa notte. Ho da lavorare.

Il servo s'inchinò e scomparve.

Kaksa Pharaum attese che il rumore dei passi si fosse spento, poi tornando a sedersi, disse a Yanez:

—Ora, milord, potete parlare liberamente. Tra qualche minuto tutta la mia gente russerà.

Capitolo 2

Il Rapimento
d'un Ministro

Yanez vuotò un bicchierone di quella pessima birra, non senza fare una smorfia, poi levò da un bellissimo portasigari di tartaruga con cifre in diamanti, due grossi manilla e ne offrì uno al ministro:

—Prendete questo sigaro, Eccellenza. Mi hanno detto che siete un fumatore, cosa piuttosto rara fra gli indiani, che preferiscono invece quel detestabile betel che rovina i denti e guasta la bocca. Sono certo che non avete mai fumato un sigaro così delizioso.

—Ho imparato a fumare a Calcutta, dove ho soggiornato qualche tempo in qualità d'ambasciatore straordinario del mio re—disse il ministro, prendendo il manilla.

Yanez gli porse uno zolfanello, accese anche il proprio sigaro, gettò in aria tre o quattro boccate di fumo odoroso, che per qualche istante offuscarono la luce della lampada, poi riprese, fissando con una certa malizia il ministro, che assaporava il delizioso aroma del tabacco filippino:

—Eccellenza, sono qui per incarico del viceré del Bengala per avere da voi delle informazioni sui moti che si stanno svolgendo nell'alta Birmania.

Voi che siete confinanti con quel turbolento regno, che ci ha sempre dato dei gravi fastidi, ne saprete certo qualche cosa. Vi avverto innanzi a tutto che il governo delle Indie vi sarà non solo riconoscente, ma che anche vi ricompenserà largamente.

Udendo parlare di ricompense, il ministro, venale come tutti i suoi compatrioti, spalancò gli occhi ed ebbe un risolino di contentezza.

—Ne sappiamo più di quello che potreste supporre—disse, —è vero: nell'alta Birmania è scoppiata una violentissima insurrezione, promossa a quanto pare da un intraprendente talapoino, che ha gettato la tonaca gialla del monaco per impugnare la scimitarra.

—E contro chi?

—Contro il re Phibau e soprattutto contro la regina Su-payah-Lat che ha fatto strangolare, il mese scorso, le due giovani mogli del monarca, una delle quali era stata scelta fra le principesse dell'alta Birmania.

—Che storia mi raccontate voi?

—Ve la spiegherò meglio, milord—disse socchiudendo gli occhi.

Secondo le leggi birmane, il re può avere quattro mogli; però il suo successore è obbligato a sposare la propria sorella o per lo meno una principessa sua parente, affinché si conservi puro il sangue reale. Quando Phibau, che è il monarca attuale, salì al trono, c'erano nella sua famiglia due sorelle degne di salire al trono del fratello. Il re sentiva maggior inclinazione per la maggiore; ma la più giovane, la principessa Su-payah-Lat voleva diventare regina, per ciò fece mostra dappertutto del più ardente affetto per il sovrano e seppe così indurre la regina madre a decidere, nella sua alta sapienza, che quell'amore meritava di essere ricompensato e che il figlio doveva sposarle entrambe.

Il disegno però fu sventato dalla maggiore delle sorelle, la principessa Ta-bin-deing, che aveva preferito entrare in un monastero buddista. È chiaro tutto ciò?

—Chiarissimo—rispose Yanez, che trovava un ben scarso interesse in quel racconto,—e poi, Eccellenza?

—Phibau allora sposò Su-payah-Lat e altre due principesse, una delle quali apparteneva all'alta classe della Birmania settentrionale.

—E per dispetto le fece strangolare?

—Sì, milord.

—E dopo che cosa è successo? un nuovo strangolamento, da parte del re questa volta?

—Niente affatto. Su-payah-pa... pa...

—Avanti, Eccellenza—disse Yanez, guardandolo malignamente.

—Dov'ero... rimasto?—chiese il ministro, che pareva facesse degli sforzi tremendi per tenere aperti gli occhi.

—Al terzo strangolamento.

—Ah sì! Su-payah-pa... pa... pa... è chiaro?

—Chiarissimo. Ho capito tutto.

—Pa... pa... un figlio... gli astrologi di corte... mi capite bene, milord?

—Benissimo.

—Poi strangolò le due regine...

—Lo so.

—E Su... pa...

—Mi pare che diventi terribile quel pa... pa... per la vostra lingua. Per Giove! avete bevuto troppo questa sera?

Il ministro, che per la ventesima volta aveva chiuso e riaperto gli occhi, guardò Yanez come trasognato, poi si lasciò sfuggire dalle labbra il sigaro e tutto d'un colpo s'abbandonò prima sullo schienale della sedia, poi rotolò a terra come se fosse stato colpito da una sincope.

—Briccone d'un sigaro!—esclamò Yanez, ridendo.—Quell'oppio doveva essere di prima qualità. Ed ora, all'opera, giacché tutti dormono. Ah! tu credevi, Sandokan, che la mia fantasia si fosse spenta? vedrai.

Raccolse innanzi a tutto il sigaro, che il ministro aveva lasciato cadere e s'accostò alla finestra che era aperta.

Quantunque non brillasse più alcun lume, gli indiani sono molto parsimoniosi in fatto d'illuminazione, anche perché le notti in India sono chiare ed il cielo terso, scorse subito parecchie persone che passeggiavano lentamente, a gruppi di tre o quattro, come onesti cittadini che si godono un po' di frescura, fumando e cianciando.

—Sandokan ed i tigrotti—mormorò Yanez, sfregandosi le mani.—Tutto va come previsto.

Gettò via il mozzicone di sigaro lasciato cadere dal ministro, accostò alle labbra due dita e mandò un sibilo dolcemente modulato.

Udendolo, le persone che passeggiavano s'arrestarono di colpo, poi, mentre alcune si dirigevano verso le due estremità della via per impedire che qualcuno si avvicinasse, un gruppo si fermò sotto la finestra illuminata.

—Pronti—disse una voce.

—Aspetta un momento—rispose Yanez.

Strappò i grossi cordoni di seta della tenda, li legò insieme fortemente, provò la loro solidità, poi assicurò un capo al gancio d'una imposta e l'altro lo strinse sotto le ascelle del disgraziato ministro privo di sensi.

—Pesa ben poco Sua Eccellenza—disse Yanez, prendendoselo in braccio.

Lo portò verso la finestra e afferrato strettamente il cordone lo fece scendere. E dieci braccia furono pronte a prenderlo.

—Aspettate me, ora—disse Yanez a bassa voce.

Spense la lampada, s'aggrappò alla corda ed in un attimo si trovò sulla via.

—Tu sei un vero demonio—gli disse Sandokan.—Non l'avrai ucciso, spero.

—Domani starà bene quanto noi—rispose Yanez, sorridendo.

—Che cosa hai fatto bere a quest'uomo? sembra morto.

—Quest'uomo! rispetta le Eccellenze, fratellino. È il primo ministro del rajah, mio caro.

—Saccaroa! tu fai sempre colpi grossi.

—Andiamo e alla lesta, Sandokan. Può arrivare la guardia notturna. Abbiamo un qualche veicolo?

—C'è un tciopaya fermo sull'angolo della via.

—Raggiungiamolo senza perdere tempo.

Con un sibilo simile a quello che aveva lanciato poco prima Yanez, il pirata malese fece accorrere tutti i suoi uomini che vigilavano all'estremità della via e tutti insieme raggiunsero un gran carro, che aveva la cassa dipinta d'azzurro e che reggeva una specie di cupola formata di frasche sotto la quale stavano due materassi.

Il chopaya è un veicolo che gli indiani adoperano per i lunghi viaggi, durante i quali, al riparo dal sole, si può mangiare, fumare e dormire, essendo la cassa divisa in modo da avere un salotto e una stanza da letto.

Quattro paia di zebù, bianchissimi, con le gobbe cadenti ed i dorsi coperti da gualdrappe di stoffa rossa, erano aggiogati al carro.

Il ministro fu deposto su un materasso, Yanez e Sandokan si sedettero vicino e, mentre i loro compagni, per non destare sospetti, si disperdevano, il veicolo si mise in moto, guidato da un malese vestito da indiano che teneva in mano una torcia per illuminare la via.

—Subito a casa—disse Sandokan al cocchiere.

Poi, volgendosi verso Yanez che stava accendendo una sigaretta, gli chiese:

—Parlerai ora? non riesco affatto a capire il tuo piano. Credevo che ti avrebbero ammazzato là dentro.

—Un uomo bianco e milord! uhm! non avrebbero mai osato—rispose Yanez, aspirando lentamente il fumo e rigettandolo con altrettanta lentezza.

—Hai giocato però una partita che poteva costarti cara.

—Bisogna ben divertirsi qualche volta.

—Insomma che cosa vuoi fare di questa mummia?

—È una Eccellenza, ti ho detto.

—Che non farà mai una bella figura alla corte del rajah.

—La farò invece io.

—Vuoi dunque introdurti alla corte di quel sospettoso tiranno? sono otto giorni che tutti continuano a ripeterci che non vuol vedere nessun europeo.

—Ed io ti dico che mi riceverà e con grandi onori. Aspetta che io possa avere nelle mie mani la pietra di Salagram ed il famoso capello di Visnù e vedrai come mi accoglierà.

—Chi?

—Il rajah—rispose Yanez.—Credevi che io fossi venuto qui a guardare il bel paese della mia Surama, senza darle anche la corona?

—Era ben questa la nostra idea—disse Sandokan.—Non avrei lasciato il Borneo per fare delle passeggiate per le vie di Gauhati.

Non riesco però a comprendere che cosa c'entri il rapimento d'un ministro, il capello di Visnù e la pietra di Salagram con la conquista d'un regno.

—Tu sai, innanzitutto dove i sacerdoti tengono nascosta la conchiglia?

—Io no.

—E nemmeno io, quantunque abbia interrogato, in questi otto giorni, non so quanti indiani.

—Chi ce l'indicherà dunque?

—Il ministro—rispose Yanez.

Sandokan guardò il portoghese con vera ammirazione.

—Ah! che diavolo d'uomo!—esclamò poi.—Tu saresti capace di giocare Brahma, Siva e anche Visnù insieme.

—Forse—rispose Yanez, ridendo.—Troveremo però alla corte del rajah un ostacolo che sarà duro da abbattere.

—Di quale ostacolo stai parlando?

—Un uomo.

—Se hai rapito un ministro, potrai fare scomparire anche quello.

—Si dice che goda una grande influenza a corte e che sia lui che fa di tutto per impedire agli stranieri di razza bianca di metterci dentro i piedi.

—Chi è?

—Un europeo, mi hanno detto.

—Sarà un inglese.

—Non ho potuto saperlo. Ce lo dirà il ministro.

Una brusca fermata che per poco non fece loro perdere l'equilibrio, interruppe la loro conversazione.

—Siamo giunti, padrone—disse il conduttore del carro.

Dieci o dodici uomini, gli stessi che li avevano aiutati a rapire il ministro, erano usciti da una porta, schierandosi silenziosamente ai due lati del veicolo.

—Vi ha seguiti nessuno?—chiese loro Sandokan, balzando a terra.

—No, padrone—risposero ad una voce.

—Nulla di nuovo nella pagoda?

—Calma assoluta.

—Prendete il ministro e portatelo nel sotterraneo di Quiscina.

Il carro si era fermato davanti ad una gigantesca roccia che s'appoggiava in parte al Brahmaputra e che s'alzava in una località in pratica deserta, non essendovi intorno che delle antichissime muraglie diroccate e ammassi colossali di macerie che un tempo dovevano essere state le mura della città.

Sulla facciata, al di sopra di una porta di bronzo, si scorgevano confusamente delle divinità indiane, di pietra nera, allineate su una specie di cornicione sorretto da una infinità di teste d'elefante, scavate nella roccia e che tenevano le proboscidi arrotolate.

Doveva essere qualche pagoda sotterranea, come già ve ne sono tante nell'India, poiché in alto non si vedeva alcuna cupola né circolare, né piramidale.

Altri uomini erano usciti, portando delle torce ed unendosi ai primi. Pareva che tutte quelle persone, quantunque indossassero costumi assamesi, appartenessero a due razze ben distinte che nulla o ben poco avevano d'indiano.

Infatti, mentre alcuni erano bassi e piuttosto tarchiati, con la pelle fosca che aveva dei riflessi olivastri con sfumature rossastro cupo e gli occhi piccoli e nerissimi, altri invece erano piuttosto alti, di colore giallastro, con i lineamenti bellissimi, quasi regolari e gli occhi grandi, bene aperti ed intelligentissimi.

Un uomo che avesse avuto profonda conoscenza della regione malese, non avrebbe esitato a classificare i primi per malesi autentici e gli altri per dayaki bornesi, due razze che si equivalevano per ferocia, per audacia e per coraggio indomito.

—Prendete quest'uomo—disse Yanez, scendendo dal carro e sporgendo loro il ministro sempre addormentato.

Un malese che aveva il volto rugoso, ma i capelli ancora nerissimi e forme quasi atletiche, afferrò fra le poderose braccia Kaksa Pharaum e lo trasportò nella pagoda.

—Conduci il carro nel nascondiglio—proseguì Yanez volgendosi verso il conduttore.—Quattro uomini rimangano qui fuori a guardia. Potremmo essere stati seguiti.

Prese sotto braccio Sandokan, riattizzò la sigaretta e varcarono la soglia, inoltrandosi in un angusto corridoio, ingombro di rottami staccatisi dall'umida volta e che pareva s'addentrasse nelle viscere della colossale roccia.

Dopo aver percorso cinquanta o sessanta metri, preceduti dagli uomini che portavano le torce e seguiti dagli altri, giungevano ad una immensa sala sotterranea, scavata nella roccia, di forma circolare, nel cui centro s'ergevano, sopra una pietra rettangolare, di dimensioni enormi, le tre dee: Parvati, Latscimi e Sarassuadi, la prima, protettrice delle armi e della distruzione; la seconda, delle vetture, dei battelli e degli animali quale dea della ricchezza; la terza, dei libri e degli strumenti musicali come dea delle lingue e dell'armonia.

—Fermatevi qui—disse Yanez a coloro che lo accompagnavano. —Tenete pronte le carabine: non si sa mai quello che può succedere.

Prese una torcia e seguito sempre da Sandokan entrò in un secondo corridoio, un po' più stretto del primo e lo percorse finché fu giunto in una stanza, pure sotterranea, ammobiliata sontuosamente e illuminata da una bellissima lampada dorata che reggeva un globo di vetro giallastro.

Le pareti ed il pavimento erano coperti da fitte tappezzerie del Guzerate, scintillanti d'oro e rappresentanti per lo più belve strane, solo esistite nella fervida fantasia degli indù e all'intorno vi erano comodi e larghi divani di seta e mensole di metallo che sorreggevano dei fiaschi dorati e delle coppe.

Nel mezzo, una tavola incastonata di madreperla e di scaglie di tartaruga che formavano dei bellissimi disegni, con intorno parecchie sedie di bambù.

Solo una parte della parete era scoperta, essendovi incastrato, in una vasta nicchia, un pastore con la faccia nera: era Quiscena, il distruttore dei re malvagi e crudeli, che formavano l'infelicità del popolo indiano.

Il ministro era stato deposto su uno di quei soffici divani e russava beatamente come se si trovasse nel suo letto.

—È tempo di svegliarlo—disse Yanez, gettando la sigaretta e prendendo da una mensola un fiasco dal collo lunghissimo, il cui vetro rosso era racchiuso da una specie di rete di metallo dorato.—Noi abbiamo pratica di veleni e di antidoti, è vero, Sandokan?

—Non saremmo stati tanti anni laggiù, nel regno degli upas—rispose il pirata.—Gli hai fatto fumare dell'oppio?

—Ben nascosto sotto la foglia del sigaro—disse Yanez.—Lo avevo coperto così bene da sfidare l'occhio più sospettoso.

— Due gocce di quel liquido in un bicchiere d'acqua basteranno per farlo saltare in piedi. Il suo cervello non tarderà molto a snebbiarsi.

— Vediamo — disse il portoghese.

Riempì un bicchiere d'acqua preso da una bottiglia di cristallo che si trovava sulla tavola e vi lasciò cadere due gocce d'un liquido rossastro.

L'acqua spumeggiò, prendendo una tinta sanguigna, poi a poco a poco riacquistò la solita limpidezza.

— Aprigli la bocca, Sandokan — disse allora il portoghese.

Il pirata s'avvicinò al ministro tenendo in mano un pugnale e con la punta lo sforzò ad aprire i denti, che erano fortemente chiusi.

— Presto — disse Sandokan.

Yanez versò nella bocca di Kaksa Pharaum il contenuto del bicchiere.

— Fra cinque minuti — disse la Tigre della Malesia.

— Allora puoi accendere la tua pipa.

— Credo che sia meglio.

Il pirata prese da una mensola una splendida pipa adorna di perle lungo la canna, la riempì di tabacco, l'accese e si sdraiò su uno dei divani, come un pascià turco, mettendosi a fumare con studiata lunghezza.

Yanez, curvo sul ministro, lo scrutava attentamente. Il respiro, poco prima affannoso dell'indiano a poco a poco divenne regolare e le sue palpebre subivano di quando in quando una specie di tremito, come se facessero degli sforzi per alzarsi.

Anche le gambe e le braccia perdevano la loro rigidità: i muscoli, sotto la misteriosa influenza di quel liquido, si allentavano.

Ad un tratto, un sospiro più lungo sfuggì dalle labbra del ministro, poi quasi subito gli occhi s'aprirono, fissandosi su Yanez.

— Amate troppo il riposo, Eccellenza — disse Yanez ironicamente. — Come fanno i vostri servi a svegliarvi? vi ho fatto fare un viaggio che è durato più di un'ora e non avete cessato un sol momento di russare. Non servite troppo bene il vostro signore.

— Per... milord! — esclamò il ministro, alzandosi di colpo e girando intorno uno sguardo meravigliato.

— Sì, io, milord.

— Ma... dove sono io?

— In casa di milord.

Il ministro stette un momento silenzioso, continuando a girare gli occhi intorno, poi esclamò:

— Per Siva! io non ho mai veduto questo salotto.

— Sfido io! — rispose Yanez, con la sua solita flemma beffarda. — Non vi siete mai degnato di visitare il palazzo di milord.

— E quell'uomo chi è? — chiese Pharaum, indicando Sandokan, che continuava a fumare placidamente come se la cosa non lo riguardasse affatto.

— Ah! quello, Eccellenza, è un uomo terribile, che fu chiamato per la sua ferocia, la Tigre della Malesia. È un gran principe ed un grande guerriero.

Kaksa Pharaum non poté nascondere un tremito.

—Non abbiate paura di lui, però—disse Yanez, che si era accorto dello spavento del ministro.—Quando fuma è più dolce d'un fanciullo.

—E che cosa fa qui, in casa vostra?

—Viene a tenere qualche volta compagnia a milord.

—Voi vi burlate di me!—gridò Kaksa, furibondo.—Basta! avete scherzato abbastanza! vi siete dimenticato che io sono possente quanto il rajah dell'Assam? voi pagherete caro questo gioco!

Ditemi dove sono e perché mi trovo qui, invece di essere nel mio palazzo o io...

—Potete gridare finché vorrete, Eccellenza, nessuno udrà la vostra voce. Siamo in un sotterraneo che non trasmette al di fuori alcun rumore.

D'altronde, rassicuratevi: io non voglio farvi male alcuno se non vi ostinerete a rimanere muto.

—Che cosa volete da me? parlate, milord.

—Lasciate prima che vi dica, Eccellenza, che ogni resistenza da parte vostra sarebbe assolutamente inutile, perché a dieci passi da noi vi sono trenta uomini che nemmeno un intero reggimento di cipay sarebbe capace d'arrestare. Accomodatevi ed ascoltate pazientemente una pagina di storia del vostro paese.

—Da voi?

—Da me, Eccellenza.

Lo spinse dolcemente verso una sedia, costringendolo a sedersi, prese alcune tazze di cristallo finissimo ed un fiasco, riempiendole d'un liquore color dell'oro vecchio, poi aprì il portasigari, offrendolo al prigioniero.

Nel vedere i grossi manilla, Kaksa Pharaum fece un gesto di terrore.

—Potete scegliere senza timore—disse Yanez.—Questi non contengono nemmeno una particella d'oppio.

Se avete qualche sospetto, prendete una sigaretta, a vostra scelta.

Il ministro fece un feroce gesto di diniego.

—Allora assaggiate questo liquore—continuò Yanez.—Guardate: ne bevo anch'io. È eccellente.

—Più tardi: parlate.

Yanez vuotò la sua tazza, accese la sigaretta, poi, appoggiando comodamente il dorso alla spalliera della sedia, disse:

—Ascoltatemi dunque, Eccellenza. La storia che voglio narrarvi non sarà lunga, però vi interesserà molto.

Sandokan, sempre sdraiato sul divano, fumava silenziosamente, conservando una immobilità quasi assoluta.

Capitolo 3

Nell'Antro delle Tigri di Mompracem

—Regnava allora sull'Assam—cominciò Yanez,—il fratello dell'attuale rajah, un principe perverso, dedito a tutti i vizi, che era odiato da tutta la popolazione e soprattutto dai suoi parenti, i quali non sapevano mai se avrebbero rivisto l'alba del domani. Quel principe aveva uno zio che era capo di una tribù di kotteri, ossia guerrieri, uomo valorosissimo che più volte aveva difeso le frontiere assamesi contro scorrerie dei birmani e che perciò godeva una grande popolarità in tutto il paese. Sapendosi mal visto dal nipote, il quale si era messo in testa, senza motivo però, che congiurasse contro di lui per carpirgli il trono e derubarlo delle sue immense ricchezze, si era ritirato fra le sue montagne, in mezzo ai fedeli suoi guerrieri.

Quel valoroso si chiamava Mahur; ne avete mai sentito parlare, Eccellenza?

—Sì—rispose asciuttamente Kaksa Pharaum.

—Un brutto giorno la carestia piombava sull'Assam. Quell'anno nemmeno una goccia d'acqua era caduta ed il sole aveva arso i raccolti. I bramini ed i guru indussero allora il rajah a dare in Goalpara una grandiosa cerimonia religiosa, onde placare la collera delle divinità.

«Il principe acconsentì di buon grado e volle che potessero assistere alla cerimonia tutti i parenti che vivevano disseminati nel suo stato, non escluso suo zio, il capo dei kotteri, il quale, nulla sospettando, aveva condotto con sé oltre alla moglie, i suoi figli, due maschi ed una bambina che si chiamava Surama.

«Tutti i parenti furono ricevuti con gli onori spettanti al loro grado e con grande cordialità da parte del principe regnante che li fece alloggiare nel palazzo.

«Compiuta la cerimonia religiosa, il rajah offrì a tutti i suoi parenti un banchetto grandioso, durante il quale il tiranno, come gli accadeva sempre, bevette una grande quantità di liquori.

«Quel miserabile stava cercando di eccitarsi, prima di compiere una orrenda strage, già forse meditata da lungo tempo.

«Era quasi il tramonto ed il banchetto, allestito nel gran cortile interno del palazzo che era tutto cintato da alte muraglie, stava per finire, quando il rajah, non so con quale scusa si ritirò con i suoi ministri.

«Ad un tratto, quando l'allegria degli ospiti aveva raggiunto il massimo grado, un colpo di carabina echeggiò improvvisamente, ed uno dei parenti cadde col cranio fracassato da una palla di carabina.

«Lo stupore, causato da quell'assassinio nel cuore dei festeggiamenti non era ancora cessato, quando un secondo colpo rintronava ed un altro convitato stramazzava, macchiando col suo sangue la tovaglia.

«Era il rajah che aveva fatto quel doppio colpo. Il miserabile era comparso su un terrazzino prospiciente sul cortile e faceva fuoco sui suoi parenti. Aveva gli occhi schizzati dalle orbite, i lineamenti sconvolti: pareva un vero pazzo.

«Intorno aveva i suoi ministri che gli porgevano ora tazze colme di liquori ed ora delle carabine cariche.

«Uomini, donne e fanciulli si erano messi a correre all'impazzata per il cortile, cercando invano un'uscita, mentre il rajah, urlando come una belva feroce, continuava a sparare facendo nuove vittime. Mahur, che era quello che più di tutti egli odiava più odiato, fu uno dei primi a cadere. Una palla lo aveva colpito alla spina dorsale. Poi caddero successivamente sua moglie ed i suoi due figli.

«La strage durò una mezz'ora. Trentasette erano i parenti del principe e trentacinque erano caduti sotto i colpi del feroce monarca. Due soli erano miracolosamente sfuggiti alla morte: Sindhia il giovane fratello del rajah e la figlia del capo dei kotteri, la piccola Surama, che si era nascosta dietro il cadavere di sua madre.

«Sindhia era stato fatto segno di tre colpi di carabina e tutti erano andati a vuoto, perchè il giovane principe, con salti da tigre, ben misurati, si era sempre sottratto ai proiettili.

«In preda ad un terribile spavento, non cessava di gridare al fratello: *"Fammi grazia della vita ed io abbandonerò il tuo regno. Sono figlio di tuo padre. Tu non hai il diritto di uccidermi"*.

«Il rajah, completamente ubriaco, rimaneva sordo a quelle grida disperate e sparò ancora due colpi, senza riuscire a coglierlo, tanto era lesto suo fratello; poi, preso forse da un improvviso pentimento, abbassò la carabina che un ufficiale gli aveva dato, gridando al fuggiasco: *"Se è vero che tu abbandonerai per sempre il mio stato avrai salva la vita, ma ad una condizione"*. *"Sono pronto ad accettare tutto quello che vorrai"*, rispose il disgraziato. *"Bene, io getterò in aria una rupia e se tu la coglierai con una palla della carabina, ti lascerò partire per il Bengala senza farti alcun male"*. *"Accetto"*, rispose allora il giovane principe.

«Il rajah gli gettò l'arma che Sindhia prese al volo. *"Ma ti avverto"*, urlò il pazzo, *"che se manchi la moneta subirai la medesima sorte degli altri"*. *"E sia. Gettala, dunque!"*

«Il rajah fece volare in aria il pezzo d'argento. Si udì subito uno sparo, ma non fu la moneta ad essere bucata, bensì il petto del tiranno.

«Sindhia, invece di far fuoco sulla moneta, aveva voltato rapidamente l'arma contro suo fratello e l'aveva fulminato, con un colpo al cuore.

«I ministri e gli ufficiali si prosternarono davanti al giovane principe, che aveva liberato il regno da quel mostro e senz'altro lo accettarono come rajah dell'Assam».

— Voi, milord, mi avete narrato una storia che qualunque assamese conosce a fondo — disse il ministro.

— Non il seguito però — rispose Yanez, versandosi un altro bicchiere ed accendendo una seconda sigaretta. — Sapreste dirmi che cosa è avvenuto della piccola Surama, figlia del capo dei kotteri?

Kaksa Pharaum alzò le spalle, dicendo poi:

— Chi può essersi occupato d'una bambina?

— Eppure quella bambina era nata ben vicina al trono dell'Assam.

— Continuate, milord.

— Quando Sindhia seppe che Surama era sfuggita alla morte, invece di accoglierla alla corte o almeno di farla ricondurre fra le tribù devote a suo padre, la fece segretamente vendere a dei thugs che percorrevano allora il paese per procurarsi delle bajadere.

— Ah! — fece il ministro.

— E credete voi, Eccellenza, che il rajah vostro signore si sia comportato bene nei suoi confronti? — chiese Yanez, diventato improvvisamente serio.

— Non so. È morta poi?

— No, Eccellenza, Surama è diventata una bellissima fanciulla ora e non ha che un solo desiderio: quello di strappare a suo cugino la corona dell'Assam.

Kaksa Pharaum ebbe un soprassalto.

— Cosa state dicendo, milord? — chiese spaventato.

— Che riuscirà nel suo intento — rispose freddamente Yanez.

— E chi l'aiuterà?

Il portoghese s'alzò e puntando l'indice verso la Tigre della Malesia che non aveva cessato di fumare, gli rispose:

— Quell'uomo là primo tra tutti, egli ha rovesciato troni e ha vinto la terribile Tigre dell'India, Suyodhana, il famoso capo dei thugs indiani, e poi io. Anche l'orgogliosa e grande Inghilterra, dominatrice di mezzo mondo, ha piegato talvolta il capo davanti a noi, Tigri di Mompracem.

Il ministro si era a sua volta alzato, guardando con profonda ansietà ora Yanez ed ora Sandokan.

— Chi siete voi, dunque? — chiese finalmente, balbettando.

— Degli uomini che nemmeno i vostri più formidabili uragani potrebbero arrestare — rispose Yanez, con voce grave.

— E che cosa volete voi da me? perchè mi avete trasportato in questo luogo che io non ho mai visto?

Yanez, invece di rispondere, si sedette e riempì nuovamente le tazze e ne porse una al ministro, dicendogli con la sua voce insinuante:

—Bevete prima, Eccellenza. Questo squisito liquore vi schiarirà le idee meglio del vostro detestabile toddy. Bevetene pure liberamente: non vi farà male.

Il ministro, che si sentiva invadere da un invincibile tremito nervoso, credette opportuno non rifiutare l'offerta.

Yanez si raccolse un momento, poi, fissando il disgraziato ministro che aveva le labbra smorte, gli chiese:

—Chi è l'europeo che si trova alla corte del rajah?

—Un uomo bianco che io detesto.

—Benissimo: il suo nome?

—Si fa chiamare Teotokris.

—Teotokris!—mormorò Yanez.—Questo è un nome greco.

—Un greco?—esclamò Sandokan, scuotendosi.—Che cos'è? io non ho mai udito parlare di greci.

—Tu non sei un europeo—disse Yanez.—Sono uomini che godono fama di essere i più furbi dell'intera Europa.

—Avversari temibili?

—Temibilissimi.

—Buoni per te—rispose la Tigre della Malesia, sorridendo.

Il portoghese gettò via con stizza la sigaretta, poi rivolgendosi al ministro:

—Gode molta considerazione a corte, questo straniero?—gli chiese.

—Più che noi ministri.

—Ah! benissimo.

Yanez si era nuovamente alzato. Fece tre o quattro giri intorno alla tavola, torcendosi i baffi e lisciandosi la folta barba, poi, fermandosi davanti al ministro che lo guardava attonito, gli chiese a bruciapelo:

—Dov'è che i guru nascondono la pietra di Salagram che contiene il famoso capello di Visnù?

Kaksa Pharaum guardò il portoghese con profondo terrore e rimase muto, come se la lingua gli si fosse improvvisamente paralizzata.

—Mi avete capito, Eccellenza?—chiese Yanez minaccioso.

—La pietra... di Salagram!—balbettò il ministro.

—Sì.

—Ma... io non so dove si trova. Solo i sacerdoti ed il rajah ve lo potrebbero dire—rispose Kaksa, riprendendo animo.—Io non so nulla, milord.

—Voi mentite—gridò Yanez, alzando la voce.—Anche i ministri del rajah lo sanno: me lo hanno confermato parecchie persone.

—Gli altri forse, non io.

—Come? il primo ministro di Sindhia ne saprebbe meno dei suoi inferiori? eccellenza, voi giocate una pessima carta, ve ne avverto.

—E perchè vorreste sapere, milord, dove si trova nascosta?

—Perchè quella pietra mi occorre—rispose Yanez audacemente.

Kaksa Pharaum mandò una specie di ruggito.

—Voi rubereste quella pietra?—gridò.—Non sapete che il capello che contiene, appartenne, migliaia di anni or sono, ad un dio protettore dell'India? non sapete che tutti gli stati ci invidiano quella reliquia? non sapete che, se ci venisse portata via, sarebbe la fine dell'Assam?

—Chi lo ha detto?—chiese Yanez ironicamente.

—Lo hanno affermato i guru.

Il portoghese alzò le spalle, mentre la Tigre della Malesia faceva udite un risolino beffardo.

—Vi ho detto, Eccellenza, che a me occorre quella conchiglia: aggiungerò poi, per placare i vostri timori, che non lascerà l'Assam. Io non la terrò nelle mie mani più di ventiquattro ore, ve lo giuro.

—Allora andate a chiedere al rajah un tale favore. Io non posso accordarlo, perchè ignoro ove i sacerdoti della pagoda di Karia la nascondano.

—Ah! non vuoi dirmelo—disse Yanez cambiando tono.—Vedremo!

In quel momento si udì echeggiare il gong, sospeso esternamente alla porta.

—Chi viene a disturbarci?—chiese Yanez, aggrottando la fronte.

—Io, padrone: Sambigliong—rispose una voce.

—Che cosa c'è di nuovo?

—Tremal-Naik è giunto.

Sandokan, posata la pipa, si era alzato precipitosamente.

La porta si aprì ed un uomo comparve, dicendo:

—Buona sera, miei cari amici: eccomi pronto ad aiutarvi.

Le destre di Sandokan e di Yanez si erano tese verso il nuovo venuto, il quale le aveva strette fortemente, esclamando:

—Ecco un bel giorno: mi pare di tornare giovane insieme a voi.

L'uomo che così aveva parlato era un bellissimo tipo d'indiano bengalino, di circa quarantanni, dalla taglia elegante e flessuosa, senza essere magra, dai lineamenti fini ed energici, la pelle lievemente abbronzata e lucidissima e gli occhi nerissimi e pieni di fuoco.

Vestiva come i ricchi indiani modernizzati dalla Young-India, i quali ormai hanno lasciato il dootée e la dubgah per il costume anglo-indù, più semplice, ma anche più comodo: giacca di tela bianca con alamari di seta rossa, fascia ricamata e altissima, calzoni stretti pure bianchi e turbantino rigato sul capo.

—E tua figlia Darma?—avevano chiesto ad una voce Yanez e Sandokan.

—È in viaggio per l'Europa, amici—rispose l'indiano.—Moreland desidera far visitare a sua moglie l'Inghilterra.

—Sai già perchè ti abbiamo chiamato?—chiese Yanez.

—So tutto: voi volete mantenere la promessa fatta quel terribile giorno in cui il Re del Mare affondava sotto i colpi di cannone del figlio di Suyodhana.

—Di tuo genero—aggiunse Sandokan, ridendo.

—È vero... ah!

Si era vivamente voltato guardando il ministro del rajah, il quale stava immobile presso la tavola, come una mummia.

—Chi è costui?—chiese l'indiano.

—Il primo ministro di Sua Altezza Sindhia, principe regnante dell'Assam—rispose Yanez.—Toh! tu giungi proprio in buon punto. Tremal-Naik, riesci a far parlare quest'uomo che si ostina a non dirmi la verità? voi indiani siete dei grandi maestri in questo genere di cose.

—Non vuol parlare?—disse Tremal-Naik, squadrando il disgraziato che pareva tremasse.—Hanno fatto cantare anche me gli inglesi, quando ero coi thugs. Kammamuri però è più destro di me in tali faccende. Ti preme, Yanez?

—Sì.

—Hai ricorso alle minacce?

—Sì, ma senza buon esito.

—Ha già cenato quel signore?

—Sì.

—È quasi mattina, può quindi fare uno spuntino, o una semplice tiffine senza birra però. È vero che l'accetterete in nostra compagnia?

—Chiamalo Eccellenza—disse Yanez maliziosamente.

—Ah! scusate, Eccellenza—disse Tremal-Naik con accento un po' ironico.—Mi ero scordato che voi siete il primo ministro del rajah. Accettate dunque una tiffine?

—Io di solito non mangio la prima colazione che alle dieci del mattino—rispose il ministro a denti stretti.

—Voi, Eccellenza, adotterete le abitudini dei miei amici. Sono partito ieri mattina da Calcutta, ho mangiato malissimo lungo la via ferroviaria, peggio ancora nel vostro paese, quindi ho una fame da tigre. Amici, lasciate che vada ad ordinare a Kammamuri una succulenta colazione. Suppongo che i viveri non mancheranno in questa vecchia pagoda.

—Qui regna l'abbondanza—rispose Yanez.

—Vieni con me, allora. Kammamuri è un cuoco abilissimo.

Si presero a braccetto e uscirono insieme, lasciando soli il disgraziato ministro del rajah e Sandokan.

Questi aveva riacceso il suo cibuc e, dopo essersi sdraiato, si era rimesso a fumare silenziosamente, spiando attentamente il prigioniero.

Kaksa Pharaum si era lasciato cadere su una sedia, prendendosi il capo fra le mani. Pareva completamente annichilito da quel succedersi di avvenimenti imprevisti.

I due personaggi stettero parecchi minuti silenziosi, l'uno continuando a fumare e l'altro a meditare sui tristi casi della vita, poi il pirata, staccando dalle labbra la pipa, disse:

—Vuoi un consiglio, Eccellenza?

Kaksa Pharaum sollevò, fissando i suoi piccoli occhi sul formidabile pirata.

—Che cosa vuoi, sahib?—chiese, battendo i denti.

—Devi dire, se vuoi evitare maggiori guai, quello che desidera sapere il mio amico. Bada, Eccellenza! è un uomo terribile, che non indietreggerà davanti a nessun mezzo feroce. Io sono la Tigre della Malesia: lui è la Tigre bianca. E quale sarà il più implacabile, ah! io non te lo saprei dire.

—Ma ho già detto che io ignoro dove si trova la pietra di Salagram.

—Il sigaro che il mio amico ti ha fatto fumare ti ha annebbiato un po' troppo il cervello—rispose Sandokan.—È necessaria una buona colazione. Vedrai, Eccellenza, come la memoria diventerà limpida.

Tornò a rovesciarsi sul divano e si rimise a fumare con tutta calma.

Un silenzio profondo regnava nel salotto. Si sarebbe detto che all'infuori di quei due personaggi nessuno abitava la vecchia pagoda sotterranea.

Kaksa Pharaum, più che mai spaventato, era tornato ad accasciarsi sulla sua sedia, col capo fra le mani. La Tigre della Malesia non fiatava, anzi si studiava di non fare alcun rumore con le labbra.

I suoi occhi però pieni di fuoco, non si staccavano un solo momento dal ministro. Si comprendeva che stava in guardia.

Trascorse una mezz'ora, poi la porta tornò ad aprirsi ed un altro indiano entrò, tenendo fra le mani un piatto fumante che conteneva dei pesci annegati in una salsa nerastra.

Era un uomo vicino alla quarantina, piuttosto alto di statura e membruto, tutto vestito di bianco, col viso molto abbronzato che aveva dei riflessi dell'ottone e che aveva agli orecchi dei pendenti d'oro che gli davano un non so che di grazioso e di strano.

—Ah!—esclamò Sandokan, deponendo la pipa.—Sei tu, Kammamuri? ben felice di vederti, sempre in salute e sempre fedele al tuo padrone.

—I maharatti muoiono al servizio del loro signore—rispose l'indiano.—Salute a te, invincibile Tigre della Malesia.

Altri quattro uomini erano entrati, portando altri piatti pieni di cibi diversi, bottiglie di birra e salviette.

Kammamuri depose il suo vassoio davanti al ministro, mentre entravano Yanez e Tremal-Naik.

La Tigre della Malesia si era alzata per sedersi di fronte al prigioniero, il quale guardava con terrore ora l'uno ed ora gli altri, senza però pronunciare una sillaba.

—Perdonate, Eccellenza, se la colazione che io vi offro è ben inferiore alla cena che ho mangiato da voi, ma siamo un po' discosti dal centro della città ed i negozi non sono ancora aperti. Fate onore al nostro modesto pasto e rasserenatevi. Avete una cera da funerale.

—Io non ho fame, milord—balbettò il disgraziato.

—Mandate giù pochi bocconi per tenerci compagnia.

—E se mi rifiutassi?

—In tal caso vi costringerei con la forza. Non si fa l'offesa d'un rifiuto ad un milord.

La nostra cucina d'altronde non è meno buona della vostra: assaggiate e vi persuaderete. Poi riprenderemo il nostro discorso.

Come abbiamo detto, Kammamuri aveva posto davanti al ministro il primo piatto che aveva portato e che conteneva dei pesci che nuotavano dentro la salsa nera, costringendolo in tal modo ad inghiottire solo quell'intingolo.

Il povero diavolo, vedendo fisso sopra di sé e minacciosi gli occhi di Yanez, si decise finalmente a mangiare quantunque non avesse affatto appetito.

Gli altri non avevano tardato ad imitarlo, vuotando rapidamente i piatti che avevano davanti e che non sembravano contenere un intingolo diverso, almeno apparentemente.

Kaksa Pharaum aveva con grandi sforzi inghiottiti alcuni bocconi, quando lasciò cadere bruscamente la forchetta guardando il portoghese con smarrimento.

— Che cosa avete, Eccellenza? — chiese Yanez, fingendo grande stupore.

— Che mi sento bruciare le viscere — rispose Kaksa Pharaum che era diventato smorto.

— Non mettete anche voi del pimento nei vostri intingoli?

— Non così forte.

— Continuate a mangiare.

— No... datemi da bere... brucio.

— Da bere? che cosa?

— Di quella birra — rispose il disgraziato.

— Ah no, Eccellenza. Questa è esclusivamente per noi e poi voi, come indiano, non potreste berne poiché noi inglesi, onde aumentare la fermentazione della birra, vi mettiamo qualche pezzetto di grasso di mucca.

Voi, Eccellenza, sapete meglio di me che, per voi indiani, quell'animale è sacro e chi ne mangia andrà soggetto a pene tremende quando sarà morto.

Sandokan e Tremal-Naik fecero uno sforzo supremo per trattenere una clamorosa risata. Ne poteva inventare altre quel demonio di portoghese? perfino il grasso di mucca nella birra inglese!

Yanez, che conservava una serietà meravigliosa, riempì una tazza di birra e la porse al ministro dicendogli:

— Se volete, bevete pure.

Kaksa Pharaum aveva fatto un gesto d'orrore.

— No... mai... un indiano... meglio la morte... dell'acqua milord... dell'acqua! — aveva gridato. — Ho il fuoco nel ventre!

— Dell'acqua! — rispose Yanez. — Dove volete che andiamo a prenderne, Eccellenza? non vi è alcun pozzo in questa pagoda sotterranea ed il fiume è più lontano di quello che credete.

— Muoio!

— Bah! noi non abbiamo alcun interesse a sopprimervi. Tutt'altro.

—Mi avete avvelenato... ho dei carboni accesi nel petto!—urlò il disgraziato.—Dell'acqua! dell'acqua!

—La volete proprio?

Kaksa Pharaum si era alzato, comprimendosi con le mani il ventre. Aveva la schiuma alle labbra e gli occhi gli uscivano dalle orbite.

—Dell'acqua... miserabili!—urlava spaventosamente.

La sua voce non aveva più nulla d'umano. Dalle labbra gli uscivano dei ruggiti che impressionavano perfino la Tigre della Malesia.

Anche Yanez si era alzato di fronte al ministro.

—Parlerai?—gli chiese freddamente.

—No!—urlò il disgraziato.

—E allora noi non ti daremo una goccia d'acqua.

—Sono avvelenato.

—Ti dico di no.

—Datemi da bere!

—Kammamuri! entra!

Il maharatto, che doveva essere dietro la porta, si fece innanzi portando due bottiglie di cristallo piene d'acqua limpidissima e le depose sulla tavola.

Kaksa Pharaum, all'estremo delle sue sofferenze, aveva allungato le mani per afferrarle, ma Yanez fu pronto a fermarlo.

—Quando mi avrai detto dove si trova la pietra di Salagram tu potrai bere finché vorrai—gli disse.—Ti avverto però che tu rimarrai in nostra mano finché l'avremo trovata, quindi sarebbe inutile ingannarci.

—Brucio tutto! una goccia d'acqua, una sola...

—Dimmi dove è la pietra.

—Non lo so...

—Lo sai—rispose l'implacabile portoghese.

—Uccidetemi allora.

—No.

—Siete dei miserabili!

—Se lo fossimo, non saresti più vivo.

—Non posso più resistere!

Yanez prese un bicchiere e lo riempì lentamente d'acqua.

Kaksa Pharaum seguiva, con gli occhi smarriti, quel filo d'acqua, ruggendo come una fiera.

—Parlerai?—chiese Yanez, quand'ebbe finito.

—Sì... Sì...—rantolò il ministro.—Dov'è dunque?

—Nella pagoda di Karia.

—Lo sapevamo anche noi. Dove?

—Nel sotterraneo che s'apre sotto la statua di Siva.

—Avanti.

—Vi è una pietra... un anello di bronzo... alzatela... sotto in un cofano...

—Giura su Siva che hai detto la verità.

— Lo... giuro... da bere...

— Un momento ancora. Veglia qualcuno nel sotterraneo?

— Due guardie.

— A te.

Invece di prendere il bicchiere il ministro afferrò una delle due bottiglie e si mise a bere a garganella, come se non dovesse finire più.

La vuotò più che mezza, poi la lasciò bruscamente cadere e stramazzò, come fulminato, fra le braccia di Kammamuri che gli si era messo dietro.

— Coricalo sul divano — gli disse Yanez. — Per Giove, che droga infernale hai messo dentro quell'intingolo? mi assicuri che non morrà, è vero?

— Non temete, signor Yanez — rispose il maharatto. — Non ho messo che una foglia di serhar, una pianta che cresce nel mio paese.

Domani quest'uomo starà benissimo.

— Tu lo sorveglierai e metterai due dei nostri alla porta. Se fugge siamo tutti perduti.

— E noi dunque che cosa faremo? — chiese Sandokan.

— Aspetteremo questa sera e andremo ad impadronirci della famosa pietra di Salagram e del non meno famoso capello di Visnù.

— Ma perchè ci tieni tanto ad avere quella conchiglia?

— Lo saprai più tardi, fratellino. Fidati di me.

Capitolo 4

La Pietra di Salagram

Dodici o quattordici ore dopo la confessione del primo ministro del rajah dell'Assam, un drappello bene armato lasciava la pagoda sotterranea, avanzando in silenzio lungo la riva sinistra del Brahmaputra.

Era composto da Yanez, Sandokan, Tremal-Naik e da dieci uomini, per la maggior parte malesi e dayaki che, oltre le carabine e quei terribili pugnali con la lama serpeggiante chiamati kriss, portavano delle funi arrotolate intorno ai fianchi, delle torce e dei picconi.

Essendo il sole tramontato già da quattro o cinque ore, nessun essere vivente passeggiava sotto i pipal, i fichi banian e le palme, che coprivano la riva del fiume, proiettando una fitta ombra.

Il drappello, dopo aver percorso qualche miglio senza aver scambiato una parola, si era arrestato di fronte ad un'isoletta che sorgeva quasi in mezzo al fiume, all'altezza dell'estremità orientale del popoloso sobborgo di Siringar.

—Alt!—aveva comandato Yanez.—Bindar non deve essere lontano.

—È l'indiano che tu hai assoldato?—chiese Sandokan.—Potremo fidarci di lui?

—Surama mi ha detto che è il figlio d'uno dei servi di suo padre e che perciò non dobbiamo dubitare della sua lealtà.

—Uhm!—fece la Tigre crollando il capo.—Io non mi fido che dei miei malesi e dei miei dayaki.

—Lui conosce la pagoda anche internamente, mentre noi non l'abbiamo veduta che all'esterno. Una guida ci era necessaria.

S'accostò ad una enorme macchia di bambù alti per lo meno quindici metri, che curvavano le loro cime sopra le acque del fiume, e mandò un debole fischio, ripetendolo poi tre volte ad intervalli diversi.

Non erano trascorsi dieci secondi quando fra quelle immense canne si udirono dei leggeri fruscii, poi un uomo sorse bruscamente davanti al portoghese, dicendogli:

—Eccomi, sahib.

Era un giovane indiano di forse vent'anni, bene sviluppato, dall'aria intelligentissima ed i lineamenti piuttosto fini delle caste guerriere. Non aveva indosso che un semplice gonnellino un po' lungo, il languti degli indù, stretto da una piccola fascia di cotone azzurro, entro cui era passato un pugnale dalla lama larghissima, in forma quasi d'un ferro di lancia; ed il corpo era interamente spalmato di cenere, probabilmente raccolta sul luogo dove si ardono i cadaveri, e che è il distintivo poco attraente dei seguaci di Siva.

— Hai condotto la bangle? — chiese Yanez.

— Sì, padrone — rispose l'indiano. — È nascosta sotto i bambù.

— Sei solo?

— Tu non mi avevi detto, sahib, di condurre altri. Avrei avuto più piacere, perchè la bangle è pesante a guidarsi.

— I miei uomini sono gente di mare. Imbarchiamoci subito.

— Devo avvertirti d'una cosa però.

— Parla e sii breve.

— So che questa notte davanti alla pagoda devono bruciare il cadavere d'un bramino.

— Durerà molto la cerimonia?

— Non credo.

— Il nostro arrivo non desterà qualche sospetto?

— E perchè sahib? le barche approdano sovente all'isolotto — disse l'indiano.

— Andiamo allora.

— Avrei però desiderato meglio che nessuno ci vedesse sbarcare — disse Sandokan.

— Rimarremo a bordo, finché tutti si saranno allontanati — rispose Yanez. — Non faranno troppa attenzione a noi.

Seguirono il giovane indiano, aprendosi faticosamente il passo fra quelle durissime canne giganti, che alla base avevano la circonferenza d'una coscia di fanciullo, e giunsero sulla riva del fiume.

Sotto le ultime canne che, curvandosi verso l'acqua, formavano delle superbe arcate, stava nascosto uno di quei pesanti battelli, che gli indiani adoperano sui loro fiumi per trasportare il riso, privo però degli alberi, ma provvisto invece d'una tettoia di stoppie destinata a riparare l'equipaggio dalle ingiurie del tempo.

Yanez ed i suoi compagni s'imbarcarono; i malesi ed i dayaki afferrarono i lunghi remi e la bangle lasciò il nascondiglio dirigendosi verso l'isolotto, nel cui mezzo giganteggiava fra le tenebre una enorme costruzione in forma di piramide tronca.

L'indiano aveva detto il vero annunciando un funerale. La massiccia barca non aveva percorsa ancora mezza distanza, quando sulla riva dell'isolotto si videro comparire numerose torce e raggrupparsi intorno ad una minuscola cala che doveva servire d'approdo alle barche del fiume.

— Ecco dei guasta affari — disse Yanez a Tremal-Naik. — Ci faranno perdere un tempo prezioso.

— Sono appena le dieci — rispose l'indiano — e per la mezzanotte tutto sarà finito. Trattandosi d'un bramino, la cerimonia sarà più lunga delle altre, avendo diritto a speciali riguardi anche dopo morte. Se il morto fosse stato un povero diavolo qualunque sarebbero andati più per le spicce. Una tavola di legno per coricarvi il cadavere, una lampadina accesa da mettergli in fondo ai piedi, una spinta e buona notte: la corrente s'incarica di portare il morto nel sacro Gange, quando i coccodrilli e i marabù lo risparmiano.

—E ciò accade di rado—disse Sandokan, che stava seduto sul bordo della bangle.

—E se ciò accade, potremmo con buona ragione chiamarlo vero miracolo—rispose Tremal-Naik.—Appena oltrepassata la città, sauriani e volatili fanno a gara per far sparire carne ed ossa.

—E di quel bramino che cosa faranno invece?—chiese Sandokan.

—Il funerale sarà un po' lungo, esigendo certe formalità speciali. Innanzitutto quando un bramino entra in agonia non si trasporta semplicemente sulla riva del fiume, perchè spiri al dolce mormorìo dell'acqua, che lo trasporterà nel cailasson, ossia nel paradiso; bensì in un luogo speciale, che prima sarà stato accuratamente cosparso di sterco di mucca e su un pezzo di cotone mai prima di allora usato.

—Uscito poco prima dal cotonificio—disse Yanez, ridendo.—Ah! siete dei bei matti voi indiani.

—Oh! aspetta un po'—disse Tremal-Naik.—Giunge allora un sacerdote bramino accompagnato dal suo primogenito onde procedere alla cerimonia chiamata sarva prayasibrit.

—Che cosa vuol dire?

—La purificazione dei peccati.

—Toh! credevo che i bramini non ne commettessero mai!

—Ed in che consiste?—chiese Sandokan che pareva s'interessasse vivamente di quegli strani particolari.

—Nel versare in bocca al moribondo un liquore speciale dei bramini, che si pretende sacro, mentre ai seguaci di Visnù si somministra un po' d'acqua dove fu messa una pietra di Salagram qualunque.

—Per soffocarli più presto è vero?—disse Yanez.—Infatti non è certamente un bel divertimento assistere all'agonia d'un moribondo. È meglio spedirlo presto all'altro mondo.

—Ma no—rispose Tremal-Naik—si lascia morire in pace... cioè, veramente no, perchè il moribondo deve aggrapparsi alla coda d'una mucca e lasciarsi trascinare per un certo tratto di via onde egli sia ben sicuro di ritrovarne una di simile che lo aiuterà a passare il fiume di fuoco che gira intorno al Yama-lacca, dove abita il dio dell'inferno.

—Così la finiscono più presto—disse l'incorreggibile Yanez.—Un po' di galoppo dietro una mucca non deve far male ad un povero moribondo che sta per vomitare la sua anima. E poi?

—Lo vedremo quando avremo affondata l'ancora—rispose Tremal-Naik.—Vedo una donna che gira sulla riva alzando disperatamente le braccia. Deve essere la sposa del morto.

—E questo tonfo nel fiume lo hai udito?

—È il figlio primogenito del bramino, che si è gettato nel fiume, dopo aver indossato i suoi più bei vestiti, prima di farsi tagliare accuratamente la barba, se ne ha, ed i capelli.

—Se io fossi il viceré dell'India farei rinchiudere in un ospedale di pazzi tutti i bramini del reame. Parola di Yanez.

—Queste cerimonie sono dettate dai libri sacri.

—Scritti quando quei sacerdoti erano pieni di bang.

La grossa barca in quel momento era giunta davanti al minuscolo seno, e Bindar aveva lasciata cadere l'ancora, arrestandola ad una quindicina di passi dalla riva.

Quindici o venti persone si erano radunate intorno ad una specie di palanchino formato di bambù intrecciati, su cui riposava un cadavere, che aveva indosso un ampio dootée di seta gialla.

Dovevano essere tutti parenti ed amici del morto, però si vedevano in mezzo a loro alcuni pourohita ossia sacerdoti bramini accompagnati da tre o quattro gouron, specie di sagrestani incaricati dalla pulizia delle pagode e dei bassi servizi del culto.

Tutti avevano delle torce, sicchè Yanez ed i suoi compagni potevano osservare benissimo quanto quegli uomini stavano per compiere.

Il primogenito del morto era uscito dal fiume, si era fatto già radere in fretta e si era accostato al genitore, seguito dalla madre alla quale i parenti avevano levato il thaly, quel gioiello che è l'insegna delle donne sposate e tagliati i capelli, che non doveva più mai lasciarsi crescere durante tutta la sua vedovanza.

Il primo gettò sul cadavere una manata di fiori, poi fece alzare la barella e la fece trasportare alcuni passi più lontano, dove era una buca lunga due metri e larga uno, circondata da pezzi di legna e da sterco disseccato di mucca e fece deporre vicino un vaso di terra entro cui bruciavano dei carboni.

Il morto fu privato della sua bella veste e dei gioielli, per non perdere inutilmente l'una e gli altri, poi il primogenito mise sul petto nudo del bramino un pezzo di sterco acceso, vi versò sopra un po' di burro sciolto e mise in bocca al cadavere una mezza rupia e alcuni granelli di riso che prima aveva bagnati con un po' di saliva e si ritrasse, pronunciando una preghiera.

I parenti s'accostarono a loro volta, accumulando sul bramino la legna e le mattonelle di sterco.

—È finita la cerimonia?—chiese Yanez a Tremal-Naik.

—Aspetta un momento. Il figlio deve ancora compiere qualche cosa.

Il giovane infatti aveva preso un vaso di terra pieno d'acqua e l'aveva spaccato con violenza sulla testa del defunto.

—Ah! birbante!—esclamò il portoghese.

—Perchè? ora almeno è sicuro che suo padre è veramente morto.

—Se fosse stato ancora agonizzante l'avrebbe accoppato egualmente.

I parenti avevano fatto circolo accostando le torce al rogo.

Una gran fiamma si sprigionò subito rompendo bruscamente le tenebre e avvolgendo, con rapidità incredibile, il cadavere, che era tutto cosparso di burro.

Fra il crepitare del legname ben imbevuto di materie resinose ed il salmodiare del pourohita e dei suoi aiutanti, si udivano le urla disperate del figlio e della vedova, ed ai bagliori delle fiamme si vedevano i parenti a rotolarsi per terra ed a picchiarsi il petto con pugni tremendi.

—Quegli stupidi vogliono sfondarsi le costole—diceva Yanez.—Non mi stupirei che domani fossero tutti a letto.

Quella fiammata gigantesca non durò che un quarto d'ora, poi quando il cadavere fu consumato, i parenti con pale di ferro raccolsero la cenere e le ossa e le gettarono nel fiume, quindi si allontanarono tutti in silenzio, scomparendo ben presto sotto gli alberi, che coprivano buona parte dell'isolotto.

—Possiamo sbarcare ora?—chiese Sandokan rivolgendosi a Bindar, che era rimasto sempre silenzioso.

—Sì, sahib—rispose l'indiano.—A quest'ora i gurus della pagoda dovrebbero dormire profondamente.

—Andiamo dunque. Sono impaziente di condurre a termine questa avventura notturna.

—E di menare possibilmente le mani, è vero, fratellino?—disse Yanez.

—Sì, se si può—rispose la Tigre della Malesia.—Le mie braccia cominciano ad arrugginirsi.

Allentarono la fune dell'ancora e con pochi colpi di remo spinsero la bangle verso la riva.

—Due degli uomini rimarranno qui a guardia della barca—disse Yanez.—Dobbiamo assicurarci la ritirata.

Raccolsero le armi e scesero silenziosamente a terra, cacciandosi sotto un bosco, formato quasi esclusivamente di palmizi tara e da immensi gruppi di bambù.

Bindar si era messo alla testa del drappello, fiancheggiato da Yanez, il quale voleva sorvegliarlo personalmente, non avendo, checchè avesse detto a Sandokan, una completa fiducia di quell'indiano, che da soli pochi giorni conosceva.

La pagoda non era lontana più di due tiri di carabina, quindi in una ventina di minuti e anche meno, il drappello poteva arrivarci.

Tutti però avanzavano con estrema prudenza onde non farsi scorgere. Era molto improbabile che a quell'ora così inoltrata qualche indiano passeggiasse per quelle boscaglie, nondimeno si tenevano in guardia.

Attraversata la zona dei palmizi e dei bambù, si trovarono improvvisamente davanti ad una vasta radura, interrotta solamente da gruppi di piccole piante.

Nel mezzo giganteggiava la pagoda di Karia.

Come abbiamo detto, quel tempio, veneratissimo da tutti gli assamesi, perchè conteneva la famosa pietra di Salagram col capello di Visnù, si componeva d'una enorme piramide tronca; con le pareti abbellite da sculture che si succedevano senza interruzione dalla base alla cima e che rappresentavano in dimensioni più o meno grandiose, le ventuno incarnazioni del dio indiano.

Quindi, pesci colossali, testuggini, cinghiali, leoni, giganti, nani, cavalli, ecc.

Solo davanti alla porta d'entrata si rizzava una torre piramidale più piccola, il cobrom, coronato da una cupola e con le muraglie pure adorne di figure per la maggior parte poco pulite, rappresentanti la vita, le vittorie e le disgrazie delle diverse divinità.

Ad una altezza di venti piedi s'apriva una finestra sul cui davanzale ardeva una lampada.

—È per di là che dovremo entrare, sahib—disse Bindar volgendosi verso Yanez, che aveva corrugato la fronte, scorgendo quel lume.

—Temevo che qualcuno vegliasse nella pagoda—rispose il portoghese.

—Non avere alcun timore: è uso mettere una lampada sulla prima finestra del cobrom.

Se fosse un giorno festivo, ve ne sarebbero quattro invece d'una.

—Dove troveremo la pietra di Salagram? nella pagoda o in questa specie di torre?

—Nella pagoda di certo.

Yanez si volse verso i suoi uomini, chiedendo:

—Chi saprà raggiungere quella finestra e gettarci una fune?

—Se forzassimo la porta invece?—chiese Sandokan.

—Perderesti inutilmente il tuo tempo—disse Tremal-Naik.—Tutte quelle dei nostri templi sono di bronzo e d'uno spessore enorme.

D'altronde i tuoi uomini non saranno troppo imbarazzati a giungere lassù. Sono come le scimmie del loro paese.

—Lo so—rispose Yanez.

Indicò due dei più giovani del drappello e disse semplicemente loro:

—In alto, fino alla finestra!

Non aveva ancora finito, che quei diavoli, un malese ed un dayaco, salivano già aggrappandosi alle divinità, ai giganti, ai trimurti indù rappresentanti lo sconcio lingam che riunisce Brahma, Siva e Visnù.

Per quei marinai, mezzi selvaggi, abituati a salire di corsa le alberature delle navi e camminare come fossero a terra sui leggeri pennoni dei loro prahos o inerpicarsi sugli altissimi durion delle loro foreste, non era che una semplice scalata quella manovra.

In meno di mezzo minuto si trovarono entrambi sul davanzale della finestra, da dove gettarono due funi, dopo averle assicurate a due aste di ferro, che sostenevano due gabbie destinate a contenere dei batuffoli di cotone imbevuti d'olio di cocco durante le straordinarie illuminazioni.

—A me per primo—disse Sandokan.—A te l'altra fune, Tremal-Naik. Tu Yanez, alla retroguardia.

—A me, che devo conquistare il trono di Surama!—esclamò il portoghese.

—Ragione di più per conservare la preziosissima persona d'un futuro rajah—rispose Tremal-Naik, sorridendo.—I pezzi grossi non devono esporsi ai gravi pericoli che all'ultimo momento.

—Andate al diavolo!

—Niente affatto, saliremo verso il cielo invece.

—Va a trovare Brahma dunque!

Sandokan e Tremal-Naik si issarono rapidamente, scomparendo fra le tenebre. Quando i malesi ed i dayaki videro la fune a scuotersi, a loro volta cominciarono la salita, mentre il portoghese ne regolava l'ascensione.

Frattanto la Tigre della Malesia e l'indiano avevano raggiunto il davanzale, dove si tenevano a cavalcioni il malese ed il dayaco, i quali si erano già affrettati a spegnere il lume onde non si potessero scorgere le persone che salivano.

—Avete udito nulla?—aveva chiesto subito Sandokan.

—No, padrone.

—Vediamo se qui c'è un passaggio.

—Lo troveremo di certo—disse Tremal-Naik.—Tutti i cobrom comunicano con la pagoda centrale.

—Accendete una torcia.

Il malese, che ne aveva due passate nella fascia, fu pronto a obbedire.

Sandokan la prese, s'abbassò fino quasi a terra onde la luce non si espandesse troppo e fece qualche passo innanzi.

Si trovavano in una minuscola stanza, la quale aveva una porta di bronzo assai bassa e che era solamente socchiusa.

—Suppongo che metterà su una scala—mormorò.

La spinse, cercando di non produrre alcun rumore e si trovò davanti ad un pianerottolo pure minuscolo. Sotto s'allungava una stretta gradinata che pareva girasse su se stessa.

—Finché gli altri salgono, esploriamo—disse Tremal-Naik.

—Lasciate che vi preceda—disse una voce.

Era Bindar, il quale aveva preceduto tutti gli altri.

—Conosci il passaggio?—gli chiese Sandokan.

—Sì, sahib.

—Passa davanti a noi e bada che noi non staccheremo un solo istante i nostri sguardi da te.

Il seguace di Siva ebbe un sorriso, ma non rispose affatto.

La scala era strettissima, tanto da permettere a malapena il passaggio a due uomini situati l'uno a fianco dell'altro.

Sandokan e Tremal-Naik, seguiti dagli altri, che raggiungevano a poco a poco la finestra, si trovarono ben presto in un corridoio, che pareva avanzasse verso il centro della pagoda e che scendeva molto rapidamente.

— Ci siete tutti? — chiese il pirata, arrestandosi.

— Ci sono anch'io — rispose Yanez, facendosi avanti. — Le funi sono state ritirate.

La Tigre della Malesia sfoderò la scimitarra che gli pendeva dal fianco e che scintillò, alla luce della torcia, come se fosse d'argento, essendo formata di quell'impareggiabile acciaio naturale che non si trova che nelle miniere del Borneo; poi disse con voce risoluta:

— Avanti! l'antico pirata di Mompracem vi guida!

Percorso il corridoio e trovata un'altra scala, entrarono, dopo averla discesa, in una immensa sala, in mezzo alla quale si rizzava, su un enorme quadro di pietra, una statua rappresentante un pesce colossale.

Era quella la prima incarnazione del dio conservatore, così tramutato per salvare dal diluvio il re Sattiaviraden e la moglie di lui, servendo sotto quella forma di timone alla nave che aveva loro mandato per sottrarli al diluvio universale.

Narrano poi le leggende indiane, che dopo quel fatto, Visnù sdegnato contro i giganti Canagascien e Aycriben perchè avevano rubato i quattro vedam perché il nuovo popolo fondato da Sattiaviraden non avesse più religione, li uccise per restituirli a Brahma.

Il drappello si era fermato, temendo che vi fosse qualche sacerdote in quell'ampia sala, poi, rassicurati dal profondo silenzio che regnava là dentro, si mossero risolutamente verso il gigantesco pesce.

— Se il ministro non ci ha ingannati, l'anello deve trovarsi davanti a quell'acquatico — disse Yanez.

— Se non avrà detto il vero lo getteremo nel fiume con una buona pietra al collo — gli rispose Sandokan.

Stavano per giungere presso il dio, quando parve loro di udire come il cigolìo d'una porta che s'apriva.

Tutti si erano arrestati, poi i dayaki ed i malesi con una mossa fulminea rinserravano come entro un cerchio Sandokan, Yanez e Tremal-Naik, puntando le carabine in tutte le direzioni.

Attesero per qualche minuto, senza parlare, anzi quasi senza respirare, poi Yanez ruppe per primo il silenzio.

— Possiamo esserci ingannati — disse. — Se qualche sacerdote fosse entrato, a quest'ora avrebbe dato l'allarme. Che cosa dici tu, Bindar?

— Penso che quel rumore sia stato prodotto dallo scricchiolìo di qualche trave.

— Cerchiamo l'anello — disse Sandokan. — Se verranno a sorprenderci sapremo accoglierli per bene.

Fecero il giro del mostruoso dado di pietra reggente l'incarnazione di Visnù e trovarono subito un massiccio anello di bronzo su cui si scorgeva un alto rilievo rappresentante una conchiglia: la pietra di Salagram.

Un'esclamazione di gioia a mala pena soffocata, era sfuggita dalle labbra del portoghese.

—Ecco quella che mi aiuterà a conquistare il trono—disse.—Purché si trovi realmente sotto i nostri piedi.

—Se non la troveremo, ti accontenterai di quella che è disegnata su questo anello—disse Sandokan.

—Ah no! voglio la vera conchiglia!—rispose Yanez.

—Non so perchè ci tieni tanto.

Il portoghese, invece di rispondere, disse, volgendosi verso i suoi uomini:

—Alzate.

Due dayaki, i più robusti del drappello, afferrarono l'anello e con uno sforzo non lieve alzarono la pietra la quale misurava quasi un metro quadrato.

Yanez e Sandokan si curvarono subito sul foro e scorsero una stretta gradinata che scendeva in forma di chiocciola.

—Quel carissimo Kaksa Pharaum è stato d'una esattezza meravigliosa! che spaventi producono talvolta certe colazioni! scommetto che non ne farà più una in vita sua e che si accontenterà di soli pranzi.

Così dicendo Yanez prese ad un dayaco una torcia, armò una pistola e scese coraggiosamente nei sotterranei del tempio.

Tutti gli altri, uno ad uno l'avevano seguito, preparando le carabine. Nessuno aveva pensato all'imprudenza che stavano per commettere.

Scesi diciotto o venti gradini si trovarono in una spaziosa sala sotterranea che probabilmente, migliaia d'anni prima aveva servito da tempio a giudicarlo dalla rozzezza delle sculture, appena segnate sulle pareti rocciose, rappresentanti le solite incarnazioni del dio conservatore.

Gli occhi di Yanez si erano subito fissati su un dado di pietra sormontato da una piccola statua di terracotta, raffigurante un bramino nano.

—La pietra deve essere nascosta lì sotto—disse.

Con un calcio atterrò quel mostro, mandandolo in pezzi e subito un grido di gioia gli sfuggì.

In mezzo al masso coperto dal basamento della statua, aveva veduto un cofano di metallo, con alti rilievi di squisita fattura.

—Ecco la pietra famosa!—esclamò trionfante.—La corona dell'Assam è ormai di Surama.

Senza chiedere aiuto a nessuno, tolse il cofano dal suo nascondiglio, e vedendovi davanti un bottone al posto dove avrebbe dovuto trovarsi la serratura, lo premette con forza.

Il coperchio s'aprì di colpo e agli sguardi di tutti comparve una conchiglia pietrificata, di colore nerastro.

Era quella la pietra di Salagram contenente il famoso capello di Visnù.

Capitolo 5

L'Assalto delle Tigri

Gli indiani che adorano Visnù, hanno una straordinaria venerazione per le pietre di Salagram le quali, come abbiamo già accennato, non sono che delle conchiglie pietrificate del genere dei corni d'Ammone, ordinariamente di colore nerastro, perchè credono fermamente che esse rappresentino sotto quella forma il loro dio.

Vi sono nove specie di pietre di Salagram, come si contano, fra le più note, nove incarnazioni di Visnù, e sono tutte tenute in grande conto come il lingam che è venerato dai seguaci di Siva e che rappresenta, sotto una strana forma che non si può descrivere, la creazione umana.

Chi ha la fortuna di possedere tali conchiglie, le porta avvolte sempre in bianchissimi lini e ogni mattina le lava in un vaso di rame indirizzando a esse molte e stravaganti preghiere.

I bramini pure le tengono in molta venerazione e, dopo averle lavate, le pongono su un altare dove le profumano in presenza dei fedeli ai quali poi danno da bere un po' d'acqua entro cui hanno lavato il Salagram e ciò affine di renderli puri e mondi d'ogni peccato.

La conchiglia però che rendeva orgogliosi i religiosi dell'Assam, non era una di quelle comuni. Aveva delle dimensioni straordinarie per appartenere al genere dei corni d'Ammone, per di più era d'una splendida tinta nera e poi possedeva nel suo interno un capello del dio, mai veduto forse da nessuno, ma giacché i gurus lo avevano affermato, bisognava ben crederci. L'avevano letto sugli antichissimi libri sacri e basta.

Quale importanza poteva avere quella conchiglia per il portoghese, che non era mai stato un adoratore di Visnù, lo vedremo in seguito. Già nemmeno Sandokan, né il suo amico Tremal-Naik erano riusciti a saperlo, tuttavia conoscendo l'astuzia profonda del terribile consumatore di sigarette si erano accontentati di lasciarlo fare e di aiutarlo con tutte le loro forze.

Quel diavolo d'uomo, che aveva giocato dei tiri meravigliosi perfino al famoso James Brooke ed a Suyodhana, poteva ben farne uno anche al rajah dell'Assam, per porre sulla bellissima fronte di Surama, la sua fidanzata, la corona del barbaro principe e conservarne una metà per sé.

Yanez, dopo essersi ben assicurato che quella era veramente la tanto celebrata conchiglia che il giorno innanzi i sacerdoti della pagoda avevano condotto a passeggio per le principali vie di Gauhati, con immensa gioia della popolazione, aveva rinchiuso il coperchio, poi aveva afferrato il prezioso cofano, dicendo ai suoi compagni:

—Ed ora in ritirata!

—Vuoi altro?—gli aveva chiesto Sandokan un po' ironicamente.

—Qui dentro sta la corona della mia fidanzata. Vuoi che prenda anche la pagoda?

—Se la volessi!...

—Non ne ho bisogno per ora. Prendiamo il volo prima che i sacerdoti si risveglino. Armate le carabine!

Uno scricchiolìo secco lo avvertì che i malesi e i dayaki non avevano atteso un nuovo ordine.

Si slanciarono tutti sulla stretta scala, salendola frettolosamente quando ad un tratto una bestemmia sfuggì dalle labbra del portoghese, che era alla testa del drappello.

—Che Visnù sia maledetto!...

—Che cosa c'è, fratellino bianco?—chiese Sandokan, che gli stava dietro con Tremal-Naik.

—C'è... c'è... che hanno rimesso a posto la pietra!

—Chi!—chiesero ad una voce la Tigre della Malesia e Tremal-Naik.

—Che ne so io?

—Saccaroa! siamo stati dei veri stupidi! ci siamo dimenticati di lasciare almeno un paio d'uomini a guardia dell'uscita! che sia caduta da sé?

—È impossibile—rispose Yanez, che era diventato un po' pallido.—La pietra era stata deposta a quattro o cinque passi dall'apertura.

—È vero, signor Yanez—dissero i due dayaki, che l'avevano sollevata.

Yanez, Sandokan e Tremal-Naik si erano guardati l'un l'altro con una certa ansietà.

Per qualche istante fra quei tre uomini, rotti a tutte le avventure e coraggiosi fino alla follia, regnò un profondo silenzio.

Sandokan fu il primo a romperlo.

—I due dayaki più forti con me! spingiamo!

Quantunque la scala fosse stretta, i tre uomini appoggiarono le mani sulla pietra, tentando di alzarla, ma quello sforzo supremo fu vano.

Pareva che qualche peso enorme fosse stato collocato su quella lastra onde impedire, ai profanatori della pagoda, ogni via di scampo.

La Tigre della Malesia aveva mandato un vero ruggito. Il formidabile uomo non era abituato a trovare resistenza ai suoi muscoli d'acciaio.

—Siamo stati sorpresi e vinti—disse a Yanez, coi denti stretti.

Il portoghese non rispose: pareva che pensasse intensamente. Ad un tratto si volse verso Bindar, chiedendogli con voce perfettamente calma:

—Conosci questi sotterranei?

—Sì, sahib—rispose l'indiano.

—Vi è qualche passaggio?

—Uno solo.

—Dove mette?

—Nel Brahmaputra.

—Sopra o sotto la corrente?

—Sotto, sahib.

—Bah! siamo tutti abilissimi nuotatori. Non ve ne sono altri?

—Non credo.

—Come lo sai?

—Perchè ho lavorato, alcuni mesi or sono, a rifare le volte che minacciavano di crollare.

—Sapresti guidarci?

—Lo spero, se le torce non si spegneranno.

—Ne abbiamo altre due di ricambio.

—Allora tutto andrà bene.

—Si tratta però di far molto presto. Se i gurus avranno il tempo di chiamare le guardie del rajah, allora tutto sarà finito per noi.

—Il palazzo del principe è lontano, sahib.

—Guidaci!

L'indiano prese una torcia, che un malese gli porgeva e si diresse verso l'estremità della immensa sala, dove s'apriva una galleria molto ampia le cui volte parevano rifatte di recente.

—È questa che sbocca nel Brahmaputra?—chiese Yanez.

—Sì—rispose Bindar.

—Non odi un rombo lontano, sahib?

—Sì, mi pare.

L'indiano stava per riprendere la marcia quando Tremal-Naik lo arrestò.

—Che cosa vuoi, sahib?—chiese Bindar, sorpreso.

—Io scorgo laggiù un'altra porta che mette forse in qualche altra galleria—disse Tremal-Naik.

—Lo so.

—Conduce anche quella al fiume?

L'indiano ebbe una lunga esitazione e parve a Yanez ed a Sandokan che dimostrasse dall'aspetto del suo viso un certo terrore.

—Parla—disse Tremal-Naik.

—Non cacciarti là dentro sahib—rispose finalmente il seguace di Siva.—Anzi teniamoci ben lontani e fuggiamo al più presto.

—Perchè?—chiesero ad una voce Sandokan e Yanez colpiti vivamente dal tono strano della sua voce.

—Là vi è la morte.

—Spiegati meglio—disse Tremal-Naik con voce imperiosa.

—Quella galleria conduce nella cella sotterranea dove si custodiscono i tesori del rajah e quella cella è guardata da quattro tigri.

—Per Giove!—esclamò Yanez, impallidendo.—E potrebbero quelle bestie venire qui?

—Sì, se i sacerdoti alzano la saracinesca che mette nella galleria.

—Noi e le signore tigri siamo vecchie conoscenze—disse Sandokan,—tuttavia in questo momento non desidererei trovarmele davanti.

Spicciati Bindar e allunga il passo.

Il drappello si cacciò sotto la galleria a passo di corsa, volgendo di quando in quando la testa indietro, per paura di vedersi piombare addosso le quattro formidabili belve che vegliavano sul tesoro del principe.

Di passo in passo che avanzavano, un rombo che pareva prodotto dal frangersi di qualche enorme massa d'acqua, si ripercuoteva sotto le volte, propagandosi sempre più distintamente.

Era il Brahmaputra, che rumoreggiava all'estremità della galleria.

Quella ritirata precipitosa durava da alcuni minuti, quando i fuggiaschi si trovarono improvvisamente in una seconda sala, molto meno ampia della prima, scavata nella viva roccia e assolutamente nuda.

Il fracasso prodotto dal fiume era diventato intensissimo. Si sarebbe detto che quelle massicce pareti tremavano sotto gli urti poderosi dell'enorme affluente del sacro Gange.

—Ci siamo?—chiese Yanez a Bindar, alzando la voce.

—Il fiume non è che a pochi passi—rispose l'indiano.

—Sarà lungo il tratto che dovremo percorrere sott'acqua?

—Cinquanta o sessanta metri, sahib. Tuffati senza pericolo entro il pozzo e finirai nel fiume. Io rispondo di tutto.

Yanez sciolse rapidamente la fascia di lana rossa che portava stretta attorno ai fianchi e la passò intorno all'anello di metallo del prezioso cofano che racchiudeva la pietra di Salagram, legandosi il prezioso talismano alle spalle.

—Al pozzo, ora—disse poi all'indiano.

Bindar stava per cacciarsi nell'ultimo tratto della galleria, quando s'arrestò bruscamente facendo un gesto di terrore.

—Vengono!

—Chi?—domandarono Yanez e Sandokan.

—Le tigri.

—Io non ho udito nulla—disse il portoghese.

—Guardate sotto la galleria che abbiamo attraversato.

Tutti si erano voltati puntando le carabine.

Otto punti luminosi, che avevano dei riflessi verdastri, che ora si socchiudevano ed ora si aprivano, brillavano sinistramente fra le tenebre.

—Per Giove!—esclamò Yanez, che davanti al pericolo aveva recuperato prontamente il suo meraviglioso sangue freddo.—Sono ben occhi di tigre, quelli che scintillano laggiù.

I gurus le hanno scatenate ma non hanno pensato che le nostre costole sono indigeste anche alle signore della jungla.

—In ginocchio tutti!—comandò Sandokan, snudando la scimitarra e traendo una pistola a doppia canna.

—Puoi tener fronte all'attacco?—chiese Yanez.

—Sì, fratello.

—Andiamo a vedere il pozzo, Bindar. Assicuriamoci innanzitutto la ritirata.

—Fa' presto, fratello—disse Sandokan.

—Non domando che un solo minuto.

Si slanciò nella galleria con l'indiano che portava una torcia. Il fragore, prodotto dal fiume scorrente sopra i sotterranei della pagoda, era diventato assordante.

Bindar, che tremava come se avesse la febbre, percorsi venti passi e forse anche meno, si era fermato davanti ad una vasta apertura circolare, che non era difesa da alcun parapetto, in fondo alla quale si udivano a gorgogliare cupamente le acque del Brahmaputra.

—È per di qui che dovremo scendere—disse.—Vedi, sahib, che vi è anche una gradinata.

Yanez non aveva potuto trattenere una smorfia di malcontento.

—Per Giove!—esclamò.—Questa discesa non sarà molto allegra; sei ben sicuro che noi non lasceremo la nostra pelle dentro questa voragine?

—Alcune settimane or sono per di qui è fuggita una ragazza che i gurus avevano rapita per farne una bajadera.

—Ed è riuscita a salvarsi?

—Te lo giuro su Siva, sahib.

—Perchè hanno aperto questo pozzo i sacerdoti?

—Per lavarvi, senza essere veduti da alcun occhio profano, la pietra di Salagram.

—Tu sarai il primo a saltare in acqua. Voglio essere ben certo io del mio conto.

—Preferisco uscire da questa parte che affrontare le tigri—disse Bindar.

—E se...

Due colpi di carabina che rintronarono sotto le tenebrose volte come due colpi di spingarda lo interruppero.

—Ah! le signore della jungla—disse.—Andiamo a vedere se sono molto affamate. Quando ci saremo sbarazzati di quelle andremo a far conoscenza con le acque del Brahmaputra. È strano! quest'avventura, salvo per certi particolari, mi fa pensare a quella affrontata nelle caverne di Rajmangal.

Tornò rapidamente indietro, seguìto dall'indiano, e giunse nella sala sotterranea nel momento in cui rintronarono altri tre colpi di carabina.

—Si sono decise ad assalirci dunque?—chiese il portoghese, levandosi le pistole.—Ci sono anch'io nella partita e le mie armi sono di buon calibro. Fabbrica anglo-indiana e delle più famose.

—Temo che abbiamo sprecato inutilmente delle cariche—disse Sandokan, che stava in piedi dietro ai malesi ed ai dayaki inginocchiati, assieme a Tremal-Naik.—Quelle bestie sono di una prudenza estrema e pare che non abbiano fretta di assaporare le nostre carni.

—Puzzano troppo di selvatico quelle dei nostri uomini—disse il portoghese, che non perdeva mai il suo buon umore.

—Dove sono?

—Sono davanti a noi, ma socchiudono troppo di frequente gli occhi e così non si lasciano scorgere—rispose Sandokan.

—Eppure dobbiamo far presto. L'alba non è lontana e poi vi è il pericolo che giungano le guardie del rajah.

Ritiriamoci verso il pozzo e, se ci seguiranno fin là, daremo a loro battaglia prima di tuffarci.

—In ritirata, amici!—gridò Sandokan.

I malesi ed i dayaki si alzarono rapidamente, mostrando sempre la fronte alle tigri e si ritrassero in buon ordine verso il corridoio, che conduceva al pozzo.

Fra l'oscurità, di quando in quando s'alzava terribile quell'impressionante *ahug*, delle regine delle jungle indiane.

—Ci siamo—disse Yanez, indicando a Sandokan il pozzo.

—Che oscurità—mormorò Tremal-Naik.—Confesso che il rumoreggiare di quest'acqua non giunge gradito ai miei orecchi.

—Non vi è altra via da scegliere—rispose Yanez.—A te Bindar.

—Sì, sahib—rispose l'indiano.

Scese la gradinata senza manifestare la minima apprensione. Si udì un tonfo, poi più nulla.

—Agli altri ora, uno ad uno!—gridò il portoghese.

Un malese fu il primo, poi seguirono gli altri. Non erano rimasti che Sandokan, Tremal-Naik ed il portoghese, quando degli *ahug* spaventevoli echeggiarono all'entrata della galleria.

—Le tigri!—aveva gridato il bengalese.

—Ah! canaglie!—gridò Yanez.—Hanno aspettato il momento buono!

Sandokan si era precipitato in avanti, con la scimitarra alzata e la pistola montata.

Due lampi, che per poco non spensero la torcia che era stata infissa in un crepaccio della rivestitura del pozzo, balenarono.

Una massa enorme attraversò lo spazio davanti al terribile pirata della Malesia, dibattendosi disperatamente e tentando di afferrarsi con le zampe anteriori.

—A te il resto dunque!—gridò Sandokan.

La sua scimitarra fischiò in alto e troncò d'un colpo solo il collo della belva.

—Vai!—continuò il formidabile uomo.—Tu non sei degna di misurarti con la Tigre dell'arcipelago malese!

Le altre tre belve però erano pure comparse, e non sembravano affatto impressionate per la fine miseranda della compagna.

Tremal-Naik, che oltre alle pistole aveva una splendida carabina indiana, fece fuoco sulla più vicina, senza troppa precipitazione.

La signora delle jungle spiccò un salto in aria mandando una specie di ruggito e cadde pure per non più alzarsi. Era stata fulminata.

—A te, Yanez, finché ricarico le pistole!—gridò Sandokan, balzando indietro.

—Eccomi—rispose il portoghese.

Oltre le armi da fuoco che portava appese alla cintura, aveva estratto il kriss mettendoselo fra le labbra.

Le due altre tigri avanzavano strisciando e mugolando.

Tremal-Naik sparò la sua pistola alla distanza di appena dieci passi e sbagliò entrambi i colpi.

I due lampi però spaventarono le belve facendole indietreggiare rapidamente fino all'estremità del corridoio, prima che Yanez avesse avuto il tempo di far fuoco.

Quel momento di sosta era stato però sufficiente a Sandokan per ricaricare le sue armi.

—Yanez—disse il pirata,—le tigri tarderanno l'attacco dopo un così brutto ricevimento. Approfittane senza indugiare.

—Per che fare?

—Per scendere nel pozzo e gettarti nel Brahmaputra. Tu devi salvare la pietra di Salagram e quel cofano ti darà non poco impiccio se dovrai nuotare sott'acqua.

—E voi?

—Non occupartene. Da a noi le tue pistole che in acqua non ti servirebbero.

Il kriss ti basterà. Sarà meglio però che tu ti sbarazzi almeno degli stivali.

—Esito.

—Perchè?

—Siete in due contro due.

—E le armi? abbiamo, con i tuoi, sette colpi e poi sai che noi non abbiamo paura.

Metti in salvo il cofano, se ti è assolutamente necessario per conquistare la corona.

—Più che necessario.

—Allora salta in acqua. Le tigri brontolano, ma non si muovono e probabilmente lasceranno anche a noi il tempo di andarcene senza troppi pericoli.

Spicciati!

Il portoghese si levò gli stivali e la giacca, si fissò bene il kriss nella cintura dei calzoni, si assicurò il cofano e scese la gradinata, dicendo ai suoi due valorosi compagni:

—L'appuntamento è nel nostro sotterraneo.

Scese dieci gradini viscidi per l'umidità e si trovò davanti al foro circolare entro cui gorgogliava la corrente.

— Preferirei vederci — disse. — Bah! posso fidarmi delle mie forze.

Alzò le mani e si precipitò nelle cupe acque del Brahmaputra, scomparendo sotto la galleria sommersa.

Si era appena tuffato, quando un *ahug* terribile annunciò a Sandokan ed a Tremal-Naik che le due tigri si erano finalmente decise a ritentare l'assalto e vendicare le loro compagne.

— In guardia, Tremal-Naik — disse la Tigre della Malesia. — Vengono a grandi slanci.

— Sono pronto a riceverle — rispose l'intrepido bengalese. — Nella jungla nera ne ho ammazzate un buon numero, quindi sono pure mie vecchie conoscenze.

Le due belve erano sbucate dalla galleria, mugolando ferocemente. Erano due splendidi animali, che avevano raggiunto il loro pieno sviluppo, con un collo da toro.

Vedendo i due uomini in piedi, con le armi puntate, davanti alla torcia che mandava dei bagliori sanguigni crepitando, si erano fermate, raccogliendosi su loro stesse, come se si preparassero allo slancio supremo.

— Fuoco, Tremal-Naik! — aveva gridato precipitosamente Sandokan.

Il bengalese scaricò la carabina ed una delle due tigri, colpita sul muso, s'inalberò come un cavallo che riceve una terribile speronata, poi si accasciò.

— Salta in acqua, Tremal-Naik! — gridò Sandokan.

Il bengalese si precipitò giù per la gradinata, credendosi seguìto dal pirata; questi invece era rimasto fermo davanti all'ultima tigre che cercava di avvicinarsi, strisciando lentamente.

— Voglio che nemmeno tu difenda mai più il tesoro del rajah — disse il formidabile uomo. — La Tigre della Malesia ti aspetta a piè fermo.

La belva aveva risposto con una specie di miagolìo strozzato e aveva fissato i suoi occhi fosforescenti sull'uomo che osava offrirle l'ultima battaglia.

— Ti aspetto — ripeté Sandokan, che impugnava la pistola sua e quella di Yanez. — Spicciati: ho fretta di raggiungere i compagni.

La tigre spalancò la bocca, mostrando i suoi aguzzi denti, duri come l'acciaio e dalla gola uscì una nota spaventevole che terminò in un vero ruggito, quasi simile a quello che irrompe dal petto dei leoni africani, poi scattò.

Sandokan, che s'aspettava quell'assalto, fu lesto a gettarsi da una parte, poi sparò i suoi quattro colpi con lentezza studiata, cacciando tutte le quattro palle nel corpo della belva.

— La Tigre della Malesia ha vinto un giorno la Tigre dell'India umana — disse, mentre un sorriso d'orgoglio gli compariva sulle labbra. — Ora ho ucciso anche la tigre dell'India animale.

Si rimise le pistole nella cintura e mentre la fiera esalava l'ultimo respiro, scese la gradinata e si gettò, senza la minima esitazione, nelle tenebrose acque del Brahmaputra.

Capitolo 6

Sul Brahmaputra

Yanez, gettatosi in acqua, si era messo a nuotare vigorosamente, seguendo la corrente, sperando di trovare il canale di sfogo e rimontare alla superficie.

Prima d'abbandonarsi si era riempito per bene i polmoni d'aria, non sapeva quanto avrebbe potuto durare quell'immersione.

Il cofano che portava legato al dorso, gli dava fastidio, ma era sicuro delle proprie forze e della propria abilità come nuotatore.

Credendosi ormai fuori dalle volte, aveva tentato di spingersi in alto, ma aveva urtato sempre il capo contro una massa resistente.

—Mi pare che la faccenda diventi un po' seria—aveva pensato, raddoppiando le battute delle mani e dei piedi.

Percorsi altri quindici o venti metri, sempre assordato dai muggiti della corrente che cercava travolgerlo, e sentendosi ormai i polmoni esausti, ritentò l'ascensione, appoggiandola con due vigorosi colpi di tallone.

La sua testa emerse senza trovare più alcun ostacolo. Le volte non esistevano più e si trovava quasi in mezzo all'immenso fiume, a più di duecento passi dall'isolotto.

Prese finalmente aria e si rovesciò sul dorso per riposarsi.

Il sole non era ancora sorto, però le tenebre cominciavano a diradarsi.

—Cerchiamo di raggiungere subito la riva—si disse.—Prima che il giorno sorga è meglio trovarci al sicuro nel tempio sotterraneo. I malesi e i dayaki ci saranno forse già, se non hanno preferito aspettarci nella bangle. Spero che non avranno commesso l'imprudenza d'aspettarci. Orsù! quattro buoni colpi di braccio e attraversiamo il fiume prima che il cielo si rischiari e che i sacerdoti della pagoda mi scorgano.

Si era rivoltato e stava per scivolare silenziosamente fra le acque, quando sentì un urto che lo fece indietreggiare di qualche passo.

—Chi mi assale?—si chiese.—Qualche coccodrillo?

Levò precipitosamente il kriss e cercò di rimanere immobile.

Quasi subito vide ergersi davanti a lui una brutta testa piatta, di dimensioni simili a quella d'un pesce-cane, con una bocca larghissima, armata d'un gran numero di denti acutissimi, fornita agli angoli di certi baffi lunghi quasi due piedi, che gli davano uno strano aspetto.

—Per Giove!—esclamò il portoghese.—Conosco queste brutte bestie e so quanto siano voraci. Non sapevo che anche nei fiumi dell'India vi fossero delle balene d'acqua dolce! accidenti, questi sono pericolosi quanto i coccodrilli.

Non si trattava veramente d'una balena, quantunque a quei pesci abbiano dato quel nome per nulla giustificato, bensì d'uno squalo d'acqua dolce e meglio ancora d'un siluros glanis.

Balena, squalo, o siluro, l'avversario era terribile, poiché quei pesci che si trovano solamente nei grossi fiumi, sono d'una voracità incredibile e non esitano ad assalire l'uomo e anche a divorarselo.

Sono brutti mostri che misurano dai due ai tre metri, col corpo molto allungato che li fa rassomigliare un po' alle anguille, che come abbiamo detto hanno una bocca larghissima e poderosamente armata, guarnita ai lati di sei peli lunghissimi, che pare siano destinati ad attirare i pesci.

Forti e audaci, costituiscono un vero pericolo anche per gli esseri umani. Che un ragazzo si bagni ed il siluro abbandonerà subito la melma, dove abitualmente si riposa, per assalirlo e divorarlo talvolta intero.

Nemmeno gli animali vengono risparmiati. Che sopravvenga una piena ed ecco lo squalo d'acqua dolce dare la caccia alle bestie che avranno trovato rifugio sulle piante e a gran colpi di coda farle cadere nella sua terribile bocca.

Yanez, che aveva conosciuto quei pericolosi abitanti dei fiumi nei grandi corsi del Borneo, si era subito posto in guardia per non ricevere qualche tremendo colpo di coda.

Il siluro dopo aver mostrato la sua testa, coperta da una viscida pelle di colore verdastro, si era subito rituffato ma non aveva tardato a ricomparire, muovendo contro il portoghese.

Essendo però tali squali piuttosto lenti nelle loro mosse, Yanez aveva avuto il tempo di lasciarsi calare a picco per evitare l'attacco.

Il siluro non aveva tardato a seguirlo. Si era appena immerso che il portoghese lo assalì piantandogli il kriss fra le pinne pettorali.

Fatto il colpo, Yanez chiuse le gambe lasciandosi portare dalla corrente per parecchi metri, tenendosi sempre sott'acqua; poi con due bracciate rimontò a galla e con non poca sorpresa, urtò contro un corpo duro che lo obbligò ad immergersi di nuovo.

—Un altro squalo d'acqua dolce?—si era chiesto.—Ed io che ho lasciato il mio pugnale nel petto dell'altro!...

Si spinse più innanzi trattenendo il respiro, poi risalì ancora. Tornò a urtare, non già con la testa, bensì con una spalla e finì per emergere.

—Ah!—esclamò.—Che cos'è questo? è una lampada e che odore!

Quattro o cinque uccellacci, che avevano le penne nere e becchi immensi, si erano alzati volandosene via.

—I marabù!—aveva esclamato Yanez.—Allora è un cadavere!

Solo in quel momento si era accorto che era una tavola lunga un paio di metri e larga uno, sopra la quale bruciava una piccola lampada d'argilla.

—Questo è un feretro abbandonato alla corrente—mormorò.—Che

incontro poco allegro! beh, dopo tutto mi aiuterà a reggermi a galla.

Allungò le mani e s'aggrappò a quella strana bara che la corrente trasportava. Dannati indiani! con il loro sacro Gange cominciano ad annoiarmi.

Infatti, steso su quella funebre tavola, destinata a raggiungere il Gange, si trovava il cadavere di un vecchio indiano, quasi nudo, con una lunga barba bianca, ridotto però in uno stato orribile.

I marabù gli avevano strappato gli occhi, divorata la lingua, squarciato il ventre e da quelle ferite usciva un odore che rivoltava lo stomaco.

—Puoi andare a finire nel Gange anche senza questa tavola che è più necessaria a me che a te—disse Yanez.—E poi il tuo profumo non mi piace affatto. Va e buon viaggio!

Con una spinta vigorosa gettò il cadavere in acqua assieme alla lampadina e si issò sulla tavola.

—Cerchiamo ora di orientarci—mormorò.—Gli altri penseranno a mettersi in salvo come potranno. Già, di Sandokan, di Tremal-Naik e dei miei uomini sono sicuro.

Si guardò intorno e gli parve di riconoscere la riva destra.

—È là che devo sbarcare—disse.

Si gettò bocconi sulla tavola e servendosi delle mani come di remi, guidò il galleggiante funebre attraverso il fiume.

La corrente non era forte, avendo quasi tutti i corsi d'acqua dell'India pochissima pendenza, sicchè gli riuscì facile raggiungere la riva.

Abbandonò la tavola e prese terra. In quel luogo non vi erano che delle risaie: capanne, nemmeno una.

—Rimontando verso levante giungerò al tempio sotterraneo—mormorò.—Non deve essere molto lontano.

Affrettiamoci, o darò troppo nell'occhio io, uomo bianco, senza giacca e senza stivali e con un bagaglio sulle spalle.

Si mise rapidamente in marcia, seguendo sempre la riva, che era fiancheggiata da grossi alberi fra i cui rami cominciavano già a volteggiare delle singalika, quelle magrissime scimmie che sono così numerose in India, alte quasi un metro, con una specie di barba, che dà a loro uno strano aspetto e che sono lo spavento dei poveri contadini, ai quali distruggono senza misericordia i raccolti.

Yanez, che vedeva, non senza inquietudine, approssimarsi l'alba, affrettava il passo. Aveva già oltrepassata l'isola su cui sorgeva la pagoda di Karia, non doveva quindi essere molto lontano dal tempio sotterraneo.

Di quando in quando s'arrestava un momento sperando di scorgere la bangle e non vedeva invece altro che delle lunghe file di grotteschi uccellacci, d'aspetto decrepito, semi-spelati, col becco lunghissimo e robusto.

Erano i marabù che attendevano pazientemente il passaggio di qualche cadavere, umano o animale, poco importava, per dargli addosso ed in quattro e quattro otto farlo scomparire nei loro mai pieni stomaci.

Il sole dardeggiava i suoi primi raggi sulle acque del Brahmaputra,

quando Yanez giunse davanti al tempio sotterraneo, sulla cui porta
vegliava un uomo, che aveva l'aspetto d'un fakiro.

— Ah! signor Yanez! — esclamò quell'uomo alzandosi.

— Kammamuri! — aveva esclamato il portoghese.

— Nei panni d'un biscnub, signore — rispose il maharatto ridendo — che
non ha però rinunciato né alle ricchezze, né ai piaceri della vita, né ai beni
di questo mondo come i miei correligionari.

— Sono tornati?

— Il signor Sandokan ed il mio padrone? certo, vi aspettano a colazione
da una buona mezz'ora.

— E gli altri?

— Sono tutti qui. Sono giunti su una bangle.

— Ed il ministro?

— È sempre al sicuro, ma ho paura che quel povero diavolo muoia
di spavento.

— I tuoi compatrioti hanno la pelle troppo dura per andarsene così
presto in grembo a Siva o a Brahma.

S'aprì il passo fra i cespugli che nascondevano l'entrata e si cacciò nei
corridoi del tempio, che erano guardati da malesi e da dayaki armati di
carabine e di scimitarre.

Quando giunse nell'ultima stanza, che già abbiamo descritta e che era
sempre illuminata dalla lampada non avendo alcuna finestra, trovò seduti
davanti alla tavola Sandokan, Tremal-Naik ed il ministro.

— Finalmente! — esclamò il primo. Stavo per mandare alcuni uomini a
cercarti, quantunque io non dubitassi che ci avresti raggiunti.

— Non ho potuto raggiungere la bangle. Di ciò parleremo più tardi.
Lascia che mi cambi, ché gocciolo da tutte le parti e fa portare la colazione.

Quel bagno mi ha messo indosso un appetito da tigre.

— E metti al sicuro la tua famosa conchiglia — disse Tremal-Naik.

— Dopo: bisogna che il signor ministro la veda.

Passò in una stanza attigua e si cambiò rapidamente, indossando un
vestito di flanella bianca, assai leggera.

Quando rientrò, la tiffine, o colazione fredda all'inglese, era pronta:
carne, birra, biscotti. Il cuoco però aveva aggiunta una terrina di curry per
Sua Eccellenza il ministro, non mangiando carne di bue gli indiani.

— Mangiamo per ora — disse Yanez — e voi, Eccellenza, rasserenate un
po' il vostro viso e bevete pure la nostra birra.

Vi do la mia parola che non contiene, questa, nessun pezzetto di grasso
di mucca.

Invece di rasserenarsi, il ministro si fece ancor più oscuro in viso, nondimeno non respinse il curry che Yanez gli offriva, né una tazza di birra.

Mentre mangiavano con un appetito invidiabile, i due pirati della Malesia e Tremal-Naik, si raccontavano le avventure a loro toccate durante la
pericolosa evasione.

Anche Sandokan e l'indiano avevano avuto da fare non poco a uscire dalle volte sommerse, ma più fortunati del portoghese non avevano incontrato nessuna balena d'acqua dolce ed avevano potuto raggiungere felicemente la bangle dove avevano già trovato i dayaki ed i malesi.

Temendo di venire da un momento all'altro sorpresi dai sacerdoti, non avevano indugiato a prendere il largo, convinti che Yanez se la sarebbe facilmente cavata.

Quando la colazione fu terminata, Yanez accese, come di consueto, l'eterna sigaretta, mise il cofano davanti al ministro e l'aprì levando la preziosa conchiglia.

—È questa, proprio questa la famosa pietra di Salagram?—chiese al ministro che la guardava sbigottito.—Rispondetemi Eccellenza.

Kaksa Pharaum fece col capo un cenno affermativo.

—Uditemi ora e badate di non rispondermi con dei soli cenni. Esigo da voi delle importanti dichiarazioni.

—Ancora?—brontolò il ministro, che sembrava di pessimo umore.

—Ci tiene molto il re a possedere questa pietra di Salagram?

—Più di voi certo—rispose Kaksa Pharaum.—Come si potrebbero fare le processioni senza quella preziosa reliquia, che tutti i gurus c'invidiano?

—Qual è la prossima processione che si farà in pubblico? voi indiani ne fate molte durante l'anno.

—Quella del maddupongol.

—Che cos'è?

—È la festa delle vacche—disse Tremal-Naik—che si solennizza nel decimo mese di tai, ossia del vostro gennaio, per festeggiare il ritorno del sole nel settentrione e che fa seguito al gran-pongol ossia alla festa del riso bollito nel latte.

—È vero—disse il ministro.

—Quando deve scadere?—chiese Yanez.

—Fra quattro giorni.

—Benissimo: per quel giorno il rajah avrà la sua pietra di Salagram.

Il ministro aveva fatto un soprassalto, guardando Yanez con gli occhi dilatati dal più intenso stupore.

—Volete scherzare, milord?—chiese.

—Niente affatto, Eccellenza—rispose Yanez.—Vi do la mia parola d'onore che la pietra ritornerà, per mezzo del principe, nella pagoda di Karia.

—Io non comprendo più nulla—disse Kaksa Pharaum.

—Ed io meno di voi—aggiunse Sandokan che fumava il suo cibuc senza aver, fino allora, preso parte alla conversazione.

—Abbi un po' di pazienza, fratellino—disse Yanez.—Ditemi ora Eccellenza, faranno delle ricerche per scoprire gli autori del furto?

—Metteranno a soqquadro la città intera e lanceranno nelle campagne tutta la cavalleria—rispose Kaksa Pharaum.

—Allora possiamo essere sicuri di non venire disturbati—disse il portoghese sorridendo.—Sono già le otto: possiamo andare a trovar Surama e fare un giro per la città.

Vedremo così l'effetto che avrà prodotto il furto della famosa pietra.

Staccò dalla parete un altro paio di pistole, che si mise nella larga fascia rossa, si mise in testa un elmo di tela bianca adorno d'un velo azzurro, che gli dava l'aspetto d'un vero inglese in viaggio attraverso il mondo e fece atto d'uscire insieme a Sandokan ed a Tremal-Naik che si erano pure provvisti d'armi.

—Milord—disse il ministro—e io?

—Voi, Eccellenza, rimarrete qui sotto buona guardia. Non abbiamo ancora terminato le nostre faccende, e poi se vi mettessimo in libertà, correreste subito dal principe.

—Io mi annoio qui ed ho molti affari importanti da sbrigare. Sono il primo ministro dell'Assam.

—Lo sappiamo, Eccellenza. D'altronde se volete cacciare la noia, fumate, bevete, e mangiate. Non avete altro che da ordinare.

Il povero ministro, comprendendo che avrebbe perduto inutilmente il suo tempo, si lasciò ricadere sulla sedia mandando un sospiro così lungo che avrebbe commosso perfino una tigre, ma che non ebbe nessun effetto sull'animo di quel diavolo di portoghese.

Quando furono fuori del tempio, trovarono Kammamuri sempre seduto davanti ad un cespuglio, col suo berretto rosso ed azzurro sul capo, il corpo avvolto in un semplice pezzo di tela, con una corona ed un bastone in mano: era il costume dei fakiri biscnub, specie di pellegrini erranti che sono però tenuti in molta considerazione nell'India, avendo quasi tutti appartenuto a classi agiate.

—Nulla di nuovo, amico?—gli chiese Yanez.

—Non ho udito che le urla stonate d'un paio di sciacalli i quali si sono divertiti a offrirmi, senza richiesta, una noiosissima serenata.

—Seguici a distanza e raccogli le dicerie che udrai. Se non potrai seguire il nostro mail-cart non importa. Ci rivedremo più tardi.

—Sì, signor Yanez.

Il portoghese ed i suoi due amici si diressero verso un gruppo di palme davanti a cui stava fermo uno di quei leggeri veicoli chiamati dagli anglo-indiani mail-cart, che vengono usati per lo più nei servizi postali.

Era però di dimensioni più grandi degli ordinari, e sulla cassa posteriore vi potevano stare comodamente anche tre persone invece d'una.

Era tirato da tre bellissimi cavalli che pareva avessero il fuoco nelle vene e che un malese penava a frenare.

Yanez salì al posto del cocchiere, Sandokan e Tremal-Naik di dietro e la leggera vettura partì rapida come il vento, avviandosi verso le parti centrali della città.

I mail-cart vanno sempre a corsa sfrenata come le troike russe e tanto peggio per chi non è lesto a evitarle.

Attraversano le pianure come uragani, salgono le più aspre montagne, le discendono con eguale velocità, specialmente quelle adibite al servizio della posta. Sono guidate da un solo indiano, munito d'una frusta a manico corto, che non lascia un momento in riposo, perchè non deve arrestarsi per nessun motivo.

Quelle corse però non sono scevre di pericoli. Avendo quelle vetture le ruote alte e la cassa senza molle, subiscono dei sobbalzi terribili e se uno volesse parlare correrebbe il rischio di troncarsi, coi propri denti, la lingua. Yanez, come abbiamo detto, aveva lanciato quella specie di biroccio a gran corsa, facendo scoppiettare fortemente la frusta per avvertire i passanti a tenersi in guardia.

I tre cavalli, che balzavano come se avessero le ali alle zampe, divoravano lo spazio come saette, nitrendo rumorosamente.

Bastarono dieci minuti perchè il mail-cart si trovasse nelle vie centrali di Gauhati.

Yanez ed i suoi compagni notarono subito un'animazione insolita: gruppi di persone si formavano qua e là discutendo animatamente, con larghi gesti e anche sulle porte dei negozi era un bisbigliare incessante fra i proprietari ed i loro avventori.

Si leggeva sul viso di tutta quella gente impresso un vero sgomento.

Yanez, che aveva frenato i cavalli onde non storpiare qualche passante, si era voltato verso i suoi due amici strizzando loro l'occhio.

—La terribile notizia si è già sparsa—rispose la Tigre della Malesia, sorridendo.—Dove ci conduci?

—Da Surama per ora.

—E poi?

—Vorrei vedere quel maledetto favorito del rajah, se mi si presentasse l'occasione.

—Uhm! sai che il principe non vuol vedere nessun inglese alla sua corte.

—Eppure dovrà ricevermi e con grandi onori—disse Yanez.

—Ed in quale maniera?

—Non ho forse la pietra in mia mano?

—Che diventi un talismano?

—Forse anche di più, mio caro Sandokan. Oh! che cosa c'è?

Due indiani avanzavano fra la folla, l'uno lanciando di quando in quando delle note rumorose che ricavava da una lunghissima tromba di rame e l'altro che scuoteva furiosamente una gautha, ossia uno di quei campanelli di bronzo ornati con una testa che ha due ali e che vengono adoperati nelle cerimonie religiose per convocare i fedeli.

Li seguiva un soldato del rajah, con ampi calzoni bianchi, la casacca rossa con alamari gialli e che portava una bandiera bianca con nel mezzo dipinto un elefante a due teste.

—Questi sono araldi del principe—disse Tremal-Naik.—Che cosa annunceranno?

—Io lo indovino di già—disse Yanez, fermando la vettura.—È una cosa che riguarda noi.

I tre araldi, dopo aver assordato i vicini che si erano radunati in gran numero attorno a loro, si erano pure fermati ed il soldato che doveva avere dei polmoni di ferro, si era messo a urlare:

—Sua Maestà, il principe Sindhia, signore dell'Assam, avverte il suo fedele popolo che offrirà onori e ricchezze a chi saprà dare indicazioni sui miserabili che hanno rubato la pietra di Salagram dalla pagoda di Karia. Ho parlato per la bocca del potentissimo rajah.

—Onori e ricchezze—mormorò Yanez.—A me basteranno i primi per ora. Il resto verrà più tardi, te lo assicuro, mio caro Sindhia.

Quelle però saranno per la mia futura moglie.

Lasciò passare i banditori che avevano ripreso la loro musica infernale e lanciò i cavalli a piccolo trotto, percorrendo successivamente parecchie vie molto larghe, cosa piuttosto rara nelle città indiane che hanno stradicciole tortuose come quelle delle città arabe e anche poco pulite.

—Ci siamo—disse ad un tratto, fermando con uno strappo violento i tre ardenti corsieri.

Si era fermato davanti ad una casa di bella apparenza, che sorgeva, come un gran dado bianco, fra otto o dieci colossali tara che l'ombreggiavano da tutte le parti.

Solo a vederla si capiva che era un'abitazione veramente signorile, essendo perfettamente isolata ed avendo porticati, logge e terrazze per poter dormire all'aperto durante i grandi calori.

Tutte le abitazioni dei ricchi indù sono bellissime e tenute anche con molta cura. Devono avere cortili, giardini, cisterne d'acqua e fontane non solo nelle stanze bensì anche all'entrata e grandi ventole mosse a mano dai servi onde regni una continua frescura.

Devono anche avere intorno delle piccole kas khanays ossia casette di paglia o piuttosto di radici odorose, costruite nel mezzo d'un tratto di terra erbosa e sempre in prossimità d'una tank ossia una fontana dove la servitù possa comodamente lavarsi.

Udendo il fracasso prodotto dai tre cavalli, due uomini vestiti come gli indiani che però dalla tinta della loro pelle e dai tratti del viso, duri e angolosi si riconoscevano anche di primo acchito per malesi, erano subito usciti dalla casa salutando con un goffo inchino Yanez ed i suoi due compagni.

—Surama?—chiese brevemente il portoghese saltando a terra.

—È nella sala azzurra, capitano Yanez—rispose uno dei due malesi.

—Occupatevi dei cavalli.

—Sì, capitano.

Salì i quattro gradini seguito da Tremal-Naik e da Sandokan e attraversato un corridoio si trovò in un vasto cortile, circondato da eleganti porticati sorretti da esili colonne.

Nel mezzo, da una grande coppa di pietra, zampillava altissimo un getto d'acqua.

Yanez passò sotto il porticato di destra e si fermò davanti ad una porta dove stavano raggruppate delle ragazze indiane.

— Avvertite la padrona — disse loro.

Una giovane aprì invece senz'altro la porta, dicendo:

— Entra, sahib: ti aspetta.

Yanez ed i suoi compagni si trovarono in un elegantissimo salotto che aveva le pareti tappezzate di seta azzurra ed il pavimento coperto da un sottile materasso che si estendeva fino ai quattro angoli.

Tutto all'intorno vi erano dei divanetti di seta, con ricami d'oro e d'argento di squisita fattura, e larghi guanciali di raso fiorato appoggiati contro le pareti onde i visitatori potessero sdraiarvisi comodamente.

All'altezza d'un metro, s'aprivano nelle muraglie parecchie nicchie dove si vedevano dei vasi cinesi pieni di fiori che esalavano acuti profumi.

Mobili nessuno, eccettuato uno sgabello collocato proprio nel mezzo della stanza su cui stavano dei bicchieri ed un fiasco di vetro rosso racchiuso entro un'armatura d'oro cesellata, e con il collo lunghissimo.

Una bellissima giovane, dalla pelle leggermente abbronzata, dai lineamenti dolci e fini, con gli occhi nerissimi ed i capelli lunghi intrecciati con fiori di mussenda e grappoli di perle, si era prontamente alzata.

Uno splendido costume tutto di seta rosa, con ricami azzurri, copriva il suo corpo sottile come un giunco, pur essendo squisitamente modellato, lasciando vedere l'estremità dei calzoncini di seta bianca che s'allargavano su due graziose babbucce di pelle rossa con ricami d'argento e la punta rialzata.

— Ah! miei cari amici! — aveva esclamato, muovendo a loro incontro con le mani tese.

— Anche tu, Tremal-Naik! come sono felice di rivederti! lo sapevo già che non saresti rimasto sordo all'appello dei tuoi vecchi compagni!

— Quando si tratta di dare un trono a Surama, Tremal-Naik non rimane inoperoso — rispose il bengalese stringendo calorosamente la piccola mano della bella indiana. — Se Moreland e Darma non fossero in viaggio per l'Europa sarebbero qui anche loro.

— Come l'avrei veduta volentieri tua figlia Darma!

— La riceverai alla tua corte, quando tornerà — disse Yanez. — Orsù, Surama, offri da bere agli amici. Le vie di Gauhati sono molto polverose e la gola si secca presto.

— A te, mio dolce signore, il tuo liquore favorito — disse la giovane indiana prendendo il fiasco e riempiendo i bicchieri di cristallo rosa d'un liquore color dell'ambra.

— Alla salute della futura principessa dell'Assam — disse Sandokan.

—Non così presto—rispose Surama, ridendo.

—E che! vorresti tu, piccina, che noi avessimo lasciato il Borneo ed i nostri prahos e gli amici per venire a vedere solamente le bellezze poco interessanti della tua futura capitale? quando noi ci muoviamo facciamo sempre qualche grosso guasto, è vero Yanez?

—Non siamo sempre noi le vecchie tigri di Mompracem?—rispose il portoghese.—Dove piantiamo le unghie la preda non scappa più. Ne vuoi una prova? abbiamo già nelle nostre mani la famosa pietra di Salagram.

—Quella del capello di Visnù?

—Sì, Surama.

—Di già?

—Diamine! mi era necessaria per introdurmi a corte.

—Ed il merito è tutto del tuo fidanzato—disse Sandokan.—Yanez invecchia ma la sua straordinaria fantasia rimane sempre giovane.

—E potremo finalmente conoscere i tuoi famosi disegni?—chiese Tremal-Naik.—Io continuo a rompermi inutilmente la testa e guastarmi il cervello senza riuscire a trovare alcuna relazione fra quella dannata conchiglia e la caduta del rajah.

—Non è ancora tempo—rispose Yanez.—Domani però saprai qualche cosa di più.

—È inutile che tu lo tenti, amico Tremal-Naik—disse Sandokan.—Noi ne sapremo qualche cosa quando sarà giunto il momento di rovesciare contro le guardie reali i nostri trenta uomini e di sguainare le nostre scimitarre. Non è vero, Yanez?

—Sì—rispose il portoghese, sorridendo.—Quel giorno non sarà però molto vicino. Con quel Sindhia dovremo procedere molto cautamente. Non dobbiamo dimenticarci che siamo soli qui e che non possiamo contare sull'appoggio del governo inglese. Non dubitiamo però sull'esito finale. O Surama riavrà la corona o noi non saremo più le terribili tigri di Mompracem.

—Ah mio signore!—esclamò la giovane indiana fissando sul portoghese i suoi profondi e dolcissimi occhi.—Tu la dividerai con me, è vero?

—Io! sarai tu, fanciulla, che me ne darai un pezzo.

—Tutta insieme al mio cuore, Yanez.

—Sta bene, aspettiamo però di levarla, dalla testa di quel briccone. Pagherà ben cara la cattiva azione che ti ha usato.

Lui ti ha venduta come una miserabile schiava ai thugs per fare di te, principessa, una bajadera; un giorno venderemo anche lui.

—Purché non faccia la fine della Tigre dell'India—disse Sandokan con accento quasi feroce.—Ci sarò anch'io quel giorno!

Capitolo 7

Il Rajah dell'Assam

L'indomani, due ore dopo il mezzodì, un drappello che destava non poca curiosità fra gli sfaccendati che ingombravano le vie della capitale dell'Assam, avanzava verso il grandioso palazzo del rajah che torreggiava sulla immensa piazza del mercato.

Si componeva di sette persone: d'un inglese, più o meno autentico, vestito correttamente di bianco con un cappello di tela grigia adorno d'un gran velo azzurro che gli scendeva fino al di sotto della cintura, e di sei malesi, vestiti però all'indiana, con casacche verdi ricamate, ampi calzoni rossi, grandi turbanti in testa di seta variegata e armati di carabine splendide dalle canne arabescate e i calci intarsiati d'avorio e di madreperla, pistole a doppia canna alla cintura e scimitarre al fianco.

Erano tutti begli uomini, d'aspetto feroce, membruti e dagli occhi cupi e sinistri. Erano solo sei, ma dal loro aspetto si comprendeva facilmente che non avrebbero dato il passo nemmeno a una compagnia di cipay.

Giunti davanti al palazzo reale, che era guardato da un drappello di guardie, armate di lance che avevano la lama larghissima, l'inglese arrestò con un gesto i suoi uomini.

—Che cosa vuoi sahib?—chiese il comandante delle guardie, avanzando verso l'inglese, mentre i suoi uomini mettevano le picche in resta, come se si preparassero a respingere un assalto.

—Vedere rajah—rispose Yanez.

—È impossibile, sahib.

—Perchè?

—Il rajah sta con le sue donne.

—Io essere grande milord inglese amico della regina ed imperatrice Indie. Tutte porte aprirsi davanti a me milord John Moreland.

—Il rajah non ama ricevere gente dalla pelle bianca sahib.

—No sahib, io essere grande milord!

—Il rajah non riceverà nemmeno un milord. Non desidera vedere alla sua corte degli europei.

—Non essere stupido, indiano. Dire a principe tuo che io avere trovato la pietra di Salagram di pagoda Karia. Milord avere ucciso i briccioni, perchè io non avere paura neanche delle vostre bâg admikanevalla.

Tu intanto prendere questa mohr. Noi inglesi pagare sempre disturbo.

Udendo quelle parole e vedendo soprattutto quella grossa moneta d'oro, che Yanez gli porgeva, come se fosse una semplice rupia, gli indiani della guardia si erano rimirati l'un l'altro con profondo stupore.

— Milord — disse il loro comandante, confuso — è proprio vero quanto hai affermato?

Yanez fece segno ad uno dei sei malesi, che reggeva sulle braccia una specie di cassetta avvolta in un pezzo di seta rossa, poi disse:

— Qui dentro essere la pietra di Salagram che fu rubata da birbanti thugs. Vai a dire questo a Sua Altezza e Altezza vedere subito me, milord.

L'indiano rimase un momento esitante, guardando l'involto, poi, come se fosse stato preso da una subitanea pazzia si slanciò sotto l'ampio porticato battendo furiosamente i gong sospesi al di sopra delle porte.

— Finalmente — mormorò Yanez traendo flemmaticamente una sigaretta dal suo portasigari ed accendendola. — Avremo da aspettare, ma questo non mi preoccupa.

I suoi uomini, appoggiati alle loro carabine, mantenevano una immobilità assoluta, spiando attentamente le guardie indiane che tenevano sempre le lance in resta.

Era appena trascorso un minuto quando un vecchio indiano, vestito sfarzosamente, che doveva essere qualche ministro o qualche cortigiano, seguito da parecchi ufficiali che portavano sul capo degli immensi turbanti, scese l'immenso scalone di marmo precipitandosi verso Yanez.

— Milord! — esclamò con voce affannata. — È vero che tu hai trovato la pietra di Salagram?

Yanez gettò via la sigaretta, lanciò quasi sul naso dell'indiano l'ultima boccata di fumo, poi rispose:

— Yes.

— Vuoi dire?

— Sì: avvertire subito Sua Altezza.

— La vera pietra?

— Yes.

— E come l'hai trovata?

— Io parlare solo a rajah: milord non essere uomo da poco.

— Dov'è la pietra?

— Io averla e bastare: Sua Altezza non ricevere me ed io andare a vendere pietra.

— No! no! milord!

— Allora rajah ricevere me e subito. Io soffrire spleen.

— Vieni avanti, ti aspetta.

— Aho! essere io molto contento.

Fece un segno ai malesi e seguì il ministro o favorito che fosse, salendo lo splendido scalone, su cui, ad ogni gradino, si trovava una guardia armata di carabina e di pistole.

— Si capisce che questo sovrano non si ritiene troppo sicuro — mormorò

Yanez.—Che abbia fiutato il vento infido? in guardia, amico e dagli di tromba.

Sul pianerottolo s'aprivano quattro grandiose gallerie, tutte di marmo, con colonne contorte e adorne di teste di elefante che intrecciavano artisticamente le loro proboscidi. Ampie tende di seta azzurra e leggerissima, con trama d'oro, d'uno splendido effetto, scendevano fra i colonnati onde ripararle dai riflessi del sole e mantenere una certa frescura.

Lungo le pareti dei vasi enormi per lo più d'origine cinese reggevano dei colossali mazzi di fiori e delle foglie di banani. Anche in quelle gallerie v'erano numerose guardie che passeggiavano, armate di picche e di scimitarre.

Il ministro fece attraversare a Yanez ed alla sua scorta una di quelle gallerie, poi aprì una porta tutta di bronzo dorato e scolpito e li introdusse in una immensa sala tappezzata in seta bianca con ricami d'oro e che aveva all'intorno parecchie dozzine di divanetti di velluto bianco.

All'estremità, su una piattaforma di marmo, coperta in parte da un ricchissimo tappeto, si ergeva una specie di letto, su cui stava sdraiato, appoggiandosi ad un cuscino di velluto rosso, un uomo che indossava una lunga zimarra bianca.

Intorno a quella specie di trono, stavano quattro vecchi indiani che sembravano sacerdoti, e dietro di loro, schierati su quattro linee, quaranta soldati seikki, i guerrieri più valorosi che abbia l'India e che vengono assoldati in gran numero dai rajah per farsene una guardia fedele e sicura.

Il ministro con un gesto imperioso fece fermare i malesi presso la porta, poi prese per una mano Yanez, lo condusse verso il trono gridando ad alta voce:

— Salute a Sua Altezza Sindhia, rajah dell'Assam! ecco il milord inglese.

Il sovrano si era alzato, mentre Yanez si toglieva il cappello.

I due uomini si guardarono per qualche minuto senza parlare come se volessero studiarsi a vicenda.

Sindhia era un uomo ancora giovane, poiché non pareva che avesse più di trent'anni, però la vita dissoluta che doveva condurre, aveva già tracciata sulla fronte del tiranno delle rughe precoci.

Era nondimeno sempre un bellissimo tipo d'indiano, dai lineamenti finissimi, con occhi neri che parevano due carboni lucenti. Una rada barbetta nera gli dava un aspetto piuttosto truce.

— Sei tu il milord che mi riporta la pietra di Salagram?—chiese finalmente, dopo aver squadrato dall'alto in basso il portoghese.—Se è vero quanto hai detto al mio ministro, sii il benvenuto, quantunque io non ami gli stranieri.

— Sì, io essere milord John Moreland, Altezza, ed io riportare a te conchiglia con capello di Visnù—rispose Yanez.—Tu avere promesso ricchezze, onori, è vero?

— E manterrò la promessa, milord—rispose il principe.

—Ebbene io a te dare conchiglia.

Si volse facendo cenno al malese che portava il cofano di avvicinarsi. Levò la seta che l'avvolgeva e andò a deporlo ai piedi del principe.

—Tu vedere prima Altezza, se quella essere vera pietra rubata.

—Vi è un segno sulla pietra che io ed i gurus della pagoda di Karia conosciamo benissimo—rispose il principe.

Aprì il cofano e prese la conchiglia facendola girare e rigirare fra le mani. Una vivissima gioia si era subito diffusa sul suo viso.

—È la pietra che fu rubata—disse finalmente.—milord, tu sarai mio amico.

Uno dei suoi cortigiani udendo quelle parole portò subito a Yanez una sedia dorata, facendolo sedere davanti alla piattaforma.

Quasi subito una decina di servi, che indossavano dei costumi sfarzosi entrarono reggendo dei vassoi d'oro sui quali vi erano delle chicchere piene di caffè, bicchieri colmi di liquori, piattelli con gelati e pasticcini dolci.

Il principe e Yanez furono i primi serviti, poi i ministri, quindi i malesi della scorta.

—Ed ora milord—disse Sindhia dopo aver vuotato un paio di bicchieri di cognac, ingollati come se quella vecchia grappa fosse della semplice acqua—mi dirai come sei riuscito a sorprendere i ladri e perchè ti trovi sul mio territorio.

—Io essere qui venuto a cacciare le bâg—rispose Yanez,—perchè io essere molto grande cacciatore e non avere paura di tigri. Io averne uccise molte, tante nelle Sunderbunds del Bengala.

—Ed i ladri?

—Io essermi imboscato ieri notte per cacciare una bâg nera e grossa molto e...

—Una tigre nera!—aveva esclamato il principe sussultando.

—Sì.

—Quella che ha divorati i miei figli!—gridò Sindhia passandosi una mano sulla fronte che pareva si fosse coperta d'un gelido sudore.

—Come? quella bâg avere mangiato...

—Taci, milord—disse il principe quasi imperiosamente.—Continua.

—Tigre non venire ed io aspettare sempre—proseguì Yanez.—Sole stava per farsi vedere, quando io scorgere cinque indiani scappare attraverso bosco.

Dovevano essere thugs, perchè io avere veduto ai loro fianchi, lacci e fazzoletti seta nera con palle piombo. Io odiare quei bricconi e quindi sparare subito carabina poi pistole e ucciderli tutti, poi gettare cadaveri nel fiume e coccodrilli tutto mangiare.

—Ed il cofano?

—Averlo trovato a terra.

—E poi?

—Poi io avere udito tuoi araldi, ed io portare qui conchiglia col capello di Visnù perchè non sapere cosa farne io.

—E che cosa domandi ora, milord?—chiese Sindhia.

—Io non volere denaro, io essere molto ricco.

—Ma tu hai diritto ad una ricompensa. La pietra di Salagram è per noi un tesoro impagabile.

Yanez stette un momento silenzioso, fingendo di pensare, poi disse:

—Tu nominare me tuo grande cacciatore, ed io uccidere le tigri che mangiano tuoi sudditi. Ecco quello che io volere.

Il rajah aveva fatto un gesto di stupore, tosto imitato dai suoi ministri ed aveva ben ragione di mostrarsi sorpreso.

Come, quell'inglese originale invece di chiedere ricompense si offriva invece di rendere dei preziosi servigi, quali la distruzione di tutte le belve che tanti danni e tante angosce recavano ai poveri assamesi delle campagne?

—Milord—disse il rajah, dopo un silenzio abbastanza lungo—io ho offerto onori e ricchezze a chi avrebbe recuperato la pietra di Salagram.

—Io saperlo—rispose Yanez.

—E non domandi nulla.

—Io essere contento cacciare bâg ed essere tuo grande cacciatore.

—Se ciò può farti felice, io ti offro alla mia corte un appartamento, i miei elefanti ed i miei sikkary.

—Grazie, principe: io essere molto soddisfatto.

Il rajah si tolse da un dito un magnifico anello d'oro che aveva un diamante grosso come una nocciola d'una limpidezza meravigliosa e che doveva valere per lo meno diecimila rupie e lo porse a Yanez, dicendogli con un grazioso sorriso:

—Tieni almeno questo, milord, per mio ricordo. Vorrei però chiedere a te, giacché sei un grande cacciatore, un favore.

—Io essere sempre pronto a farlo a Sua Altezza—rispose il portoghese.

Il rajah fece un gesto imperioso. I ministri e i seikki si ritrassero subito all'opposta estremità della sala onde non ascoltare ciò che doveva dire il loro principe.

—Ascoltami—disse il rajah.

—Io ascoltarti, Altezza—disse Yanez avvicinandosi.

—Tu mi hai detto di esserti recato nella foresta a cacciare la tigre nera. L'hai veduta?

—No, Altezza—rispose Yanez, che cominciava a tenersi in guardia, non sapendo dove voleva finire il principe.—Io averne solamente udito parlare.

—Quella bâg un giorno ha mangiato i miei figli.

—Aho! cattiva bestia.

—Così cattiva che si calcola abbia divorato più di duecento persone.

—Molto appetito quella bestia!

—Tu sei grande cacciatore, mi hai detto.

—Moltissimo.

—Vuoi provarti a ucciderla?

Yanez con non poca sorpresa del rajah non aveva risposto. I suoi occhi si erano invece fissati su una doppia cortina di seta che pendeva dietro a quella specie di letto e che di quando in quando oscillava come se dietro si nascondesse qualcuno.

—Che cosa può essere?—si era chiesto il sospettoso portoghese.—Si direbbe che qualcuno suggerisce delle pessime idee al sovrano.

—Mi hai capito, milord?—chiese il rajah, un po' sorpreso di non ricevere risposta.

—Sì, altezza—rispose Yanez.—Io andare uccidere bâg nera che ha mangiato tuoi figli.

—Avresti tanto coraggio?

—Io mai avere paura delle tigri. Pum! morte tutte!

—Se tu, milord riuscirai a vendicare i miei figli, io darò a te tutto quello che vorrai. Pensaci.

—Io avere pensato.

—Che cosa vorrai?

—Tu avere commedianti a corte, Altezza.

—Sì.

—Io voler vedere commedie indiane e suggerire io soggetto ad artisti.

—Ma tu non domandi nulla!—esclamò il rajah, che cadeva di sorpresa in sorpresa.

Un sorriso diabolico era comparso sulle labbra di Yanez.

—Noi inglesi essere tutti eccentrici. Io voler vedere teatro indiano.

—Subito?

—No, dopo aver uccisa tigre feroce. Io dare a mangiare a quella brutta bestia molto piombo.

Tu Altezza preparare domani elefanti e scikary, prima spuntare sole. Io preparare tutti miei uomini.

Lasciami andare ora: curare molto mie armi buone.

Yanez si era alzato facendo al principe un profondo inchino.

—Addio, milord!—disse il rajah porgendogli la destra.—Non dimenticherò mai quanto ti devo.

—Aho! io non avere fatto nulla.

I seikki ed i ministri si erano riavvicinati. I primi ad un cenno del rajah aveva presentato le armi al portoghese, il quale aveva risposto con un perfetto saluto militare.

Anche i sei malesi, dal canto loro, avevano alzato le carabine salutando il rajah.

Yanez attraversò a passi lenti la sala, accompagnato da due ministri; quando però fu presso la porta si volse bruscamente e vide una testa comparire fra le cortine di seta che pendevano dietro il trono del principe. La testa era quella d'un uomo bianco, barbuto, con due occhi di fuoco.

I loro sguardi s'incontrarono, ma fu un lampo, poiché quell'europeo era subito scomparso.

— Ah, birbante! — mormorò Yanez. — Eri tu che suggerivi al principe! deve essere quel greco misterioso di cui mi ha parlato Kaksa Pharaum.

Quello deve essere più pericoloso di quell'imbecille di Sindhia, però mio caro, hai da fare con le vecchie Tigri di Mompracem e puoi essere certo che ti mangeranno.

Salutò i ministri che lo avevano accompagnato e uscì dal palazzo, salutato dalle guardie che vegliavano sulle gradinate e davanti al portone.

A breve distanza stava fermo il suo mail-cart, tirato da due cavalli che Bindar, il sivano, riusciva a mala pena a tenere fermi.

— Mio fratellino Sandokan è veramente un grand'uomo — mormorò Yanez. — Che tigre prudente.

Si volse verso i malesi che aspettavano i suoi ordini:

— Disperdetevi — disse loro, — fate tutto ciò che volete e badate di non farvi seguire da nessuno. Non ritornate alla pagoda sotterranea che a notte tarda e sparate senza misericordia su chi cercherà di spiarvi. Vi sono dei pericoli.

— Va bene capitano — risposero i malesi.

Salì a cassetta, sedendosi a fianco di Bindar e lanciò i cavalli a corsa sfrenata onde nessuno potesse seguirlo.

Solamente quando fu sulle rive del Brahmaputra lontano dagli ultimi sobborghi, rallentò il galoppo furioso dei focosi destrieri.

— Bindar — disse, — hai udito parlare di una tigre nera che ha mangiato i figli del rajah?

— Sì, sahib — rispose l'indiano.

— Anch'io ho udito vagamente qualcuno che ne parlava due o tre giorni or sono. Che bestia è?

— Una bâg che si dice sia tutta nera e che commette delle stragi terribili.

— Quale luogo frequenta?

— Le jungle di Kamarpur.

— Sono lontane?

— Una ventina di miglia, non di più.

— Al di là del Brahmaputra?

— Non è necessario attraversare il fiume.

— È vero che ha mangiato i figli del rajah?

— Sì, sahib.

— Quando?

— L'anno scorso.

— E come?

— Il rajah seccato dai continui reclami dei suoi sudditi, s'era finalmente deciso di porre fine alle stragi che commetteva quella admikanevalla ed aveva incaricato i suoi due figli di dirigere la battuta.

Erano fanciulli, assolutamente incapaci di condurre a termine una così difficile impresa. Temendo però la collera del padre si erano ben guardati dal rifiutarsi. Non si sa veramente come siano andate le cose; però ti posso dire che due giorni dopo furono trovati i loro corpi, semi-divorati, pendenti da un ramo d'un albero.

—Si erano imboscati lassù?

—Erano legati—disse Bindar.

—Che cosa vuoi dire?

—Che sotto la pianta furono trovate delle corde strappate—rispose l'indiano.

—E che vuoi concludere?

—Che si sussurra qui, che il rajah avesse approfittato di quella tigre per sbarazzarsi di quei due fanciulli che forse gli davano noia.

—Per Giove!—esclamò Yanez inorridito.

—Eh! sahib! Sindhia è fratello di Bitor, il rajah che regnava prima e che tutti detestavano per le sue infamie.

—Ah! ho capito—rispose il portoghese aggrottando la fronte.

Poi mormorò fra sé:

—Il greco, la tigre nera che ha mangiato i figli del rajah, l'invito ad andarla ad ammazzare. Che cosa ci sarà sotto tutto ciò? fortunatamente ho la Tigre della Malesia, Tremal-Naik e Kammamuri sotto mano, tre unità formidabili, come direbbe un marinaio moderno.

La bâg cadrà, non ne dubito e allora, mio caro Sindhia, non sarà una semplice rappresentazione quella che ne pagherà le spese. Ci vuol ben altro! una corona per Surama e per me.

Lanciò nuovamente i cavalli al galoppo allontanandosi dalla città parecchie miglia e volgendosi di quando in quando per vedere se era seguito da qualche altro mail-cart.

Quando il sole tramontò fece ritorno, inoltrandosi nei boschi che sorgevano di fronte al tempio sotterraneo.

—Occupati dei cavalli—disse all'indiano.

Sulla soglia della pagoda lo aspettavano, con viva impazienza, Sandokan e Tremal-Naik.

—Dunque?—chiesero ad una voce.

—Tutto va bene—rispose Yanez ridendo.—Il rajah è mio amico.

Poi estraendo una sigaretta proseguì:

—Vi spiacerebbe cacciare domani una tigre pericolosissima?

—A me lo domandi?—rispose Sandokan.

—Allora fa preparare le tue armi. Prima che il sole spunti ci troveremo al palazzo del rajah.

—Che cosa dici, Yanez?—chiese Tremal-Naik.

—Venite—rispose Yanez.—Vi racconterò tutto.

Capitolo 8

La Tigre Nera

Erano appena suonate le tre del mattino quando Yanez, seguito da Sandokan, da Tremal-Naik e dai sei malesi giungeva davanti al palazzo reale, per intraprendere la caccia della terribile kala-bâgh ossia la tigre nera.

Fino dal giorno prima avevano noleggiato tre grandi tciopaya, ossia carri indiani tirati da una coppia di zebù, non essendo conveniente che un uomo bianco e per di più inglese, si recasse ad un appuntamento a piedi e senza una scorta numerosa.

Il maggiordomo della corte aveva preparato ogni cosa per la grande caccia.

Tre magnifici elefanti, che reggevano sui poderosi dorsi delle comode casse destinate ai cacciatori, prive di cupolette onde non intralciare il fuoco delle carabine e montati ognuno da un mahut, stavano fermi in mezzo alla piazza, circondati da una dozzina di behras, ossia di valletti che tenevano a guinzaglio una cinquantina di bruttissimi cani, di statura bassa, incapaci di tenere testa ad una belva così pericolosa, ma necessari per scovarla.

Dietro agli elefanti stavano due dozzine di scikary, ossia battitori, armati solamente di picche e quasi nudi, onde essere più lesti a fuggire dopo aver stanato la belva.

— Siamo pronti, sahib — disse il maggiordomo inchinandosi profondamente davanti a Yanez.

— Ed io essere contentissimo — rispose il portoghese degnandolo appena d'uno sguardo.

— Buoni elefanti?

— Provati e abituati alle grosse cacce, sahib. Scegli quello che meglio ti conviene.

— Quello — disse Tremal-Naik, indicando il più piccolo dei tre pachidermi e che aveva delle forme massicce, poderose e due denti superbi. — È un merghee di buona razza.

I mahuts avevano già gettato le scale di corda.

Yanez, Tremal-Naik e Sandokan presero posto nella cassa del merghee, Kammamuri coi malesi in quelle degli altri, insieme col maggiordomo che doveva dirigere la battuta.

— Avanti! — disse Yanez al mahut.

I tre pachidermi si misero subito in marcia mandando tre formidabili barriti, seguiti subito dai scikary e dai behras che conducevano i cani, i quali latravano a piena gola.

In meno di mezz'ora la truppa fu fuori dalla città, poiché gli elefanti procedevano di buon passo obbligando la scorta a correre per non rimanere indietro e si diresse attraverso le boscaglie che si estendevano, quasi senza interruzione, fino nei dintorni di Kamarpur.

Yanez, dopo aver acceso la sua eterna sigaretta e aver bevuto un lungo sorso d'arak, si era seduto davanti a Tremal-Naik dicendogli:

—Ora tu, che sei indiano e che hai passato tanti anni nelle Sunderbunds, ci spiegherai che cos'è questa tigre nera.

Noi conosciamo quelle bornesi e là di nere non ne abbiamo mai vedute, è vero Sandokan?

Il pirata che fumava placidamente il suo cibuc, gettando in aria, con lentezza misurata, delle nuvole di fumo, fece col capo un cenno affermativo.

—Quella che noi indiani chiamamo kala-bâgh non è veramente nera—rispose Tremal-Naik.—Ha il mantello simile a quello delle altre: siccome però sono le più feroci, i nostri contadini credono che incarni una delle sette anime della dea Kalì che come sai si chiama anche la Nera.

—Non si tratterebbe quindi che di uno di quei terribili predatori solitari che gli inglesi chiamano men's eater ossia mangiatrici di uomini.

—E che noi chiamiamo admikanevalla o admiwala kanh.

—Una bestia sempre pericolosa.

—Terribile, Yanez—disse Tremal-Naik—perchè quelle tigri sono animali anziani, per ciò rotti a tutte le astuzie e d'una voracità spaventosa.

Non potendo, in causa dell'età che le priva dello slancio giovanile, cacciare le antilopi o i buoi selvaggi, s'imboscano nei dintorni dei villaggi o in prossimità delle fontane in attesa che le donne vadano a prendere acqua.

Sono d'una prudenza straordinaria, conoscono luoghi e persone, attaccando di preferenza gli esseri deboli e sfuggendo quelli che potrebbero tenere a loro testa.

—Vivono sole?—chiese Sandokan.

—Sempre sole—rispose il bengalese.

—Sono allora difficili a catturarsi.

—Certo, perchè sono prudentissime e cercano di evitare sempre i cacciatori.

—Siccome però quella tigre mi è necessaria, noi la prenderemo—disse Yanez.

—Tu diventi incontentabile, amico—disse Sandokan, ridendo.—Prima era la pietra di Salagram che ti era necessaria, oggi è una tigre e domani cosa vorrai?

—La testa del rajah—rispose Yanez celiando.

—Oh per quella, ci penso io. Un buon colpo di scimitarra e te la porto ancora quasi viva.

—E i seikki che vegliano sul principe, non li conti tu.

—Ah sì! mi hai parlato di quei guerrieri. Che gente sono, amico Tremal-Naik? tu devi conoscerli un po'.

—Guerrieri valorosi.

—Incorruttibili?

—Uh! a seconda—rispose il bengalese.—Non devi dimenticare, innanzi tutto che sono mercenari.

—Ah!—fece Sandokan.

—Ehi fratellino!—esclamò Yanez.—Perché t'interessano quei seikki?

—Tu hai le tue idee, io ho le mie—rispose la Tigre della Malesia, continuando a fumare.—Sono anche quelli adoratori di Visnù e delle pietre di Salagram, amico Tremal-Naik?

—Non adorano né Siva, né Brahma, né Visnù, né Budda—rispose il bengalese.—Non credono che in Nanek, un religioso che sul principio del secolo sedicesimo si fece un gran nome e che fondò una nuova religione.

—Vorresti diventare anche tu un seikko.

—Non glielo consiglierei—disse Tremal-Naik, scherzando,—perchè sarebbe costretto, per essere ammesso a quella setta religiosa, a bere dell'acqua che ha servito a lavare i piedi e le unghie al sacerdote.

—Ah! che maiali!—esclamò Yanez.

—E a mangiare servendosi di un dente di cinghiale, almeno per le prime volte.

—Perchè?—chiese Sandokan.

—Per abituarsi a superare la ripugnanza che tutti i mussulmani hanno per i maiali—rispose Tremal-Naik.

—Se lo terranno per loro il dente perchè io non ho alcun desiderio di diventare un seikko—disse la Tigre della Malesia.—Ho semplicemente un'idea verso quelle guardie. Bah! ci penseremo su.

Siamo nei boschi bassi. Apriamo gli occhi. È in questi, è vero Tremal-Naik, che preferiscono abitare quelle terribili solitarie?

—Sì, le macchie dei banani e le terre umide delle grandi erbe—rispose il bengalese.

—Teniamoci in guardia dunque.

I tre elefanti, che procedevano sempre di buon passo, erano giunti in una immensa pianura che era interrotta qua e là da gruppi di mindi, arbusti non più alti di due o tre metri, dalla corteccia bianchissima e lucente ed i rami sottilissimi; da piccoli banani e da piccole macchie di butee frondose, dal tronco nodoso e robusto, coronato da un folto padiglione di foglie vellutate d'un verde azzurrognolo e sotto le quali pendevano degli enormi grappoli d'una splendida tinta cremisina.

A grandi distanze, e per lo più in mezzo a piccole piantagioni d'indaco e ombreggiate da cespugli di mangifere, si scorgeva qualche capanna. Animali invece non se ne vedevano: solamente degli stormi di bulbul, quei piccoli, leggiadri e battaglieri rosignoli indiani, che volavano via all'avvicinarsi degli elefanti e dei cani, mostrando le loro penne picchiettate e la loro coda rossa.

—Che sia questo il regno della tigre nera?—chiese Yanez.

—Lo sospetto—rispose Tremal-Naik.—Vedo laggiù degli stagni e quelle brutte bestie amano l'acqua perchè sanno che le antilopi vanno a dissetarsi dopo il tramonto.

—Riusciremo a scoprirla prima che la notte scenda?

—Uhm! lo dubito.

—Le prepareremo un agguato.

—Perderesti inutilmente il tuo tempo. Le kala-bâgh non si lasciano sorprendere e potrai mettere capretti finché vorrai e anche dei maiali, senza farle decidere ad avvicinarsi.

—Aspettiamo—concluse Yanez.—Noi non abbiamo fretta.

Fino al mezzodì gli elefanti continuarono ad avanzare attraverso a quella pianura che pareva che non dovesse finire mai, passando fra i gruppi di banani, di mindi e di mangifere, senza aver mai dato alcun segno di inquietudine; poi il maggiordomo che montava un magnifico makna, ossia un elefante maschio senza zanne, diede il segnale della fermata per servire la colazione agli ospiti del suo signore.

I scikary rizzarono in pochi minuti un'ampia e bellissima tenda di seta rossa in forma di padiglione e copersero il suolo con dei soffici tappeti di Persia, mentre il babourchi, ossia il cuoco della spedizione, aiutato da alcuni sais, cioè palafrenieri, faceva scaricare dal makna del maggiordomo le sue provviste onde servire una colazione fredda.

Yanez, Sandokan e Tremal-Naik si erano affrettati a prendere possesso della tenda, essendo il caldo intensissimo. Kammamuri ed i sei malesi della scorta, si erano invece rifugiati sotto un immenso tamarindo che spandeva, sotto i suoi lunghissimi e flessibili rami un'ombra benefica.

L'aria del mattino aveva aguzzato straordinariamente l'appetito dei cacciatori, sicché gli ospiti del rajah fecero molto onore alla curree bât che innaffiarono abbondantemente con birra e toddy, la dolce e piccante bevanda indiana che è gradevolissima anche ai palati europei.

Il maggiordomo, dopo aver provveduto alla distribuzione dei viveri, li aveva raggiunti, sedendosi però ad una certa distanza dal milord inglese.

—Ti aspettavamo—disse Yanez, che si era coricato su un ampio cuscino di seta rossa per fumare con maggior comodità.—E questa tigre dove la scoveremo?

—Il jungaul barsath *(nda: re della jungla)* a quest'ora si riposerà nella sua tana—rispose il maggiordomo.—Non sarà che verso sera o di buon mattino che noi la incontreremo.

Non ama il sole, milord.

—Sai approssimativamente dove la incontreremo?

—Quattro giorni or sono, fu vista nei dintorni dello stagno di Janti; anzi là divorò una donna che conduceva una mucca all'abbeverata.

—La mucca è riuscita a scappare?

—La bâgh non si è occupata dell'animale. Ora che si è abituata alla carne umana non desidera che quella.

—Che abbia il suo covo in quei dintorni?—chiese Sandokan.

—Sì, deve trovarsi fra i bambù della vicina jungla, perchè anche alcune settimane or sono, è stata incontrata due volte da uno scikaro.

—Questa sera potremo trovarci a quello stagno?

—Prima del tramonto vi giungeremo—rispose il maggiordomo.

—Volete che tendiamo una imboscata in quel luogo?—chiese Sandokan volgendosi verso Yanez e Tremal-Naik.—Se quella bestia è così astuta e diffidente, non si lascerà accostare dagli elefanti.

—Era quello che pensavo anch'io—disse il portoghese.

—A che ora partiremo?—chiese Tremal-Naik al maggiordomo.

—Alle quattro, sahib.

—Possiamo approfittare per schiacciare un sonnellino allora. Non siamo sicuri di riposarci questa sera.

Il maggiordomo fece portare altri cuscini, poi stendere davanti alla tenda un gran drappo pure di seta, perché potessero riposare più tranquilli.

Anche i scikary ed i conduttori dei cani, approfittando della grande calma che regnava sotto le piante, e che nessun pericolo che li minacciava, si erano addormentati. Vegliavano invece gli elefanti, occupati a dar fondo ad un ammasso di foglie e di rami di pipal, di cui sono ghiottissimi, non avendo forse trovata sufficiente la razione fornita loro dai mahuts, quantunque composta di venticinque libbre di farina impastata con acqua, di una libbra di burro chiarificato e di mezza libbra di sale per ciascuno.

Alle quattro, con una precisione cronometrica, tutta la carovana era pronta a riprendere le mosse.

La tenda in un baleno era stata levata e gli elefanti, che erano appena allora stati spalmati di grasso alla testa, agli orecchi ed ai piedi, si mostravano di buon umore, scherzando con i loro mahuts.

—Avanti!—aveva gridato Yanez che aveva ripreso il suo posto con Sandokan ed il bengalese.

La carovana si mosse di buon passo, sempre nello stesso ordine di quando erano partiti. I scikary, non essendo ancora giunti sul luogo della caccia, si tenevano ultimi insieme ai conduttori dei cani ed ai servi.

Il paesaggio cominciava a cambiare. I grandi alberi scomparivano per dar luogo a immense distese di erbe palustri, grosse e diritte come lame di sciabola che i botanici chiamano thypha elephantina, perchè assai amate dagli elefanti che ne fanno delle scorpacciate, ed a gruppi di bambù spinosi, alti solo pochi metri, ma invece molto grossi.

Era il principio della jungla umida, il regno dell'acto bâgh beursah *(nda: la tigre signora)* come l'hanno chiamata i poeti indiani.

Della selvaggina piccola e grossa, spaventata dall'avvicinarsi di quei tre colossi accompagnati da tanta gente armata, balzava di quando in quando fuori da quei bambù, allontanandosi a corsa precipitosa.

Ora erano dei samber, specie di cervi, più grossi di quelli europei, dal pellame bruno violetto sul dorso e bianco argenteo sotto il ventre e la testa armata di corna robuste, che spiccavano dei salti meravigliosi, scomparendo in pochi istanti agli occhi dei cacciatori; ora invece erano dei nilgò, le antilopi indiane, grosse quasi quanto un bue di media statura, di forme però eleganti e fini ed il pellame grigiastro; ora delle bande di cani selvaggi, grossi quanto gli sciacalli ai quali rassomigliano molto nella forma della testa e che sono famosi cacciatori di daini, dei quali ne distruggono un gran numero.

Anche qualche bufalo delle jungle, strappato al suo riposo dal barrire degli elefanti, si scagliava, con impeto furibondo, fuori dalle macchie di bambù, mostrando la sua testaccia corta e quadra, armata di corna ovali e fortemente appiattite, che si curvavano all'indietro. Si arrestava qualche momento, ben piantato sulle poderose zampe, guatando con gli occhi iniettati di sangue la carovana, smanioso forse di lanciarsi ad una carica disperata e di far strage di scikary e di valletti, poi s'allontanava a piccolo galoppo, volgendosi di quando in quando indietro e anche soffermandosi come per dire: un bhainsa della jungla non ha paura.

Il sole era prossimo al tramonto e gli elefanti cominciavano a dar segno di stanchezza a causa della pessima natura del suolo che cedeva facilmente sotto i loro larghi piedi, quando Yanez, dall'alto della cassa, al di là d'una piccola jungla formata esclusivamente di piante spinose, vide scintillare una distesa d'acqua.

— Ecco lo stagno della tigre nera — disse.

Quasi nell'istesso momento una viva agitazione si manifestò fra i cani. Tiravano i guinzagli e latravano furiosamente formando un baccano assordante.

— Che cosa c'è dunque? — chiese il portoghese al mahut.

— I cani hanno fiutato la pista della kala-bâgh — rispose l'indiano.

— Che sia passata per di qua?

— Certo, sahib. I cani non latrerebbero così.

— E quando è passata? di recente?

— Solo i cani potrebbero saperlo.

— Il tuo elefante non dà alcun segno d'agitazione?

— Nessuno finora.

— Avanzati verso lo stagno. Ne faremo il giro per vedere quale contegno terranno i cani.

— Sì, sahib — rispose il mahut alzando la sua corta picca armata lateralmente d'un uncino molto acuto.

L'elefante che si era arrestato un momento, riprese il cammino scostando con la sua formidabile tromba i bambù. Era ancora tranquillo, tuttavia doveva essersi accorto anche lui che stava avanzando nel dominio della tigre perchè non aveva più il passo lesto come prima.

I cani, sotto una tempesta di frustate, non urlavano più, però di quando in quando tentavano di rompere i guinzagli per slanciarsi attraverso le typha.

—Che l'abbiano proprio fiutata la belva?—chiese Yanez, che sembrava inquieto, rivolgendosi verso Tremal-Naik.

—Credo che il mahut non si sia ingannato—rispose il bengalese.—Per precauzione faremo bene a preparare le carabine.

Si è dato qualche volta che le tigri solitarie invece di fuggire si siano gettate improvvisamente addosso ai cacciatori.

—Approntiamoci, Sandokan.

La Tigre della Malesia vuotò il suo cibuc e presa la sua carabina a due colpi, montò i grilletti mettendosela poi fra le ginocchia. Yanez e Tremal-Naik lo avevano imitato, poi avevano appoggiato contro l'orlo della cassa tre picche di corta misura che avevano però delle lame piuttosto larghe e coi margini affilatissimi.

—Tu Sandokan, veglia sul mahut, io guardo a destra e tu Tremal-Naik a sinistra—disse Yanez quando quei preparativi furono terminati.—Conto più su di noi tre che su tutta questa gente.

—E su Kammamuri e sui nostri malesi—aggiunse la Tigre della Malesia.—Non sono uomini da volgere le spalle nel momento del pericolo.

Quantunque tutto indicasse che quelle jungle fossero state percorse dalla terribile belva, gli elefanti giunsero senza cattivi incontri sulle rive dello stagno e ne fecero il giro levando solamente alcune coppie di pavoni ed una mezza dozzina di oche selvatiche, grosse quanto quelle europee, col collo invece più lungo, le ali orlate di nero, la testa adorna d'un ciuffo.

Quello stagno non aveva che una circonferenza di cinque o seicento metri e serviva da serbatoio ad alcuni minuscoli torrenti che si perdevano nelle vicine jungle.

Le piante acquatiche, le jhil, che somigliano al loto comune e che producono un grosso tubero assai apprezzato dagli indiani, lo avevano invaso per buona parte.

—Accampiamoci qui—disse Yanez al mahut.

Gettò la scala e scese con i suoi compagni. Il maggiordomo lo aveva subito raggiunto per attendere i suoi ordini.

—Fa alzare la tenda e preparare l'accampamento.

—Sì, milord.

—Una domanda prima.

—Parla.

—Vi sono altri stagni nei dintorni?

—Nessuno. Non vi è che il fiume, ma è molto lontano ancora.

—Sicchè i nilgò ed i bufali sono costretti a venire qui a dissetarsi.

—Ai villaggi non s'avvicinano mai e poi quelle fontane sono troppo frequentate dagli uomini e dalle donne.

—Non mi occorre ora che una buona cena.

I scikary, i valletti ed i servi, aiutati anche dal malesi che erano sotto la direzione di Kammamuri, in meno d'un quarto d'ora prepararono l'accampamento intorno ad un magnifico pipal nim, dal tronco enorme e dal fogliame cupo e fitto, che con i suoi immensi rami lo copriva quasi tutto.

Trattandosi di fermarsi in quel luogo forse parecchi giorni, i scikary per premunirsi dalle sorprese della terribile kala-bâgh, con dei bambù incrociati avevano formato come una barriera tutta all'intorno, legandoli strettamente.

La tenda, quantunque non fosse proprio necessaria, era stata rizzata contro un albero, ossia quasi nel centro del campo.

Il pranzo, molto abbondante, poiché il babourchi aveva letteralmente caricato di provviste il terzo elefante destinato più ai servizi della carovana che ad affrontare la pericolosa bestia, fu subito preparato e anche lestamente divorato dai cacciatori.

—Milord—disse il maggiordomo entrando sotto la tenda, dopo che Yanez ed i suoi compagni ebbero finito di mangiare,—devo far accendere dei fuochi intorno all'accampamento?

—Guardati bene dal farlo—rispose il portoghese.—Spaventeresti la tigre e allora dove andremo a cercarla? noi siamo venuti qui per cacciarla e non per tenerla lontana.

—Può piombare sul campo, milord.

—E noi saremo pronti a riceverla. Fa collocare delle sentinelle dietro la cinta e non preoccuparti d'altro. Hai del grasso tu?

—Del ghi *(nda: burro chiarificato)* che potrà servire ugualmente.

—E delle scatole di latta?

—Sì, quelle della carne conservata per te e per i tuoi compagni.

—Riempine tre o quattro di burro, mettici dentro un pezzo di tela od una funicella, falle accendere e collocale intorno all'accampamento, alla distanza di tre o quattrocento passi.

—Farò come hai ordinato.

—Che cosa vuoi fare con quelle scatole Yanez?—chiese la Tigre della Malesia quando il maggiordomo si fu allontanato.

—Attiriamo la bâgh—dissero Tremal-Naik ed il portoghese.

—Ah i furbi!

—L'odore del grasso o del burro si espande a grandi distanze e giungerà alle narici della tigre—continuò Tremal-Naik.—Facevo così quand'ero il cacciatore della jungla nera e le belve giungevano sempre ed anche in buon numero.

—Amici, prendiamo le nostre armi ed andiamo a imboscarci fuori dal campo—disse Yanez.—Io sono certo che quella bestiaccia cadrà questa notte sotto i nostri colpi.

—Sono pronto—disse la Tigre della Malesia.

Presero le carabine e le munizioni, si passarono nella cintura i kriss che i due pirati maneggiavano meglio di chiunque altro e lasciarono la tenda.

—Tu occupati dell'accampamento e fidati più dei miei uomini che dei tuoi scikary—disse Yanez al maggiordomo che era ritornato.

—E tu, milord, dove vai?—chiese l'indiano con stupore.

—Noi andiamo a scovare la kala-bâgh.

—Di notte!

—Non abbiamo paura, noi. Addio: presto udrai le nostre carabine.

Avvertirono anche Kammamuri di vegliare attentamente, poi i tre valorosi uscirono dal campo, tranquilli come se andassero a cacciare dei beccaccini.

Era una di quelle splendide notti delle quali se ne vedono solamente nell'India.

Le stelle fiorivano nel cielo purissimo, sgombro di qualsiasi nube e la luna s'alzava al di sopra delle cupe foreste che si estendevano al di là del Brahmaputra, proiettando i suoi raggi azzurrini sulla jungla che circondava lo stagno.

Yanez ed i suoi due compagni, oltrepassate le scatole piene di burro chiarificato che bruciavano crepitando e lanciando di quando in quando sprazzi di luce vivissima, s'addentrarono fra i canneti ed i cespugli della jungla finché ebbero trovato un piccolo spazio scoperto, una minuscola radura dove non crescevano che pochi mindi.

—Ecco un magnifico posto—disse il portoghese, deponendo la carabina.—Di qui possiamo sorvegliare l'accampamento e anche la jungla. Si direbbe che le piante non lo hanno invaso per far piacere a noi.

—È vero—rispose Sandokan.

—Silenzio!—disse in quell'istante Tremal-Naik.

—Che cosa hai udito?

La risposta non la diede il bengalese. Fu un *hu-ab* terribile, formidabile, che rintronò nella notte tranquilla come un colpo di tuono e che scosse perfino le salde fibre della Tigre della Malesia.

La risposta l'aveva data la kala-bâgh!

Capitolo 9

Il Colpo di Grazia di Yanez

Le tre più formidabili potenze carnivore, si sono divise il mondo in modo da non incontrarsi quasi mai sui loro passi: il leone si è riservata l'Africa; l'orso, che diventa molto sovente un carnivoro terribile, l'Europa e l'America settentrionale dove impera fra le alte montagne rocciose sotto il nome di grizzly; la tigre l'Asia e anche buona parte delle grandi isole che appartengono all'Oceania.

Sono circa seicento milioni di abitanti che si è riservata la acto-bâgh brursah, ossia la tigre signora, come la chiamano i poeti indiani; e quali tributi preleva ogni anno su quei disgraziati! nella sola India non meno di diecimila persone trovano la loro tomba negli intestini del feroce carnivoro.

I rettili, che sono molto più numerosi in quella vasta penisola, non ne prendono che la metà.

Vi sono tigri in Persia, nell'Indo-Cina, a Sumatra, a Giava, a Borneo, nella penisola Malese, anche nella Nuova Guinea, persino nella Mongolia e nella Manciuria; ma nessuna eguaglia per bellezza, per astuzia, per ferocia, le tigri dell'India, e perciò forse sono state chiamate tigri reali.

Tutte le altre tigri sono infatti inferiori a quelle che abitano le jungle indostane. Quelle delle isole malesi sono meno belle, più basse di zampe, più tozze e quindi molto meno eleganti. Anche il loro pellame, quantunque più spesso e più lungo ed egualmente rigato, non soddisfa.

Hanno delle basette meno sviluppate, i ciuffi del pelo del ventre e delle cosce meno abbondanti, gli occhi più falsi, più maligni, la lingua sempre pendente come fosse perennemente assetata di sangue, la coda bassa, l'incedere ruvido. Sono i contadini della foresta.

La tigre indiana invece ha uno sviluppo maggiore, più grazia, più eleganza pur essendo egualmente feroce, anzi forse più carnivora delle altre.

Come statura supera tutte le altre, anche quelle della Cina che assaltano, con coraggio straordinario, i campagnoli delle immense pianure della Manciuria.

Una bella tigre indiana non misura mai, dalla punta del naso alla estremità della coda, meno di due metri e cinquanta centimetri, però ve ne sono di quelle che raggiungono perfino i tre metri.

Dalla base delle loro zampe anteriori, posate a piatto, fino all'orecchio, corre un metro, e con la loro impronta sul suolo coprono un circolo di venti centimetri di diametro.

La loro testa non è molto sviluppata in confronto a quella del leone e delle pantere, nondimeno le loro mascelle sono più larghe, i denti più lunghi e più formidabili, gli artigli più duri e più tremendi. Il petto invece è più ristretto, e come incollatura lo ha maggiore il giaguaro americano, ciò che gli permette di trascinare, senza soverchia fatica, perfino una mucca.

Una tigre però, nel suo pieno sviluppo, può saltare una cinta di tre e anche di quattro metri, portandosi in bocca un vitello ben grosso.

La sua astuzia è estrema. Il leone, conscio delle proprie forze, quando caccia o si prepara ad assalire, annuncia la sua presenza con un ruggito formidabile, che assomiglia ad un colpo di tuono. La tigre invece di rado fa udire la sua voce prima dell'assalto.

Al pari della pantera si tiene imboscata, per ore ed ore, aspettando pazientemente la preda e non lancia il suo *a-o-ung*, se non quando tuffa il suo muso fra gli intestini della sua vittima, e non è sempre così.

L'urlo rauco udito da Yanez e dai suoi compagni annunciava che la kala-bâgh si era già guadagnata la cena o che aveva fiutato i cacciatori?

— Che cosa ne dici tu, Tremal-Naik? — aveva chiesto il portoghese al suo amico indiano, che stava ascoltando. — Tu le conosci meglio di noi queste bestie pericolose.

— Potrò ingannarmi — aveva risposto il bengalese, — ma questo deve essere un urlo di delusione. Quando una tigre atterra la preda, lancia un formidabile *a-o-ung* e non già un *hu-ab*.

Le è andato male il colpo su qualche nilgò o su qualche bufalo, ne sono sicuro.

— Allora verrà a cercarci — disse Sandokan.

— Sì, se vorrà guadagnarsi la cena — rispose Tremal-Naik.

— Con un piatto forte a base di piombo — disse Yanez.

— Se saremo capaci di offrirglielo.

— Ne dubiti?

— Oh no!

— I miei nervi sono tranquillissimi.

— Ed anche i miei — aggiunse la Tigre della Malesia.

— State zitti.

— S'avvicina? — chiesero ad una voce Sandokan e Yanez prendendo le carabine e sdraiandosi al suolo.

— Non so, ho udito tuttavia un lieve rumore fra quella macchia di bambù che si alza davanti a noi.

— Che cerchi sorprenderci? — chiese Sandokan.

— È probabile — rispose Tremal-Naik.

— La faccenda diventa seria. Prepariamoci a ricevere degnamente la signora tigre — disse Sandokan.

Un altro *hu-ab* rintronò in quel momento e più forte e più vicino del primo, seguìto subito da un cupo *a-o-ung* prolungato, d'un effetto sinistro.

—Quella tigre deve avere veramente nel suo corpo una delle sette anime di Kalì—disse Yanez sforzandosi di sorridere.—Non ho mai veduto una tigre così audace da lanciare, in piena notte, quasi sul viso dei cacciatori, il suo grido di guerra.

—È una solitaria—rispose Tremal-Naik—ed ha ormai fiutato l'odore della carne fresca e soprattutto umana.

—Per Giove! non saranno i miei polpacci che mangerà questa sera.

—Prendiamo posizione—disse Sandokan.—Tu Yanez collocati alla mia destra a quindici o venti passi di distanza e tu Tremal-Naik alla mia sinistra, un po' più innanzi. Cerchiamo di attirarla e di avvolgerla. Attenti a non farvi sorprendere.

—Non temere Sandokan—disse il bengalese.—Io sono perfettamente tranquillo.

—Mi dispiace solo di non poter finire la mia sigaretta—rispose Yanez,—ma mi rifarò più tardi.

Mentre Sandokan indietreggiava di alcuni passi, il portoghese e Tremal-Naik si scostarono, uno a destra e l'altro a sinistra, raggiungendo i margini della piccola radura e coricandosi dietro i bambù spinosi.

Dopo il secondo urlo, la tigre non si era fatta più udire però i tre cacciatori erano più che certi che stava avanzando silenziosamente attraverso la jungla, sperando di sorprenderli.

Mentre Yanez e Tremal-Naik stavano stesi bocconi, Sandokan si era messo in ginocchio, tenendo la carabina bassa in modo che la belva non potesse subito scorgerla. Gli occhi del terribile uomo scrutavano minuziosamente le alte canne della jungla per cercar di scoprire da quale parte poteva mostrarsi la ferocissima belva.

Un gran silenzio regnava. Non si udivano né urla di sciacalli, né ululati di cani selvaggi. Il grido di guerra della kala-bâgh doveva aver fatto fuggire tutti gli animali notturni.

Solo di quando in quando passava sulla jungla come un fremito leggero, dovuto a qualche soffio d'aria, poi la calma ritornava.

Passarono alcuni minuti d'angosciosa aspettativa per i tre cacciatori. Quantunque fossero coraggiosi fino alla temerità e già abituati a misurarsi con quei formidabili predatori, non potevano sottrarsi completamente ad un certo senso d'irrequietezza.

Yanez masticava nervosamente la sua sigaretta che aveva lasciato spegnere, Sandokan tormentava i grilletti della carabina e Tremal-Naik non riusciva a rimanere immobile.

Ad un tratto gli orecchi acutissimi della Tigre della Malesia percepirono un leggerissimo rumore, come un fruscio. Pareva che qualche animale scivolasse cautamente fra i bambù.

—Ce l'ho davanti—mormorò Sandokan.

In quell'istante un soffio d'aria passò sulla jungla e gli portò al naso quell'odore particolare e sgradevole che emanano tutte le belve feroci.

—Mi spia—sussurrò il pirata. Purché non piombi invece su Yanez e su Tremal-Naik, che mi pare non si siano ancora accorti della sua presenza.

Gettò sui due compagni un rapido sguardo e li vide immobili sempre coricati.

D'improvviso i bambù che gli stavano davanti s'aprirono bruscamente ed egli scorse la tigre ritta sulle zampe posteriori, che lo fissava con i suoi occhi fosforescenti.

Sandokan alzò rapidamente la carabina, mirò un istante e lasciò partire, uno dietro l'altro, i due colpi che rintronarono formidabilmente nel silenzio della notte.

La kala-bâgh mandò un ululato spaventevole, che fu seguito da altri quattro spari, fece due salti in aria, poi scomparve in mezzo alla jungla con un terzo salto.

—Colpita!—aveva gridato Yanez, correndo verso Sandokan, che ricaricava precipitosamente la carabina.

—Sì! sì, toccata!—aveva risposto Tremal-Naik, balzando in piedi.

—Vorrei però averla veduta cadere per non rialzarsi più—disse Sandokan.—Che abbia delle palle in corpo ne sono certo, tuttavia non possiamo dire di avere la sua pelle.

—La troveremo morta nel suo covo—disse Tremal-Naik.—Se le ferite non fossero gravissime si sarebbe gettata contro di noi. Se è fuggita è segno che non si sentiva più in grado di affrontarci.

—Che le abbiamo fracassato le zampe anteriori?—chiese Yanez.—Io ho mirato all'altezza del collo.

—È probabile—rispose Tremal-Naik.

—Non credi che ritorni?

—L'aspetteresti inutilmente.

—Andremo a cercarla domani.

—E le daremo il colpo di grazia, se sarà ancora viva—aggiunse Sandokan.—Forza torniamo al campo. Alcune ore di sonno non guasteranno.

Stettero qualche minuto in ascolto, poi non udendo alcun rumore lasciarono la radura riattraversando l'ultimo tratto di jungla che li separava dall'accampamento.

Fuori della cinta incontrarono Kammamuri coi sei malesi.

—Andate a dormire—disse loro Sandokan.—L'abbiamo ferita e all'alba andremo a scovarla. Avvertite il chitmudgar *(nda: maggiordomo)* che faccia preparare per tempo gli elefanti.

Tutti gli indiani erano in piedi, con le armi in mano, temendo che i cacciatori avessero mancato la tigre e che questa assalisse l'accampamento.

Quando però udirono che era stata gravemente ferita, tornarono a coricarsi.

I tre amici si cacciarono sotto la tenda, accettarono un bicchiere di birra, che il maggiordomo aveva premurosamente offerto e si gettarono senza spogliarsi sui materassini, mettendosi a fianco le carabine.

Il loro sonno non durò che poche ore. I barriti degli elefanti e le urla dei cani li avvertirono che tutto era pronto per cominciare la battuta.

—Eccoli ridiventati coraggiosi—disse Yanez, vedendo i scikary schierati pieni di ardore davanti ai colossali animali.

Vuotarono una tazza di tè caldissimo e presero posto sui loro elefanti.

—All right!—comandò Yanez quando vide che tutti erano pronti.

I tre pachidermi si misero subito in movimento, preceduti dai scikary e fiancheggiati dai behras.

Appena fuori dalla cinta i cani furono liberati e si slanciarono in tutte le direzioni abbaiando con furore.

Cominciava appena allora a rischiararsi il cielo. Gli astri si smorzavano a poco a poco ed una luce rossastra, che diventava rapidamente più intensa, saliva dalla parte d'oriente.

Una fresca brezza spirava dal non lontano Brahmaputra, piegando ad intervalli i bambù, che formavano la jungla.

Davanti ai cani che si gettavano furiosamente attraverso le piante con grande coraggio, animali e volatili fuggivano precipitosamente, indizio sicuro che la terribile kala-bâgh non imperava più su quei dintorni.

Degli axis, che durante la notte si erano forse abbeverati allo stagno, scappavano via rapidi. Erano gli eleganti cervi indiani, somiglianti ai daini, dal pellame fulvo, macchiato di bianco con una certa regolarità.

Talvolta invece erano stormi di kirrik, bellissimi uccelli dalle penne nere e lucentissime, bianche solamente sul collo e sul petto, con un piccolo ciuffo di penne sulla testa e la coda molto folta ed allungata.

—O la tigre è morta, oppure sta agonizzando nella sua tana—disse Tremal-Naik, a cui nulla sfuggiva.—Gli axis e questi uccelli non si troverebbero qui, se quel bestione fosse nelle sue forze. Questo è un buon segno.

—Tu che hai soggiornato molti anni nelle Sunderbunds ne devi sapere più di noi—disse Yanez.—Io comincio a sperare d'offrire a quel briccone di rajah la pelle della kala-bâgh.

—Ed io ne sono sicuro—aggiunse Sandokan.

—Il tuo principe potrà dirsi così pienamente soddisfatto—disse Tremal-Naik.—La pietra di Salagram prima, poi la pelle della tigre che gli ha divorato i figli. Che cosa potrebbe desiderare di più?

—L'impresa non è ancora finita, amico. Anzi è ancora da cominciare.

—Che cosa vorrai offrirgli ancora?

—Non lo so nemmeno io per ora.

—Il ministro?

—Beh, quanto a quello, rimarrà nostro prigioniero finché Surama non sarà proclamata principessa dell'Assam. Finirebbe per intralciare i miei piani.

—E sono così numerose, è vero, Yanez?—disse Sandokan.

—Non poche di certo... Aho! che cosa hanno i cani?

Dei latrati furiosi s'alzavano fra i bambù ed i cespugli spinosi. Si

vedevano i botoli slanciarsi animosamente in avanti e poi ritornare precipitosamente verso gli elefanti, i quali mostravano irrequietezza alzando
ed abbassando alternamente le trombe e soffiando vigorosamente.

Anche i scikary si erano fermati, dubbiosi fra l'andare avanti o mettersi
sotto la protezione dei pachidermi.

—Ehi, mahut, che cosa c'è dunque?—chiese Yanez, afferrando
la carabina.

—I cani hanno fiutato la kala-bâgh—rispose il conduttore.

—Anche il tuo elefante?

—Sì perchè non osa più andare avanti.

—Allora la tigre è vicina.

—Sì, sahib.

—Fermati qui e noi scendiamo.

Gettarono la scala di corda, presero le loro armi e scesero.

—Milord!—gridò il maggiordomo.—Dove vai?

—A finire la kala-bâgh—rispose tranquillamente il portoghese.—Fa
ritirare i tuoi scikary. Non mi servono più.

Quell'ordine non era necessario, poiché i battitori, spaventati dai latrati
acuti dei cani, che annunciavano la presenza della fiera, ripiegavano già
precipitosamente, onde non provare la potenza di quelle unghie.

—Questi indiani valgono ben poco—disse Sandokan.—Potevano
rimanersene nel palazzo del principe. Se non vi fossero gli ufficiali inglesi,
l'India sarebbe a quest'ora quasi inabitabile.

—Badate alle spine—disse in quel momento Yanez.—Lasceremo qui
mezzi dei nostri abiti.

La jungla in quel luogo era foltissima e non facile a superarsi. Mac-
chioni di bambù spinosi si stringevano gli uni addosso agli altri.

La kala-bâgh si era scelta un buon rifugio, se si trovava veramente là.

—Lascia a me il primo posto—disse Sandokan a Yanez.

—No, amico—rispose il portoghese.—Vi sono troppi occhi fissi su
di me ed il colpo di grazia deve darlo il milord, se vuol diventare celebre.

—Hai ragione—disse Sandokan, ridendo.—Noi non dobbiamo figurare che in seconda linea.

Dei guaiti lamentevoli si erano alzati fra una macchia che cresceva
venti passi più avanti, ed i cani davano indietro.

—È nascosta là—disse Yanez, armando la carabina.

—Potremo passare?—chiese Sandokan.

—Mi pare che vi sia un'apertura sulla nostra destra—disse Tremal-Naik.—Deve averla fatta la tigre.

—Sotto, Yanez. Con sei colpi possiamo affrontare anche quattro
belve—disse Sandokan.

Il portoghese girò intorno alla macchia e trovata un'apertura vi si cacciò
dentro, mentre i cani per la seconda volta tornavano ad indietreggiare,
latrando a piena gola.

Percorsi quindici passi, Yanez si fermò e togliendosi con la sinistra il cappello, disse con voce ironica:

— Vi saluto, acto bâgh beursah!

Un sordo mugolìo fu la risposta.

La tigre era davanti al portoghese, sdraiata su un ammasso di foglie secche, ormai sfinita per le ferite.

Aveva tutto il pelo del petto coperto di sangue e le due zampe anteriori fracassate.

Vedendo comparire quei tre uomini, fece un supremo sforzo per rimettersi in piedi, ma cadde subito lasciandosi sfuggire dalle fauci spalancate un urlo di furore.

— Abbiamo pronunciato la tua sentenza — disse Yanez, che si teneva a soli dieci passi dalla belva. — Tu sei stata accusata di assassinio e d'antropofagia, perciò i signori giurati sono stati inflessibili e tu devi ora pagare il fio dei tuoi delitti e regalare la tua pelle a Sua Altezza il rajah ancora-per-poco dell'Assam, per compensarlo dei suoi sudditi che tu hai divorato. Chiudi gli occhi.

La tigre invece di obbedire fece un nuovo tentativo per alzarsi ed infatti vi riuscì. Yanez però l'aveva ormai presa di mira.

Due colpi di carabina rimbombarono formando quasi una sola detonazione, e la kala-bâgh ricadde fulminata con due palle nel cervello.

— Giustizia è fatta — disse Sandokan.

— Avanti i scikary! — gridò Yanez. — La tigre è morta.

I battitori costruirono rapidamente una specie di barella, incrociando e legando dei solidi bambù e caricarono la belva, non senza però una certa apprensione.

— Per Giove! — esclamò Yanez, che si era avvicinato per poterla meglio esaminare. — Non ho mai veduto una tigre così grossa.

— Si è ben nutrita di carne umana — disse Tremal-Naik.

— Il pellame tuttavia non è veramente splendido. Si direbbe che questa bestia soffriva la rogna.

— Tutte le tigri che si nutrono esclusivamente di carne umana, perdono la loro bellezza primitiva ed il loro pellame a poco a poco si guasta.

— Che sia una specie di lebbra? — chiese Sandokan.

— Può darsi — disse Yanez. — Tu sai che anche i dayaki dell'interno del Borneo, che sono pure antropofagi, vanno soggetti a quella malattia quando abusano troppo di carne umana.

— L'ho notato anch'io, Yanez. Comunque sia è sempre una bella bestia. Giacché la nostra missione è finita, affrettiamoci a ritornare a Gauhati. Abbiamo più da fare laggiù che qui.

Ritornarono al loro elefante, fra l'entusiasmo del maggiordomo, dei scikary e dei conduttori di cani e fecero ritorno all'accampamento.

Divorata la colazione che i servi avevano già allestito e fatta una fumata, la carovana levò il campo facendo ritorno alla capitale dell'Assam.

Capitolo 10

Alla Corte del Rajah

Sei ore dopo la carovana, accompagnata da un gran numero di curiosi accorsi da tutti i quartieri della città, per vedere la terribile belva e per lanciare contro il cadavere i loro insulti, si fermava al palazzo del rajah.

I ministri, già avvertiti da due scikary che avevano preceduto gli elefanti, aspettavano il famoso cacciatore inglese alla base della gradinata marmorea, con una grossa scorta di seikki in alta tenuta e di eunuchi che indossavano dei costumi sfarzosi e molto appariscenti.

—Yanez—disse Sandokan, fermandolo nel momento in cui stava per scendere dall'elefante.—Ci dividiamo qua. Tu sai dove trovarci.

—Tengo con me i malesi.

—Formano la tua guardia, con loro non avrai nulla da temere. Noi approfitteremo di questa confusione per eclissarci.

—Riceverete presto mie nuove.

Yanez scese a terra e mosse incontro ai ministri seguìto da otto scikary che trasportavano la mostruosa belva.

—Dire a Sua Altezza che io avere mantenuta mia promessa—disse loro.

—Sua Altezza ti aspetta, milord—risposero ad una voce i ministri, curvandosi fino quasi al suolo.

Yanez, ridiventato l'eccentrico inglese, salì lo scalone fiancheggiato da due file di seikki che lo guardavano con profonda ammirazione e preceduto da quattro eunuchi, fece il suo solenne ingresso nell'immensa sala del trono, che rigurgitava di alti dignitari, militari, suonatori, e di can-ceni, ossia di danzatrici che indossavano dei bellissimi costumi poco dissimili da quelli che portano le bajadere bengalesi e dell'India centrale.

Sua Altezza se ne stava sdraiato sul suo trono-letto chiacchierando con alcuni favoriti. Quando però vide entrare il portoghese, seguìto dai scikary che portavano la kala-bâgh, si alzò prontamente e scese i tre gradini della piattaforma, stendendo la destra.

—Tu, milord, sei un valoroso—gli disse.

—Io non avere fatto altro che sparare mia carabina—rispose Yanez.

—Nessuno dei miei sudditi, per quanto coraggiosi, sarebbe stato capace di affrontare e di uccidere una simile belva. Ora chiedi quello che vuoi.

—A me bastare essere tuo grande cacciatore ed essere ospite tuo.

—Darò delle grandi feste in tuo onore.

— No, baccano, farmi troppo male testa. Io volere vedere teatro indiano.

— Ho una compagnia stabile qui ed è la più rinomata di quante se ne trovano nel mio regno.

— Aho! io essere soddisfatto vedere tuoi commedianti.

— Sarai stanco.

— Pochino.

— Il tuo appartamento è pronto e metto a tua disposizione quanti servi vorrai.

— Bastare a me, Altezza, mia scorta e un tuo chitmudgar.

— Lo troverai davanti alla tua porta, milord. Quando vorrai assistere alla rappresentazione?

— Questa sera se non dispiacere a te.

— Ogni tuo desiderio è per me un comando, milord — rispose cortesemente il rajah.

S'accostò alla tigre e la guardò a lungo.

— Questa pelle farà una bella figura nella tua stanza — disse poi. — Essa ti ricorderà sempre la grande impresa che hai compiuto. Va a riposarti, milord e questa sera pranzeremo insieme e ti presenterò un altro uomo bianco, che spero diverrà tuo amico.

— Io vederlo con piacere — rispose Yanez.

Il ricevimento era finito.

Il portoghese chiamò i suoi malesi e lasciò la sala che lentamente si sfollava, preceduto da due eunuchi.

Il rajah era tornato a sedersi o meglio a sdraiarsi sul suo trono, dopo aver fatto con la mano un gesto imperioso che voleva significare: *"Lasciatemi solo".*

Gli ultimi dignitari erano appena usciti, quando la doppia cortina di seta che pendeva dietro al trono si aprì ed un uomo comparve.

Non era un indiano, bensì un europeo di alta statura, dalla pelle bianchissima, che risaltava doppiamente a causa d'una lunga barba nerissima che gli incorniciava il volto.

Aveva i lineamenti regolarissimi, il naso aquilino, gli occhi neri e ardenti, ma che avevano tuttavia un non so che di falso che produceva una cattiva impressione, almeno di primo acchito.

Come tutti gli europei che soggiornano nell'India, era vestito di leggerissima flanella bianca. Sulla testa portava una calotta rossa con grosso fiocco, simile a quelle che usano portare i greci ed i levantini.

— Che cosa ne dici Teotokris? — gli chiese il rajah. — Dall'espressione del tuo viso si direbbe che tu non sia soddisfatto del felice esito dell'impresa compiuta da quell'inglese.

— T'inganni, Altezza: i greci ammirano le prove di coraggio.

— Eppure c'è una profonda ruga sulla tua fronte e sembri preoccupato.

— Lo sono infatti, Altezza — rispose il greco.

— Per quale motivo?

—Sei proprio certo che egli sia veramente un milord?

—E perchè dovrei dubitarne?

—Sai da dove venga?

—Dal Bengala, mi ha detto.

—E che cosa sia venuto a fare qui?

—A cacciare.

Il greco fece una smorfia.

—Uhm!—fece poi.

—Sai qualcos'altro sul suo conto?

—So solo che egli di quando in quando va a trovare una bellissima fanciulla indiana che deve appartenere alle alte caste e che sembra sia ricchissima, il palazzo è bellissimo e la servitù numerosa.

—Fin qui non ci trovo nulla di straordinario—disse il rajah.—Molte delle nostre donne hanno sposato degli inglesi.

—E se quel signore fosse una spia mandata qui dal governatore del Bengala per sorvegliare i tuoi atti?

Udendo quelle parole lo sguardo del principe si fece feroce.

—Hai qualche prova tu, Teotokris?—chiese a denti stretti.

—Finora no.

—È una tua supposizione, dunque.

—Per ora sì—il greco fece un gesto vago, poi aggiunse con una certa malignità.—Vorrei vedere i titoli di nobiltà di quel milord.

—Tu hai i servizi di polizia a tua disposizione: usali dunque. Finché non avrai però una prova in contrario quell'inglese sarà mio ospite. Egli ha recuperato la pietra di Salagram e non ha voluto nulla, anzi mi ha reso un altro importante servigio, liberando i miei buoni sudditi di Kamar-pur dalla kala-bâgh. Tu non sei mai stato capace di fare tanto in sole quarantotto ore.

Il greco si morse le labbra.

—Io non contesto che egli sia un coraggioso e che la fortuna lo abbia favorito—disse poi,—ma il coraggio può trasformarsi in pericolo per noi.

Il rajah fece un gesto di noia e s'alzò dicendo:

—Lasciami in pace quell'inglese, Teotokris. Fa invece avvertire i miei attori di preparare questa sera, nel grande cortile, uno spettacolo emozionante.

—Farò come tu vuoi, Altezza—rispose il greco.

Yanez, intanto, soddisfatto della buona piega che prendevano i suoi affari, aveva fatto il suo ingresso nell'appartamento destinatogli dal munifico rajah.

Si componeva di quattro stanze, d'un salotto elegantissimo e da un bagno. I mobili erano sfarzosi e tutti gli spazi erano forniti di punka, che sono grandi tavole coperte di stoffa, attaccate al soffitto, e che un servo fa girare continuamente, mediante un gioco di corde, per mantenere gli interni freschi e arieggiati.

Il chitmudgar, che il principe aveva destinato al famoso cacciatore, aveva subito fatto portare un lauto pranzo con molte bottiglie di birra e di liquori, destinato parte al primo e parte ai sei malesi che avevano preso posto in una delle quattro stanze tramutandola in una specie di caserma.

—Fammi compagnia—disse Yanez al maggiordomo, sedendosi.

—Io!...con voi, milord!—esclamò l'indiano, facendo un gesto di stupore.

—Taci e dividi con me. Ho molte cose da chiederti e anche delle rupie da regalarti se mi sarai fedele.

Le rupie fecero maggior effetto dell'invito, poiché il chitmudgar, venale come la maggior parte dei suoi compatrioti, obbedì prontamente senza più protestare contro un così grande onore.

—È vero che i commedianti sono qui, nel palazzo?—chiese Yanez assaggiando le vivande.

—Sì, milord.

—Conosci il capo della compagnia?

—È mio amico anzi, milord.

—Benissimo—disse Yanez versandosi un bicchiere di birra e tracannandola d'un colpo solo.—Desidero vederlo.

—Io ho avuto l'ordine di soddisfare qualunque tuo desiderio

—Ed è mio desiderio che il principe non sappia affatto che io voglio vedere il capo della compagnia. Compero il tuo silenzio per cinquanta rupie.

Il chitmudgar fece un soprassalto e sgranò gli occhi. In un anno di servizio forse non aveva guadagnato la metà di quella somma.

—Che cosa devo fare?

—Te l'ho detto: desidero che venga qui il capo dei commedianti e possibilmente senza che sia veduto. Dove si terrà lo spettacolo?

—Nel cortile interno.

Yanez si rovesciò sulla poltroncina di bambù e guardò il chitmudgar.

—È quello stesso dove il rajah uccise suo fratello?

—Sì, milord.

—C'è ancora la balconata da dove il fratello di Sindhia sparò sui parenti?

—Si trova anzi precisamente sopra il palcoscenico.

—Toh!—esclamò Yanez,—che fortuna. Va a chiamare quell'uomo.

Il chitmudgar non si fece ripetere l'ordine: quantunque il pranzo non fosse stato ancora terminato. Si alzò precipitosamente e scomparve.

—Ah! ah!—fece Yanez ridendo.—Mio caro rajah voglio prepararti un tiro birbone e metterti nel cuore un sospetto che non ti lascerà più dormire.

Chiamò il capo dei sei malesi che stava ancora pranzando nella stanza vicina coi compagni.

—Che cosa desideri capitano Yanez?—gli chiese il selvaggio figlio della Malesia.

—Quante rupie vi ha affidato Sandokan?—chiese il portoghese.

—Seimila.

—Che siano pronte.

Un momento dopo il maggiordomo entrava accompagnato da un indiano piuttosto attempato, dagli occhi intelligentissimi, dai lineamenti ancora belli, dalla carnagione piuttosto oscura essendo gli attori indiani quasi sempre tamuli o malabari, che sono i popoli più appassionati per le rappresentazioni drammatiche.

— Ecco il calicaren *(nda: attore)* — disse il maggiordomo.

L'indiano fece un profondo inchino e attese di essere interrogato.

— Sei tu che scegli le commedie che si rappresentano oppure il rajah? — gli chiese Yanez.

— Io, sahib — rispose il calicaren.

— Che cosa avevi intenzione di rappresentare questa sera?

— Il Pramayana, una tragedia scritta dal nostro grande poeta Valmiki, che è il più celebre che sia conosciuto nell'India.

— Di che cosa tratta?

— Delle imprese e delle conquiste fatte dal dio Rama a Ceylan.

— Rama non m'interessa — ribatté Yanez. — Il soggetto te lo darò io. Vieni ed ascoltami attentamente.

Si alzò e lo condusse nel suo salotto. Il colloquio durò una buona mezz'ora e terminò con una chiamata di Yanez del capo della scorta malese.

— Da' a quest'uomo cinquecento rupie — disse il portoghese. — Questo è il regalo di milord.

Il calicaren si era precipitato ai piedi del generoso inglese; ma questi con un rapido gesto lo aveva trattenuto dicendo:

— Non occorre. Intasca e fa quanto ti ho detto.

Ora puoi andartene e soprattutto: silenzio.

— Sarò muto come una statua di bronzo, sahib — rispose il calicaren.

Quando fu solo Yanez si gettò sul magnifico letto, tutto dorato con intarsi di madreperla e coperto da una superba stoffa di seta damascata, dicendo:

— Ed ora possiamo riposare finché verrà quell'europeo misterioso se si degnerà di venirmi a salutare.

Invitato dal silenzio profondo che regnava nel palazzo, essendo l'ora del riposo diurno che dura da dopo il mezzodì fino alle quattro, durante il cui tempo tutti gli affari sono sospesi, e dalla dolce frescura prodotta dalla punka che un servo, situato sulla terrazza, manovrava energicamente, non tardò a chiudere gli occhi.

Una discreta battuta alla porta lo svegliò dopo un paio d'ore.

— Sei tu, chitmudgar? — chiese Yanez balzando giù dal letto.

— Sì, milord.

— Che cosa si vuole da me?

— Vi è, sahib, Teotokris che desidera vederti.

— Teotokris? — esclamò il portoghese. — Chi è costui? questo è un nome greco, se non m'inganno... ah! deve essere l'europeo di cui mi hanno parlato.

Andiamo a fare la conoscenza di quel misterioso personaggio.

Si rassettò le vesti, si mise per precauzione una pistola in tasca sapendo, per istinto, d'aver a che fare con un avversario forse pericolosissimo ed entrò nel salotto.

Il greco era là, in piedi, con una mano appoggiata al tavolo, un po' meditabondo.

Vedendo entrare Yanez si rizzò di colpo squadrandolo rapidamente, poi fece un leggero inchino, dicendo in perfetto inglese:

— Ben felice di salutarvi, milord e di vedere qui, alla corte di Sua Altezza il rajah dell'Assam, un altro europeo.

Quelle parole però erano state pronunciate con una certa ironia stizzosa, che non era sfuggita al furbo portoghese.

Tuttavia questi fu pronto a rispondere amabilmente.

— Io lo avevo saputo, signore, che vi era qui un europeo e nessuno è più felice di me di potergli stringere la mano. Fuori del nostro continente a qualunque nazione apparteniamo siamo sempre fratelli, perchè siamo tutti figli della grande famiglia degli uomini bianchi. Sedetevi signor...

— Teotokris.

— Un greco?

— Sì, dell'Arcipelago.

— Come mai vi trovate qui? la vostra nazione non ha interessi nell'India.

— È una lunga storia che vi racconterò un'altra volta. Non sono venuto per questo, milord.

— Ditemi che cosa desiderate da me.

— Chiedervi, da parte del rajah, una spiegazione.

Yanez aggrottò impercettibilmente la fronte e guardò attentamente il greco, come se cercasse di scrutare i suoi pensieri.

— Parlate — disse poi.

— Voi non siete giunto solo qui?

— No, ho condotto con me sei cacciatori malesi che mi hanno dato molte prove di fedeltà quando cacciavo le tigri bornesi.

— Ah! siete stato al Borneo?

— Ho visitato tutte le isole malesi facendo delle vere stragi d'animali feroci.

— Eppure noi abbiamo saputo che un'altra persona vi ha accompagnato.

— Chi? — chiese Yanez allarmato

— Una bellissima giovane indiana che ha preso in affitto un palazzo.

— E allora? — chiese Yanez, freddamente.

— Il rajah desidererebbe sapere se è qualche principessa indiana.

— E perchè?

— Per invitarla a corte.

— Ah! — fece Yanez, respirando un po' più liberamente di prima, poiché aveva provato, nonostante il suo meraviglioso coraggio e sangue freddo, una certa apprensione. — Dite a Sua Altezza che io lo ringrazio, ma che quella giovane non ama che la tranquillità della sua casa.

—È però una principessa.

—Sì, del Mysore—rispose Yanez.—Volete saper altro?

Il greco non rispose: pareva che fosse imbarazzato o che volesse fare qualche altra domanda e non osasse.

—Parlate—disse Yanez.

—Vi fermerete molto qui, milord?

—Non lo so, dipende dal minor o maggior numero di tigri che infestano l'Assam.

—Lasciate che divorino—disse il greco, alzando le spalle.—Che cosa importa a voi se si mangiano alcune centinaia di assamesi? il rajah ne avrà sempre abbastanza da governare.

—Non siete troppo gentile verso chi vi ospita.

—Sono ospite del rajah e non di loro.

—Spiegatevi meglio.

—Che cosa vorreste per tornarvene nel Bengala? là vi sono più tigri che qui e nelle Sunderbunds potrete sfogarvi finché vorrete.

—Io andarmene?!—esclamò Yanez.

Teotokris rimase silenzioso, guardando però con un certo stupore Yanez.

—Un mio compatriota mi avrebbe a quest'ora compreso—disse poi con mal celata collera.

—Può darsi, signore—rispose pacatamente Yanez;—siccome però noi inglesi non siamo così acuti come i greci dell'Arcipelago, abbiamo l'abitudine di aspettare sempre maggiori spiegazioni.

—Cinquemila rupie vi basterebbero?—chiese il greco.

—Per far che?

—Andarvene?

—Aho!

—Ottomila.

Yanez lo guardò senza rispondere.

—Diecimila—disse il greco con i denti stretti.

Nuovo silenzio da parte del portoghese.

—Quindicimila?

—E trentamila invece a voi se fra ventiquattro ore avrete varcato la frontiera dell'Assam—disse Yanez, alzandosi.

Il greco era diventato pallidissimo, come se avesse ricevuto uno schiaffo in pieno viso.

—A me?!—gridò.

—Sì, a voi le offre milord Moreland, che non è mai stato un greco dell'Arcipelago, né un pescatore di spugne o di sogliole.

—Avete detto?—gridò Teotokris stringendo i pugni.

—Vi occorrerebbe per caso un medico per farvi qualche operazione all'orecchio? uno dei miei malesi è abilissimo in tali faccende. Ha curato perfino una giovane tigre che io avevo fatto prigioniera.

Il greco fece due passi indietro con uno sguardo che avrebbe fulminato Yanez, se questi non si fosse conservato come al solito imperturbabile.

—Mi avete offeso, mi pare?—disse con voce arrangolata.

—Parrebbe anche a me.

—E allora?

—Mah, da noi, quando si crede di aver ricevuto un insulto, si usa chiedere una riparazione con le armi.

Il greco rimase interdetto.

Yanez dal canto suo levò una sigaretta da una tasca e l'accese tranquillamente, soffiando in aria una nuvoletta di fumo profumato.

—Se ne volete una anche voi, signore, ve la offro di tutto cuore.

—Voi volete burlarvi di me!

—Io? Dio me ne guardi! io non amo burlarmi che delle tigri, e quelle sono più pericolose degli uomini. Vi pare, signor Teotokris?

—Sicchè voi non volete andarvene?

—Non sono già venuto qui per uccidere una miserabile kalabâgh—rispose Yanez.—Voglio tornarmene al Bengala con un bel numero di pelli.

E poi ho trovato che si sta benissimo qui nel palazzo reale.

—Voi non conoscete ancora quanto sia capriccioso il rajah. Egli sarebbe capace di ordinarvi domani di portargli una tigre ogni giorno.

—Ed io andrò a cercarla e ucciderla. Non mi ha nominato forse il suo cacciatore?

—E potrebbe anche chiedervi di mostrare i vostri documenti per accertarsi se siete veramente un milord o un volgare avventuriero.

Questa volta fu Yanez che impallidì. La sua destra piombò sulla spalla sinistra del greco con tale violenza da costringerlo a piegarsi, quantunque fosse più alto di almeno un palmo.

—Siete voi ora, signor Teotokris, che mi avete offeso: vi sembra?

—Può darsi.

—Ora siccome un milord non lascia mai impunito un insulto, vi chiedo di rendermi stretto conto di quel titolo di avventuriero.

—Quando lo vorrete, se mi concederete la scelta delle armi e che il duello sia pubblico.

—Fate—rispose semplicemente Yanez.

—Per domani.

—Sia.

—Il rajah e la sua corte saranno i nostri testimoni.

—Benissimo.

—Addio, signore.

—Milord vi saluta, greco dell'Arcipelago.

Capitolo 11

Il Veleno del Greco

Gli indiani, al pari di noi europei e di molti altri popoli asiatici, hanno una vera passione per il teatro; i migliori attori sono sempre i malabari ed i tamuli, i quali vengono specialmente assoldati dai rajah che li retribuiscono non meno dei lottatori.

Le commedie che rappresentano sempre, sono tratte dalle antiche leggende indiane ed a base di soggetto religioso, perciò si vedono sempre apparire divinità, giganti e malvagi che si danno busse finché sono esausti.

Quasi sempre vi figurano il dio Rama, il conquistatore di Ceylan, che decanta il valore dei suoi guerrieri; Krisna che ha compiuto imprese straordinarie tratte dal yudkishtira vigea, uno dei più grandiosi poemi epici, e Pandu, il famoso re dell'India, della razza dei re provenienti dal sole.

I loro teatri, al pari di quelli siamesi, annamiti e cinesi, sono di una semplicità straordinaria.

Una piattaforma con qualche vaso contenente una pianta, tre o quattro stanzette ai lati per gli attori onde possano cambiarsi senza essere veduti dal pubblico e molti lumi ad olio, sospesi a qualche filo di ferro.

Gli spettatori siedono per terra, su stuoie, e all'oscuro, così è permesso loro di fumare, di mangiare e anche di bere: dobbiamo dire però che non disturbano mai gli attori. Tutt'al più si rizza un piccolo padiglione quando assiste alla rappresentazione qualche personaggio importante.

Gli attori sono sempre numerosissimi ed i loro costumi molto splendidi e molto ricchi ed all'eroica indiana, cioè simili a quelli che si vedono in certe statue antiche dei loro numi e dei loro eroi.

Gli attori, come in Cina, sono tutti uomini e giovanotti. Questi ultimi fungono da donne e sanno truccarsi così da rendere l'illusione quasi perfetta.

Le rappresentazioni finiscono quasi sempre con una pantomima, la quale però è di difficile comprensione per chi non ne ha fatto uno studio particolare. L'europeo non ci capisce affatto nulla per quanta attenzione vi presti.

Essi pretendono di esprimere in essa non solamente le azioni e le passioni, bensì anche gli oggetti esterni ed assenti, come per esempio una montagna, un cavallo, una nave o un albero per mezzo di gesti, ciascuno dei quali è determina e significa il tale e tal altro di quei medesimi oggetti.

Invece le passioni sono in quelle pantomime assai bene rappresentate.

Per esprimere l'amore, gli attori menano dolcemente in giro la testa rivolgendo, nel medesimo tempo, in una maniera leggiadra e tenera gli occhi e sospirando teneramente.

Per esprimere invece l'ira, mettono in convulsione, in un modo assai espressivo i muscoli delle labbra, del naso, degli occhi, della fronte e così via per tutti gli altri sentimenti

Il sole era scomparso da qualche ora, quando Yanez fu avvertito dal chitmudgar che la rappresentazione stava per cominciare e che il rajah lo aspettava nel padiglione che era stato eretto in mezzo allo spazioso cortile del palazzo, di fronte alla piattaforma che doveva servire da teatro.

—Andiamo a vedere che faccia farà Sua Altezza—mormorò il portoghese, sorridendo ironicamente.—Scommetto che questa notte non dormirà tranquillo. Il colpo sarà forse troppo audace, ma bah! non sono solo e Sandokan è capace, con un pugno d'uomini, di spazzar via anche la guardia del principe. Qualsiasi cosa accada andiamo a vedere come lavorano questi attori indiani.

Sempre prudente, potendo aspettarsi qualunque sorpresa in quella corte dove era straniero e dove sapeva ormai d'avere un nemico mortale in quel greco dell'Arcipelago, si nascose sotto la fascia le pistole ed il kriss, diede ordine ai suoi malesi di fare altrettanto, poi scese nel cortile fingendo la massima tranquillità.

Tutto era pronto per la rappresentazione. Il palcoscenico, una semplice piattaforma adorna solamente di pochi vasi di porcellana, che contenevano dei colossali mazzi di fiori, ed illuminata da una trentina di lumi di vetro variopinto, non aspettava altro che gli attori.

Ai lati soldati, servi e serve, seduti su dei tappeti, chiacchieravano sommessamente. Di fronte, sotto un ampio padiglione formato da tende seriche a colori smaglianti, stavano il rajah col greco, i suoi ministri e gli alti dignitari dello stato. Fumavano, bevevano liquori o masticavano il betel in attesa che la rappresentazione cominciasse.

Il principe che sembrava di molto buon umore e anche un po' alticcio, fece sedere Yanez alla sua destra, dicendogli:

—Spero milord, che sarete contento dei miei attori. Sono quasi tutti malabari e li ho fatti scegliere con cura.

—Io essere contentissimo—rispose Yanez.—Amare molto teatro io, anche indiano.

—Bevete milord—disse il rajah porgendogli una tazza.—Questo è vero gin inglese.

—Più tardi, Altezza—rispose il portoghese che aveva notato come quel liquore lo avesse versato il greco.—Non avere sete ora.

Depose la tazza accanto a sé, su una scranna, ben deciso di non vuotarla. Non si fidava troppo del signor Teotokris.

Il rajah batté le mani e tosto comparvero sulla scena una cinquantina di attori. Alcuni erano truccati da vecchi ed indossavano dei costumi principeschi, altri da donne e non mancavano i fanciulli e le fanciulle.

Spiccava soprattutto, per la ricchezza delle sue vesti, una ragazzina d'una decina d'anni, che si teneva accanto ad un vecchio guerriero che aveva una lunga barba bianca.

Fra tutta quella gente vi era un rajah d'aspetto sinistro, accompagnato da un giovane principe che rassomigliava stranamente a Sindhia.

Nel vedere quei due personaggi il portoghese non aveva potuto trattenere un sorriso.

—Questi indiani sanno camuffarsi meravigliosamente—aveva mormorato.—Credo di non avere spese male le mie cinquecento rupie.

Dopo una lunga serie di complimenti fra il rajah e tutta quella gente, una immensa tavola era stata portata sul palcoscenico, carica di piatti e di cibi e tutti si erano messi a mangiare, mentre una turba di bajadere e di suonatori intrecciavano danze e facevano squillare rumorosamente gong, sitar e saranguy accompagnati da gran colpi di tumburà, magnifico strumento, caricato di dorature, di pitture, di nastri e di preziosi ornamenti che i ricchi indiani tengono esposto agli occhi dei forestieri nella loro migliore stanza, come una delle più belle delle loro suppellettili.

Mangiavano frattanto gli attori, con un appetito invidiabile e non già dei pesci di cartapesta o delle salse false, tracannando dei fiaschi pieni di toddy, ridendo e chiacchierando rumorosamente.

Ad un tratto, verso la fine del banchetto, si vide l'attore che interpretava il rajah scomparire, per mostrarsi poco dopo, accompagnato da altri attori che rappresentavano i ministri, sulla balconata che sovrastava il palcoscenico.

Teneva in mano una carabina ed i suoi compagni portavano invece delle bottiglie e dei bicchieri.

Tosto echeggiò un colpo di fuoco ed uno dei convitati, il vecchio guerriero dalla barba bianca, cadde mentre la bambina che gli sedeva accanto, fuggiva urlando.

Altro colpo di fuoco ed un altro cadde dibattendosi disperatamente. Il rajah, che sembrava in preda ad una furiosa pazzia, vuotò una tazza di liquore che un ministro gli porgeva, poi prese un'altra carabina e tornò a sparare.

I convitati fuggivano disperatamente aggirandosi, come lupi in trappola, intorno alla tavola, rovesciando sedie e portate, urlando spaventosamente e tendendo le braccia verso il rajah che continuava a sparare.

Stramazzavano i vecchi, poi le donne, poi i fanciulli, ma il sanguinario principe, come invasato dal demonio della distruzione, sordo ai lamenti strazianti delle vittime, continuava a sparare, finché non rimasero che il giovane che gli rassomigliava e la bambina che piangeva sul cadavere del vecchio guerriero.

Yanez guardò il rajah. Il principe era pallidissimo, la sua fronte era aggrottata, le sue labbra fremevano. Ben si ricordava di quel terribile dramma che lo aveva portato sul trono dell'Assam.

—È più commosso di quello che si poteva pensare—mormorò tra sé il portoghese.—Ma aspetta la fine, mio caro. Questo è ancora nulla.

Il rajah bevve un'altra tazza e guardò le vittime, contandole con gli occhi.

Il giovane principe, che era ritto in mezzo ai cadaveri tese, con atto disperato, le braccia verso il rajah che barcollava come un ubriaco fradicio e urlò ripetutamente, simulando a meraviglia uno spavento indicibile:

—Lasciami la vita! siamo fratelli! abbiamo nelle vene il medesimo sangue!

Il rajah sembrò esitare, poi il suo sguardo ardente e feroce si spense lentamente. Lanciò sul palcoscenico una delle sue carabine e disse:

—Io ti risparmio purché tu colpisca la rupia che io getterò in aria.

Il principe raccolse allora l'arma e sparò sul rajah che stramazzò fulminato sul terrazzino.

I ministri del defunto tiranno si affrettarono a discendere nel cortile e a gettarsi ai piedi del giovane principe, ma questi invece si gettò sulla bambina che piangeva sempre sul cadavere del padre, gridando con un gesto tragico:

—Portatela via, anch'io non voglio più parenti! vendetela schiava a qualcuno!

Sulla scena comparirono allora alcuni indiani, miseramente vestiti, dai lineamenti feroci, che portavano dipinto sul petto un serpente azzurro con la testa d'una donna e che avevano ai fianchi dei fazzoletti di seta nera e dei lacci.

Erano i thugs, gli adoratori della sanguinaria Kalì, i terribili strangolatori.

Afferrarono brutalmente la bambina, la cacciarono dentro una specie di sacco e la portarono via malgrado le sue grida.

Yanez tornò a guardare il rajah e lo vide livido. Grosse gocce di sudore gli imperlavano la fronte e le sue labbra si agitavano come se un grido dovesse uscirgli: però non riuscì a pronunciare nemmeno una sillaba.

—Non osa—mormorò il portoghese.

Tutti gli attori in scena quel momento scomparirono, i gong, i sitar ed il tumburà intonarono una marcia trionfale che assordava gli spettatori.

Subito venti uomini che indossavano dei costumi guerreschi e che tenevano in mano delle scimitarre, invasero la scena mandando clamori altissimi; poi comparve un palanchino sorretto da otto hamali *(nda: facchini)* splendidamente vestiti, sul quale stava seduta una giovane principessa che portava sulla fronte una corona reale.

Il rajah mandò in quell'istante un urlo di belva feroce, seguito poi da un altro, questa volta straziante.

Tutti gli spettatori balzarono in piedi. Anche il rajah si era alzato guardando, con smarrimento, i suoi ministri che reggevano un alto dignitario che barcollava e che aveva le labbra imbrattate di una schiuma sanguigna.

—Che cosa succede qui?—urlò Sindhia.

—Signore... muoio!....—rispose il dignitario con voce fioca.

Yanez che non capiva nulla di quel colpo di scena, gettò uno sguardo attorno ed impallidì a sua volta.

Il bicchiere colmo di liquore, che aveva appoggiato vicino alla sedia, era stato vuotato da qualcuno.

Un lampo gli attraversò il cervello.

—Sono sfuggito alla morte per un vero miracolo. Se l'avessi vuotato io, a quest'ora mi troverei nei panni di quel disgraziato. Cane d'un greco! mi pagherai questo brutto tiro. Fortunatamente sono più astuto e più prudente di quello che credi.

Nel padiglione la confusione era al colmo. Tutti gridavano e s'affannavano dietro al disgraziato, il quale vomitava sangue insieme a certe materie verdastre e filamentose.

Il medico di corte finalmente giunse. Con un solo sguardo capì subito che la sua opera sarebbe stata assolutamente inutile.

—Quest'uomo ha bevuto qualche potente veleno—disse.

Il rajah era diventato livido. I suoi occhi ardenti come carboni, si fissarono ora sugli uni ed ora sugli altri dignitari che occupavano il padiglione e che tremavano come se fossero stati colti da un accesso di febbre.

—Qui vi è un colpevole!—gridò il principe.—O lo troverete o vi farò decapitare tutti! mi avete udito? probabilmente quel veleno era destinato a me!

—O a me, Altezza—disse Yanez.

Il rajah lo guardò con stupore.

—Tu credi, milord?...

—Io non credere niente, però fare notare a Sua Altezza che mio bicchiere non averlo vuotato io. Io averlo trovato senza goccia liquore dentro. Potere essere stato quello con veleno.

—Dov'è quel bicchiere, milord?

Yanez si curvò per raccoglierlo, ed un'esclamazione di collera gli sfuggì.

—Aho!

Il bicchiere era misteriosamente scomparso.

—Non essere più accanto sedia—disse poi.

—Noi troveremo il colpevole milord, te lo prometto.

—Grazie, Altezza.

—Questo delitto non deve rimanere impunito. Il mio elefante carnefice avrà del lavoro fra qualche giorno.

Poi aggiunse brutalmente:

—Lo spettacolo è finito. Che anche il colpevole vada a dormire per l'ultima volta.

I ministri, in preda ad un vivo sgomento, si erano ritirati precipitosamente per fargli largo.

Il rajah strinse la mano al portoghese e uscì dal padiglione, con la fronte aggrottata e lo sguardo cupo. Il greco nella sua qualità di primo favorito, stava per seguirlo, quando Yanez fu pronto a trattenerlo.

—Ho da dirvi una parola, signor Teotokris.

—Me la direte domani, milord—rispose il greco.—Il principe mi aspetta.

—Non ho che da dirvi grazie.

—Di che cosa!

—Diamine! di essere ancora vivo ed è un bel piacere, credetelo, Teotokris—disse Yanez, ironicamente.—Credevo però che i greci dell'Arcipelago fossero più furbi.

—Milord!—esclamò il favorito con voce rauca.—Voi m'insultate e questo non è né il luogo, né il momento.

—Domani aggiusteremo l'affare; non guastatevi il sangue per ora.

Il greco alzò le spalle e se ne andò frettolosamente. Yanez non credette opportuno trattenerlo. Si sfogò con un "va al diavolo, briccone!".

Chiamò i suoi malesi e lasciò a sua volta il padiglione, ormai deserto.

In mezzo al cortile, guardato da una mezza dozzina di servi e coricato su un tappeto, giaceva il cadavere del dignitario, un alto funzionario della corte a quanto sembrava.

Il veleno aveva operato rapidamente troncandogli la vita ancora giovane e gagliarda.

Il portoghese, più commosso di quanto avrebbe creduto, si levò il cappello, mormorando con ira:

—Un giorno, anche tu, povero uomo che mi hai salvato l'esistenza, sarai vendicato.

Stava per salire la scala che conduceva al suo appartamento, quando un uomo gli sbarrò la via, cadendogli ai piedi in ginocchio.

Era il calicaren, ossia il capo degli attori.

—Sahib—gli disse,—salvami. Noi domani saremo tutti morti.

—Chi?—chiese Yanez sorpreso.

—Io ed i miei artisti.

—Perchè?

—A causa della commedia che noi abbiamo rappresentato. Il rajah è furibondo ed ha giurato di farci tagliare il collo allo spuntare del sole.

—Chi te lo ha detto?

—L'altro uomo bianco

—Il favorito?

—Sì, sahib.

—Vuoi un consiglio?

—Dammelo sahib.

—Dattela a gambe assieme ai tuoi attori e va a rappresentare i tuoi drammi nel Bengala. Kubang!

Il capo della scorta si era fatto avanti.

—Da a quest'uomo altre cinquecento rupie—gli disse Yanez.—Ti bastano per scappare, calicaren?

—Tu mi fai un signore, sahib—disse l'attore.—Me ne hai date altre cinquecento.

—Prendi anche queste.

—Mi farò costruire un gran teatro.

—Come vuoi, purché non ti acciuffino prima che il sole si alzi.

—Il rajah non ci prenderà più, sahib. Se posso esserti necessario disponi di me.

—Non occorre: corri invece.

Yanez salì la scala ed entrò nel suo appartamento dove lo aspettava il maggiordomo.

Per la prima volta in vita sua il portoghese appariva molto preoccupato.

—Sbarrate la porta—disse ai suoi malesi,—e coricatevi con le carabine al fianco. Non so che cosa possa accadere.

—Siamo in sei, capitano—rispose il capo della scorta. Tu puoi dormire tranquillamente perchè veglieremo su di te. Vuoi che mandi qualcuno ad avvertire la Tigre?

—È inutile per il momento. Lasciatemi solo col maggiordomo.

Si sedette davanti al tavolo stappando una bottiglia di gin, la fiutò a lungo, poi riempì il bicchiere e lo porse al chitmudgar dicendogli:

—Avresti paura tu a vuotarlo?

—Perchè, milord?

—Sai che con un bicchiere di non so quale liquore hanno mandato, or ora, all'altro mondo uno dei grandi ufficiali del rajah?

—Me lo hanno raccontato, sahib—rispose il chitmudgar.—Era il tesoriere del principe.

—Sai che quell'uomo ha vuotato il bicchiere che era stato offerto a me?

—Che cosa dici, milord!—esclamò l'indiano stupefatto.

—È come te la racconto.

—Sicchè si cercava di avvelenare te?

—Così pare—rispose Yanez flemmaticamente.

—E non hai alcun sospetto?

—Chi credi tu, chitmudgar che alla corte abbia qualche interesse a sopprimermi?

Il maggiordomo era rimasto silenzioso.

—Il rajah?

—No, è impossibile!—esclamò l'indiano.—Egli ti deve troppa riconoscenza per aver recuperato la pietra di Salagram e di non aver chiesto alcuna ricompensa. E poi egli ti ammira troppo dopo l'uccisione della kala-bâgh.

—E allora?

—L'altro uomo bianco.

—Il favorito, è vero?

L'indiano ebbe una breve esitazione, poi rispose francamente:

—Sì, lui.

— Ne ero certo — disse Yanez.

— Egli teme che tu milord, gli prenda il posto.

— Credi che questo liquore sia avvelenato?

— Questo no; è impossibile! le bottiglie che io ho portato qui le ho prese nelle cantine del rajah, quindi puoi vuotarle con animo tranquillo.

— Bevi allora.

— Ecco milord.

Il chitmudgar vuotò, senza esitare, d'un sol colpo il bicchiere.

— È eccellente, milord.

— Allora berrò anch'io — disse Yanez, riempiendo un altro bicchiere. Va a riposarti ora: se avrò bisogno di te ti farò chiamare.

Il maggiordomo fece un profondo inchino e si ritirò.

Yanez vuotò un altro bicchiere, accese una sigaretta e si stropicciò le mani mormorando:

— La giornata è stata pesante, tuttavia non ho perduto il mio tempo inutilmente. Raccoglieremo i frutti più tardi.

La matassa è ancora molto imbrogliata; però spero di dare a Surama la corona che le spetta e di mandare a casa del diavolo Sindhia.

Il ragno malefico è quel dannato greco dell'Arcipelago. Domani farò il possibile per dargli una terribile lezione.

Capitolo 12

Un Terribile Duello

Yanez, che aveva dormito tranquillamente, come un uomo che non ha fastidi, aveva appena aperto gli occhi e stava sbadigliando, quando il chitmudgar, dopo aver bussato replicatamente entrò accompagnato da un ufficiale del rajah.

—Milord—disse il maggiordomo, mentre l'ufficiale faceva un grande inchino—sei atteso dal principe.

—Aspettate cinque minuti—rispose Yanez, tornando a sbadigliare.

Balzò dal letto, si vestì con cura senza troppo affrettarsi, si mise nella fascia le pistole e raggiunse il chitmudgar e l'ufficiale che lo attendevano nel salotto dove era stato intanto approntato il tè.

—Che cosa desidera Sua Altezza?—chiese sorseggiando l'aromatica bevanda con studiata lentezza.

—Lo ignoro, milord—rispose l'ufficiale.

—È di cattivo umore forse?

—Mi sembra assai preoccupato stamane, milord. Pare che vi sia stata un po' di burrasca fra lui e l'altro uomo bianco.

—Ah! il signor Teotokris!—esclamò Yanez quasi distrattamente.—Già, l'altro uomo bianco è sempre di cattivo umore.

—È vero milord!

—Così si fa temere.

—Tutti hanno paura di lui alla corte.

—Anche di me?

—Oh no, milord. Tutti vi ammirano e sarebbero ben lieti di vedervi al posto del favorito.

—Ecco una preziosa informazione—mormorò fra sé il portoghese.

Tranguggiò in fretta l'ultimo sorso, chiamò i suoi fedeli malesi e seguì l'ufficiale dicendo:

—Prepariamoci ad una burrasca. L'affare della commedia non passerà certamente liscio. Fortunatamente gli attori se ne sono andati, almeno lo spero.

Scese lo scalone ed entrò nella sala del trono. Sua Altezza Sindhia era già sdraiato come il solito su quella specie di letto, con parecchie bottiglie di liquore disposte su un tavolino ed un gran bicchiere colmo in mano.

—Ah! ben felice di vederti, milord—disse appena Yanez entrò seguito dai malesi.—Ti aspettavo con impazienza.

—Io essere sempre a disposizione di Vostra Altezza—rispose Yanez nel suo fantasioso Hindi.

—Siedi presso di me, milord.

Yanez prese una sedia e la collocò sulla piattaforma, presso quella specie di letto che serviva da trono.

—Milord—disse il rajah porgendogli un bicchiere di champagne—bevi questo. Non è avvelenato perchè la bottiglia l'ho fatta sturare in mia presenza ed ho assaggiato il liquido che conteneva.

—Io non avere paura di voi, Altezza—rispose Yanez.—Amare molto vino bianco francese e bevere subito a vostra salute.

Vuotò d'un colpo la tazza poi riprese:

—Ed ora io ascoltare tutto orecchi, Vostra Altezza.

—Dimmi, milord, in quali rapporti sei con il mio favorito?

—Cattivi, Altezza.

—Perchè?

—Non sapere io. Greco non vedermi bene qui.

—Tu hai avuto una questione.

—Essere vero. Noi uomini bianchi rissare sempre quando non appartenere istessa nazione. Io inglese, lui greco.

—Sai che vuole ucciderti?

—Aho! io uccidere forse lui.

—Mi ha chiesto di offrire alla mia corte un combattimento emozionante. Io amo i coraggiosi e mi piace vedere gli uomini difendere la propria vita valorosamente.

—Io essere pronto, Altezza.

—Quale arma hai scelto, milord?

—Io avere lasciato scelta a tuo favorito.

—Sai dove vi misurerete?

—Io non sapere niente.

—Nel mio cortile. Il duello sarà pubblico e tutta la mia corte vi assisterà. Così desidera il mio favorito.

—Benissimo—rispose Yanez con indifferenza.

—Tu hai un coraggio meraviglioso, milord.

—Io non avere mai paura, Altezza.

—Io ho scelto l'ora.

—Quale?

—Due ore prima del tramonto noi saremo tutti raccolti nel cortile d'onore. I miei servi stanno già preparando i padiglioni.

—Noi dare ora commedia.

—Ah!—esclamò il rajah aggrottando la fronte e facendo un gesto di collera.—A proposito di commedie, tutti i miei attori sono fuggiti.

—Oh!—fece Yanez simulando un meraviglioso stupore.

—Fra di loro doveva esservi colui che ha cercato di avvelenare me o te.

— Possibilissimo — si limitò a rispondere il portoghese.

— A quest'ora saranno molto lontani, ma se per caso rientreranno un giorno nel mio stato, li farò decapitare tutti, compresi i fanciulli che hanno con loro. Accetta un altro bicchiere di questo eccellente vino, milord, prima di lasciarmi. Ti darà maggior forza per misurarti col mio favorito.

— Grazie, Altezza — rispose Yanez, prendendo la tazza che il rajah gli porgeva.

La vuotò ed avendo compreso che l'udienza era finita si alzò.

— Milord — disse a voce bassa il principe mentre gli stendeva la mano. — Sta in guardia! il mio favorito ha scelto per lui un'arma terribile che egli sa maneggiare meglio d'un vecchio thug. Stai pronto a tagliargliela o sarai perduto. Ora va e sii forte e valoroso come il giorno in cui hai ucciso la kala-bâgh.

Yanez uscì dalla sala del trono e forse in quel momento appariva preoccupato. Il suo eterno buon umore pareva che fosse scomparso da quel viso sempre ilare e un po' ironico.

Senza dubbio le ultime parole del rajah avevano fatto presa sul suo animo.

Risalì lentamente nel suo appartamento dove il chitmudgar lo aspettava per annunciargli che la colazione era pronta.

— Mangerò poi — gli disse Yanez. — Per il momento devo occuparmi di qualche cosa più interessante dei tuoi piatti più o meno infernali.

— Che cos'hai, milord? — chiese il maggiordomo. — Tu mi sembri di cattivo umore stamane.

— Può darsi — rispose il portoghese. — Siediti e rispondi alle domande che ti rivolgerò.

— Sono sempre a tua disposizione, milord.

— Hai mai visto tu il greco prodursi davanti al rajah in un qualche straordinario esercizio?

— Sì, quello del laccio; credo anzi che nessun thug possa rivaleggiare con lui. Un giorno è giunto alla corte uno di quei sinistri adoratori della dea Kalì e si è misurato col favorito del rajah.

— E chi ha vinto?

— Il favorito, milord. Il thug cadde mezzo strangolato e se non fosse stato graziato, non sarebbe certo uscito vivo da questo palazzo.

— Che il favorito sia stato fra i thugs?

— Solo il rajah potrebbe saperlo e forse nemmeno lui.

— Ah! birbante d'un greco! — esclamò Yanez. — Fortunatamente so come agiscono i signori strangolatori. Quando si ha in mano una buona scimitarra si può tenere fronte a loro senza correre troppo pericolo.

— Stai tu in guardia, signor Teotokris. Ora possiamo fare colazione.

— Subito, milord — disse il chitmudgar.

Yanez passò nel salotto, mangiò con appetito, poi strappate alcune pagine dal suo portafoglio le coprì d'una scrittura fittissima e minuta.

Quand'ebbe finito fece cenno al chitmudgar di lasciarlo solo e chiamò il capo della scorta.

— Porta questi fogli a Sandokan — gli disse sottovoce. — Bada che tu probabilmente sarai pedinato da qualcuno, è necessario quindi che tu agisca con la massima prudenza perchè desidero che si ignori qui ove si nascondono i miei compagni.

Se vedi di non poter ingannare quelli che ti seguissero, fermati da Surama. Penserà ella a far pervenire questi fogli alla Tigre della Malesia.

— Sarò prudente, capitano — rispose il malese. — Aspetterò la notte per entrare nel tempio sotterraneo, così potrò uccidere più facilmente quelli che mi seguiranno.

— Vai, amico.

Quando il malese fu scomparso, il portoghese si sdraiò su un divano, accese una sigaretta e s'immerse in profonde riflessioni, seguendo distrattamente, con gli occhi socchiusi, le spire che descriveva il fumo innalzandosi.

Quando il chitmudgar entrò, dopo tre ore, il portoghese russava pacificamente come se nessuna preoccupazione lo turbasse.

— Milord — disse il maggiordomo, — il rajah ti aspetta.

— Ah! diavolo! — esclamò Yanez stirandosi le membra. — Non mi ricordavo più che il greco deve strangolarmi. Sono già tutti raccolti nel cortile?

— Sì, milord: non si aspetta che te.

— Portami un bicchiere di gin cosicché mi svegli del tutto. Bada che non contenga qualche droga infernale.

— Aprirò per maggior sicurezza un'altra bottiglia.

— Tu sei un brav'uomo: un giorno ti farò nominare gran cantiniere di qualche grossa corte.

Si alzò, vuotò il bicchiere che il chitmudgar gli porgeva e dopo aver chiamato i malesi scese nell'ampio cortile, tenendo fra le labbra la sigaretta spenta.

Aveva riacquistato tutto il suo sangue freddo e la sua calma straordinaria. Pareva un uomo che si recasse ad una festa anziché ad un combattimento terribile e forse mortale per lui.

Tutto intorno al cortile erano stati eretti dei ricchi padiglioni, un po' più bassi di quello che occupava il rajah. C'erano uomini e bellissime indiane, con costumi sfarzosi e molti gioielli indosso.

Il greco stava in mezzo, accanto ad un piccolo mobile su cui stavano una scimitarra ed un laccio. Era pallido più del solito, però sembrava non meno tranquillo del portoghese.

Il rajah che sedeva fra i suoi ministri, vedendo entrare il milord con la sigaretta in bocca, lo salutò cortesemente con la mano guardandolo intensamente.

Gli spettatori affollati nei padiglioni si erano invece alzati in piedi, osservandolo curiosamente.

Yanez salutò toccandosi con una mano la tesa del cappello, e mentre i suoi malesi prendevano posto all'estremità del cortile appoggiandosi sulle loro carabine, avanzò lentamente verso il greco dicendogli:

— Eccomi.

— Cominciavo a perdere la pazienza — rispose Teotokris con un brutto sorriso che parve una smorfia. — Quando noi marinai dell'Arcipelago abbiamo deciso di ammazzare un avversario, non aspettiamo mai.

— E nemmeno i gentiluomini inglesi — disse Yanez. — Le armi?

— Le ho scelte.

— Alla spada o alla pistola?

— Voi dimenticate che qui non siamo in Europa.

— Che cosa volete dire?

— Che io vi affronterò con un laccio onde offrire al mio signore uno spettacolo veramente indiano.

— È degno dei briganti indiani che adorano Kalì — rispose Yanez ironicamente. — Credevo aver da fare con un europeo: ora capisco di essermi ingannato. Non importa: ho commesso la sciocchezza di lasciarvi la scelta delle armi ed ora vi mostrerò come un milord inglese sa trattare le persone della vostra razza.

— Signore!

— No, chiamatemi milord — disse Yanez.

— Mostratemi le vostre carte prima.

— Dopo, quando vi avrò tagliato il collo e la barba insieme. Voi, greci dell'Arcipelago siete tanti barili di polvere? — chiese Yanez, sempre beffardo.

— Basta: il rajah si impazienta!

— A teatro bisogna sempre aspettare, per Giove, almeno a Londra.

— Prendete la vostra scimitarra.

— Ah! è con questa che dovrò tagliarvi la testa? benissimo!

— Scherzate troppo!

— Che cosa volete? noi inglesi siamo sempre di buon umore.

— Vedremo se lo sarete quando il mio laccio vi strangolerà, signore.

— No, no... milord.

— Lo vedremo il vostro sangue azzurro! — gridò il greco esasperato.

— Ed io quello dei greci dell'Arcipelago.

— Prendete la vostra scimitarra: ho fretta di finirla!

— Ed io nessuna di andarmene all'altro mondo.

Gettò la sigaretta, prese la scimitarra che era stata posata accanto al laccio e fece alcuni passi indietro, senza troppo affrettarsi, arrestandosi a qualche metro dai malesi i quali guardavano ferocemente il greco.

Era da prevedersi che i selvaggi figli delle grandi isole indo-malesi non sarebbero rimasti impassibili, se una disgrazia avesse colto il loro capo che adoravano come un dio, checchè dovesse succedere dopo.

Teotokris, che sembrava in preda ad un vero accesso di furore, aveva preso bruscamente il laccio, mettendosi a dieci passi dal suo avversario.

Quello strano duello, di carattere veramente indiano, pareva che avesse impressionato profondamente gli spettatori, quantunque dovessero averne visti ben altri. Un profondo silenzio si era fatto in tutti i padiglioni: anche il rajah stava zitto e non staccava il suo sguardo da Yanez, la cui tranquillità era meravigliosa.

Il portoghese si era messo in guardia come un vecchio spadaccino, tenendo la scimitarra un po' alta per essere più pronto a difendere il collo.

In quel momento egli si chiedeva solo se il suo avversario aveva imparato a maneggiare il lazo fra i gaucho dell'America meridionale o fra i thugs indiani.

Una mossa del greco lo convinse di aver davanti un uomo che aveva imparato a servirsi di quella terribile corda fra gli ispano-americani piuttosto che fra gli indiani.

— Questo deve essere stato un grande avventuriero — mormorò. — Bada al collo, amico Yanez.

Teotokris aveva arrotolato parte della fune sul braccio sinistro facendo girare, attorno alla propria testa il lazo come usano fare i cavalieri della pampa argentina ed i cowboy del far west dell'America settentrionale allorquando si preparano ad arrestare un mustang selvaggio spinto al galoppo.

— Siete pronto milord? — chiese.

— Quando vorrete.

— Fra mezzo minuto vi avrò strangolato, a meno che il rajah non chieda la vostra grazia.

— Non preoccupatevi tanto, signor Teotokris — rispose Yanez. — Non avete ancora in vostra mano la pelle dell'orso, come si dice da noi.

— Vi farò un colpo che non lo sospettate.

— Me lo direte più tardi. Voi cercate di sorprendermi facendomi parlare troppo. Basta, signor Teotokris.

Infatti il greco, mentre chiacchierava, non aveva cessato di far girare sopra la propria testa il terribile lazo per tenere la corda ben aperta.

Tutti gli spettatori si erano alzati per non perdere nulla di quell'emozionante combattimento. Un vivo stupore si leggeva su tutti quei volti abbronzati o nerastri: la calma meravigliosa dei duellanti aveva prodotto in tutti gli animi una profonda ammirazione.

— Ah! questi europei! — non cessavano di sussurrare.

Yanez, un po' raccolto su se stesso per offrire meno presa al laccio, aspettava l'attacco del greco, sempre impassibile, seguendo attentamente con lo sguardo le rotazioni, sempre più rapide, che descriveva la funicella.

Ad un tratto un sibilo acuto si fece udire, Yanez aveva alzato rapidamente la scimitarra, vibrando un colpo, poi aveva fatto un balzo indietro, un vero balzo da tigre, mandando nel medesimo tempo un urlo di furore.

Nella sua destra non stringeva altro che l'impugnatura dell'arma. La lama, appena urtata dal laccio, si era spezzata ed era caduta a terra.

Tuttavia il colpo era stato parato.

—Traditore!—gridò Yanez al greco che ritirava precipitosamente il lazo per ritentare il colpo.—Se fai un passo avanti ti brucio le cervella!

Aveva tratto dalla fascia una delle due pistole e dopo averla montata l'aveva puntata su Teotokris, mentre i malesi che si trattenevano a stento avevano alzato precipitosamente le carabine appoggiandosele alle spalle.

Un gran grido si era levato fra gli spettatori che non si aspettavano di certo quel colpo di scena. Anche il rajah pareva in preda ad una certa irritazione, avendo ben compreso che un tradimento era stato ordito a danno del suo grande cacciatore, non potendo ammettere che una scimitarra si spezzasse sotto il semplice urto d'un laccio.

Teotokris, pallido come un cencio lavato, era rimasto muto ed immobile, lasciando pendere il lazo. Grosse stille di sudore gli imperlavano la fronte.

—Datemi subito un'altra scimitarra!—gridò Yanez.—Vedremo se si spezzerà nuovamente.

Uno dei suoi malesi estrasse quella che gli pendeva al fianco e gliela porse dicendogli:

—Prendi questa, capitano. È d'acciaio del Borneo e tu sai che è il migliore che si possa avere.

Il portoghese impugnò saldamente l'arma, gettò a terra la pistola e si mise di nuovo di fronte al greco.

Una sorda rabbia lo aveva invaso.

—Bada, greco—disse coi denti stretti,—che io farò il possibile per ucciderti. Non mi aspettavo da te, europeo al pari di me, un simile tradimento.

—Ti giuro che io non ho scelto quell'arma...

—Lascia i giuramenti agli altri; già non ti crederei.

—Signore!

—Ti aspetto per farti a pezzi.

—Sarai tu che morrai!—urlò il greco furibondo.

—Lancia il tuo lazo dunque!

Il greco tornava a far girare la funicella. Spiava attentamente Yanez sperando di sorprenderlo; il suo avversario però conservava una immobilità assoluta e non perdeva mai di vista, nemmeno per un istante, il lazo.

D'improvviso il greco fece un balzo in parte lanciando contemporaneamente la funicella e mandando un urlo selvaggio per scombussolare o impressionare il portoghese.

Questi si era ben guardato dal muoversi. Sentì piombarsi addosso il lazo e scendergli attraverso la testa, ma pronto come un lampo avventò due colpi di scimitarra a destra ed a sinistra, tagliandolo netto prima che il greco avesse avuto il tempo di dare lo strappo fatale.

Allora a sua volta si lanciò sul greco.

La larga lama balenò in alto, poi scese con gran forza, colpendo l'avversario con un traversone al fianco destro.

Teotokris aveva fatto un salto indietro, tuttavia non era riuscito ad evitare per intero il colpo. Si tenne un momento ritto, poi cadde pesantemente al suolo, comprimendosi con ambe le mani il petto.

Attraverso la casacca squarciata il sangue usciva, formando una larga macchia sulla candida flanella.

Un urlo uscito da duecento bocche aveva salutato la vittoria del coraggioso uccisore di tigri.

— Devo finirlo? — chiese Yanez, rivolgendosi verso il rajah che si era alzato.

— Ti chiedo la grazia per lui, milord — rispose il principe.

— Sia — rispose Yanez.

Restituì la scimitarra, raccolse la pistola e dopo aver fatto un lungo inchino si ritirò mentre le donne si levavano i mazzolini di mussenda che portavano all'estremità delle loro trecce gettandoglieli dietro.

Mentre si allontanava sempre scortato dai suoi malesi, il medico di corte e sei servi avevano adagiato il greco su un palanchino, portandolo rapidamente nella sua stanza.

Teotokris non era svenuto e nemmeno si lamentava. Solo di quando in quando una rauca bestemmia gli sfuggiva attraverso le labbra scolorite. Pareva che sentisse più la rabbia di essere stato vinto dal suo rivale, che il dolore prodottogli da quel colpo di scimitarra.

— Sì, visitami e fasciami subito — disse con tono imperioso al medico. — La ferita non è grave. La lama deve aver incontrato la guardia del pugnale che portavo sotto la casacca.

Il medico gli denudò rapidamente il petto.

La scimitarra aveva tracciato, sotto il petto, un taglio lungo una quindicina di centimetri che non sembrava molto profondo.

— Ah! ecco! — esclamò il dottore raccogliendo un oggetto che era scivolato sotto la giacca. — Tu devi a questo, la tua vita, signore.

— Il manico del pugnale?

— Sì: è stato tagliato netto. Se la lama non lo avesse incontrato il cacciatore di kala-bâgh ti avrebbe spaccato il torace. Ero presente quando ti ha vibrato il colpo.

— Una botta scagliata con tutta forza — rispose Teotokris. — Per quanto credi che io ne abbia?

— Non sarai in piedi prima di due settimane. Sei robustissimo tu, signore.

— Ed ho pelle di marinai addosso — disse il greco, sforzandosi a sorridere. — Spicciati: il sangue se ne va e non desidero affatto perderne troppo.

Il medico che, quantunque indiano, doveva essere abilissimo, cucì lestamente la ferita, spalmandola poi con una materia che pareva resinosa e la fasciò strettamente.

Aveva appena terminato, quando un ufficiale dei seikki entrò nella stanza annunciando il rajah.

La fronte del greco si era subito abbuiata, tuttavia si guardò bene dal far trasparire il suo malumore.

—Uscite tutti—disse al medico ed ai servi.

Il rajah entrava in quel momento e solo. Anche la sua fronte non pareva serena.

Attese che tutti si fossero allontanati, compreso l'ufficiale, poi prese una sedia e si sedette presso il capezzale del ferito.

—Come va dunque, mio povero Teotokris?—chiese.—Ti credevo più abile e più fortunato.

—Vi ho dato, Altezza, non poche prove della mia abilità nell'uso del laccio. Non credo di meritarmi quindi alcun rimprovero.

—È grave la ferita?

—No, Altezza. Potrò rimettermi a vostra disposizione fra una quindicina di giorni e allora vi giuro che non perderò il mio tempo.

—Che cosa vuoi dire?

—Che saprò chi è quell'uomo che si spaccia per un milord.

—Tu serbi rancore a quel valoroso cacciatore.

—E gliene serberò finché avrò un alito di vita—rispose il greco con accento feroce.

—Eppure tu gli hai giocato un cattivo tiro.

—Voi supponete Altezza?...

—Che l'impugnatura di quella scimitarra sia stata abilmente segata onde la lama cedesse al minimo urto.

—Chi è che mi accusa?

—Io—disse il rajah, aggrottando la fronte.

—Se siete voi Altezza che lo dite, allora non negherò più.

—Confessi?

—Sì, è vero: l'estremità della lama l'ho fatta segare presso la guardia da un abilissimo artefice.

Il principe non poté frenare un gesto di stupore e guardò severamente il suo favorito.

—Avevi dunque paura del gran cacciatore bianco?

—Volevo sopprimerlo a qualunque costo per rendere al mio benefattore un grande servizio—disse il greco audacemente.

—A me?

—Sì, Altezza.

—Uccidendo colui che mi ha restituito la pietra di Salagram e che ha ucciso la kala-bâgh?

—Sì, perchè quell'uomo un giorno, ne sono sicuro, ti giocherà qualche pessimo tiro.

—E perchè?

—Perchè è un inglese innanzi tutto e tu sai, forse meglio di me, che gli uomini della sua razza furono sempre i più pericolosi avversari degli indiani. Forse che quasi tutto l'Indostan non è stato conquistato da loro?

e poi perchè quel milord ha condotto con sé una principessa indiana che non è assamese? apri gli occhi Altezza e non fidarti ciecamente di quell'inglese che non sappiamo che cosa sia venuto a fare qui.

— A uccidere la tigre, mi ha detto — rispose il rajah.

— Tu potrai credere quello che vorrai, ma non io che appartengo alla razza più astuta che viva in Europa.

Il principe, visibilmente impressionato, si era levato in piedi mettendosi a passeggiare intorno al letto del ferito. Diffidente per carattere, cominciava a diventare inquieto.

— Che cosa fare? — chiese ad un tratto fermandosi presso il greco che lo aveva seguito con uno sguardo ironico. — Io non posso congedarli lì per lì; potrei anzi avere dei grossi fastidi col governatore del Bengala.

— Non ti consiglierei di far ciò nemmeno io, Altezza — disse il greco.

— E allora?

— Vuoi lasciare a me carta bianca?

Il rajah lo guardò con diffidenza.

— Penseresti a farlo assassinare da qualche sicario o di farlo avvelenare? cattivi mezzi che non mi salverebbero dall'avere dei grattacapi.

— Non sarà contro di lui che io agirò. A te Altezza non chiedo altro che di farlo strettamente sorvegliare.

— Con chi te la prenderai dunque? voglio prima saperlo.

— Con quella misteriosa principessa indiana. Quando sarà in mia mano la costringerò a dirmi chi è, e che razza d'avventuriero sia quel milord.

— Io credo davvero che tu appartenga alla razza più astuta dell'Europa — disse il rajah. — Non desidero però che quella, donna o fanciulla che sia, venga trasportata qui.

— Ho una casa di mia proprietà, dove tengo le mie donne — rispose il greco. — Questa notte mi farò condurre là, ma tu dirai a tutti che io sono sempre alla tua corte e darai ordine che nessuno, per qualsiasi motivo, venga a disturbarmi.

— Farò quello che vorrai. Addio e pensa a guarire presto.

Capitolo 13.

La Scomparsa di Surama

Erano trascorsi solamente quattro giorni dal duello fra Yanez e Teotokris, quando un pomeriggio, nell'ora in cui gli indiani, dopo la solita dormita, escono a prendere una boccata d'aria sulle terrazze, si presentava al palazzo di Surama un individuo losco davanti al quale però tutti s'inchinavano come se si fosse trattato di persona più importante di un bramino.

Si trattava di un fakiro appartenente alla rispettabilissima classe dei gussain, appartenente a una setta tantrica composta da sacerdoti mendicanti.

Il suo aspetto era ben lungi dall'ispirare una qualche simpatia, anzi nemmeno un po' di compassione.

Il suo viso era cinto da una barba lunghissima, incolta e che terminava in una specie di pizzo arricciato come la coda d'un maiale che gli scendeva fino ai piedi.

Sulle guance e sulla fronte aveva tatuaggi rossi, ed i suoi capelli erano riuniti sul cranio in modo da formare come una mitra.

Il corpo, spaventosamente scarno, era quasi interamente nudo, non avendo che una striscia di stoffa giallastra attorno ai fianchi. Aveva però sul petto e sulle cosce un gran numero di macchie grigiastre fatte certamente con sterco vaccino bruciato.

Quello che lo rendeva però più spaventoso era il braccio destro, completamente anchilosato, che ormai non poteva più piegarsi e che stringeva fra la mano chiusa dentro una guaina di cuoio una pianticella di mirto sacro.

Quantunque l'aspetto di quel disgraziato fosse pauroso, anzi addirittura ripugnante, come abbiamo detto, tutti s'inchinavano sul suo passaggio e s'affrettavano a fargli largo.

Nell'India un fakiro, a qualunque setta appartenga, è sempre venerato. Da noi desterebbe solamente un po' d'ammirazione per la sua forza d'animo di rimanere per interi anni con un braccio sempre alzato finché l'articolazione si atrofizzi e immerso in una contemplazione stupida, che nessuna emozione anche profondissima può trarre, come nessun pericolo.

Può bruciare una pagoda, anche una città, ma il fakiro non farà un passo per evitare le fiamme se è assorto nella sua contemplazione. D'altronde che cosa rappresenta la morte per quei fanatici? la fine delle loro pene e i godimenti supremi del cailasson, ossia del paradiso indiano.

I due servi che vegliavano davanti al portone del palazzo, masticando del betel per ingannare meglio il tempo, vedendo il fakiro salire i quattro gradini si erano affrettati a muovergli incontro, chiedendogli premurosamente che cosa desiderasse.

— Io so — disse il fakiro, — che una persona ha gettato su questa casa il malocchio e vengo a proporre alla tua padrona di toglierlo onde non le tocchi qualche grave disgrazia.

I due servi si erano guardati l'un l'altro con spavento, poiché gli indiani temono immensamente gli effetti di una fattura malefica.

— Ne sei ben sicuro, gussain? — chiese uno dei due servi.

— Io stavo seduto poco fa sui gradini di quella pagoda, quando ho visto un vecchio fermarsi a poca distanza di qui e fare dei segni misteriosi. Credimi, ha lanciato il malocchio contro questo palazzo e anche contro tutti coloro che lo abitano e tu sai quali conseguenze fatali può produrre.

— Non sai chi è quel vecchio?

— Prima d'ora non l'ho mai visto — rispose il fakiro. — Deve essere però un nemico della tua padrona.

— Attendimi un istante gussain.

Il servo si allontanò velocemente, mentre l'altro teneva compagnia al fakiro il quale si era intanto seduto sull'ultimo gradino, tenendo sempre alto il suo orribile braccio anchilosato e disseccato. Qualche minuto dopo il primo servo ritornava con un viso sgomentato dicendo:

— Entra subito gussain e giacché hai il potere togli subito alla mia padrona e a noi l'occhiata scagliata da quel vecchio.

— Sono pronto — rispose il fakiro.

— Allora entra.

Il gussain entrò nel palazzo a passi lenti, salendo lo scalone che conduceva negli appartamenti di Surama.

La principessa lo aspettava sul pianerottolo. Indiana anch'ella, aveva paura dei malefici.

— Signora — disse il fakiro, — la tua casa è stata maledetta, ma io ho il potere di distruggere il malocchio.

— Ed io saprò ricompensarti — rispose la giovane indiana.

— Hai un catino?

— Sì.

— Io ho la tinta rossa. Fammelo portare.

Surama fece un cenno ad una delle sue serve e subito un bacino d'argento fu portato.

— Dammi anche un pezzo di tela — disse il fakiro.

Surama si levò la fascia di finissimo percalle a righe bianche e azzurre che le serrava i fianchi e gliela porse.

— Dell'acqua ora — disse il fakiro.

Una serva portò una bottiglia, incastonata fino a metà da lapislazzuli.

Il fakiro riempì la bacinella, vi versò dentro una polvere rossastra, poi servendosi della mano sinistra, lo fece passare per tre volte davanti al viso di Surama; servi e serve si erano raggruppati dietro alla padrona.

Solo i quattro malesi che Yanez aveva messo a disposizione di Surama perché vegliassero su di lei, non subirono quella strana cerimonia, essendosi probabilmente accorto che non erano indiani, cosa d'altronde facilissima data la tinta olivastra scura della loro pelle.

Ciò fatto il fakiro prese la fascia di Surama coi denti e la lacerò in due pezzi, gettando con forza l'uno a destra e l'altro a sinistra.

—È fatta—disse a Surama.—Tu signora sei liberata dal maleficiolanciato da quel sinistro vecchio e non correrai più alcun pericolo.

—Che cosa vuoi per il tuo disturbo?—chiese la giovane.

—Che mi lasci un po' riposare—rispose il fakiro.—Sono molte notti che non dormo e che non mi nutro. Che cosa ne farei io del denaro? ad un fakiro bastano un banano e qualche crosta di pane.

—Riposati dunque—disse Surama.—Qui vi sono dei divani dove starai meglio che sui gradini della pagoda.

Quando uscirai dalla mia casa avrai un regalo. Intanto che cosa posso offrirti?

—Fammi portare una tazza di toddy signora. È molto tempo che non ne bevo.

—Sarai subito servito. Uscite tutti e lasciatelo dormire.

Si ritirarono ed il fakiro si stese su un tappeto, con gli occhi volti verso il soffitto come se l'estasi l'avesse sorpreso.

Un momento dopo entrava un servo portando su un vassoio d'argento un fiasco pieno di quel dolce e leggermente inebriante vino che gli indiani chiamano toddy e che somiglia al nostro vino bianco ed una tazza.

—Prendi e bevi finché vuoi, gussain—gli disse, deponendo il vassoio a terra.—E prendi anche questa borsa che contiene dieci rupie.

—Che saranno tue se rispondi ad una mia domanda—rispose il fakiro.

—Che cosa vuoi sapere, gussain?

—La stanza della tua padrona dove si trova?

—È accanto a questa.

—A destra o a sinistra?

—A sinistra—rispose il servo.—E perchè mi hai fatto questa domanda?

—Per indirizzare a lei le mie preghiere—rispose il fakiro gravemente.

Il servo uscì. Il fakiro stette alcuni minuti immobile, poi si alzò senza far rumore e trasse da sotto al gonnellino che gli cingeva i fianchi una fiala di leggerissimo cristallo, fatta in forma d'una bolla di sapone, che conteneva nel suo interno un mazzolino di fiori azzurri che rassomigliavano alle violette.

—Queste carma-joga produrranno il loro effetto—mormorò.—Chi può resistere al profumo che esalano questi piccoli fiori? s'addormenterà di colpo, così la porteranno via senza che mandi nemmeno un lamento.

Avanzò cautamente verso la porta che si trovava a sinistra, ascoltò attentamente per alcuni istanti trattenendo il respiro, poi fece girare la maniglia senza produrre il minimo rumore e fece un passo in avanti.

La stanza di Surama era tutta adorna di seta bianca, ricamata in oro e argento. In mezzo stava il letto, completamente isolato, coperto da un immenso drappo ricamato splendidamente, collocato sotto la punka.

—Nessuno—mormorò il fakiro.—È Siva o Brahma che mi proteggono? l'uomo bianco sarà contento!

S'avvicinò ad un piccolo mobile di ebano, intarsiato di madreperla e coperto da un tappeto che cadeva fino al suolo, spezzò il recipiente di vetro e vi gettò sotto il mazzolino.

—Dormirai anche se non avrai sonno—disse poi, con un sorriso ironico.

Uscì indietreggiando, rinchiuse la porta e tornò a sdraiarsi sul tappeto come un uomo immensamente stanco.

Il sole era tramontato da qualche ora, quando il servo di Surama entrò chiedendogli:

—Gussain vuoi cenare? la mia padrona ti offre da mangiare.

—Lasciami dormire—rispose il fakiro, socchiudendo gli occhi.—Sono molto stanco e se la tua padrona me lo permette riposerei ancora un po'

—Un sant'uomo è padrone di dormire come e dove crede. Riposa in pace e che Brahma, Siva e Visnù veglino su di te—rispose il servo.—La casa è tua!

Il fakiro fece col capo un leggero movimento e chiuse gli occhi.

Dormiva realmente? difficile a dirsi.

La notte era scura. Tutti si erano coricati nel palazzo: la padrona, i malesi, i servi e le serve.

Un uomo solo vegliava come una tigre in agguato: il fakiro.

Doveva essere quasi la mezzanotte quando un sibilo acuto tagliò l'aria.

Il fakiro udendolo, si era prontamente alzato.

—Dorme—mormorò.

con la mano sinistra aprì la finestra e gettò sulla via tenebrosa un rapido sguardo. Delle ombre umane stavano ferme in mezzo alla strada.

Strinse le labbra e lasciò fuggire un debolissimo sibilo, che si poteva scambiare con quello del velenosissimo cobra-cappello.

Un segnale uguale, subito dopo, rispose.

—Sono pronti—mormorò;—allora tutto va bene.

Si affacciò alla finestra e lanciò un secondo sibilo. Subito dopo un colpo secco si fece udire contro una delle due imposte.

Il fakiro allungò la sinistra e afferrò una fune che era attaccata ad una freccia molto lunga, che si era profondamente infissa nel legno.

—Che demonio è quell'uomo bianco!—sibilò.—Mantiene le promesse e pagherà anche a me le cento rupie che mi ha promesso. Aspettate un momento e l'affare sarà finito senza che nessuno se ne accorga.

S'appressò alla porta, ascoltò ancora, poi risolutamente aprì.

La lampada che rischiarava la stanza di Surama, brillava ancora, spandendo al di sotto una luce leggermente azzurrognola. Le serve avevano abbassato il lucignolo in modo che la luce fosse debolissima.

Surama dormiva profondamente. Solo la sua respirazione era un po' affannosa come se qualche cosa le pesasse sul cuore.

Il fakiro contemplò per alcuni istanti il viso bellissimo e roseo della giovane indiana, poi fece un gesto di dispetto.

—Maledetto sia il giorno che io ho disseccato il mio braccio—disse.—Vile mestiere è quello del fakiro!... ah!

Tornò rapidamente nel salotto, assicurò la fune ad un gancio delle imposte e mandò due sibili.

Un istante dopo un uomo scavalcava il davanzale, tenendo stretto fra le labbra uno di quei terribili coltelli indiani chiamati tarwar.

—Che cosa vuoi gussain?—gli chiese, balzando agilmente nella stanza.

—Che mi aiuti—rispose il fakiro.—Io non posso usare che un solo braccio.

—Vuoi che uccida?

—No: il padrone non vuole. Nessun delitto per ora. Aiutami a portare via la fanciulla.

—Guidami.

Il fakiro rientrò nella stanza di Surama e gliela indicò dicendogli:

—Fa presto: i fiori della carma-joga addormentano, ma non a lungo.

L'indiano strappò dal letto la coperta di seta bianca, levò con un gesto brusco le lenzuola, avvolse Surama che pareva colpita da una specie di catalessi e lasciò subito la stanza borbottando:

—Maledetti fiori! un momento ancora e m'addormentavo anch'io!...

Afferrò Surama fra le braccia secche nervose, scavalcò il davanzale, s'aggrappò con una mano sola alla fune e si lasciò scivolare giù.

Il fakiro quantunque avesse la destra anchilosata e stringesse sempre nella destra il ramoscello di mirto sacro, l'aveva subito seguito.

Dieci uomini armati di lunghe carabine e di scimitarre li aspettavano in mezzo alla via.

—È fatto il colpo?—chiese uno.

—Sì.

—In marcia allora.

—Ed io?—chiese il fakiro.

—Seguici.

Un palanchino sorretto da quattro hamali era pronto. Surama sempre avvolta nella coperta di seta bianca vi fu adagiata, le cortine furono abbassate, poi il drappello si mise rapidamente in marcia preceduto da due mussalchi che portavano delle torce accese.

Nel palazzo nessuno si era accorto di quell'audace rapimento compiuto a notte fonda e nel più profondo silenzio.

I rapitori percorsero diverse vie oscure e deserte, poi si arrestarono davanti a un vasto caseggiato che assomigliava nella costruzione ai comodi bungalow che fabbricati dagli inglesi che si stabiliscono in India.

La porta era aperta e la gradinata illuminata da una grossa lampada.

Un chitmudgar, accompagnato da quattro servi, aspettava il drappello.

—Fatto?—chiese.

—Sì—rispose il fakiro.—Il tuo padrone sarà contento.

Il chitmudgar sollevò una tenda del palanchino e gettò su Surama, sempre addormentata, un rapido sguardo.

—Sì—disse poi.—È la principessa misteriosa.

Fece un segno ai servi. Questi presero il palanchino, l'alzarono e salirono frettolosamente la scala.

—Potete andare—disse a quel punto il maggiordomo rivolgendosi alla scorta—e anche tu gussain. È meglio che non ti si veda in questa casa. Eccoti cento rupie che il mio padrone ti regala e buona notte.

Chiuse la porta e raggiunse i servi i quali avevano deposto il palanchino in una bellissima e ampia stanza, il cui centro era occupato da un letto incrostato di laminelle d'argento e di madreperla con ricchissima coperta di seta azzurra a ricami gialli.

Il chitmudgar prese fra le robuste braccia la bella indiana che pareva morta, svolse la coperta di seta bianca e la mise a letto, coprendola per bene.

—Portate via il palanchino ora—disse ai servi.

Erano appena usciti quando un uomo entrò: era uno dei ministri del rajah.

—Eccola signore—disse il maggiordomo, inchinandosi profondamente.—Le guardie del favorito hanno agito rapidamente e senza allarmare gli abitanti del palazzo.

Il ministro sollevò la coperta e guardò Surama.

—È bellissima—disse.—Il grande cacciatore è di buon gusto.

—Devo svegliarla signore?

—Che cosa ha adoperato il fakiro per addormentarla?

—Gli ho dato tre fiorellini di carma-joga.

—Ah!—fece il ministro.

—Ne coltivo molti nel giardino.

—Come potremo farla parlare?

—Ho previsto tutto, signore.

—Con la youma?

—Ho qualche cosa di meglio—rispose il maggiordomo con un' sottile sorriso.—Già ieri ho preparato una infusione di bang e di benafuli *(nda: il bang è una forte dose d'oppio, mentre il benafuli è un tipo di riso originario del Bengala dal profumo soavissimo)*.

—Non s'addormenterà di più invece?

—No, signore: la renderà furibonda e parlerà. Il benafuli modera l'azione dell'oppio.

—Quando possiamo provare?

—Quando tu vorrai, signore.

—Tu mi assicuri che la principessa non soffrirà.

—Rispondo io pienamente.

—Agisci allora.

Il chitmudgar prese da una mensola una fiala di cristallo che conteneva un liquido giallastro, un piccolo coltello d'argento e s'avvicinò a Surama.

—Bada di non farle male—disse il ministro.—Noi non sappiamo ancora chi sia, ed il rajah desidera che si usi la più grande prudenza.

—Non temere, signore—rispose il maggiordomo.

Aprì le labbra di Surama, introdusse leggermente, con somma precauzione, la punta del coltello fra gli splendidi dentini che erano strettamente chiusi, poi facendo un piccolo sforzo li aprì.

Subito un lungo sospiro sfuggì alla fanciulla; però gli occhi rimasero chiusi.

Il chitmudgar prese la fiala e versò parecchie gocce nella gola della bella addormentata.

—Dieci—contò.—Bastano.

Aveva appena terminato di parlare, quando un fremito scosse il corpo di Surama. Pareva che fosse stata toccata da una scarica elettrica.

—Si sveglia, signore—disse il chitmudgar.—Fra poco tu saprai tutto quello che vorrai.

Un secondo fremito, più intenso del primo, aveva fatto sussultare la giovane indiana.

—Odi come respira più libera, signore?—disse il maggiordomo che non staccava lo sguardo da Surama—È segno che il suo sonno sta per finire.

D'un tratto Surama s'alzò di colpo a sedere, aprendo gli occhi. Il suo viso, sotto l'influenza di quella strana pozione somministratale dal chitmudgar era alterato e le sue pupille apparivano straordinariamente dilatate.

Si guardò intorno con vivo stupore, fermando poi lo sguardo sui due uomini che le stavano presso, muti ed immobili.

—Dove sono?—chiese.—Questa non è la mia stanza!

Parve però che quel lampo di lucidità subito si spegnesse, poiché si portò una mano alla fronte, come se cercasse di risvegliare dei lontani ricordi.

—Yanez! mio sahib bianco!—esclamò dopo alcuni istanti.—Perchè non ti vedo qui vicino a me? il rajah ha sempre bisogno di te?

—Yanez?—mormorò il ministro, guardando il chitmudgar.—E chi sarà mai?

—Ascoltiamola, signore, lasciamola parlare per ora—rispose il maggiordomo.—La potrai interrogare più tardi.

Surama continuava a passarsi e ripassarsi la destra sulla fronte. I suoi occhi parevano seguissero qualche visione, perchè li teneva sempre fissi davanti a sé.

—Yanez—riprese dopo un nuovo e più lungo silenzio.—Perchè non vieni? ho fatto un triste sogno l'altra notte, mio adorato sahib bianco.

Un brutto uomo, un fakiro, è entrato nella mia casa e mi ha guardato a lungo. Diceva che un nemico aveva lanciato su di me il malocchio! che sia vero? vieni amico, io ho paura, molta paura.

La pietra di Salagram e la kala bâgh non ti saranno fatali? le corone costano troppo care!

—Le corone?—mormorò il ministro aggrottando la fronte.—Di quali corone intende parlare questa fanciulla? chitmudgar apri bene le orecchie.

—Non perdo una sillaba.

Surama aveva avuto in quel momento un improvviso accesso di collera. Nel delirio si rivolse al ministro:

—Maledetto fakiro!—aveva gridato tendendo i pugni.—Non era vero che quel vecchio sconosciuto aveva gettato sulla mia casa il malocchio! tu eri stato pagato dal rajah o dall'avventuriero che cerca la rovina del mio sahib bianco!

—Odi?—chiese il ministro.

—Sì—rispose il chitmudgar.

—L'avventuriero deve essere il favorito.

—Certo, signore. Ma ascoltiamo quanto ha da dire.

Surama continuava a passarsi la destra sulla fronte che appariva imperlata di sudore. Il bang operava, esaltandola a poco a poco.

Vi fu un altro lungo silenzio, poi la giovane ravviandosi con una mossa nervosa i lunghi capelli neri continuò, guardando sempre davanti a sé:

—Perchè la Tigre della Malesia e Tremal-Naik non vengono in mio aiuto? sono uomini forti che hanno vinto e ucciso la Tigre dell'India, il terribile Suyodhana che faceva tremare anche il governo del Bengala! uscite dal tempio sotterraneo, venite, uccidete, distruggete! Yanez vuole la corona dell'Assam per darla a me! chi vincerà voi che avete fatto tremare l'intero Borneo? il Re del Mare è stato vinto, ma a quale prezzo? voi siete gli eroi della Sonda!

—Riesci a comprendere qualche cosa tu, chitmudgar?—chiese il ministro del rajah che cadeva di sorpresa in sorpresa.

—No, signore.

—Che il tuo bang l'abbia fatta impazzire?

—È impossibile.

—Che cosa dice dunque questa fanciulla?

—Aspettiamo.

—Parla d'una corona però.

—E di quella dell'Assam.

—Che mistero è questo?

—Abbi pazienza, signore. Forse si spiegherà meglio.

Surama si era nuovamente alzata ed il suo sguardo si era fissato, per la seconda volta, sul ministro.

—Tu non sei il sahib bianco—gli disse.—Che cosa fai qui?

Il chitmudgar fece un segno al ministro come per dire:

—Interroga pure.

—No—disse il ministro—io non sono il sahib bianco, però sono un suo fedelissimo amico.

—Perchè non vai allora ad avvertire la Tigre della Malesia?

—Chi è?

—Il più formidabile uomo delle isole della Sonda—rispose Surama.

—Le isole della Sonda? dove si trovano quelle terre?

—Là dove il sole nasce.

—Quell'uomo viene dunque da lontano.

—Da molto lontano: il Borneo non è vicino all'India.

—E che cosa faceva quell'uomo laggiù?

—Combatteva.

—Col sahib bianco?

—No, contro gli inglesi ed i thugs del Rajmangal.

Il ministro che non comprendeva nulla, non essendo gli indiani troppo forti in geografia, guardò il chitmudgar, ma questi gli fece un segno imperioso che voleva dire *"continua"*.

—Rajmangal?—proseguì il ministro.—Dov'è?

—Nel Bengala—rispose Surama.

—Ed il sahib bianco ha ucciso il capo dei thugs?

—Non lui: è stata la Tigre della Malesia.

—E dov'è questa Tigre? io non l'ho veduta alla corte del rajah.

—Oh no! è nella pagoda sotterranea con i suoi malesi.

—Dov'è questa pagoda?

—Di fronte all'isola... a quell'isola dove hanno rubato la pietra di Salagram.

—Chi l'ha rubata?

—Yanez.

—Ancora questo nome misterioso—mormorò il ministro.—Chi sono dunque quegli uomini?

Poi alzando la voce proseguì:

—Sai il nome di quella pagoda?

—No: so solo che è scavata in una collina che strapiomba nel fiume.

—Di fronte alla pagoda di Karia, è vero?

—Sì, sì, così mi hanno detto.

—Chi l'abita?

—Degli uomini che non sono indiani.

—Molti?

—Non lo so—rispose Surama.

—Perchè sono venuti qui?

—Per la corona.

—Quale corona?

—Dell'Assam.

Il ministro ed il chitmudgar si guardarono l'un l'altro con spavento.

—Una qualche congiura si sta certamente tramando contro il

rajah—disse il primo.

—Continua a interrogarla, signore—rispose il secondo.

—Ho paura di saper troppe cose.

—Si tratta forse della vita del rajah.

Il ministro si rivolse verso Surama la quale non cessava di guardare davanti a sé.

—Signora—le disse,—chi guida quegli uomini?

Questa volta Surama non rispose.

—Mi hai udito?—chiese il ministro.

La giovane agitò le labbra come se volesse parlare, poi ricadde pesantemente sul letto, chiudendo gli occhi.

—Il sonno l'ha ripresa—disse il chitmudgar.—Non potrai sapere più nulla, signore.

—E domani?

—Bisognerebbe somministrarle una nuova dose di bang e di benafuli, ma io non lo farei.

—Perchè?

—Potrebbe non risvegliarsi più. Non si può scherzare impunemente con l'oppio.

—Ne so abbastanza d'altronde—mormorò il ministro.—Andiamo ad avvertire subito il favorito e prendiamo le nostre misure per sorprendere quei misteriosi congiurati.

Fortunatamente abbiamo i seikki e quelli sono guerrieri che non hanno paura di nessuno.

—Datemi prima i vostri ordini, signore—disse il maggiordomo.

—Lasciala riposare tranquilla e se si sveglia trattala con i dovuti riguardi. Può essere sotto la protezione del governatore del Bengala ed il rajah non ha alcun desiderio di far entrare gli inglesi in questa faccenda. Domani puoi venire alla corte?

—Sì, mio signore. Ho un fratello che fa il chitmudgar.

—Veglia attentamente.

—Tutti i servi sono stati armati.

Il ministro uscì accompagnato dal maggiordomo e scese nel giardino che si estendeva dietro alla casa.

Otto uomini, tutti armati, stavano intorno ad uno di quei palanchini chiamati dak con due portatori di torce.

—Al palazzo del rajah—comandò il ministro.—Presto: ho molta fretta.

Capitolo 14

Sandokan alla Riscossa

Era appena trascorsa mezz'ora da che Surama era stata rapita con l'aiuto del fakiro, quando una delle serve entrava nella stanza, per annunciare alla sua giovane padrona il ritorno del capo della scorta con una lettera urgente della Tigre della Malesia.

Quantunque fosse passata già la mezzanotte, la fedele indiana non aveva esitato a vestirsi prontamente e ad entrare, avendo ricevuto l'ordine di svegliarla nel caso che qualche messaggero si fosse presentato al palazzo.

Il capo della scorta di Yanez si era fermato davanti alla porta, però udendo la donna urlare, si era subito lanciato dentro alla stanza temendo che qualche grave pericolo minacciasse la fidanzata del portoghese.

—Perchè urli così?—aveva chiesto, mettendo una mano sull'impugnatura della scimitarra.

—Sparita!

—Chi?

—La padrona!

—È impossibile!

—Guarda! il letto è vuoto.

Il malese aveva fatto un gesto di stupore, poi la sua pelle era diventata grigiastra che è quanto dire pallidissima. Aveva visto le coperte e le lenzuola rovesciate e il vuoto.

—Rapita!—aveva esclamato.

—Lo vedi: non è più qui.

—Che sia uscita?

—No, perchè la porta era chiusa e due servi vegliavano.

—Chiama qui tutti e da' ordine di preparare due cavalli, i migliori che si trovano nelle scuderie.

La serva uscì correndo mentre il malese faceva il giro della stanza. La finestra con le imposte aperte cosa che lo colpì subito.

—È per di là che l'hanno fatta scendere!—esclamò.

Si sporse dalla finestra, e trovò la corda ancora appesa al gancio.

—Maledetti!—mormorò.—Come hanno fatto ad introdursi qui senza che nessuno li udisse e portarla via senza che Surama mandasse un grido o...

Si era bruscamente interrotto, portandosi una mano sulla fronte.

—C'è qualcosa che non va, che mi prende?—si chiese, guardandosi rapidamente intorno.—Si direbbe che il mio cervello diventi pesante e che un lieve torpore m'invada... e questo sottile profumo da dove proviene? eppure io non vedo alcun fiore qui.

In quel momento entravano i servi, le serve ed i quattro malesi gridando e piangendo.

—Silenzio—disse il capo della scorta.—Ditemi innanzi tutto se voi sentite un qualche profumo sospetto qui.

Tutti fiutarono l'aria a varie riprese, poi uno dei servi esclamò:

—Hanno nascosto qui dei carma-joga!

—Che cosa sono?—chiese il capo.

—Dei fiori che addormentano.

—Cercateli.

I servi si misero a rovistare dappertutto, spostando i mobili, sollevando i tappeti ed i cortinaggi e riuscirono finalmente a trovare il piccolo mazzolino che il furbo fakiro aveva nascosto ed i pezzi di vetro della bottiglietta rotonda.

—Gettiamoli subito via—disse colui che li aveva scoperti.—Corriamo il rischio di addormentarci anche noi.

Il mazzolino fu lanciato attraverso la finestra aperta.

—Ditemi ora—disse il capo.—Avete visto nessuno entrare?

—No—risposero tutti ad una voce.

—E nessun rumore?

—Nemmeno.

—Avete dei sospetti?

—No.

Ad un tratto uno dei servi mandò un grido:

—E il gussain? andiamo a vedere se c'è ancora.

La porta che comunicava col salotto fu aperta e tutti poterono constatare che il fakiro non era più là.

Un grido di rabbia sfuggì da tutte le bocche:

—Il miserabile!

—Che cosa volete dire?—chiese il capo.—Chi era? un uomo forse?

—Un fakiro—disse uno dei quattro malesi.

—L'hai visto anche tu?

—Sì, capo.

—Sono pronti i cavalli?

—Sono davanti alla porta signore—rispose uno staffiere.

—Vieni con me, Loy—comandò il capo.—Mi racconterai ciò che è avvenuto durante il viaggio.

Non dobbiamo perdere un solo istante. Forse ho indugiato troppo.

Scesero rapidamente le scale, senza aver aggiunto nessuna altra parola e trovati i cavalli che scalpitavano davanti alla gradinata, trattenuti a stento da due servi, balzarono in sella allentando le briglie.

— Dove andiamo, Kubang? — chiese Loy.

— Alla pagoda sotterranea. Avvertiamo innanzi tutto la Tigre della Malesia.

— Ed il capitano Yanez?

— Il palazzo del rajah è chiuso di notte e poi il capitano non potrebbe tentare nulla in questo momento, mentre la Tigre e Tremal-Naik sono liberi e hanno uomini valenti con loro come Kammamuri e quel Bindar.

Spingi il tuo cavallo e arma la tua carabina. La notte scorsa ho ucciso una spia nei pressi del nostro rifugio.

— Ti aveva seguito?

— Sì e per molte ore; però me la sono sbrigata presto. Non ho fatto altro che imboscarmi fra le centinaia di tronchi d'un banian e aspettare che mi passasse davanti. Una palla sola è stata sufficiente a chiudergli la bocca eternamente.

Via, sferza! sarà un colpo terribile anche per la Tigre della Malesia nell'apprendere la scomparsa di Surama, che ama come se fosse sua figlia.

I due cavalli, due splendidi corsieri del Guzerate, correvano come il vento, sollevando una fitta colonna di polvere, non essendo le antiche città indiane lastricate.

In un quarto d'ora raggiunsero l'ultimo sobborgo che si estendeva lungo la riva sinistra del Brahmaputra e si gettarono in aperta campagna senza che i due malesi avessero incontrato fino allora alcun essere vivente.

Un altro quarto d'ora dopo, galopparono fra le folte macchie di banian, di tara e di mangifere che nascondevano in gran parte l'enorme roccia nelle cui viscere s'apriva la pagoda sotterranea.

— Preparati a raccontare tutto alla Tigre della Malesia — disse il capo a Kubang. — Ci siamo.

Quattro uomini erano balzati bruscamente sul sentiero che conduceva al tempio, puntando le carabine.

— Amici — gridò il capo. — Presto, correte a svegliare il padrone. Notizie gravi.

Due sentinelle scomparvero fra le macchie mentre le altre si rimettevano in agguato, onde impedire che qualche spia s'avvicinasse.

I due malesi, pochi istanti dopo, entravano nel tempio sotterraneo, preceduti da due dayaki muniti di torce e s'introducevano nella saletta già descritta, dove si trovavano mezzi vestiti la Tigre della Malesia, Tremal-Naik, Kammamuri e l'indiano Bindar.

— Che notizie rechi? — chiese il primo non senza una certa commozione. Se sei tornato così presto vuol dire che qualche grave avvenimento è accaduto in città.

— Gravissimo, Tigre della Malesia: Surama è stata rapita. Il mio compagno ti narrerà tutto.

Vi fu fra quei quattro uomini un momento di silenzio angoscioso: il pirata e Tremal-Naik rimasero come fulminati.

—Scomparsa!—esclamò poi il primo con voce terribile.—Chi può aver osato tanto? Yanez lo sa?

—No padrone—rispose il malese.—Surama è stata portata via forse un paio d'ore fa.

—E da chi?—domandò Tremal-Naik stringendo i pugni, mentre il maharatto si strappava i peli dalla rada barba.

—Ascoltatelo—disse Sandokan.

—Parla! parla!—gridarono tutti ad una voce.

Il malese che era ai servizi di Surama narrò rapidamente quanto era avvenuto, non dimenticando di far cadere i suoi sospetti sul gussain dal braccio anchilosato. Quella circostanza colpì subito Bindar.

—Un fakiro che porta un ramoscello chiuso entro il pugno—disse l'indiano, quando il malese ebbe terminato.—Non ve n'è che uno in tutta la città: Tantia.

—Lo conosci?—chiese la Tigre della Malesia.

—Sì, di vista, sahib—rispose l'indiano.

—Che tipo è?

—Uhm! non gode troppo buona fama quel fakiro. Si dice che sia una spia del rajah e dei suoi ministri.

—Sai dove abita?—chiese Tremal-Naik.

—Ordinariamente sui gradini delle pagode e domani è venerdì, è vero?

—Sì—rispose Kammamuri.

—Lo potremo vedere di certo davanti alla pagoda di Karia. Io in tale giornata l'ho sempre visto fare il gioco del fiore in compagnia di alcuni saniassi, che devono essere i suoi protettori ed anche i suoi sfruttatori.

—Ecco il punto di partenza—disse Sandokan che non aveva perduto una sillaba.—Purché non vi siano due di quei birbanti!

—No, sahib, ne sono sicuro—rispose Bindar.—Io conosco la città a menadito abitando qui da undici anni e non ho mai veduto un altro gussain che somigliasse a quello.

—Tu, hai notato qualche altro segno particolare su quel fakiro?—chiese Tremal-Naik al malese di Surama.

—Sì, una larga cicatrice sulla fronte, che mi parve prodotta più da un terribile colpo di frusta che da un'arma da taglio.

—È Tantia!—esclamò Bindar.—Anch'io ho notato quel segno violaceo che sembra un leggero solco.

—A che ora va ad occupare i gradini della pagoda?—chiese Sandokan.

—L'ho sempre veduto di buon'ora. Nel pomeriggio dorme sotto i banian.

—Coi suoi saniassi?

—Sì, sahib.

—La bangle è sempre pronta?

—È nascosta fra i canneti della riva.

—Tremal-Naik, partiamo. Non mancano che tre ore all'alba.

—Quanti uomini?—chiese il bengalese.

—Una decina basteranno. Gli altri rimangano a guardia di quel caro Kaksa Pharaum. Il ministro deve essere ora più sorvegliato che mai. Se dovesse fuggirci sarebbe finita per noi e anche per Yanez.

—Padrone—disse,—devo avvertire il capitano?

—Non è ancora il momento. Andiamo, amici: un'ora perduta vale un giorno in questi momenti.

Kammamuri era subito uscito per scegliere gli uomini che dovevano accompagnarli.

Sandokan e Tremal-Naik si vestirono rapidamente, presero le loro armi e lasciarono il salotto.

Fuori dalla pagoda sotterranea dieci malesi, fra i quali si trovava anche il malese di Surama, li aspettavano insieme a Bindar e a Kammamuri.

Ad un fischio mandato dalla Tigre della Malesia, le sentinelle che vegliavano nelle macchie circostanti, erano accorse.

—Nulla di sospetto?—chiese Tremal-Naik.

—No.

—In marcia—comandò allora Sandokan.

I quattordici uomini scomparvero fra le macchie che s'allargavano intorno alla roccia, avviandosi verso la riva del Brahmaputra.

Bindar si era messo alla testa, subito seguìto da Sandokan e da Tremal-Naik i quali tenevano le carabine sotto il braccio per essere pronti a servirsene.

Il fiume muggiva sordamente a breve distanza, nondimeno tutti aprivano ben bene gli occhi e tendevano gli orecchi, avendo già saputo che il capo della scorta di Yanez, la notte precedente, aveva ucciso un individuo sospetto che lo aveva seguìto per parecchie ore.

Giunti a duecento passi dal corso d'acqua, si gettarono in mezzo ad un macchione di nagatampo, bellissimi alberi, dal legname così duro che gli europei lo hanno chiamato legno del ferro e che producono dei fiori assai profumati, dei quali si servono le eleganti indiane per ornarsene i capelli.

—La bangle non è che a pochi passi—disse Bindar, volgendosi verso Sandokan e Tremal-Naik.

—Che ci sia ancora?

—Ci sono stato ieri mattina, sahib.

Attraversarono anche quella macchia e s'impegnarono fra una immensa quantità di calamus, che s'aggrovigliavano gli uni con gli altri come giganteschi serpenti, spingendosi fino sulla riva dove formano delle strane volte.

Bindar s'immerse fra le canne acquatiche e ben presto un grido di trionfo avvertì Tremal-Naik e Sandokan che aveva trovato la grossa imbarcazione.

—Lesti—disse il pirata.—Dobbiamo approdare prima che l'alba sorga.

La bangle, spinta da Bindar, avanzava spaccando o curvando le canne che ne ostacolavano la marcia.

I malesi ed i loro capi s'imbarcarono rapidamente, prendendo subito il largo senza troppo agitare i lunghissimi remi.

— Diritti verso l'isolotto! — aveva comandato Sandokan.

La notte era calma, tranquillissima anzi. Non si udivano che il mormorìo delle acque che si frangeva contro i canneti che coprivano la riva e le grida delle anatre bramine e delle oche, le prime a svegliarsi sui grandi fiumi dell'India.

Sandokan e Tremal-Naik, sdraiati sulla prora della grossa imbarcazione, guardavano attentamente le due rive e l'isolotto sul quale gigantegiava la celebre pagoda che racchiudeva nuovamente, nei suoi sotterranei, la famosa pietra di Salagram.

Quantunque fossero sicurissimi che nessuno li avesse veduti partire, pure non si sentivano interamente tranquilli.

Il rapimento di Surama doveva averli profondamente impressionati e forse per istinto avevano compreso che qualche sospetto doveva essersi infiltrato nell'anima dei ministri del rajah.

Il segreto, fino allora così bene custodito, sulle origini di quella bellissima ragazza, doveva essere stato tradito da qualcuno. Diversamente a quale scopo l'avrebbero rapita?

— Vi è un mistero qui sotto — disse Sandokan a Tremal-Naik, — e che noi dobbiamo decifrare. Non ammetterò mai che Yanez possa aver commesso qualche imprudenza da destare dei sospetti nell'animo del rajah. Nessuno deve più qui rammentarsi della bambina venduta ai thugs bengalesi.

— Era proprio quello che stavo pensando anch'io in questo preciso momento — rispose l'indiano.

— E chi può aver tradito il segreto? i miei uomini sono d'una fedeltà a tutta prova e adorano me e Yanez come due divinità. Un milione di rupie offerto dal rajah, li lascerebbe assolutamente impassibili perchè sono incorruttibili.

— Non ho alcun dubbio sui tuoi malesi e sui tuoi dayaki — rispose Tremal-Naik.

— Ah! se potessi sapere... Saccaroa! ed il greco che si è battuto con Yanez? l'hai dimenticato?

Tremal-Naik ebbe un soprassalto.

— Tu credi... — chiese con viva emozione.

— Che quell'uomo l'abbia fatta rapire, non perchè sospetti forse in quella fanciulla una formidabile rivale del rajah, bensì per vendicarsi della sciabolata che ha ricevuto.

— Se tutto fosse questo non si tratterebbe che di riprendergliela — disse Tremal-Naik. — Una cosa non troppo difficile per noi, è vero Sandokan?

— Aspetta che io abbia quel fakiro nelle mie mani e vedrai come lo farò cantare! lo costringerò io a dirmi dove l'hanno nascosta, dovessi mettere sottosopra tutto l'abitato di Gauhati. Quando ho sottomano i miei malesi ed i miei dayaki, non c'è nessuno che può fermarmi nemmeno tutti i seikki del principe, se poi ne avrà ancora qualcuno da lanciarmi contro.

—Ti ho udito più volte parlare di quei seikki—disse Tremal-Naik. Tu devi avere qualche idea.

—Penso mio caro che non sarà con una trentina di pirati, per quanto valorosi ed audaci, che si potrà conquistare il trono—rispose San-dokan.—Tu mi hai detto che quei valorosi soldati servono chi meglio li paga.

—È vero.

—Che cosa saranno per noi centomila rupie? una corona vale ben di più. Aspetta che Surama sia nuovamente libera ed io mi occuperò di questo importante affare. Ah! ci siamo già! svelti sbarchiamo.

—E l'alba spunta—rispose Tremal-Naik.

La bangle aveva gettato già l'ancora a pochi passi dalla riva meridionale dell'isolotto, poi i malesi l'avevano spinta verso terra servendosi dei loro lunghi remi.

—Fingiamo di essere cacciatori, passeremo inosservati—disse San-dokan ai suoi uomini.—Vedo alzarsi fra questi canneti stormi di oche, di anatre, di bozzagri e di marabù. Spariamo con i fucili finché la pagoda sarà aperta e...

—Fermi!—disse in quel momento Bindar.

—Che cos'hai visto?

—Comincia la nagaputsciè—aggiunse Bindar.

—Che cos'è?

—Mi ero dimenticato di dirti, sahib, che quest'oggi scade appunto l'uf-fizio del serpente—rispose l'indiano.

—Ne so meno di prima: tu ti scordi facilmente che io non sono indiano.

—È una festa che fanno le donne, sicchè ne vedremo moltissime qui. Mancheranno invece gli uomini.

—Meglio per noi: così non ci daranno impiccio quando piomberemo sul fakiro. E perchè vengono qui le donne?

—Perchè su queste rive abbondano l'arisci ed il margosano.

—Due piante acquatiche?

—Sì, sahib.

—Andiamo a cacciare fra i margosani allora.

Diede ordine a tre malesi di rimanere a guardia della bangle, poi tutti scesero fra i canneti che pullulavano di uccelli acquatici.

La luce diurna si diffondeva rapidissima e si udivano già a risuonare nella pagoda i giganteschi tumburà, quegli enormi tamburi ricchi di dora-ture e di pitture, con i quali s'annunciano le feste religiose ed i tam-tam.

Fra i canneti e le piante di loto che tappezzavano le rive, volavano via vere nubi di tortorelle dalle piume bianche, che mandavano lievi grida, cakinni, colombi di tutte le tinte, pernici, beccaccini, corvi, bozzagri e gypaeti insieme con oche ed anatre.

Sandokan, Tremal-Naik ed i malesi non tardarono ad aprire il fuoco, più per farsi credere cacciatori che per fare delle prede, non avendo con loro alcun fucile da caccia.

Tutto quel baccano infatti non ebbe altro risultato che di far stramazzare qualche oca, colpita miracolosamente da una palla di carabina.

La caccia durò una mezz'ora, poi fu sospesa, poiché cominciavano a giungere sulla riva delle donne per compiere la cerimonia del nagaputsciè, ossia l'uffizio del serpente.

Quella strana festa viene eseguita parecchie volte all'anno ed ha per scopo d'invocare la protezione delle divinità per avere una numerosa prole.

I serpenti non hanno a che fare in questa funzione, poiché i sapwallah, ossia gli incantatori, non si fanno nemmeno vedere, né figurano alcun cobra-capello, né il più infimo naja.

Il tutto si limita ad una semplice passeggiata, che fanno le donne sulle rive dei fiumi o degli stagni, dove abbondano soprattutto le piante chiamate arisci e margosani.

Giunte sotto quegli alberi che non nascono che fra i bassifondi, le indiane depongono una pietra chiamata lingam, già venerata da tutti i bramini e da tutti i sivani, d'una forma che non si può descrivere perchè troppo oscena, ma che per la circostanza è unita da due piccole serpi pure di pietra.

Dopo averla ben lavata nell'acqua del fiume o dello stagno, vi accendono davanti alcuni pezzi di legno, destinato specialmente a quelle specie di sacrifici e vi gettano sopra dei fiori chiedendo al dio a cui sono fedeli, ricchezze, numerosa prole e molti anni di vita ai loro mariti.

Terminate alcune preghiere abbandonano quelle pietre sul luogo onde altre donne che non le posseggono se ne possano servire.

Se per caso sulle rive non trovano alcuna pianta di arisci o di margosani, portano con loro alcuni rami di quegli alberi e li piantano da una parte e dall'altra del lingam, in modo da formare una specie di baldacchino.

L'arisci, per le donne indiane viene riguardato come il maschio ed il margosani come la femmina, quindi raccolgono più rami dell'uno o dell'altro secondo il desiderio dei loro mariti.

Sandokan vedendo giungere le prime schiere di donne, chiamò i suoi cacciatori onde non disturbare quelle cerimonie e, guidato da Bindar, s'avviò verso la grande pagoda dove sperava di trovare il misterioso fakiro che aveva rapito Surama.

Attraversati i alcuni boschetti di fichi baniani e di cassie latifoglie, che forniscono dei fiori carnosi e assai nutrienti, si trovarono improvvisamente davanti al piazzale che si estendeva intorno alle gradinate della pagoda.

Bindar che precedeva sempre la truppa, aveva subito fatto un salto indietro.

— Che cos'hai? — aveva subito chiesto Sandokan.

— Lui!

— Chi lui?

—Il gussain!

Sandokan si volse verso il malese di Surama mostrandogli il fakiro.

—Padrone!—esclamò il malese.

—Lo vedi quel fakiro che ha un braccio rigido?

—Maledetto!

—Lo riconosci?

—Sì, è quello che è venuto nel palazzo a levare il malocchio.

—Non t'inganni?

—No, padrone: è proprio lui. Ecco la cicatrice che gli sfregia la fronte.

—Va bene: siamo su una buona pista.

Il gussain Tantia si trovava seduto sui gradini dell'entrata principale della pagoda, tenendo in mano una conchiglia del genere dei corni d'Ammone, simile alla famosa pietra di Salagram, piena di latte, che doveva, secondo il rito, essere stato prima versato sul lingam, per poterlo efficacemente offrire ai moribondi, onde potessero rendersi degni di godere le delizie del cailasson, ossia del paradiso indiano.

Intorno a lui sonnecchiavano dieci o dodici altri fakiri che appartenevano però alla classe dei saniassi, pessimi individui più dediti al brigantaggio che alle pratiche religiose e che sono assai temuti da tutti gli indiani.

Ed infatti oltre le lunghe barbe che davano loro un aspetto ripugnante, ai lunghissimi capelli che da anni non dovevano aver conosciuto l'uso del pettine e che erano imbrattati di fango rossastro, per farsi maggiormente temere, portavano al fianco dei nodosi bastoni.

—Sono quelli i suoi protettori?—chiese Sandokan con profondo disprezzo, volgendosi verso Bindar.

—Sì, sahib.

—Bella scorta!

—Attenzione, perchè sono cattivi e nello stesso tempo molto rispettati.

—Mi degnerò appena di prenderli a calci. Sarebbe troppo onore per loro, se mi servissi della carabina o della scimitarra.

Accampiamoci sotto l'ombra fresca di questo superbo pipal e tu malese mio cerca di non farti vedere dal fakiro. Potrebbe riconoscerti.

—Sì, padrone—rispose il pirata, sdraiandosi dietro ai suoi compagni.

—Ed ora, giacché abbiamo portato con noi delle provviste, facciamo colazione—disse Tremal-Naik.

Senza preoccuparsi delle donne che entravano in gran numero nella pagoda e che si facevano dare dal fakiro alcune gocce di latte che mettevano religiosamente entro delle microscopiche ampolle, per serbarle probabilmente per i loro mariti o congiunti, trassero le provviste, che i malesi, sempre prudenti perchè abituati alle lunghe spedizioni, avevano rinchiuso in sacchetti di tela e consistenti in carne fredda, biscotti e bottiglie di arak.

Il fakiro pareva non si fosse accorto affatto della presenza di quel drappello che bivaccava sotto le piante. Continuava a vendere il suo latte, mentre i suoi protettori dormivano al sole, certi di dividere una buona giornata.

Terminato il pasto, i malesi ed i loro capi, si misero a fumare, aspettando impazientemente il momento d'impadronirsi del fakiro.

Non fu però che verso il tramonto che Tantia lasciò i gradini della pagoda, con l'evidente intenzione di tornarsene in città.

I saniassi si erano svegliati e armati dei loro bastoni, gli si erano messi alle calcagna impazienti forse di dividere il prezzo della vendita del latte sacro.

— In piedi — aveva comandato Sandokan. — Li sorprenderemo sotto le macchie.

Tu malese resta indietro, perché non s'accorgano delle nostre intenzioni.

Il drappello si cacciò sotto i fichi baniani, sparando qualche colpo contro i pappagalli che cicalavano rumorosamente ed in grande numero, fra i frondosi rami di quegli splendidi e maestosi alberi.

Il fakiro pareva che non avesse anche questa volta prestato alcuna attenzione a quei cacciatori ed aveva continuato la sua via sempre seguìto da quei luridi saniassi.

Già aveva percorso quasi mezzo chilometro accostandosi sempre più alla riva, dove aveva certo la sua barca, quando Sandokan e Tremal-Naik, che lo avevano preceduto girando le macchie, gli sbarrarono la via, tenendo le carabine in mano.

— Alt, fakiro! — gridò il primo, mentre i malesi si radunavano rapidamente dietro di lui.

Tantia li guardò tranquillamente, dicendo:

— Non ho più latte da vendere, e poi ai cacciatori non ne do mai.

— Non ti preoccupare, si tratta di qualche cosa di più importante del latte, amico — rispose Sandokan.

Questa volta il gussain li guardò sospettosamente.

— Che cosa vuoi? non vedi che sono un fakiro?

— È ben un fakiro che mi occorre.

— Vai a cercarne un altro.

— Un altro non saprebbe dirmi quello che voglio sapere da te.

— Da me! — esclamò il gussain con inquietudine. — Tu vedi che io sono un pover'uomo che non si occupa che della vendita del latte sacro e di eliminare il malocchio.

— È appunto perchè tu sai togliere le occhiate fatali, che noi abbiamo bisogno di te — disse Tremal-Naik.

— Io non ho tempo in questo momento. Devo tornare in città essendo atteso da un grande personaggio della corte.

— Quello aspetterà — disse Sandokan con tono minaccioso. — Congeda la tua scorta e vieni con noi.

— Io non vado mai solo.

—Basta fakiro! obbedisci!

I saniassi vedendo che la faccenda prendeva una brutta piega, impugnarono i loro randelli e si misero davanti al gussain urlando a squarciagola:

—Largo, canaglie!

Sandokan si volse verso i malesi dicendo:

—Spazzate questi furfanti!

Non aveva ancora terminato il comando che i pirati, guidati da Kammamuri e da Bindar, si erano scagliati, impugnando le carabine per la canna onde servirsene come mazze.

I saniassi lasciarono andare alcune randellate, poi scapparono come lepri in tutte le direzioni lasciando lì il loro protetto.

—Ora briccone—disse Sandokan, scrollando bruscamente il disgraziato fakiro—verrai con noi.

—Non mi uccidete!—balbettò il povero diavolo terrorizzato.

—Non saprei che cosa farne della tua pelle—rispose Sandokan.—Non sarebbe buona nemmeno per fabbricare un tumburà. È la tua lingua che mi occorre.

—Vuoi strapparmela, signore!—strillò il gussain tremando.

—Allora non parlerebbe più mentre noi abbiamo bisogno invece che canti e molto alto. Cammina e basta.

—Dove volete condurmi?

—Lo saprai più tardi.

—Bada che io ho il potere di gettare il malocchio.

—Finiscila, cialtrone!—disse Tremal-Naik.—Già i tuoi saniassi non torneranno a liberarti. Avanti!

I malesi si presero in mezzo il gussain e lo spinsero verso la riva che era poco lontana.

La notte era già calata, quando il drappello giunse davanti alla bangle, la quale era nascosta fra i canneti.

—Nulla di sospetto?—chiese Sandokan ai due dayaki che erano rimasti a bordo.

—No, padrone—risposero ad una voce.

—Imbarchiamoci e torniamo presto. Io non so che cosa sia, eppure non sono tranquillo questa sera.

—Di che cosa hai paura?—chiese Tremal-Naik, mettendo piede sul ponte.—Finora tutto è andato bene.

—Eppure vorrei già essere nella pagoda sotterranea.

—Infatti tu mi sembri irrequieto.

—È il rapimento di Surama che mi ha tolto la mia solita tranquillità—rispose Sandokan.—Mi domando perché l'abbiano portata via.

—Il fakiro è nelle nostre mani e ce lo dirà.

In quel momento due detonazioni ruppero il silenzio che regnava sul fiume, rumoreggiando sinistramente sotto le folte boscaglie che si prolungavano lungo le rive.

Sandokan ebbe un sobbalzo.

— Le carabine dei miei uomini! — aveva esclamato. — Amici, prepariamoci al combattimento!

Capitolo 15

L'Attacco della Pagoda Sotterranea

Dopo quei due spari, che annunciavano qualche cosa di grave, essendosi uditi verso sinistra, ossia nella direzione in cui si trovava la pagoda sotterranea, era calato un lungo silenzio.

Quei due colpi dovevano essere stati sparati dalle sentinelle, che vegliavano fra le macchie che circondavano l'immensa roccia. Sandokan conosceva troppo bene le carabine dei suoi uomini per non ingannarsi.

—Che abbiano fatto fuoco contro qualche spia?—chiese Tremal-Naik a Sandokan, il quale, curvo sulla prora della bangle, ascoltava attentamente.

—Non lo so—rispose il pirata.—Tuttavia le mie inquietudini sono cresciute. È come se mi sentissi che siamo stati traditi.

—Può essere anche un falso allarme, amico—disse Tremal-Naik.

—Ascolta...

Altri due spari rintronarono in quell'istante, seguiti quasi subito da una scarica nutrita.

—Queste non sono le carabine dei miei uomini!—esclamò Sandokan.—Si attacca il nostro rifugio! presto amici, date dentro ai remi! i minuti sono preziosi!

I malesi non avevano certo bisogno di essere incoraggiati. Arrancavano furiosamente facendo fare alla pesante barcaccia dei veri salti.

Ormai nessuno più dubitava che la pagoda sotterranea fosse stata assalita. Le scariche si succedevano alle scariche ed echeggiavano dietro la roccia.

Sandokan si era messo a passeggiare per il ponte come una tigre in gabbia. Di quando in quando si fermava per tendere le orecchie, poi gridava:

—Presto! presto, amici! assalgono i nostri compagni.

Anche Tremal-Naik era diventato nervosissimo e tormentava il grilletto della sua carabina, ripetendo a sua volta:

—Sì presto, presto!

Un combattimento furioso doveva essere stato impegnato davanti all'entrata della pagoda.

Sandokan distingueva nettamente gli spari delle carabine malesi, le quali avevano un suono più forte di quelle indiane.

La bangle finalmente, sotto un ultimo e più poderoso sforzo dei rematori, toccò la riva quasi di fronte alla roccia.

—Gettate l'ancora e seguitemi!—gridò Sandokan.'

—E il fakiro?—chiese Tremal-Naik.

—Che un uomo, ma uno solo, rimanga a guardia di lui—rispose Sandokan.—Basterà a non farlo scappare.

Su, lesti e non fate rumore. Prenderemo gli indiani alle spalle!

Balzarono a terra e si cacciarono fra le macchie, mentre la fucileria continuava a rumoreggiare con crescente intensità ripercuotendosi sotto le immense volte di verzura dei tara e dei fichi baniani.

I pirati correvano veloci senza però far troppo rumore, quantunque le detonazioni delle carabine coprissero il rompersi dei rami.

Giunti a trecento passi dall'entrata della pagoda, Sandokan arrestò il drappello dicendo:

—Fermatevi qui, e che nessun si muova finché non sarò ritornato. Vieni Tremal-Naik: prima d'impegnarci a fondo andiamo a contare i nostri avversari.

—Approvo pienamente la tua prudenza—rispose il bengalese.—Se noi venissimo sbaragliati, Yanez e Surama sarebbero perduti. Non precipitiamo quindi le cose.

Si gettarono a terra e si allontanarono, strisciando attraverso ad una folta macchia di banani selvatici.

Raggiunto il margine di essa si fermarono.

—Eccoli—sussurrò Sandokan.—Sono i seikki! l'avevo immaginato.

—Molti?

—Almeno quaranta.

Tremal-Naik si spinse un po' più innanzi, sporgendo il capo attraverso le immense foglie d'un banano.

Il gruppo di assalitori, una quarantina di uomini ben armati, sparava senza interruzione verso l'entrata della pagoda sotterranea.

Erano tutti seikki e li comandava un capitano che portava sull'elmetto un grosso ciuffo di penne rosse.

Per offrire meno bersaglio, erano tutti stesi bocconi, tuttavia sette od otto soldati giacevano senza vita davanti all'ingresso della pagoda.

Probabilmente quei valorosi guerrieri avevano cercato di prendere d'assalto il rifugio ed erano stati respinti.

—Che cosa dici di fare, Sandokan?—chiese Tremal-Naik.

—Di assalirli alle spalle e subito—rispose il pirata;—affido però a te un pericoloso incarico.

—Quale?

—Quello di catturare il capitano dei seikki. Quell'uomo mi è assolutamente necessario.

—Vivo o morto te lo porterò.

—È vivo che mi occorre. Andiamo a chiamare i nostri uomini.

Riattraversarono la macchia e raggiunsero i malesi che parevano frementi di menare le mani, incominciando ad ubriacarsi con l'odore della polvere.

—Siete pronti?—chiese Sandokan.

—Tutti, Tigre della Malesia—risposero ad una voce.

—Tu Kammamuri seguirai il tuo padrone e non lo lascerai un istante.

Poi volgendosi verso i malesi aggiunse:

—Vi avverto di dare una scarica; una sola, mandando nel medesimo tempo il vostro grido di guerra per avvertire i compagni che si trovano nella pagoda, poi caricate con le scimitarre. Mi avete ben compreso?

—Sì, Tigre della Malesia.

—Avanti allora, e non dimenticate che le vecchie Tigri di Mompracem hanno sempre vinto.

Partirono quasi a passo di corsa, tanto erano impazienti di prendere parte al combattimento, tenendo il dito sul grilletto delle carabine.

Sandokan li precedeva con Tremal-Naik e Kammamuri.

Quando giunsero sull'orlo della macchia, i seikki erano a soli venti passi dall'entrata del rifugio ed il fuoco degli assediati cominciava a rallentare.

—Giungiamo in buon punto—disse Sandokan.

Snudò la scimitarra, impugnò una delle due pistole che portava alla cintura, due splendide armi a doppio colpo, e si slanciò gridando con voce tuonante:

—Su, Tigri di Mompracem!

Un urlo selvaggio, acutissimo, il grido di guerra di quei formidabili scorridori dei mari della Sonda, echeggiò coprendo il fragore della fucileria, seguito subito da una scarica.

I seikki che non s'aspettavano certo quell'attacco, balzarono prontamente in piedi, mentre dall'interno della pagoda gli assediati rispondevano al grido di guerra dei loro compagni.

Sandokan ed i suoi valorosi si erano slanciati furiosamente all'attacco, caricando con le scimitarre e urlando come ossessi onde farsi credere in maggior numero.

Sette od otto indiani erano caduti sotto la scarica, quindi il loro numero si era considerevolmente assottigliato; tuttavia quantunque fossero presi fra due fuochi, poiché gli assediati si erano pure slanciati all'assalto, non smentirono nemmeno in quel momento la fama di essere i più valorosi guerrieri della grande penisola indostana.

con la rapidità del lampo si disposero su due fronti, mettendo anche loro mano alle scimitarre e per qualche istante sostennero il doppio urto dei selvaggi figli della Malesia, difendendosi disperatamente.

Disgraziatamente avevano davanti a loro il più famoso guerriero della Malesia. Con un impeto irresistibile Sandokan s'era gettato in mezzo alle loro file sciabolandole terribilmente e scompaginandole.

Nessuno poteva resistere a quell'uomo, che atterrava un nemico ogni volta che la sua scimitarra calava.

Le linee sfondate da quel fulmineo attacco, si ruppero nonostante gli sforzi che faceva il capitano per tenerle salde, poi si sbandarono.

Nel momento però in cui scappavano da tutte le parti inseguiti vigorosamente da una dozzina e mezzo di malesi, che facevano fuoco onde impedire loro di riordinarsi, Tremal-Naik e Kammamuri si erano gettati addosso al capitano, atterrandolo di colpo e legandolo solidamente.

Sandokan frattanto si era avvicinato al vecchio Sambigliong che teneva ben stretto il ministro Kaksa Pharaum che pareva più morto che vivo.

—Quanti uomini hai perduto?—gli chiese con una certa ansietà il pirata.

—Due soli, Tigre della Malesia—rispose il vecchio tigrotto.—Ci eravamo subito trincerati dietro le rocce, dove le palle dei seikki non potevano raggiungerci.

—Prepariamoci a sgombrare subito.

—Lasceremo questo comodo rifugio?

—È necessario: domani i seikki torneranno in maggior numero ed io non ho alcun desiderio di farmi chiudere in una trappola senza uscite.

—Dove andremo dunque?

—A questo penserà Bindar.

I malesi in quel momento ritornavano. Avevano inseguito le guardie del rajah per cinque o seicento metri, sbandandole completamente, poi temendo di cadere in qualche agguato, avevano ripiegato in buon ordine verso la pagoda sparando qualche colpo di fucile per far meglio comprendere ai fuggiaschi che si trovavano sempre nei dintorni.

—Preparatevi alla partenza—disse loro Sandokan.—Prendete tutto ciò che ci può essere necessario per accamparci in mezzo alle foreste e raggiungeteci alla bangle. Vi raccomando il ministro ed il comandante dei seikki. A me Bindar! e anche tu Tremal-Naik, con quattro uomini di scorta. Sicuro ormai di non essere più molestato dalle guardie del rajah si diresse verso il fiume accompagnato dai due indiani e dai quattro malesi.

—Ora a tocca a te, Bindar—disse Sandokan all'indiano.—Tu conosci i dintorni?

—Sì, sahib.

—Dove potremo trovare un nuovo rifugio sicuro?

L'assamese pensò un momento, poi disse:

—Non potresti essere più sicuro che nella jungla di Benar.

—Dove si trova?

—Sull'opposta riva del fiume, a quattro o cinque miglia di distanza, però...

—Continua.

—Viene rispettosamente evitata perchè le tigri la frequentano.

—Le tigri sono le ultime a preoccuparci—rispose Sandokan alzando le spalle.—Siamo tigri noi, quindi ben poco avremo da temere di quelle a quattro zampe. Nessuno la percorre?

—Oh no! hanno troppa paura.

—È folta?

—Quasi impenetrabile.

—Non vi è alcun rifugio?

—Sì, un'antica pagoda semi-diroccata.

—Non domando di più.

—Si crede però, sahib, che serva da ricovero a delle bâgh.

—Ah! benissimo, le manderemo a passeggiare altrove se non vorranno regalarci la loro pelle. Con un po' di piombo pagheremo loro l'affitto, è vero Tremal-Naik?

—Il nostro è di buona qualità—rispose il bengalese.—Vale più dell'oro, quando esce dalle nostre carabine.

—Presto, raggiungiamo il fiume ed imbarchiamoci—concluse Sandokan.—Quando saremo al sicuro faremo parlare Tantia e poi vedremo d'intenderci col comandante dei seikki.

—Io non comprendo perchè tu l'abbia sempre con quei guerrieri.

—Seguo un'idea—rispose Sandokan.—Se ho ragione, la corona sarà assicurata a Surama. Ecco il fiume: appena giungeranno i malesi ed i dayaki partiremo.

Salirono a bordo della bangle che si trovava sempre ancorata presso la riva. I due malesi di guardia chiacchieravano tranquillamente col fakiro, che avevano però strettamente legato, quantunque quel disgraziato, col suo braccio anchilosato, si trovasse nell'assoluta impossibilità di tentare la fuga.

—Nessuna barca sul fiume?—chiese Sandokan.

—No, Tigre della Malesia—rispose il malese.—Tutto è tranquillo.

—Salpate l'ancora per ora e aspettiamo gli altri.

—Credevo che ti avessero ucciso—disse il gussain dardeggiando sul pirata uno sguardo feroce.—Se speri di sfuggire alla vendetta del rajah t'inganni e di molto, ladro! non ti do una settimana di vita.

—Ed a te nemmeno due giorni se non confesserai, amico—disse Tremal-Naik.—Sono indiano come te e so quali mezzi adoperano i nostri compatrioti per sciogliere le lingue.

—Tantia non ha nulla da dire: è sempre stato un povero gussain.

—Vedremo quale parte tu hai avuto nel rapimento di quella giovane indiana, canaglia—disse Sandokan.

Il fakiro ebbe un brivido, però rispose subito, affettando un grande stupore:

—Di quale indiana intendi parlare?

—Di quella alla quale tu hai levato il malocchio.

—Sii maledetto da Brahma, da Siva e da Visnù e che la dea Kalì ti divori il cuore!—urlò il gussain.

—Non sono un indiano io, quindi me ne rido delle tue maledizioni, birbante—rispose Sandokan.

—Brahma è il dio più possente dell'universo.

—Io non credo che in Maometto, e anche quando mi pare e piace.

—Ma il tuo compagno è indù!

—E se ne ride anche lui delle tue divinità. Chiudi la bocca e non seccarmi per ora; avrai più tardi tempo di sfogarti.

—Ecco i tuoi uomini—disse in quell'istante Tremal-Naik.

I malesi ed i dayaki, ventisei in tutto, giungevano correndo, carichi di pacchi, di coperte e di grosse borse di pelle contenenti viveri e munizioni. In mezzo a loro si trovava il demjadar, ossia il comandante dei seikki.

—V'inseguono?—chiese la Tigre accostandosi alla murata.

—Ci danno la caccia—rispose Kammamuri.

—A bordo!

Malesi e dayaki salirono lestamente sulla bangle, si sbarazzarono dei loro carichi e delle armi e si precipitarono ai remi.

—Otto uomini si tengano pronti a far fuoco—disse Sandokan.—Ed ora lavorate di muscoli!

La pesante barca si staccò dalla riva e filò rapidamente verso la riva opposta in modo da non rimanere troppo esposta al tiro delle carabine dei seikki, nel caso che fossero riusciti a scoprirli.

La traversata si compì felicemente, e prima che il nemico fosse giunto sulla riva, la bangle navigava sotto le immense arcate delle piante curve sul fiume.

Essendo colà l'ombra assai fitta, a causa delle immense fronde dei tamarindi che crescevano in gran numero, bagnando le loro colossali radici nell'acqua, era ormai quasi impossibile che i seikki potessero scorgere i fuggiaschi.

D'altronde la larghezza del Brahmaputra era tale in quel punto, da non permettere che una palla di carabina lo attraversasse.

Sandokan, dopo essersi ben assicurato che nessun pericolo lo minacciasse, almeno per il momento, potendo avvenire che più tardi le guardie del rajah lo inseguissero con delle pinasse, o altro genere di barche, s'avvicinò a Bindar che stava osservando attentamente la riva insieme a Tremal-Naik.

—Vi sono dei villaggi da queste parti?

—No, sahib—rispose l'indiano.—Qui comincia la jungla selvaggia e nessuno oserebbe abitarla per paura delle bestie feroci; solo al di là delle paludi, dove il terreno comincia a salire, si trovano dei bramini drauers.

—Chi sono?

—La risposta te la darò io—disse Tremal-Naik.—Sono sacerdoti di Brahma che hanno conservato tutta la purezza della loro antica religione, che parlano una lingua quasi completamente sconosciuta agli altri, che si dipingono la fronte ed il corpo come tutti i bramini, aggiungendo solo alla toeletta alcuni grani di riso, che portano incollati sopra le sopracciglia.

Sono d'altronde persone tranquille che si occupano di pratiche religiose e che quindi non ci daranno alcun fastidio.

—E vasta la jungla di Benar?

—Immensa, sahib—rispose Bindar.

—Faremo di quella il nostro quartiere generale—disse Sandokan.—Se è lontana solo quindici o venti chilometri, in tre o quattro ore potremo trovarci nella capitale dell'Assam.

—M'inquieta però la sorte di Surama—disse Tremal-Naik.—Per Yanez non sono preoccupato; quel diavolo d'uomo saprà sempre cavarsela bene e sfuggire a tutte le insidie.

E poi ha sei malesi, i migliori della banda.

—Che cosa temi per Surama?

—Che il rajah la faccia uccidere. Non ha distrutto forse tutti i suoi parenti?

—Non oserà tanto—rispose Sandokan.—Egli crede che Yanez sia veramente un inglese e ci penserà cento volte prima di commettere un delitto, sapendo che Surama è sotto la sua protezione. Questi principotti hanno troppa paura del viceré del Bengala.

—Questo è vero, tuttavia questo tempo perduto in questi momenti mi dispiace. Se perdessimo le tracce dei rapitori?

—Il gussain ci metterà sulla buona via.

—E se si ostinasse a non parlare?

—Parlerà, non temere amico—rispose Sandokan freddamente.

Levò dalla larga fascia il suo cibuc, lo caricò di tabacco e lo accese, si sedette sulla prora della bangle, tenendo una carabina fra le ginocchia.

Intanto i malesi ed i dayaki arrancavano con gran lena, mentre Bindar teneva il timone.

Essendo la corrente debolissima, non avendo i grandi fiumi dell'India molta pendenza, l'imbarcazione, quantunque fosse pesante e avesse la prora assai rotonda procedeva abbastanza rapidamente, filando sempre sotto le arcate degli alberi che si succedevano continuamente, senza la minima interruzione.

Ora erano colossali tamarindi, ora mirti, o sangore drago o nargassa, meglio conosciuti sotto il nome di alberi del ferro, perchè differiscono ben poco da quelli brasiliani, che sono così resistenti da rompere il filo delle scuri meglio temprate.

Di quando in quando comparivano sulla riva delle bande di sciacalli e di lupi indiani; ma dopo aver ululato o latrato su vari toni contro i remiganti, s'affrettavano a ritirarsi nelle selve per cercare delle prede più facili.

Alle quattro del mattino, nel momento in cui i pappagalli cominciavano a strillare in mezzo ai rami dei tamarindi, e le anatre e le oche ad alzarsi al disopra dei canneti, Bindar, che da parecchi minuti osservava attentamente la riva, con un poderoso colpo di timone fece deviare la bangle.

—Che cosa fai?—chiese Sandokan balzando in piedi.

—Vi è una laguna, sahib, davanti a noi—rispose l'indiano.—Entro nella jungla di Benar e là saremo perfettamente sicuri.

—Sta bene allora.

La bangle si trovava davanti ad una vasta apertura. La riva era tagliata da un canale ingombro di piante acquatiche, le quali però non impedivano il passaggio, essendo radunate in gruppi piuttosto lontani gli uni dagli altri.

Un numero straordinario di uccelli volteggiava gridando, al di sopra di quella laguna.

Cicogne di dimensioni straordinarie, grossi avvoltoi che avevano le penne bianche ed il petto quasi nudo; miopi, volatili meno forti delle prime e dei secondi, ma che per destrezza li vincono entrambi; piccoli uccelli del paradiso e moltissime anatre scappavano in tutte le direzioni descrivendo dei giri immensi, per tornare poco dopo a calarsi intorno alla grossa barca, senza dimostrare soverchia paura.

Se in quel luogo si trovavano tanti volatili, era segno che gli abitanti mancavano assolutamente.

Oltrepassato il canale, davanti agli sguardi di Sandokan e di Tremal-Naik apparve un bacino immenso, che rassomigliava ad un lago e le cui rive erano coperte da alberi altissimi, per lo più manghieri, già carichi di quei grossi e bei frutti che si fendono come le nostre pesche, delle quali se ne servono gli indù per metterle nel curry, onde dare a quell'intruglio un gusto di più, e da splendidi banani dalle foglie immense.

—Approdiamo—disse Bindar.

—Dov'è la jungla?—chiese Sandokan.

—Dietro quegli alberi, sahib. Comincia subito.

—A terra.

La bangle sfondò le erbe galleggianti lacerando vere masse di piante di loto e si arenò sulla riva che in quel luogo era molto bassa.

—Copriamola onde non la trovino e se la portino via—disse Sandokan.

—È inutile, sahib—disse Bindar.—Questa palude è più pericolosa e perciò più temuta del terribile lago di Jeypore.

—Non ti comprendo.

—Guarda in mezzo a quelle piante acquatiche.

Sandokan e Tremal-Naik seguirono cogli sguardi la direzione che l'indiano indicava loro e videro comparire tre o quattro teste mostruose e aguzze.

—Coccodrilli!—esclamò la Tigre della Malesia.

—E molti, sahib—rispose Bindar.—Qui ve ne sono delle centinaia, forse anche delle migliaia.

—Che non ci faranno paura. L'amico Tremal-Naik conosce quei brutti sauriani.

—Nella jungla nera pullulavano—rispose il bengalese.—Ne ho uccisi moltissimi e ti posso anche dire che sono meno pericolosi di quello che si crede.

I malesi ed i dayaki si caricarono dei loro pacchi, presero le armi e scesero a terra, dopo aver saldamente ancorato la bangle.

—È lontana la pagoda?—chiese Sandokan.

—Appena un miglio, sahib.

—In marcia.

Formarono la colonna e s'inoltrarono sotto gli alberi, tenendo in mezzo il fakiro, il demjadar seikko ed il ministro Kaksa Pharaum.

Oltrepassata la zona alberata che era limitatissima, il drappello si trovò davanti ad una immensa pianura coperta di bambù altissimi, appartenenti quasi tutti alla specie spinosa. Rari alberi sorgevano qua e là, a grandi distanze, per lo più erano borassi dal fusto altissimo e dalle larghe e lunghe foglie disposte ad ombrello.

—Cercate di non fare rumore—disse Bindar.—Le belve non hanno ancora raggiunti i loro covi e potrebbero assalirci d'improvviso.

—Non aver paura per noi—rispose Sandokan.

Tutti si tolsero le carabine che fino allora avevano tenuto a bandoliera e la piccola colonna si cacciò in mezzo a quel mare verde, nel più profondo silenzio.

Fortunatamente Bindar aveva trovato un largo solco, aperto forse dall'enorme massa di qualche elefante selvaggio, o da qualche rinoceronte, sicché il drappello poteva avanzare rapidamente senza aver bisogno di abbattere quelle canne gigantesche.

Di quando in quando l'indiano, che camminava alla testa della colonna, si fermava per ascoltare, poi riprendeva la marcia più velocemente, lanciando occhiate sospettose in tutte le direzioni.

Dopo mezz'ora si trovarono improvvisamente davanti ad una vasta radura, ingombra solamente di sterpi e di kalam: quelle erbe altissime che sono taglienti come spade.

In mezzo s'ergeva una costruzione barocca, che rassomigliava ad un immenso cono che si allargava alla base, con molte fenditure in tutta la sua lunghezza.

Tutto il rivestimento esterno era crollato, sicchè si scorgevano accumulati a terra pezzi di statue, di animali e soprattutto un numero infinito di teste d'elefante.

Una gradinata, la sola forse che si trovasse ancora in ottimo stato, conduceva ad un portone che non aveva più porte.

—È questa la pagoda?—chiese Sandokan fermando il drappello.

—Sì, sahib—rispose Bindar.

—Non ci crollerà addosso?

—Se ha resistito tanto alle ingiurie del tempo, non saprei perchè dovrebbe sfasciarsi proprio ora—disse Tremal-Naik.—Andiamo a vedere in quale stato si trova l'interno.

Stava per dirigersi verso la gradinata seguìto da Sandokan e dai malesi che avevano accese due torce, quando Bindar gli si parò davanti dicendo:

— Fermati, sahib.

— Che cosa vuoi ancora?

— Ti ho già detto che questa pagoda serve da asilo a belve feroci.

— Ah! è vero — disse Sandokan. — Me n'ero scordato. Sei sicuro però che abbiano là dentro il loro covo?

— Così ho udito raccontare.

— Che cosa dici tu, Tremal-Naik?

— Talvolta le tigri si servono delle pagode disabitate — rispose il bengalese.

— Andremo ad assicurarcene subito — disse Sandokan. — Kammamuri prendi una torcia e seguici.

Voialtri fermatevi qui, formate una catena e se le belve cercano di fuggire...

In quel momento un grido rauco, poco sonoro, echeggiò verso la porta della pagoda e quasi subito due punti verdastri, fosforescenti, scintillarono fra la profonda oscurità che regnava dentro quell'enorme cono.

Bindar aveva fatto due passi indietro, mormorando con voce tremante:

— Le kerkal! non si sono ingannati quelli che me l'hanno detto.

— Sono tigri? — aveva chiesto Sandokan.

— No, sahib: pantere.

— Benissimo — rispose il pirata con la sua solita calma. — Vieni, Tremal-Naik, andremo a far conoscenza con quelle signore. Finora non ho ucciso che delle pantere nere che pullulano nel Borneo. Andiamo a vedere se quelle indiane sono migliori o peggiori.

Capitolo 16
Fra le Pantere e le Tenebre

Nell'India non è raro trovare non solo nelle jungle, che un giorno dovevano essere state coltivate e popolate, bensì anche in mezzo alle folte foreste, i resti di città e splendide pagode.

Gli antichi rajah, più capricciosi dei moderni, usavano cambiare sovente la loro residenza, sia per sfuggire la vicinanza di belve pericolose che non erano capaci di distruggere, sia per qualsiasi motivo politico.

Fondare una nuova città era allora di moda, molto più che la mano d'opera costava così poco, che con qualche milione di rupie un'altra migliore poteva sorgere ed in brevissimo tempo.

Accade quindi sovente, anche al giorno d'oggi, di trovarsi improvvisamente davanti a rovine grandiose, semi-coperte da una folta vegetazione.

L'ubertosità del suolo, il gran calore e l'umidità della notte, favoriscono in modo straordinario, in quella fortunata penisola, lo sviluppo della vegetazione.

Un campo abbandonato, dopo soli pochi mesi, non conserva più alcuna traccia. Bambù, arbusti, banani, pipal, tara, sorgono come per incanto e tutto fanno scomparire. La radura prima coltivata diventa una boscaglia quasi impenetrabile, o una jungla che più tardi diventerà un asilo sicuro alle tigri, alle pantere, ai rinoceronti, ai serpenti, dal morso fatale.

Non c'era quindi da stupirsi se i pirati della Malesia, guidati da Bindar, avevano trovato quel rifugio. Disgraziatamente non pareva che fosse disabitato, come dapprima avevano sperato Sandokan e Tremal-Naik.

Quel mugolìo sordo e quei due punti luminosi li avevano subito avvertiti che dovevano pagare prima la pigione con palle di piombo.

— Diamoci da fare — disse Sandokan, — e cerchiamo di far sloggiare questi inquilini.

— Non se ne andranno senza però prima aver protestato — rispose Tremal-Naik scherzando.

— In tale caso avranno a che fare con noi. Kammamuri, non tremerà il tuo braccio? ma se rimarremo allo scuro avremo qualche problema a cacciare queste belve.

— La torcia brillerà sempre davanti alle adnara.

— Ecco un altro nome.

— Le chiamiamo così noi maharatti quelle brutte bestie.

— Mettiti dietro di noi.

— Sì, Tigre della Malesia.

Sandokan si volse per vedere se i suoi uomini erano a posto, armò la carabina e le pistole e avanzò verso la porta della pagoda, salendo i gradini.

Tremal-Naik lo seguiva, accanto a Kammamuri, il quale teneva ben alta la torcia.

Il formidabile pirata era tranquillo come se si trattasse di andar a trovare dei buoni vicini.

I suoi occhi però non si staccavano dai due punti luminosi che brillavano sempre fra le tenebre, socchiudendosi a lunghi intervalli.

— Sarà sola o avrà un compagno? — si chiese Sandokan, arrestandosi sul pianerottolo.

— Temo, mio caro Sandokan, che la pagoda ospiti una intera famiglia di quelle bestiacce — disse Tremal-Naik. — Sii prudente perchè le adnara valgono le tigri.

— Forse un po' meno delle nostre pantere nere. Proviamo a non mancare il bersaglio. Tu non sparare per ora.

S'inginocchiò e puntò la carabina mirando i due punti luminosi. Stava per premere il grilletto, quando questi si spensero bruscamente.

— Saccaroa! — brontolò il pirata. — Che quella brutta bestia si sia accorta che volevo prenderle la pelle e che si sia internata nella pagoda? ecco degli inquilini che diventano noiosi. Bah! andremo a trovarle nel loro covo. Avanti Kammamuri!

Il maharatto alzò la torcia, armò una pistola a due colpi non potendo servirsi della carabina con una sola mano, e avanzò intrepidamente fiancheggiato da Sandokan e da Tremal-Naik.

I malesi ed i dayaki si erano disposti in forma di semi-cerchio alla base della gradinata, pronti ad accorrere in aiuto dei loro padroni, nel caso che avessero avuto bisogno del loro appoggio o a chiudere il passo alle belve.

Non avevano però trascurato, anche in quel terribile frangente, di mettersi davanti il capitano dei seikki, il fakiro e il ministro del rajah, perché non approfittassero per prendere il largo, cosa però poco probabile, poiché quei due disgraziati erano ancora ben legati.

I cacciatori, dopo essersi fermati alcuni istanti sulla soglia del portone, erano entrati risolutamente nella pagoda.

Una sala immensa, di forma ovale, quasi nuda, poiché non vi erano che dei cumuli di macerie cadute dall'alto e dalle larghe fessure che si scorgevano lungo le pareti, s'apriva davanti a loro.

Anche il rivestimento interno, al pari di quello esterno, era crollato cospargendo il suolo di frammenti di statue.

Sandokan e Tremal-Naik girarono intorno un rapido sguardo e con non poca meraviglia non scorsero, in quell'immensa sala, nessuna belva.

— Dove sarà scappata quella pantera? — si chiese Sandokan. — Attraverso i crepacci delle pareti no di certo, non prolungandosi fino alla base.

—In guardia, amico—disse Tremal-Naik.—Può essersi nascosta dietro questi cumuli di rottami.

—Non mi sembrano tanto alti da coprirla. D'altronde lo sapremo subito.

Davanti a lui si trovava un gigantesco dado di pietra che forse in altri tempi era servito per sorreggere o una pietra di Salagram o un lingam, il trimurti della religione indiana.

Con un salto vi fu sopra e perlustrò con lo sguardo la sala.

—Nulla—disse poi.—La pantera è scomparsa.

—Eppure non può esserci sfuggita—disse Tremal-Naik.—I nostri uomini l'avrebbero vista.

—Ah!

—Che succede?

—Vedo una porticina all'estremità della sala.

—Che metterà probabilmente in qualche galleria—disse il maharatto.

—Purché non vi sia da quella parte un'uscita—aggiunse Tremal-Naik.

—In tal caso ci risparmierebbe il disturbo di cacciare la belva—rispose Sandokan.—Andiamo a vedere se quella signora ha preferito lasciarci l'alloggio senza protestare.

Attraversarono la sala e giunsero ben presto davanti alla porticina che era aperta. Sandokan e Tremal-Naik avvertirono subito un acuto odore di selvatico.

—È passata per di qua—disse il primo.—Attenti a non farvi sorprendere.

—Questa galleria deve condurre negli appartamenti dei sacerdoti—aggiunse il bengalese.—In tale caso avremo da percorrere un bel tratto.

Mettiti dietro di noi, Kammamuri.

Appoggiarono le carabine alla spalla onde essere più pronti a far fuoco e s'inoltrarono in quello stretto passaggio che tendeva a salire.

Percorsi cinquanta passi, si trovarono davanti ad una gradinata che descriveva una curva assai accentuata.

—Saccaroa!—esclamò Sandokan, seccato.—Dove si sarà cacciato quel maledetto animale?

—Attento!—disse Tremal-Naik.

Un sordo mugolìo si udì un po' più sopra. Segno che la pantera si trovava là dentro e che forse si preparava a disputare ai tre uomini la via.

Sandokan, risoluto a finirla, si slanciò su per la gradinata e giunto sul pianerottolo, vide un'ombra allontanarsi velocemente entro un secondo corridoio.

—Fai luce, Kammamuri!—gridò.

Il maharatto fu pronto a raggiungerlo.

Scorgendo ancora l'ombra, la Tigre della Malesia fece precipitosamente fuoco. La detonazione, che risuonò fra quelle strette pareti come un colpo di spingarda, fu seguita da un urlo strozzato.

—Colpita?—chiese Tremal-Naik balzando avanti.

—Ah! non lo so—rispose Sandokan che ricaricava l'arma.—Fuggiva davanti a me e non potevo scorgerla troppo bene. Ho fatto fuoco a casaccio.

—Andiamo a vedere se vi sono delle tracce di sangue.

Avanzarono cautamente, occhi e orecchie ben aperti, tenendosi curvi onde offrire meno bersaglio nel caso d'un improvviso attacco.

Il corridoio, che era aperto nello spessore delle pareti, girava come se seguisse la curva della immensa pagoda. Di quando in quando a destra ed a sinistra s'aprivano delle piccole celle, che un giorno dovevano essere servite da alloggio ai bramini o ai gurus.

Ad un tratto Sandokan si arrestò curvandosi a terra.

—Una larga macchia di sangue!—esclamò.

—L'hai colpita—disse Tremal-Naik.—Fra poco sarà nostra.

—Avanti!

Sicuri di non trovare ormai da parte della pantera grande resistenza, avevano allungato il passo. Le macchie di sangue continuavano e sempre più abbondanti.

La palla di Sandokan doveva aver prodotto una ferita gravissima.

La dannata bestia però continuava la sua ritirata attraverso a quell'interminabile corridoio.

Ad un certo momento e quando meno se l'aspettavano, i tre cacciatori si trovarono davanti una sala piuttosto vasta, ingombra di statue rappresentanti le eterne incarnazioni di Visnù.

—Dobbiamo essere alla fine!—aveva esclamato Tremal-Naik.

Aveva appena pronunciato quelle parole quando una massa piombò improvvisamente su di loro, atterrandoli uno sull'altro e spegnendo la torcia.

Sandokan fu pronto ad alzarsi e a far fuoco e anche questa volta a casaccio, imitato da Kammamuri che non si era lasciato sfuggire la pistola.

Tremal-Naik, più prudente, aveva conservata la sua carica temendo un ritorno offensivo della belva.

Questa, dopo aver spiccato quel gran salto e aver gettato i cacciatori a gambe levate, era scappata ritornando nel corridoio.

—Quella pantera ha l'anima di Kalì!—esclamò Tremal-Naik.—Eccoci in un bell'impiccio! chi ha l'acciarino?

—Io no—rispose Sandokan.

—E nemmeno io—aggiunse Kammamuri.

—Dovremo compiere la ritirata allo scuro?

—Conosciamo già il corridoio e credo che il ritorno non sarà difficile—rispose la Tigre della Malesia.

—E se la pantera ci aspetta in agguato?

—Ecco quello che temo.

—Ricarica subito e anche tu Kammamuri. Da un istante all'altro possiamo trovarci nuovamente di fronte alla kerkal.

—E può anche...

Il maharatto non finì la frase. Un mugolìo che terminò in un soffio ardente lo aveva arrestato.

—Vi è un'altra pantera qui!—esclamò subito Sandokan facendo un rapido dietro front.

—Ma sì!—rispose Tremal-Naik.—La prima non era sola.

—In ritirata!

—E presto—aggiunse il bengalese.—Qui corriamo il pericolo di venire assaliti davanti e alle spalle.

Sandokan lanciò una imprecazione.

—Tornare indietro ora, quando già erano nelle nostre mani!...

—Le scoveremo più tardi. Vieni, non perdiamo tempo!

Uscirono dalla sala, indietreggiando lentamente onde non farsi sorprendere. Kammamuri solo, che aveva ricaricato la pistola, aveva voltato le spalle alla porta per far fronte alla prima pantera fuggita attraverso il corridoio.

Il momento era terribile, eppure quei tre valorosi non avevano nulla perduto della loro ammirabile calma, quantunque fossero più che certi di venire assaliti prima di poter ridiscendere nella pagoda e raggiungere i loro compagni che dovevano essere molto inquieti, non vedendoli ritornare dopo quei quattro spari.

—Teniamoci uniti—disse Sandokan ai compagni.—Se non abbiamo più la torcia possediamo sempre le nostre armi da fuoco.

—E appena scorgiamo gli occhi delle belve spariamo subito—aggiunse Tremal-Naik.

La ritirata, fra la profonda oscurità che regnava in quello stretto corridoio, si compiva lentamente, dovendo Sandokan ed il bengalese indietreggiare con la faccia rivolta sempre verso la sala.

Kammamuri stava per mettere i piedi sul primo gradino, quando vide, a soli pochi passi, lampeggiare gli occhi verdastri della kerkal, che era fuggita attraverso il corridoio.

—Padrone!—disse, dando indietro,—la bestia ci sta davanti.

—E la seconda, ci segue—rispose Sandokan.—Ecco là i suoi occhi.

I tre uomini si erano arrestati con le armi puntate contro quei quattro punti luminosi. Quantunque provati alle più terribili avventure, non osavano far fuoco per il timore di mancare i loro avversari.

Fra loro regnò un breve silenzio, poi Sandokan per primo lo ruppe.

—Non possiamo rimanere qui eternamente. Oltre le armi da fuoco abbiamo anche le scimitarre ed un combattimento a corpo a corpo non mi fa paura. Tu, Kammamuri, fai fuoco sulla pantera che si trova sulla scala; io cercherò di assalire l'altra.

—Ed io?—chiese Tremal-Naik.

—Rimarrai in riserva—rispose la Tigre della Malesia.

Estrasse con precauzione la scimitarra senza staccare i suoi occhi dai due punti fosforescenti che brillavano sinistramente fra quelle fitte tenebre, la strinse fra i denti, poi mirò lentamente, onde essere ben sicuro del suo colpo.

Kammamuri dal canto suo aveva puntato la pistola, che come abbiamo detto era a doppia canna.

I tre spari formarono una detonazione sola. Al rapido bagliore prodotto dalla polvere, i cacciatori videro le due belve scagliarsi innanzi, poi ruzzolarono l'uno addosso all'altro giù per la scala.

Tremal-Naik, che fu il primo a giungere in fondo, udendo verso il pianerottolo un mugolìo minaccioso, sparò più per illuminare, fosse pure per un istante, la galleria, che con la convinzione di colpire.

Un urlo vi rispose, poi una massa crollò giù dalla scala cadendo addosso a Sandokan che si era fermato sul penultimo gradino.

— Ah! canaglia! — urlò il pirata che aveva avuto il tempo d'impugnare la scimitarra prima di cadere.

Alzò l'arma e la lasciò cadere con forza su quel corpo che si dibatteva al suo fianco urlando.

— Prendi! prendi!

Due volte la scimitarra, maneggiata da quel braccio di ferro, tagliò a fondo.

— Fuggiamo! — disse in quel momento Tremal-Naik. — Le nostre armi sono scariche.

Tutti e tre si erano lanciati lungo al corridoio, correndo all'impazzata. Stavano per entrare nella pagoda, quando udirono una scarica echeggiare al di fuori.

— I nostri uomini hanno colpito l'altra — disse Sandokan correndo verso la porta.

Non si era ingannato. Sul vasto pianerottolo giaceva una gigantesca pantera, una delle più grosse che avesse visto fino allora, immersa in una pozza di sangue.

La sua splendida pelliccia era crivellata di proiettili.

— Sahib — disse Bindar, facendosi avanti, — si temeva che ti fosse accaduta qualche disgrazia.

— La pagoda ora è nostra — rispose con semplicità Sandokan. — Possiamo occuparla in tutta tranquillità.

— Sarà morta l'altra? — chiese Kammamuri.

— La mia scimitarra è lorda di sangue e quando io meno un colpo, nemmeno una tigre può resistere.

Fa' mettere, per maggior precauzione, delle sentinelle davanti alle due porte e cerchiamo di riposare qualche ora. Ne abbiamo bisogno.

I malesi ed i dayaki sciolsero i pacchi, stendendo a terra tappeti e coperte di lana e perfino cuscini destinati ai loro capi, mentre alcuni altri accendevano alcune torce piantandole fra le macerie.

Il vecchio Sambigliong fece la scelta degli uomini di guardia, portandone tre davanti alla porticina che conduceva sulla gradinata della porta maggiore, non essendo improbabile che altre fiere si presentassero.

Sandokan e Tremal-Naik, dopo essersi bene assicurati che i prigionieri avessero i lacci intatti e legati stretti, si sdraiarono sui tappeti, non senza aver avuto la precauzione di mettersi a fianco le armi, quantunque si ritenessero perfettamente sicuri contro una invasione da parte delle guardie del rajah.

Il resto della notte infatti trascorse tranquillo. Solo alcuni sciacalli, attirati da quella luce insolita, che brillava nell'interno della pagoda, osarono salire la gradinata e mandare qualche urlo.

Non essendo pericolosi, gli uomini di guardia non si scomodarono a salutarli con un colpo di fucile, desiderando economizzare le loro munizioni.

Preparata e divorata la colazione, Sandokan inviò nella jungla una metà dei suoi uomini, per assicurarsi contro qualunque sorpresa, poi si fece condurre davanti il fakiro.

Il povero uomo, che già aspettava di dover subire un interrogatorio, tremava come se avesse la febbre e dalla fronte gli cadevano grosse gocce di sudore.

—Siediti—gli disse ruvidamente Sandokan, che stava comodamente sdraiato su un tappeto a fianco di Tremal-Naik.—È giunta l'ora di fare i conti.

—Che cosa vuoi da me, signore?—gemette il disgraziato guardando con fervore l'antico capo dei pirati di Mompracem, che lo fissava come se cercasse di ipnotizzarlo.

—Un uomo che avesse la coscienza tranquilla non tremerebbe come te—disse Sandokan accendendo il cibuc e lanciando in aria una fitta nuvoletta di fumo.—Narrami ora come hai fatto tu, che hai un braccio solo disponibile, a rapire quella fanciulla.

—Una fanciulla?—chiese il fakiro alzando gli occhi in aria.—Che cosa vieni a raccontarmi tu sahib? ti ho già detto che io non so nulla, proprio nulla.

—Sicchè tu non ti sei recato in casa d'una signora indiana per liberarla dal malocchio.

—Può darsi, ma non ti saprei dire quale.

—Allora te lo dirà un uomo che ha assistito alla cerimonia.

—Fallo venire—rispose il gussain, con voce però tutt'altro che ferma.

—Kubang!—gridò Sandokan.

Il malese, che fino allora si era tenuto nascosto dietro un cumulo di macerie, si alzò e si mise di fronte al fakiro chiedendogli:

—Mi riconosci?

Tantia lo fissò a lungo, con uno sguardo che tradiva una profonda inquietudine, poi raccogliendo tutta la sua energia rispose:

—No... io non ti ho mai visto.

—Tu menti—gridò il malese.—Quando tu hai passato la bacinella davanti agli occhi della giovane indiana, mi trovavo a soli tre passi di distanza da te.

Il gussain ebbe un leggero fremito, però rispose subito.

—T'inganni: un viso che avesse avuto quella brutta pelle non mi sarebbe sfuggito così facilmente. Te lo ripeto: io non ti ho mai veduto.

—Un uomo che ha un braccio anchilosato e che tiene nel suo pugno un ramoscello non si dimentica facilmente—rispose il malese. Sei stato tu, posso affermarlo senza alcun dubbio.

—Difenditi ora—disse Sandokan.—Vedi che quest'uomo ti accusa.

Il gussain scrollò le spalle, sorrise ironicamente, poi rispose:

—Quest'uomo o è pazzo o ha giurato di rovinarmi. Tantia però non è così stupido da cadere nell'infame agguato preparato da questo miserabile.

—È troppo furbo per compromettersi—disse Tremal-Naik.—L'interrogatorio però è appena cominciato e non finirà tanto presto.

—È vero—disse Sandokan.—Continua Kubang.

—Io dico che quest'uomo si è presentato nel palazzo della giovane indiana—riprese il malese—che ha chiesto di riposarsi, che è stato lasciato solo e che durante la notte è scomparso portando via la padrona: che neghi se osa!

—Oso—rispose il fakiro.

—Sicché non vuoi confessare per conto di chi hai agito—disse Sandokan.

—Io non sono che un povero uomo che non ha altro desiderio che di andarsene al più presto nel cailasson. La mia carcassa non servirebbe nemmeno per una cena alla tigre.

—Kammamuri—disse Sandokan,—quest'uomo non ha ancora fatto colazione. Portagli una terrina di curry.

Come ha ceduto Kaksa Pharaum, cederà anche lui.

Il maharatto che stava rimescolando un certo intingolo, che si trovava in una pentola di ferro e che gli faceva lacrimare abbondantemente gli occhi, riempì un recipiente e lo posò davanti al gussain.

—Mangia—disse Sandokan.—Poi riprenderemo il discorso.

Tantia fiutò il riso condito con droghe fortissime e scosse la testa dicendo con voce risoluta:

—No!

Sandokan si levò dalla fascia una pistola, l'armò e accostando le fredde canne alla tempia del prigioniero gli disse:

—O mangi o ti faccio scoppiare la testa.

—Che cosa contiene questo curry?—chiese il fakiro con i denti stretti.

—Mangialo, ti dico.

—Tu mi prometti che non contiene alcun veleno?

—Non ho alcun interesse a sopprimerti, anzi desidero che tu viva.

Ti decidi o no? ti accordo un minuto.

Il fakiro esitò un istante, poi prese il cucchiaio che Kammamuri gli porgeva sorridendo ironicamente e si mise a mangiare facendo delle orribili smorfie.

—Troppo pimento in questo curry—disse.—Tu hai un cattivo cuoco.

—Me ne procurerò un altro—rispose Sandokan.—Per ora accontentati di questo.

Il fakiro, vedendo che non deponeva la pistola, continuò a mangiare quella miscela infernale, che doveva bruciargli lo stomaco. Essendo però gli indiani abituati a mettere molto pimento nei loro cibi, specialmente nel curry, il gussain ne risentiva certamente meno gli effetti ardenti.

Quand'ebbe finito si batté con la sinistra il ventre dicendo:

—Anche questa minestra passerà.

—Ora vedremo se il tuo stomaco sarà così solido come dici—rispose Sandokan.—Ora a te Tremal-Naik.

Il bengalese e Kammamuri afferrarono il gussain sotto le ascelle e lo misero in piedi.

—Che cosa volete ancora da me?—chiese il disgraziato con terrore.

—Oh! non abbiamo ancora finito—disse Tremal-Naik.—Credevi di cavartela così a buon prezzo? vuoi evitare il resto? allora confessa.

—Vi ho detto che io non so nulla!—strillò Tantia.—Io non ho preso parte al rapimento di quella donna.

Potete strapparmi la lingua, tormentarmi, io non potrò dirvi quello che io non ho fatto.

—Lo vedremo—disse Tremal-Naik.

Lo spinsero fuori dalla pagoda e gli fecero scendere la scalinata fermandolo davanti ad una buca molto profonda, che due malesi stavano scavando.

—Basterà—disse Sandokan ai due pirati, dopo aver dato uno sguardo alla fossa.—L'uomo non è grasso, tutt'altro anzi.

Il gussain aveva fatto due passi indietro guardando con smarrimento Sandokan, Tremal-Naik e Kammamuri.

—Che cosa volete fare di me?—chiese battendo i denti.—Ricordatevi che io sono un fakiro, ossia un sant'uomo, che gode la protezione di Brahma.

—Chiamalo che venga a liberarti—disse Sandokan.

—Voi non godrete le delizie del cailasson, quando la morte vi avrà colpiti.

—Io mi accontento del paradiso di Maometto.

—Il rajah mi vendicherà.

—È troppo lontano e poi in questo momento non ha tempo di occuparsi di te. Vuoi parlare sì o no?

—Che siate maledetti tutti!—urlò il gussain furibondo.—Lancio contro di voi il malocchio!

—La mia scimitarra lo spezzerà—rispose Sandokan.—Calatelo dentro.

I due malesi s'impadronirono del fakiro, che non poteva opporre che una resistenza debolissima, avendo un solo braccio disponibile e lo cacciarono nella buca lasciandogli sporgere solamente la testa e il braccio sinistro che nessuno avrebbe potuto ormai piegare senza spezzarglielo.

Ciò fatto cominciarono a gettare dentro palate di terra in modo da avvolgere completamente quel magrissimo corpo e d'immobilizzarlo.

Il gussain che forse aveva indovinato a quale spaventevole supplizio lo condannavano i suoi carnefici, cacciava urla spaventevoli che non producevano però nessun effetto sull'anima di Sandokan, né su quella di Tremal-Naik.

—La pentola ora—disse la Tigre della Malesia, quando il fakiro fu interrato.

Uno dei due malesi corse nella pagoda e tornò portando una specie di vaschetta di metallo, colma d'acqua limpidissima e la mise davanti a Tantia, alla distanza di qualche passo.

—Quando avrai sete te la prenderai—disse allora Sandokan.

Vedendo l'acqua il gussain stralunò gli occhi e le sue labbra s'incresparono.

—Datemi da bere!—ruggì.—Ho il fuoco nel ventre.

—Allunga quel tuo braccio anchilosato e serviti pure a volontà—rispose Sandokan.—Nessuno te lo impedisce.

—Spezzatemelo allora! io non posso abbassarlo.

—È un affare che riguarda te. Vieni Tremal-Naik: quest'uomo comincia a diventare noioso.

A cinquanta passi dalla gradinata s'alzava uno splendido lauro sotto il quale i malesi avevano steso alcuni tappeti e collocato alcuni cuscini.

Sandokan e Tremal-Naik, seguiti da Kammamuri, si diressero verso quella pianta e si sdraiarono sotto la fitta ombra accendendo le loro pipe. Il gussain non cessava di urlare come un dannato, chiedendo acqua.

Il pimento cominciava a fare effetto, torcendogli le viscere.

—All'altro ora—disse la Tigre della Malesia.—Kammamuri va a prendere il demjadar.

—Terremo la corte di giustizia sotto quest'albero?—chiese Tremal-Naik scherzando.

—Siamo più sicuri qui che nella pagoda—rispose Sandokan.

—Eh non so, amico! tu dimentichi che siamo in mezzo alla jungla.

—Finché i miei uomini battono i bambù non abbiamo nulla da temere.

—Pronunceremo un'altra sentenza?

—Tutto dipenderà dalla buona o cattiva volontà del prigioniero.

Kammamuri tornava in quel momento col capitano dei seikki.

Era questi un bel tipo di montanaro indiano, d'una robustezza eccezionale, con una lunga barba nerissima che dava maggior risalto alla sua pelle appena abbronzata e con due occhi pieni di fuoco.

Essendogli state slegate le mani, salutò militarmente Sandokan e Tremal-Naik, portando la destra sull'immenso turbante bianco con la calotta rossa ricamata in oro, che gli copriva la testa.

—Siedi amico—gli disse la Tigre della Malesia.—Tu sei un uomo di guerra e non già un gussain.

Il demjadar che conservava una calma degna d'un vero soldato, obbedì senza batter ciglio.

—Io voglio sapere da te se hai preso parte al rapimento d'una principessa indiana insieme col fakiro.

—Io non ho mai avuto alcun rapporto con quell'uomo—rispose con disprezzo il seikko. Io sono mussulmano come tutti i miei compatrioti e non mi occupo dei santoni.

—Dunque tu non sai nulla di quel rapimento.

—È la prima volta che ne sento parlare. E poi, di certo, non mi occuperei mai di tali cose. Affrontare dei nemici sia pure; ma lottare con delle donne che non possono difendersi, proprio no! i seikki della montagna sono guerrieri.

—Chi ti ha incaricato di assalirci?

—Il rajah.

—Chi ha detto al rajah che eravamo nascosti nella pagoda sotterranea?

—Io sono abituato a obbedire alle persone che mi pagano e non di chiedere i loro affari—rispose il seikko.

—Quanto ti dà il rajah all'anno?

—Duecento rupie.

—Se vi fosse un uomo che te ne offrisse mille, lasceresti il rajah?

Gli occhi del demjadar lampeggiarono.

—Pensaci bene—disse Sandokan, a cui non era sfuggito quel lampo che tradiva una intensa cupidigia.—Mi risponderai su ciò più tardi. Ora voglio sapere altre cose.

—Parla, sahib.

—Sei tu che comandi la guardia reale?

—Sì, sono io.

—Di quanti uomini si compone?

—Di quattrocento.

—Tutti valorosi?

Un sorriso quasi di disprezzo spuntò sulle labbra del demjadar.

—I seikki della montagna sanno morire bene e non contano i loro nemici—disse poi.

—Quanto ricevono i tuoi uomini dopo un anno di servizio?

—Cinquanta rupie.

—Che cosa hai pensato dell'offerta che ti ho fatto?

Il demjadar non rispose: pareva facesse qualche calcolo difficile.

—Sbrigati, non ho tempo da perdere—disse Sandokan.

—Il rajah del Mysore ed il guicovar di Baroda, che sono i più generosi principi dell'India, non mi darebbero tanto—rispose finalmente il seikko.

—Sicchè tu accetteresti per una tale somma di lasciare il rajah dell'Assam e di passare al servizio di altre persone?

—Sì, purché paghino. Noi siamo mercenari.

—Anche se quella persona si servisse di te e dei tuoi uomini per dare addosso al rajah dell'Assam?

Il demjadar alzò le spalle.

—Io non sono certo un assamese—rispose poi.—La mia patria è sulle montagne.

—Risponderesti della fedeltà dei tuoi uomini se si offrissero a loro duecento rupie per ciascuno?

—Sì, sahib, assolutamente—rispose il demjadar.—Tutti quei montanari li ho arruolati io e non obbediscono che a me.

—Ti farò versare oggi un acconto di cinquecento rupie, ma per ora tu non devi lasciare il mio campo e non cesserà la sorveglianza intorno a te.

—Non sarebbe necessaria perchè tu hai la mia parola, però fai come vuoi. È meglio non fidarsi, ed io al tuo posto farei altrettanto.

—A questo punto puoi andartene: io devo occuparmi di questo fakiro. Kammamuri!—chiamò.

Il maharatto che stava accoccolato davanti a Tantia ascoltando, impassibile le urla feroci che mandava il disgraziato, fu lesto ad accorrere.

—A che punto siamo?—gli chiese Sandokan, mentre il demjadar si allontanava.

—Il gussain non può più resistere: è idrofobo.

—Andiamo a vedere se si decide a parlare. Vieni Tremal-Naik: noi non avremo perduto la nostra giornata.

—Comincio a sperare che la corona di Surama non sia lontana—disse il bengalese.

—Anch'io, amico: ormai non è più che una questione di tempo.

Capitolo 17

La Confessione del Fakiro

Tantia divorato da una sete spaventosa, bruciato dal sole che lo colpiva direttamente sul nudo cranio, arso internamente dal pimento e compresso dalla terra, pareva che fosse proprio all'estremo delle sue forze.

Gli occhi gli uscivano dalle orbite, aveva la schiuma alle labbra ed il suo braccio anchilosato subiva dei fremiti, come se da un momento all'altro dovesse spezzarsi sotto gli sforzi disperati che faceva il suo proprietario, per abbassarlo verso la bacinella piena d'acqua.

Urla agghiaccianti, che rassomigliavano agli ululati d'un lupo idrofobo, gli sfuggivano di quando in quando dal petto oppresso dalla terra.

Vedendo Sandokan e Tremal-Naik, i suoi occhi s'iniettarono di sangue ed il suo viso assunse un aspetto orribile.

—Acqua!—ruggì.

—Sì, quanta ne vorrai, se ti deciderai a parlare—rispose Sandokan sedendosi di fronte al miserabile.—Voglio farti una proposta. Dimmi prima quanto ti hanno dato per rapire quella giovane indiana o per aiutare i rapitori.

Il gussain fece una smorfia, e non rispose.

—Poco fa ho convinto il demjadar dei seikki a dirmi tutto quello che desideravo, e quello è un fiero soldato e non già uno stupido fanatico come sei tu. Segui il suo esempio e avrai acqua e anche delle rupie. Se ti rifiuti io non mi occuperò più di te e ti lascerò morire dentro la tua buca. Scegli!

—Rupie?—rantolò Tantia, guardando fisso la Tigre della Malesia.

—Cento, anche duecento.

Il gussain ebbe un fremito.

—Duecento!—esclamò con voce appena intelligibile.

Ebbe ancora un'ultima esitazione, poi rispose:

—Parlerò... ma dammi un sorso d'acqua.

—Finalmente—esclamò Sandokan.—Ero sicuro che tu ti saresti deciso a confessare.

Prese la bacinella e l'accostò alle labbra del gussain, lasciandogli bere alcuni sorsi.

—Te la do per scioglierti meglio la lingua—disse.—Se vuoi il resto devi dirmi tutto.

Per conto di chi hai lavorato?

—Per il favorito del rajah—rispose Tantia che pareva fosse rinato dopo quei pochi sorsi d'acqua.

—Chi è costui?

—L'uomo bianco.

Sandokan e Tremal-Naik si guardarono l'un l'altro.

—Deve essere quel greco—disse il primo.

—Certo—rispose il secondo.

La fronte di Sandokan si era abbuiata.

—Mi sembri inquieto—disse Tremal-Naik.

—Ho mille ragioni per esserlo—rispose il famoso pirata.—Se quel cane ha fatto rapire Surama, vuol dire che in qualche modo è venuto a conoscenza dei nostri progetti e ciò, se fosse vero, sarebbe grave. Vi è la testa di Yanez in gioco.

—Non spaventarmi, Sandokan.

—Oh! non l'ha ancora perduta e noi non siamo ancora morti. Tu sai di che cosa sono capace io, e quella testa non cadrà se io non lo voglio e tu sai anche quanto io amo Yanez più che se fosse mio fratello, più che se fosse mio figlio.

—Lo so: non potrebbe esistere la Tigre della Malesia senza il suo amico portoghese.

Sandokan che si era un po' allontanato dal gussain, onde non potesse udire il suo discorso, tornò verso la buca.

—Vediamo—disse.—Forse noi ci creiamo dei timori che non esistono. Può trattarsi d'una semplice vendetta.

Si rivolse a Tantia che lo fissava sempre intensamente e gli chiese:

—Hai visto il favorito?

—No.

—Chi ti ha dato l'ordine di rapire la donna?

—Un ministro, amico intimo del favorito.

—E come hai fatto?

—Prima l'ho addormentata con dei fiori, poi l'ho calata dalla finestra. Sotto vi erano dei servi del favorito.

—E dove l'hanno portata?

—Nella casa dell'uomo bianco.

—Dove si trova?

—Sulla piazza di Bogra.

—Bindar!

L'assamese che si trovava a breve distanza, masticando una noce d'areca con un pizzico di calce, fu lesto ad accorrere.

—Tu sai dove si trova la piazza di Bogra?—gli chiese Sandokan.

—Sì, sahib.

—Benissimo: continua gussain.

—Che cosa mai vuoi sapere ancora?—chiese supplicando Tantia.—Ti ho detto perfino troppo.

—Ma hai guadagnato duecento rupie.

—Me le darai?

—Io sono un uomo che quando prometto mantengo, non scordartelo, fakiro—rispose Sandokan.

—E allora io posso aggiungere qualche altra informazione a quanto ti ho già detto—disse Tantia.

—Ossia?

—Io ho saputo che il chitmudgar del favorito, ha dato da bere a quella giovane donna non so quale miscela per farla parlare.

Sandokan ebbe un soprassalto.

—Ed ha parlato?—chiese con ansietà.

—Certo, poiché hanno assalito la pagoda dove tu ti nascondevi.

—Che abbia compromesso Yanez?—si chiese a mezza voce Sandokan mentre la sua fronte si copriva d'un freddo sudore.

Si mise poi a passeggiare per la spianata con le mani chiuse, il viso alterato. Un improvviso scoppio di furore lo assalì d'un tratto:

—Cane d'un greco!—gridò tendendo un braccio in direzione della capitale dell'Assam.—Non lascerò questo paese se non ti avrò prima strappato il cuore e come ho ucciso la Tigre dell'India ucciderò anche te!

Anche Tremal-Naik appariva molto preoccupato e nervoso. Egli si chiedeva insistentemente quali parole erano riusciti a strappare dalle labbra di Surama. Egli aveva già provato, quando aveva cercato di lottare con gli strangolatori della jungla nera, l'effetto di quei misteriosi narcotici, che solo certi indiani conoscono.

Se erano riusciti a scoprire lo scopo della loro presenza nel principato d'Assam, sarebbe successa di lì a poco una catastrofe completa, pensava.

Sandokan dopo aver passeggiato avanti e indietro qualche minuto, i pugni serrati e aggrottando di quando in quando la fronte, tornò precipitosamente verso il gussain.

—Hai più nulla da aggiungere a quanto hai detto?

—No, sahib.

—Ti avverto che tu rimarrai nelle nostre mani fino al nostro ritorno e che se hai mentito ti farò levare la pelle.

—Ti aspetterò tranquillo—rispose il fakiro.

—Invece di duecento rupie ne hai guadagnate quattrocento, che ti verranno contate subito.

—Io sono tuo anima e corpo.

—Vedremo—rispose Sandokan.

Si volse verso i malesi dicendo loro:

—Levate quest'uomo dalla buca e dategli da mangiare e da bere finché vorrà. Vegliate però attentamente anche su lui. Ed ora mio caro Tremal-Naik, prepariamoci a partire. Surama sarà salva, se non accadono altri incidenti.

—Chi condurremo con noi?

—Bindar, Kammamuri e sei uomini; gli altri rimarranno a guardia dei prigionieri.

—Saremo sufficienti per tentare il colpo?

—In caso di bisogno chiameremo in nostro aiuto i sei malesi che ha Yanez. Non perdiamo tempo e partiamo.

Sandokan ed i suoi compagni, dopo aver raccomandato a Sambigliong di tenere un piccolo posto di guardia sulle rive della palude, lasciavano la pagoda per raggiungere il Brahmaputra.

Essendo quasi mezzogiorno non dovevano correre alcun pericolo nella traversata della jungla, poiché ordinariamente le belve, a meno che non siano eccessivamente affamate, durante le ore più calde del giorno se ne stanno rintanate nelle loro tane. Solo la notte si mettono in caccia, sfruttando le tenebre per i colpi a sorpresa.

La traversata infatti la compirono senza vedere alcun animale pericoloso. Solo qualche coppia di bighama, ossia di cani selvaggi, li seguì per qualche tratto urlando senza osare attaccarli.

Giunti sulle rive della palude trovarono la bangle nel medesimo luogo ove l'avevano lasciata, segno evidente che nessuno si era spinto fin là.

Le guardie del rajah non avendo potuto seguire le tracce dei fuggiaschi a causa del fiume dovevano aver abbandonato l'inseguimento.

—Bindar—disse Sandokan salendo a bordo della barcaccia,—governa in modo da farci giungere in città a notte inoltrata. Non voglio che ci vedano entrare nel palazzo di Surama, che dovrà servirci da quartier generale.

S'imbarcarono levando l'ancora, ritirarono l'ormeggio ed imboccarono il canale che doveva condurli nel Brahmaputra remando lentamente, non avendo molta fretta.

Una gran calma regnava sulla palude e sulle sue rive. Solo di quando in quando qualche uccello acquatico s'alzava pesantemente, descrivendo qualche curva intorno alla bangle, poi si lasciava cadere fra i gruppi di canne.

In mezzo alle piante del loto, mezze sommerse nel fango, sonnecchiavano dei grossi coccodrilli, i quali non si degnavano di muoversi nemmeno quando la barca passava accanto a loro.

Fu verso le sei della sera che Sandokan ed i suoi compagni raggiunsero il Brahmaputra.

Due poluar, dei navigli indiani, i più adatti alla navigazione interna, perchè molto leggeri, con la prora e la poppa ad eguale altezza e muniti di due piccoli alberi con vele quadrate, navigavano a poca distanza l'uno dall'altro.

—Che siano barche in crociera?—Sandokan, che le aveva subito notate, aveva un forte sospetto.

—Non vedo seikki a bordo—disse Tremal-Naik.—Hanno più l'apparenza di navigli mercantili.

—Vedo una spingarda sulla prora di uno di essi.

—Talvolta quelle barche sono armate non essendo sempre sicuri i corsi d'acqua che attraversano queste regioni.

—Tuttavia li sorveglieremo—mormorò Sandokan.

—Possiamo accertarci subito se sono dei semplici trafficanti o esploratori.

—In quale modo?

—Rimanendo noi indietro o superandoli.

—Proviamo: giacché non abbiamo fretta facciamo ritirare i remi e lasciamoci portare dalla corrente.

I malesi, subito avvertiti, ritirarono le lunghe pale e la bangle rallentò la sua corsa, andando un po' di traverso.

I due poluar continuarono la loro marcia, aiutati dalla brezza che gonfiava le loro vele ed in pochi minuti si trovarono considerevolmente lontani dalla bangle, sparendo poi dietro la curva del fiume.

—Beh, se ne sono andati—disse Tremal-Naik.—Come vedi io non mi ero ingannato.

Sandokan scosse il capo senza rispondere. Non pareva affatto convinto della inoffensività di quei due piccoli navigli.

—Dubiti?—chiese Tremal-Naik.

—Un pirata fiuta gli avversari a grandi distanze—disse finalmente la Tigre della Malesia.—Io sono più che sicuro che quei due poluar stanno perlustrando il fiume.

—Ci avrebbero fermati ed interrogati.

—Non siamo ancora giunti a Gauhati.

—Che i seikki ci abbiano seguiti nella nostra ritirata attraverso la jungla? eppure quella sera io non ho visto alcuna barca darci la caccia.

—E le rive non le conti? voi siete tutti corridori insuperabili ed un uomo che avesse seguito la riva sinistra avrebbe potuto facilmente tenersi sempre in vista della bangle e notare il luogo dove abbiamo imboccato il canale della palude.

—E perchè non ci hanno assaliti nella jungla?

—Può darsi che non abbiano avuto il coraggio di farlo—rispose Sandokan.—Le mie non sono però che semplici supposizioni e potrei benissimo ingannarmi. Tuttavia apriamo bene gli occhi e teniamoci pronti a qualunque evento.

Sento per istinto che dovremo lottare con un uomo fortissimo che vale dieci volte il rajah.

—Quel greco?

—Sì—rispose Sandokan.—È lui il nemico pericoloso.

—È vero. Senza quell'uomo Yanez avrebbe già chiuso la missione.

—A me basta avere dalla mia i seikki. Se il demjadar riesce a persuaderli a passare con noi, vedrai che pandemonio saprò scatenare io a Gauhati.

Accese il suo cibuc e si sedette sulla murata di prora, lasciando penzolare le gambe sul fiume che rumoreggiava intorno alla bangle. Il sole stava allora tramontando dietro le alte cime dei palas, quei bellissimi alberi dal tronco nodoso e massiccio, coronato da un fitto padiglione di foglie vellutate, d'un verde azzurrognolo, donde partono degli enormi grappoli fiammeggianti, dai quali si ricava una polvere rosa, adoperata dagli indù nelle feste di Holi.

Sulle rive, numerosi contadini battevano, con un ritmo monotono, l'indaco, raccolto durante la giornata e messo a macerare entro vasti mastelli per meglio distaccare le particelle e farle precipitare più presto, avendo gli indiani un modo diverso per trattare tale materia colorante.

Altri invece spingevano in acqua colossali bufali per dissetarli, controllando attentamente che i coccodrilli non li afferrassero per il naso o per il muso e li tirassero sotto, cosa comunissima nei fiumi dell'India.

La bangle, verso le nove, giunse in vista dei fanali che splendevano nelle vie principali della capitale dell'Assam. Stava per passare vicino all'isolotto su cui si alzava la pagoda di Karia, quando si trovò improvvisamente davanti ai due poluar che chiudevano il passaggio.

Una voce si era subito alzata sul più vicino:

— Ohe! da dove venite e dove andate?

— Lascia che risponda io — disse Tremal-Naik a Sandokan.

— Fa' pure — rispose questi.

Il bengalese alzò la voce gridando:

— Veniamo da una partita di caccia.

— Fatta dove? — chiese la medesima voce di prima.

— Nella palude di Benar — rispose Tremal-Naik.

— Che cosa avete ucciso?

— Una dozzina di coccodrilli che andremo a raccogliere domani essendo affondati.

— Avete visto degli uomini in quei dintorni?

— Null'altro che dei marabù e delle oche.

— Passate e buona fortuna.

La bangle, che aveva rallentato la marcia, riprese la corsa a tutta forza di remi, mentre i due poluar allentavano le gomene per lasciarle il passo.

— Che cosa ti ho detto? — disse Sandokan a Tremal-Naik, quando furono lontani dai due navigli. Noi pirati abbiamo un fiuto straordinario e sentiamo i nemici a distanze incredibili.

— Me ne hai dato or ora una prova — rispose Tremal-Naik. Che ci abbiano proprio seguiti?

— Non ne dubito.

— Tuttavia ce la siamo cavata benissimo.

— Per la tua buona idea.

— Dove sbarcheremo?

— Nel centro della città. Questa notte desidero dormire nel palazzo di Surama. Forse là troveremo notizie di Yanez. Kubang non avrà mancato di fare una visita ai servi.

—È quello che pensavo anch'io. Quel malese è molto intelligente.

—Un gran furbo—disse Sandokan.—Se non lo fosse non sarebbe un malese. Bah! evitata la pattuglia tutto andrà bene. Domani ci metteremo in cerca di Surama e prepareremo al greco e ai suoi uomini un bel tiro. Credi che nel suo palazzo abbia un chitmudgar?

—Certo, Sandokan—rispose Tremal-Naik.—Un indiano che si rispetti, deve avere una ventina di servi per lo meno ed un direttore di casa.

—Che si lasci pescare da me ed il colpo sarà fatto. Non si tratta che di sapere i luoghi che frequenta.

—Perchè?

—Lascia fare a me: ho la mia idea. Ehi, Bindar, possiamo approdare?

—Sì, sahib.

—Accosta la riva dunque.

La bangle in pochi colpi di remo attraversò il fiume e andò ad ancorarsi davanti ad un vecchio bastione che difendeva la città verso occidente.

—A terra—comandò Sandokan, dopo essersi assicurato che dietro la bastionata non vi fosse nessuno.—Due soli malesi rimangano a guardia della bangle.

Presero le loro armi e scesero sulla riva che era coperta da fitte macchie di nagatampo, alberi durissimi e che producono dei fiori odorosi e bellissimi, dei quali si adornano le giovani indiane.

—Seguitemi—disse Sandokan.—Giungeremo al palazzo di Surama inosservati, se non vi saranno intorno delle spie.

—Che cosa temi ancora?—chiese Tremal-Naik.

—Eh! quel greco è capace di aver teso delle trappole, mio caro. In cammino amici e se vi sarà da dar battaglia non fate uso che delle scimitarre. Nessun colpo di carabina o di pistola.

—Sì, Tigre della Malesia—risposero i malesi.

—Venite!

Si misero a costeggiare il fiume coperto da enormi tamarindi, che rendevano con la loro ombra l'oscurità più fitta; poi raggiunto il sobborgo orientale, si cacciarono fra le viuzze interne dirigendosi verso il centro della città.

Essendo già molto tardi, pochissimi abitanti si trovavano per le vie e anche quelli s'affrettavano a girare al largo, scambiando probabilmente Sandokan ed i suoi uomini per soldati del rajah in cerca di qualche malvivente.

La mezzanotte non doveva essere lontana quando il drappello sbucò sulla piazza dove sorgeva il palazzo che Yanez aveva acquistato per la sua bella fidanzata.

Sandokan si fermò e lanciò un rapido sguardo a destra ed a sinistra.

—Vedo due indiani fermi davanti al palazzo—disse a Tremal-Naik.

—Non mi sono sfuggiti—rispose il bengalese.

—Che siano due spie di quel maledetto greco?

—Può darsi. Egli ha interesse a far sorvegliare il palazzo.

—Cerchiamo di prenderli in mezzo. Ci faremo credere guardie del rajah intenti ad eseguire una ronda notturna.

I due indiani però, accortisi della presenza del drappello, si allontanarono rapidamente nonostante che Tremal-Naik avesse subito gridato dietro a loro:

—Alt! servizio del rajah!

—Non devono essere due galantuomini—disse Sandokan quando li vide scomparire entro una viuzza tenebrosa.—Lasciamoli andare.

Poi volgendosi verso Kammamuri continuò:

—Tu resta qui di guardia con i malesi. La nostra spedizione notturna non è ancor finita e prima che sorga il sole voglio fare la conoscenza della dimora privata di quel cane di greco.

Salì la gradinata seguito da Tremal-Naik e da Bindar e percosse, senza troppo fracasso, la lastra di bronzo sospesa allo stipite della porta.

Il guardiano notturno che vegliava nel corridoio, fu pronto ad aprire e riconoscendo in quegli uomini gli amici della sua padrona, fece un profondo inchino.

—Conducimi subito dal maggiordomo—disse Sandokan,—sbrigati, ho fretta.

—Entra nel salotto, sahib. Fra mezzo minuto ti raggiungerà.

Sandokan ed i suoi due compagni aprirono la porta ed entrarono in una elegantissima stanzetta che era ancora illuminata.

Si erano appena seduti davanti ad uno splendido tavolino d'ebano di Ceylan filettato in oro, quando il maggiordomo del palazzo, appena coperto da un dootée di tela gialla, si precipitava nel salotto, esclamando con voce singhiozzante:

—Ah signori! quale disgrazia.

—La conosciamo—disse Sandokan. È inutile che tu perdi tempo a raccontarcela. Il sahib bianco della tua signora s'è fatto vedere?

—No.

—Ha mandato nessuno?

—Quell'uomo dalla faccia olivastra, con una lettera per la padrona.

—Dammela subito. I minuti sono preziosi in questo momento.

Il maggiordomo s'avvicinò ad un cofanetto laccato con intarsi di madreperla e prese un piccolo piego, porgendolo al pirata.

Questi ruppe il suggello e lesse rapidamente ciò che stava scritto dentro.

—Yanez non sa ancora nulla—disse poi a Tremal-Naik—Kubang ha conservato bene il segreto.

—E poi?

—Avverte Surama di stare tranquilla e che il favorito guarisce rapidamente. Già tutti i bricconi hanno la pelle a prova di acciaio e di piombo.

—E null'altro?

—L'incarica di far sapere a noi che per il momento non corre alcun pericolo e che si è già guadagnata la stima e la confidenza del rajah.

Giacché si trova benissimo alla corte e non sa che gli hanno rapito la fidanzata, lasciamolo tranquillo, operiamo da noi soli.

Poi volgendosi verso il maggiordomo che stava ritto davanti a lui, in attesa dei suoi ordini, gli chiese:

— È avvenuto nessun altro fatto dopo il rapimento della tua padrona?

— No, sahib. Ho notato però che alla sera ronzano attorno al palazzo, fino a notte tardissima, delle persone.

— Ah! — esclamò Sandokan. Il palazzo è sorvegliato. Non ne dubitavo. Hai fatto delle ricerche?

— Sì, sahib e sempre infruttuose.

— Hai avvertito la polizia?

— Non ho osato, temendo che la padrona sia stata rapita per ordine del rajah.

— Hai fatto benissimo. Tremal-Naik, Bindar, rimettiamoci in caccia.

— Ed io, signore, che cosa devo fare? — chiese il maggiordomo.

— Assolutamente nulla fino al nostro ritorno. Gli uomini che il sahib bianco ha lasciato a guardia di Surama sono sempre qui?

— Sì.

— Li avvertirai di tenersi pronti; posso aver bisogno anche di loro per rinforzar la mia scorta. Domani sera, a notte inoltrata, noi saremo qui. Addio.

Uscì dal salotto e raggiunse i suoi uomini che si erano seduti sulla gradinata.

— Deponete le carabine — disse loro. — Conservate solo le pistole e le scimitarre. Ed ora in caccia!

Capitolo 18

Il Giovane Indra

Sandokan, che di solito era sempre tranquillo al pari del suo fratellino Yanez, era diventato nervosissimo. Il suo sangue ardente di bornese gli bolliva nelle vene, benché egli fosse avanti negli anni.

Abituato agli assalti impetuosi, invecchiato fra i colpi di scimitarra e il fumo delle spingarde e dei cannoni dei suoi prahos, il formidabile pirata si trovava scombussolato per non aver ancora avuto l'occasione di menare le mani. Camminava rapidamente, tormentando l'impugnatura della sua scimitarra e borbottando. Anche Tremal-Naik d'altronde non sembrava completamente calmo.

Il dubbio di non poter liberare prontamente Surama, o di non trovarla nel palazzo del favorito del rajah, doveva scombussolare un po' le loro formidabili fibre. Eppure erano uomini che avevano condotto a buon porto ben altre imprese anche più difficili, sia nell'India sia sui mari della Malesia.

Erano le due del mattino quando giunsero sulla piazza di Bogra, ad una delle cui estremità s'ergeva il palazzo del favorito del rajah, una specie di bungalow di costruzione elegantissima, col tetto piramidale che si alzava molto, e con bellissime varanghe intorno, sostenute da colonnette di legno dipinte a smaglianti colori e dorature.

Due vaste ali si estendevano ai suoi fianchi, destinate a ricoverare i servi, i cavalli e gli elefanti.

—Ah! è qui che viene a riposarsi quel briccone, ed è qui che forse si trova Surama!—esclamò Sandokan.

—Vuoi che prendiamo questa casa d'assalto? i tuoi malesi sono pronti—disse Tremal-Naik.

—Sarebbe una grande imprudenza—rispose il pirata.—Qui non siamo al Borneo ed è nostro interesse agire con la massima prudenza.

—Perchè siamo venuti qui allora?

—Per studiare un po' la casa—rispose Sandokan.—Di giorno verremmo subito notati.

—Eppure non sarebbe difficile dare la scalata alla varanga inferiore—disse Kammamuri.

—Io ho un'altra idea. Mi occorre sapere prima se Surama si trova veramente qui e quale stanza abita. Facciamo il giro della palazzina per ora e studiamo innanzi tutto i punti più accessibili. Poi riparleremo di questa faccenda.

Il bungalow del greco era completamente isolato e anche la parte posteriore aveva varanghe sorrette da colonne e chiuse da leggere stuoie di coccottiero per ripararle dagli ardenti raggi del sole indiano.

Nelle costruzioni assai più basse del fabbricato centrale, che s'allungavano sui fianchi, difese da un'alta palizzata, si udivano russare gli elefanti e brontolare i cani.

—Sono queste bestie che m'inquietano—mormorò Sandokan, dopo aver compiuto il giro.—Dovrò occuparmi anche di questi cani. Bindar!

—Padrone!

—Vi è qualche albergo in questi dintorni?

—Sì, sahib.

—Che sia aperto?

—Fra poco sorgerà l'alba, è quindi probabile che i servi siano già alzati.

—Guidaci: bada però che non sia un albergo di lusso.

—È un bungalow di passaggio, sahib.

—Meglio così: vi prenderemo alloggio. Così potremo sorvegliare la casa del favorito del rajah e fare le nostre osservazioni.

Attraversarono la piazza senza incontrare nessuno e dopo aver girato uno degli angoli, si fermarono davanti a quello che Bindar aveva chiamato un bungalow di passaggio.

Sono questi specie di alberghi frequentati quasi esclusivamente dai viaggiatori che si fermano solamente pochi giorni. Consistono in una casa di forma rettangolare, ad un solo piano, diviso in varie stanze, aventi ognuna un piccolo gabinetto per la vasca da bagno e arredate con molta semplicità, perchè non hanno che un letto, una tavola ed un paio di sedie o di enormi seggioloni dagli schienali altissimi, lunghi un metro, in modo che le gambe della persona si possano allungare all'altezza del corpo, costruiti in legno di rotang.

Si paga una rupia *(nda: 2 lire e 50)* per fermata, che duri due o tre giorni o solamente pochi minuti, e le vivande hanno una tariffa speciale.

Il maggiordomo, poiché anche in quei bungalow di passaggio vi si trova l'indispensabile chitmudgar, ed i suoi servi, erano già in piedi in attesa dei viaggiatori che potevano giungere.

—Dacci alloggio e vitto a tutti—disse Tremal-Naik all'importante individuo che aveva la direzione dell'albergo.—Noi ci fermeremo alcuni giorni e tu metterai a nostra disposizione tutte le tue camere.

—Tu sahib sarai servito come un rajah od un marajah—rispose il chitmudgar.—Il mio bungalow è di prima classe.

—E noi non guarderemo il prezzo purché la cucina sia ottima—disse Sandokan.—Intanto portaci qualche cosa da bere.

Il maggiordomo li introdusse in una saletta dove vi erano una tavola e comodi seggioloni; fece portare ai viaggiatori un vaso pieno di quella specie di vino chiamato toddy, chiaro, un po' frizzante, piacevole al palato e molto salutare, ed una scatola piena di foglie somiglianti a quelle del pepe o alla foglia dell'ellera con un po' di calce, poi dei pezzetti di noce d'aracchiero, che tinge la saliva e le labbra di rosso: il betel indiano.

—Ora a noi due, Bindar—disse Sandokan, dopo aver vuotato un paio di bicchieri di toddy.—In questa faccenda tu devi avere una parte importantissima.

—Mio padre era un fedele servitore del padre della principessa e suo figlio lo sarà pure—rispose l'indiano.—Comanda, sahib ed io farò tutto quello che vorrai.

—A me occorre che tu porti qui a bere qualche servo della casa del favorito.

—Ciò non sarà difficile a ottenersi. Un indiano non si rifiuta mai di bere un buon bicchiere di toddy, specialmente quando sa di non pagarlo.

—Tu dunque andrai a ronzare sulla piazza di Bogra e prenderai all'amo il primo servo che uscirà. Lascio a te la scelta di prenderlo nel miglior modo possibile e se occorrono delle rupie paga liberamente. Ne metto cento a tua disposizione.

—Compero la coscienza di venti servi con una tale somma.

—Mi basterà averne uno—disse Sandokan.—Portamelo qui.

—Sarà come hai disposto, sahib.

—Vai dunque.

Poi volgendosi ai suoi uomini e a Kammamuri aggiunse:

—Voi potete andarvi a riposare. Per il momento bastiamo io e Tremal-Naik.

Caricò il suo cibuc, lo accese e si mise a fumare flemmaticamente, mentre il suo amico arrotolava una foglia di betel dopo d'avervi messo dentro un pizzico di calce ed un pezzetto di noce d'aracchiero per cacciarsela poi in bocca, droga splendida, affermano gli indiani, che conforta lo stomaco, fortifica il cervello, cura l'alito cattivo, ma che invece annerisce i denti e fa sputare saliva color del sangue.

Era trascorsa una mezz'ora senza che né l'uno né l'altro avessero scambiato una parola, quando la porta del salotto si aprì e comparve Bindar seguìto da un giovane indiano che portava indosso un dootée di seta gialla e che calzava degli zoccoletti di legno che solo i servi delle grandi case usano portare e che tengono fermi con le dita dei piedi senza impedire loro di camminare comodamente e a passo veloce.

—Ecco quello che desideri, sahib—disse Bindar.—Questo è pronto a bere anche un vaso di toddy, se tu gliel'offri.

Sandokan squadrò attentamente il nuovo venuto e parve soddisfatto di quell'esame, poiché un lampo di contentezza gli brillò negli occhi nerissimi e pieni di fuoco.

—Siedi e bevi—gli disse.—Vedrai che non sarà una perdita di tempo perchè sono uso a pagare largamente i servigi che mi vengono resi.

— Io sono ai tuoi ordini, sahib — rispose il giovane indiano.

— Ho bisogno di informazioni sul tuo padrone, desiderando avere un posto alla corte del rajah.

— Il mio signore è potentissimo e può, se vuole, fartelo avere.

— Dovrò pagare molto?

— Il padrone è avido assai di rupie e anche di sterline.

— Potresti parlargliene?

— Io no, ma il maggiordomo sì.

— È ancora a letto il favorito del rajah?

— E vi rimarrà ancora parecchi giorni. Quel maledetto inglese lo ha ferito più seriamente di quello che credeva.

— Bevi.

— Grazie, sahib — rispose il giovane vuotando la tazza che Tremal-Naik gli aveva messa davanti.

— Dunque mi dicevi, il favorito è molto malato — riprese Sandokan — è ferito?

— Molto no, perchè la scimitarra di quel cane d'inglese l'ha colpito solamente di sbieco.

— Il tuo padrone va di frequente nel suo bungalow?

— Oh, di rado! — rispose l'indiano. — Il rajah non può vivere senza di lui.

— Bevi ancora, giovanotto e tu Tremal-Naik fai portare delle bottiglie di gin o di brandy di vera marca inglese. Ho voglia di bere stamane.

Dunque mi dicevi?...

— Che il favorito del rajah viene di rado al bungalow — rispose il giovane indiano, dopo aver vuotato una seconda e una terza tazza di toddy.

— Non ha un harem nel suo palazzo?

— Sì sahib.

— Composto da indiane?

— Puoi dire delle più belle fanciulle dell'Assam.

— Ah! — fece Sandokan ricaricando e riaccendendo il cibuc, mentre Tremal-Naik sturava due bottiglie di vecchio gin a dieci rupie l'una e riempiva al giovane una tazza della capacità d'un nali, ossia d'un paio di quinti. — Il favorito ama le belle fanciulle! è un gran signore che può permettersi qualunque lusso.

— È vero quello che si dice in città?

— Che cosa, sahib?

— Bevi prima questo eccellente gin e poi mi risponderai.

L'indiano che forse non aveva mai bevuto quel fortissimo liquore, tracannò avidamente quattro o cinque grossi sorsi, facendo scoppiettare la lingua.

— Eccellente, sahib — disse.

— Vuota pure la tazza. Abbiamo altre bottiglie qui da bere.

Il giovane servo del greco riprese la tazza ingollando altri lunghissimi sorsi. Certo non si era mai trovato in mezzo a tanta abbondanza.

—Ah!—disse Sandokan, quando gli parve che il gin agisse sul cervello del povero giovanotto.—Ti volevo chiedere se è vera la voce che corre in città.

—Non so di che cosa si tratta.

—Che il favorito del rajah abbia fatto un nuovo acquisto.

—Non comprendo.

—Cioè che abbia fatto rapire, di notte, una principessa straniera che si dice sia d'una bellezza meravigliosa.

—Sì, sahib—rispose l'indiano abbassando la voce e socchiudendo gli occhi.—Mi sorprende però come si sia saputo in città quel rapimento, essendo stato commesso di notte.

—Con l'aiuto d'un gussain è vero?

—Che cosa ne sai tu, sahib?

—Me lo hanno detto—rispose Sandokan.—Bevi ancora: non hai ancora vuotato la tua tazza.

L'indiano, che ci trovava piacere, d'un solo colpo la lasciò asciutta. L'effetto di quella bevuta, in un uomo non abituato ad altro che a sorseggiare del toddy, fu fulminante. S'accasciò di colpo sul seggiolone guardando Sandokan con due occhi smorti, che non avevano più alcun splendore.

—Ah! mi dicevi dunque che il colpo era stato fatto di notte—rispose Sandokan con un leggero tono ironico.

—Sì, sahib—rispose l'indiano con voce semi-spenta.

—E dove l'hanno portata quella bella fanciulla?

—Nel bungalow del favorito.

—E vi si trova ancora?

—Sì, sahib.

—Si dispera?

—Piange continuamente.

—Il favorito non si è fatto però ancora vedere?

—Ti ho detto che è ammalato e che si trova sempre alla corte, nell'appartamento destinatogli dal rajah.

—E dove l'hanno messa? nell'harem?

—Oh no!

—Sapresti indicarci la stanza?

L'indiano lo guardò con una certa sorpresa e forse anche con un po' di diffidenza, quantunque fosse ormai completamente o poco meno ubriaco.

—Perchè mi domandi questo?—chiese.

Sandokan accostò la sua seggiola a quell'indiano e abbassando a sua volta la voce gli sussurrò agli orecchi:

—Io sono il fratello di quella giovane.

—Tu, sahib?

—Tu però non devi dirlo se vuoi guadagnare una ventina di rupie.

—Sarò muto come un pesce.

—Talvolta anche i pesci emettono dei suoni. Mi basta che tu sia muto come quelle teste d'elefante che adornano le pagode.

—Ho capito—rispose l'indiano.

—E se tu mi servirai bene avrai fatto la tua fortuna—continuò Sandokan.

—Sì, sahib—rispose l'indiano sbadigliando come un orso e abbandonandosi sullo schienale della poltrona.

—Purché mi presenti al chitmudgar del favorito.

—Sì... del favorito.

—E che non parli.

—Sì... parli.

—Vattene al diavolo!

—Sì... diavolo.

Furono le sue ultime parole poiché vinto dall'ubriachezza chiuse gli occhi mettendosi a russare sonoramente.

—Lasciamolo dormire—disse Sandokan.—Questo giovanotto non ha certo bevuto mai così abbondantemente.

—Sfido io, gli hai fatto bere tre razioni d'un cipay in un solo colpo.

—Ma sono riuscito a sapere quanto desideravo. Ah! Surama è ancora nel palazzo ed il greco si trova ancora a letto! quando quel briccone si alzerà, la futura regina dell'Assam non sarà più nelle sue mani.

—Che cosa intendi fare?

—Innanzitutto faremo la conoscenza con il chitmudgar. Quando sarò nel palazzo, vedrai che bel tiro giocheremo loro.

Lasciamo che quest'indiano digerisca in pace il gin che ha ingollato e andiamo a fare colazione.

Passarono in un vicino salotto e si fecero servire una tiffine, ossia carne, legumi e birra.

Quando ebbero finito s'allungarono sui seggioloni e dopo aver avvertito il maggiordomo di non lasciar uscire il giovane indiano, chiusero a loro volta gli occhi prendendo un po' di riposo.

Il loro sonno non fu molto lungo, poiché il chitmudgar, dopo un paio d'ore, entrò avvertendoli che l'indiano aveva già smaltito l'abbondante bevuta e che insisteva di vederli.

—Quel ragazzo deve avere uno stomaco a prova di piombo—disse Sandokan alzandosi lestamente.

—Può fare concorrenza agli struzzi—aggiunse Tremal-Naik.

Entrarono nel vicino gabinetto e trovarono infatti il servo del greco in piedi e fresco come se avesse bevuto dell'acqua pura.

—Ah! sahib!—esclamò con un gesto desolato.—Mi sono addormentato.

—E temi i rimproveri del maggiordomo del bungalow—chiese Sandokan.

—Ah no, perchè oggi sono libero.

—Allora va tutto bene.

Sandokan trasse dalla fascia un pizzico di fanoni, ossia di monete d'argento del valore d'una mezza rupia, e gliele porse dicendo:

—Per oggi queste, a patto però che tu mi presenti al maggiordomo, desiderando io avere un impiego alla corte, poco importa che sia alto o basso.

—Purché tu sia con lui generoso, l'impiego può fartelo avere. Ha un fratello alla corte che gode d'una certa considerazione.

—Andiamo subito dunque.

—Ed io?—chiese Tremal-Naik.

—Tu starai qui ad aspettarmi—rispose Sandokan, strizzandogli l'occhio.—Se vi sarà un altro posto disponibile non mi dimenticherò di te. Vieni, giovanotto.

Lasciarono l'albergo e, attraversata la piazza che era affollata di persone, di carri d'ogni forma e dimensione dipinti tutti a colori smaglianti, da elefanti e da cammelli, entrarono nello splendido bungalow del favorito del rajah, non senza però che Sandokan avesse destata una viva curiosità per il suo fiero portamento e per la tinta della sua pelle ben diversa da quella degli indiani che non ha sfumature olivastre.

Il chitmudgar del greco, avvertito subito della presenza di quello straniero nell'abitazione del suo padrone, si era affrettato a scendere nella stanza dove era Sandokan, introdotto dal giovane servo, con l'idea di far bene sentire, a quell'intruso, tutta la sua autorità di pezzo grosso.

Quando però si vide davanti l'imponente figura del formidabile pirata, fu il primo a fare un profondo inchino, a chiamarlo signore e a pregarlo di sedersi.

—Tu saprai già, chitmudgar, lo scopo della mia visita—gli disse Sandokan bruscamente.

—Il servo che ti ha qui condotto me lo ha detto—rispose il maggiordomo del favorito con aria imbarazzata.—Mi stupisce però come tu, signore, che hai l'aspetto d'un principe, cerchi un posto alla corte e per mezzo mio.

—E del tuo padrone—disse Sandokan.—D'altra parte hai ragione a mostrarti sorpreso non essendo io mai appartenuto alla casta dei sudra *(nda: ai sudra appartengono i domestici e gli artigiani)*. Un giorno fui principe e anche ricco e potente e lo sarei ancora se gli inglesi non avessero distrutto tutti i principati dell'India meridionale.

—Gli inglesi! sempre quei cani, quei nemici ostinati della nostra razza! oh, sahib!

—Lascia stare quella gente e veniamo al mio affare—disse Sandokan.

—Cosa desideri, signore?

—Io so che il tuo padrone è potentissimo alla corte del rajah e vengo a chiedere il suo appoggio per ottenere una occupazione.

—Ma signore...

—Io ho potuto salvare qualche centinaio di rupie—disse Sandokan, interrompendolo prontamente—e saranno tue se potrai indurre il tuo padrone a raccomandarmi al rajah.

Alla parola *"denaro"*, il maggiordomo fece un profondissimo inchino.

—Il mio padrone mi vuol bene—disse,—e non rifiuterà un così piccolo favore, trattandosi di procurare il pane ad un principe disgraziato. Alla corte vi è posto per tutti.

—Vorrei però ora chiederti un piacere, sempre pagando.

—Parla signore.

—Io qui non ho né amici e né parenti, quindi avrei bisogno d'una stanza, sia pure un bugigattolo: potresti offrirmela? io non ti darò alcun fastidio e ti pagherò una rupia al giorno vitto compreso.

Il maggiordomo pensò un momento, poi rispose:

—Posso accontentarti, signore, purché tu finga di essere un servo ed esegua qualche piccolo lavoro.

Ho una stanzuccia presso la varanga del secondo piano che può fare per te.

Sandokan tirò fuori quindici rupie e le depose sul tavolo che gli stava davanti, dicendo:

—Tu sei pagato per due settimane. Se mi potrai occupare prima non ti chiederò la restituzione.

—Tu sei generoso come un principe—rispose il maggiordomo.

—Conducimi o fammi condurre nella mia stanza.

Il chitmudgar aprì la porta e fece avanzare il giovane servo indiano, che pareva fosse lì in attesa dei suoi ordini.

—Condurrai questo sahib nello stanzino che si trova accanto la seconda varanga e lo tratterai, fino a nuovo ordine, come un mio ospite.

Poi volgendosi verso Sandokan:

—Seguilo, signore—gli disse.—Mi occuperò questa sera del tuo affare.

—Vai a visitare il favorito del rajah?

—Devo ricevere i suoi ordini.

Gli fece con la mano un cenno come per raccomandargli la massima prudenza e uscì da un'altra porta.

—Eccomi nel cuore della piazza—mormorò Sandokan.—È un'altra giornata guadagnata. Conducimi, giovanotto.

—Seguimi, sahib.

Salirono una scala riservata ai domestici e attraversata la varanga superiore entrarono in una minuscola stanzuccia dove non si trovavano che un letto e due sedie.

—Ti va sahib?—chiese il sudra.

—Benissimo—rispose Sandokan.—D'altronde non mi fermerò qui che pochi giorni.

—Non vi è certo il lusso del bungalow di fermata.

Sandokan gli posò una mano sulla spalla, dicendogli gravemente:

—Tu m'hai promesso di essere muto come un pesce, quindi non devi parlare con nessuno di quell'albergo.

—Sì, sahib.

—Ora ho bisogno ancora di te, se vorrai guadagnare altri pezzi d'argento.

—Parla sahib; tu sei più generoso del mio padrone.

—Dove si trova la giovane donna che hanno portato qui di notte?

Il sudra pensò un momento poi passandosi una mano sulla fronte disse:

—Mi ricordo, quantunque avessi molto bevuto, che tu m'hai detto essere il fratello di quella signora.

—È vero.

—E... che cosa vuoi fare, sahib?

—Non occuparti di questo.

—Io servendo te corro il pericolo di venire cacciato e anche bastonato.

—Né l'uno, né l'altro, perchè io ti prenderò ai miei servigi con doppia paga e cento rupie di regalo.

Il giovane spalancò gli occhi fissandoli su Sandokan e chiedendosi se sognava.

—Tu mi prendi al tuo servizio, sahib?—chiese stupito,—e con doppia paga?

—Sì.

—Io sono tuo corpo e anima.

—Non mi occorrono—rispose Sandokan.—A me per ora basta la tua lingua.

—Che cosa vuoi sapere?

—Dove si trova la giovane indiana.

—È più vicina di quello che tu credi.

—Dimmelo, dunque.

Il sudra aprì una porta che era nascosta da una tenda e che era sfuggita a Sandokan e gli mostrò uno stretto corridoio.

—Questo conduce nella stanza della giovane che hanno rapito—disse a voce bassa.—L'harem del padrone è al secondo piano.

—Vedo infatti là in fondo un'altra porta. Sarà però chiusa, suppongo.

—Sì, però io posso farti avere la chiave.

—È quella che mi occorre.

—Fra mezz'ora l'avrai, sahib.

—Tu m'hai detto che oggi sei libero.

—È vero.

—Sicchè puoi recarti al bungalow di passaggio.

—A qualunque ora.

Sandokan trasse da una tasca un libriccino, strappò una pagina e con una matita scrisse alcune righe.

—Tu consegnerai questa carta all'uomo che mi teneva compagnia, quando ti offersi da bere. Lo riconosceresti ancora?

—Oh sì, sahib.

—Portami la chiave, una bottiglia di qualche liquore e lasciami solo.

—Sì, sahib.

Quando il giovane sudra fu uscito, Sandokan s'inoltrò in punta di piedi nel corridoio ed esaminò la porta che metteva nell'harem del greco. Come la maggior parte delle porte indiane, era laminata in bronzo; tuttavia accostando un orecchio alla toppa, Sandokan poté udire due voci di donna.

—Surama!—esclamò subito.—Che io abbia la chiave ed una fune e il colpo sarà fatto. Mio caro greco, vedremo chi di noi due sarà più furbo.

Vi è qualcuno che discorre con Surama. Bah! se non starà zitto con un colpo di pugnale gli chiuderò per sempre la bocca.

Ritornò nel suo bugigattolo, si sdraiò sul letto, e, acceso il cibuc, si mise a fumare immergendosi in profondi pensieri.

Aveva appena terminata la prima carica di tabacco, quando il giovane sudra ricomparve tenendo in mano una bottiglia ed un bicchiere di metallo dorato.

—Ecco, sahib—gli disse. È il maggiordomo che ti manda questo.

—E la chiave?

—L'ho presa senza che nessuno se ne accorgesse.

—Tu sei un bravo ragazzo. Come ti chiami?.

—Indra, sahib.

—Ora dimmi, Indra, mia sorella è sola o in compagnia di qualche altra donna?.

—Purtroppo questo lo ignoro. Non posso entrare nell'harem del mio signore, ma nell'harem ci sono altre donne e sicuramente uno di quelle sta sorvegliando vostra sorella.

—Bene, me la caverò in qualche modo—disse Sandokan dopo un momento di riflessione.

—Che cosa devo fare ora?

—Portare la carta che ti ho dato al mio amico e procurarmi per questa sera una solida corda.

—Che cosa vuoi fare sahib?—chiese il sudra spaventato.

—Indra, ti ho già detto che ti prendo al mio servizio e con doppia paga: non ti basta?

—Sì certo, sahib.

—Vai, allora.

Attese che il rumore dei passi fosse cessato, poi tornò nel corridoio e tenendo in mano la chiave che il giovane gli aveva dato, accostò di nuovo un orecchio alla toppa.

—Non parlano più—mormorò.—Facciamo la nostra comparsa: Surama mi rivedrà ben volentieri.

Introdusse la chiave e aprì.

Un grido, a malapena represso, rispose allo stridio del chiavistello.

—Shhh… Surama!—disse Sandokan.—Sono io!

Capitolo 19

La Liberazione di Surama

Sandokan si trovò in una splendida stanza da letto, di stile greco-orientale, adorna di ricchissimi divani di seta bianca, ricamati in oro, di tappeti turchi e persiani e di ampie tende di seta azzurra cadenti davanti alle finestre. Solo il letto, massiccio, con intarsi di madreperla e che si trovava proprio nel mezzo, ed alcuni mobili leggeri, erano di provenienza indiana.

Surama, vedendo entrare Sandokan, gli si slanciò contro trattenendo, come abbiamo detto, a mala pena un grido. Il maggiordomo del favorito le aveva fatto indossare un'ampia sari di seta rosea, con un spesso orlo azzurro, che faceva doppiamente risaltare la bruna bellezza della giovane assamese.

—Chiudi bene la porta—le disse subito Sandokan sottovoce.—Nessuno deve sorprendermi nella tua stanza.

—Ma come tu, signore, sei qui?

—Taci ora: la porta.

Surama abbassò i due ganci, assicurandola solidamente.

—Nessuno potrà ora entrare senza il mio permesso—disse tornando verso Sandokan. Ed ora parla signore: Yanez?

—Non inquietarti per lui, Surama—rispose Sandokan invitandola a sedersi sul divano, che si trovava più vicino al corridoio che conduceva nel suo bugigattolo. Per il momento non corre alcun pericolo e credo che non abbia mai goduto tanta salute come ora.

—E Tremal-Naik?

—In questo momento sta cenando di certo e senza troppe apprensioni.

—Ma tu...

—Aspetta un po': sappi che sono qui in qualità di ospite e non già di prigioniero. Ora rispondimi a quanto ti chiederò.

Innanzi a tutto verrà nessuno a disturbarci?

—Per ora no. Abbiamo un paio d'ore di libertà.

—Non mi occorre tanto tempo. Ti hanno usato dei maltrattamenti?

—No, signore, tutt'altro.

—Ti hanno interrogata?

—Non ancora, tuttavia vi è nel mio cervello un ricordo confuso.

—Quale?

—Posso aver sognato.

—Spiegami questo sogno, Surama—disse Sandokan.

—Mi sembra d'aver veduto degli uomini intorno al mio letto e di aver udito degli strani discorsi e poi mi sembra che mi abbiano dato da bere qualche cosa, come un liquore fortissimo e molto amaro. Qualche cosa di vero può essere avvenuto poiché quando mi sono svegliata, in questo letto, avevo il cervello offuscato e le membra mi tremavano come se avessi bevuto del bang.

—Che cos'è?

—Una mistura d'oppio.

La fronte di Sandokan si corrugò.

—Sei ben certa, Surama, che non sia stato un sogno?

—Non te lo saprei dire con piena sicurezza—rispose la bella assamese. Quel tremito però non mi è parso naturale.

—Ecco dove sta il pericolo. Voi indiani possedete delle droghe misteriose che esaltano le persone e che le costringono a parlare. Tremal-Naik m'ha parlato un giorno d'una certa youma.

—Non devono aver adoperata quella pianta, perchè produce una febbre intensissima, che dura parecchie ore. No, se è vero che mi hanno dato da bere qualche cosa, deve trattarsi d'altro.

—Pensa bene, fanciulla, perchè se tu hai parlato puoi aver compromesso non solo me e te, bensì anche Yanez.

—E se, come t'ho detto, fosse stato un sogno?

—Il tuo cervello, se fosse stato un sogno, non sarebbe rimasto offuscato.

—Anche questo è vero.

—Se vi fosse qualche mezzo per poter sapere quello che hai detto!—mormorò Sandokan.—Chissà, forse Tremal-Naik può trovarlo; egli conosce molti narcotici.

—Io sono pronta a bere tutto quello che vorrai, Sandokan.

—Di questa faccenda ci occuperemo più tardi.

—E tu come hai saputo che io ero stata rapita?—chiese Surama.

—Ho preso quel cane di fakiro e l'ho costretto a confessare. È il favorito del rajah che t'ha fatta rapire, probabilmente per vendicarsi di quel colpo di scimitarra. Anche questo è affare che poco interessa per il momento. È un gioco che io gli restituirò questa notte stessa. Tutto è ormai pronto per la tua evasione. Dove si affacciano queste finestre?

—Sulla varanga del secondo piano.

—Hai paura ad affidarti a una fune ben solida?

—Io sono pronta a fare tutto quello che vorrai.

—Si dorme presto in questa casa?

—Alle undici tutti i lumi sono spenti—rispose Surama.

—A mezzanotte sii pronta. Dorme nessuna serva qui?

—So che ve ne sono due nella camera attigua.

—Vengono da te prima di coricarsi?

—Sì, per accompagnarmi a letto.

—Hai qualche bottiglia di liquore da offrire loro?

—Anche del vino europeo: il chitmudgar non mi fa mancare nulla.

Sandokan si frugò nella fascia ed estrasse una scatola di metallo contenente parecchi tubetti a vari colori. Ne prese uno, lo esaminò attentamente, poi lo porse a Surama dicendole:

—La polvere che sta qui dentro, la scioglierai in una bottiglia, o di liquore o di vino, e poi offrirai a ciascuna delle due donne un bicchierino di quella mistura, non di più.

Il narcotico è potente e assorbito in dose superiore, potrebbe far dormire per sempre chi lo prende.

Ora un'altra domanda e poi ti lascerò sola.

—Parla signore—disse Surama nascondendosi in seno il tubetto.

—Credi tu che i montanari di tuo padre si siano scordati di te?

—Se mi presentassi a loro e dicessi che io sono Surama, la piccola figlia del famoso guerriero, sono più che certa che prenderebbero le armi per aiutare te e Yanez in questa difficile impresa. Pensi forse di condurmi fra di loro?

—Ciò può essere necessario per metterti al sicuro—rispose la Tigre della Malesia. Un elefante quanto potrebbe impiegare per giungere fra quelle montagne?

—Non più di cinque giorni.

—Ne so abbastanza. Addio, Surama, e tieni pronta per mezzanotte.

Strinse la mano alla futura principessa dell'Assam e tornò in punta di piedi nella sua stanza.

—Tutto va a gonfie vele—mormorò.—Se non ci saranno incidenti, domani noi saremo nella jungla di Benar e perfettamente al sicuro.

Poi vedremo che cosa ci converrà fare.

Si sdraiò sul suo letto mettendo su uno sgabello una bottiglia di arak, accese la pipa ed attese tranquillamente che giungesse il momento di agire e che il giovane sudra si presentasse.

La mezzanotte non era lontana, quando un leggero colpo battuto alla porta lo fece scendere dal letto.

—Deve essere lui—mormorò.—Ecco un bravo ragazzo che farà una discreta fortuna.

Aprì senza far rumore e si vide davanti il servo del maggiordomo.

—Dunque—gli chiese Sandokan.

—Dormono tutti.

—Sono tutti spenti i lumi?

—Sì, sahib.

—Hai veduto nessuno passeggiare sulla piazza?

—Un gruppo d'uomini.

—Sono i miei amici. Prendi la fune.

—È qui, sahib.

—Seguimi e non aver paura. Da questo momento tu sei al mio servizio.

— Grazie, padrone.

Sandokan aprì la porta che metteva nel corridoio e bussò replicatamente a quella della stanza di Surama che fu subito aperta.

La giovane assamese aveva abbassato il lucignolo della lampada per far credere che dormiva e si era gettata sulla testa una larga fascia di seta, che la nascondeva quasi tutta.

— Eccomi, signore — disse a Sandokan. — Sono pronta a scendere.

— Le tue serve?

— Dormono profondamente.

— Hanno bevuto il narcotico?

— Da più di un'ora.

— Prima di domani sera non si sveglieranno — disse Sandokan. — Siamo quindi sicuri di non essere disturbati da parte loro.

Aprì una finestra e passò sulla varanga accostandosi silenziosamente al parapetto.

Quantunque l'oscurità fosse fitta, scorse subito alcune ombre umane sfilare silenziosamente davanti al palazzo del favorito.

— Devono essere Tremal-Naik, Kammamuri e i miei malesi — mormorò. — Speriamo che tutto vada bene.

Svolse la corda, legò un capo ad una colonna di legno della varanga e gettò l'altro nel vuoto, mandando nel medesimo tempo un leggero sibilo che imitava perfettamente quello del terribile cobra-capello.

Un segnale identico rispose poco dopo.

— È lui — disse Sandokan. — All'opera!

Tornò verso la finestra, prese fra le sue braccia Surama e s'avviò verso la fune dicendo al sudra:

— Scendi per il primo tu.

— Sì, padrone.

— E fa' presto.

Il giovanotto varcò il parapetto e scomparve.

— Tu incrocia le tue mani attorno al mio collo — disse poi Sandokan alla bella assamese, — e dammi la tua fascia di seta, in modo che ti possa legare a me.

— Non sarebbe necessario — rispose la principessa. — Le mie braccia sono robuste.

— Non si sa mai quello che può accadere.

Prese la sciarpa, strinse Surama contro il proprio dorso, poi a sua volta montò sul parapetto, non senza essersi prima cacciato fra i denti il kriss malese.

— Stringi forte — disse. — Non mi strangolerai di certo con le tue piccole mani.

Afferrò la corda e si mise a scendere. Vecchio marinaio, non si trovava certo imbarazzato a compiere quella manovra, tanto più che possedeva una muscolatura da sfidare l'acciaio.

In pochi istanti raggiunse la veranda inferiore. Disgraziatamente urtò coi piedi contro l'orlo della leggera tettoia che la copriva, facendo cadere un pezzo di grondaia.

Una sola imprecazione gli sfuggì suo malgrado. Quel pezzo di latta o di zinco che fosse, nel precipitare sulle pietre della piazza, produsse molto rumore. Sandokan puntò i piedi contro il riparo e si lasciò scivolare verticalmente, senza badare se si scorticava o no le mani.

Non distava dal suolo che pochi metri quando dalla varanga udì una voce a urlare:

— All'armi! la prigioniera fugge!

Poi rintronò un colpo di pistola.

La palla fortunatamente non aveva colpito né Sandokan, né Surama.

Uomini, servi e guardie, si erano precipitati sulla varanga urlando a squarciagola:

— Ferma! ferma!

Due, avendo trovata la fune stesa davanti alla galleria, vi si aggrapparono lasciandosi scorrere fino a terra, ma già Sandokan che reggeva sempre Surama, si trovava al sicuro fra i suoi fedeli malesi.

Tremal-Naik vedendo poi quei due venire avanti con dei tarwar in mano, armò rapidamente le due pistole che aveva nella fascia e scaricò uno dietro l'altro, senza troppa fretta, quattro colpi che li fece cadere l'uno sull'altro.

— Via! — gridò Sandokan dopo aver sciolto il piccolo sari che legava Surama, e aver presa questa fra le braccia. — Al palazzo!

La porta del bungalow del favorito, si era aperta e dieci o dodici uomini muniti d'armi da fuoco e da taglio e ancora semi-nudi, si erano scagliati dietro ai fuggiaschi, urlando senza posa:

— All'armi! all'armi!

Sandokan correva come un cervo, fiancheggiato da Tremal-Naik e da Kammamuri e protetto alle spalle dai malesi.

La caccia era cominciata furiosa, implacabile; ma quantunque gli indù godano generalmente la fama di essere corridori instancabili, avevano trovato nei loro avversari dei campioni degni dei loro garretti.

Di quando in quando qualche colpo di fuoco echeggiava, facendo accorrere alle finestre gli abitanti delle vicine case. Ora veniva sparato dagli inseguitori ed ora dai fuggiaschi, senza gravi perdite né da una parte né dall'altra non potendo, in quella corsa disordinata, prendere la mira.

Nondimeno una viva inquietudine cominciava a tormentare Sandokan. Quelle grida e quegli spari facevano accorrere ad ogni istante altre persone ed il drappello dei servi del greco s'ingrossava rapidamente.

Sarebbero riusciti a salvarsi nel palazzo senza essere stati scorti? lo stesso pensiero doveva essere sorto anche nel cervello di Tremal-Naik, poiché senza cessare di correre, chiese a Sandokan:

— Non rischiamo di rimanere assediati?

—Prima di voltare l'angolo dell'ultima via, faremo una scarica. È assolutamente necessario che non ci vedano entrare nel palazzo. Acceleriamo! cerchiamo di distanziarli.

Avevano percorso sette od otto vie, senza incontrare fortunatamente nessuna guardia notturna. Con uno sforzo supremo raggiunsero l'angolo del palazzo guadagnando un vantaggio di duecento e più passi.

—Fate fronte!—gridò Sandokan ai malesi.—Caricate! fuoco di bordata prima!

Le terribili tigri di Mompracem, per niente spaventate dal numero degli inseguitori, puntarono le carabine e le scaricarono contro i 50 uomini che stavano sopraggiungendo, poi estratte le scimitarre caricarono furiosamente con urla selvagge.

Vedendo cadere parecchi dei loro, gli indù volsero le spalle senza aspettare l'attacco impetuoso, irresistibile, dei malesi.

—Kammamuri, fai aprire la porta del palazzo prima che quei furfanti ritornino!

—È già aperta, signore!—gridò Bindar.

—A me, malesi!

I pirati che si erano slanciati dietro ai fuggiaschi ululando come bestie feroci, ripiegarono di corsa e si gettarono dentro l'ampio peristilio del palazzo di Surama, chiudendo e barricando precipitosamente la porta.

—Spero che nessuno ci abbia veduti—disse Sandokan deponendo a terra Surama e prendendo finalmente fiato.

—Grazie, Sandokan—disse la giovane.—A te e al sahib bianco devo ormai troppe volte la mia vita.

—Lascia queste cose e andiamo a vedere che cosa succede. Intanto fai armare tutta la tua gente.

Temo che vi sarà battaglia questa notte.

Salì la gradinata insieme con Tremal-Naik e con Kammamuri e si affacciò ad una finestra del secondo piano.

—Saccaroa!—esclamò.—Ci hanno trovati! qui corriamo il pericolo di venire presi! ah! per Maometto, preparerò loro un bel tiro, prima che giungano i soldati del rajah!

—Che cosa vuoi fare?—chiese Tremal-Naik.

—Surama!—gridò invece Sandokan.

La giovane assamese saliva in quel momento la scala.

—Che cosa desideri signore?—chiese avvicinandosi rapidamente.

—La tua casa è isolata mi pare.

—Sì.

—Che cosa c'è sul retro?

—Una piccola pagoda.

—Isolata anche quella?

—No, si appoggia ad un gruppo di palazzi e di bungalow.

—È larga la via che divide la tua casa dalla pagoda?

—Una decina di metri.

—Fai portare subito delle funi, tutte quelle che puoi trovare. Ci raggiungerai sul tetto. Bindar!

L'indiano che era sulla varanga vicina fu pronto ad accorrere.

—Eccomi, padrone—disse.

—Da' ordine ai miei malesi ed ai servi di bloccare gli assalitori per alcuni minuti. Che non facciano economia di polvere né di palle. Vai e comanda il fuoco. E ora, Tremal-Naik, vieni con me e con Kammamuri.

Salirono una seconda gradinata raggiungendo l'ultimo piano e trovato un abbaino, passarono sul tetto che era quasi piatto, non avendo che un colmo piuttosto basso e due lati leggermente inclinati.

—Non mi aspettavo tanta fortuna—mormorò Sandokan.—Andiamo a vedere quella via e quella pagoda.

Mentre avanzavano carponi, davanti al palazzo echeggiavano clamori assordanti. Gli assedianti dovevano essere cresciuti di numero a giudicare dal fracasso che facevano.

Il fuoco però non era ancora cominciato né da una parte né dall'altra. Bindar non aveva forse giudicato prudente cominciare per primo le ostilità, per non irritare maggiormente gli avversari.

Sandokan ed i suoi due compagni in pochi momenti attraversarono il tetto, raggiungendo il margine opposto.

Una via larga, nove o dieci metri, separava il palazzo da una vecchia pagoda di modeste proporzioni, la quale era sormontata da una specie di terrazzo, irto di antenne di ferro che sorreggevano dei piccoli elefanti dorati che funzionavano forse da mostravento.

—Siamo akka stessa altezza dell'altra casa—disse Sandokan.

—Che cosa vuoi tentare?—chiese Tremal-Naik.

—Di passare su quel terrazzo—rispose la Tigre della Malesia.

Il bengalese lo guardò con spavento.

—Chi potrà saltare attraverso questa via?

—Tutti.

—Ma come?

—Tu sai ancora adoperare il laccio? un vecchio thug non dimentica facilmente il suo mestiere.

—Non ti capisco.

—Non si tratta che di gettare una buona corda al di sopra d'una di quelle antenne e di formare poi un ponte volante con un paio di gomene.

—Ah! padrone, lascia fare a me allora—disse Kammamuri.—Sono stato un anno prigioniero dei thugs di Rajmangal e ho appreso a servirmi del laccio a meraviglia. Non sarà che un semplice gioco.

—E poi dove scapperemo?—chiese Tremal-Naik.

—Vi sono delle case dietro la pagoda che attraverseremo facilmente, passando sui tetti. In qualche luogo scenderemo.

—E non ci daranno la caccia?

—Io eleverò fra noi e gli assedianti una tale barriera da togliere loro ogni idea d'inseguirci.

—Tu sei un uomo meraviglioso, Sandokan.

—Non sono stato forse un pirata?—rispose la Tigre della Malesia.—Nella mia lunga carriera ne ho provate delle avventure e ne ho...

Una scarica di carabine gli smorzò la frase. I malesi ed i servi del palazzo avevano aperto il fuoco, per impedire agli assedianti di abbattere la porta e d'invadere le stanze del pianterreno.

—Se la resistenza dura dieci minuti noi siamo salvi—disse Sandokan.

Si volse udendo delle tegole a muoversi, Surama avanzava con precauzione andando carponi sul tetto, accompagnata da due servi e da un malese, che portavano corde di seta, strappate probabilmente dai tendaggi, e grosse corde di canapa tolte dalle varanghe.

—Chi è che ha aperto il fuoco?—chiese Sandokan aiutando la brava ragazza ad alzarsi.

—I tuoi uomini.

—Vi sono dei seikki fra gli assalitori?

—Una dozzina e avevano sin da subito attaccato la porta.

—Kammamuri scegliti la corda e bada che sia solida perchè tu dovrai passare su quella.

—Lascia fare a me, padrone—rispose il maharatto.

Si gettò sulle funi che erano state deposte davanti a lui e prese un cordone di seta, lungo una quindicina di metri e grosso come un dito, osservandolo attentamente in tutta la sua lunghezza.

—Ecco quello che fa per me—disse poi.—Può sorreggere anche due uomini.

Fece rapidamente un nodo scorsoio, si spinse verso il margine del tetto, lo fece volteggiare tre o quattro volte intorno alla propria testa come fanno i gauchos della pampa argentina e lo lanciò.

La corda ben aperta alla sua estremità, in causa di quel rapido movimento rotatorio, cadde su una delle aste di ferro e vi scivolò dentro.

—Ecco fatto—disse Kammamuri volgendosi verso Sandokan.—Tenete forte il cordone.

—Guarda prima se vi è gente nella via.

—Non mi pare, padrone. D'altronde l'oscurità è fitta e nessuno ci vedrà.

Sandokan e Tremal-Naik si gettarono sulle tegole afferrando strettamente il cordone, subito imitati dai due servi e dal malese.

—Coraggio amico—disse il pirata.

—Ne ho da vendere—rispose il maharatto sorridendo.—E poi non soffro di vertigini.

Si appese al cordone, incrociandovi sopra, per maggior precauzione, le gambe e avanzò audacemente al di sopra della via, senza nemmeno pensare che poteva da un istante all'altro cadere da un'altezza di diciotto o venti metri e sfracellarsi sul lastricato.

Sandokan e Tremal-Naik seguivano con viva emozione e non senza rabbrividire quella traversata, dal cui buon esito dipendeva la salvezza di tutti.

Vi fu un momento terribile, quando il coraggioso maharatto giunse a metà della distanza che divideva il palazzo dalla pagoda. Il cordone quantunque tirato a tutta forza dai cinque uomini, aveva descritto un arco accentuatissimo, crepitando sinistramente sotto il peso non indifferente di Kammamuri.

—Fermati un istante!—gridò precipitosamente Sandokan.

Il maharatto che doveva pure aver udito quel crepitìo che poteva annunciare una imminente rottura, ubbidì subito.

Fortunatamente la corda non aveva ceduto, né aveva dato alcun altro suono. A quanto pareva, i fili di seta si erano solamente allungati senza spezzarsi.

—Vuoi provare?—chiese finalmente Sandokan.

—Aspettavo proprio il tuo ordine—rispose Kammamuri con voce perfettamente calma.

—Vai, amico—disse Tremal-Naik.

Il maharatto riprese la sua marcia aerea, procedendo però con precauzione e giunse ben presto sul terrazzo della pagoda, mandando un gran sospiro di soddisfazione.

—Le funi, padrone!—gridò subito.

Sandokan aveva già scelto le più grosse e le più solide. Le annodò facilmente. Le due funi, annodate l'una sopra l'altra, all'altezza d'un metro e mezzo e assicurate a due aste di ferro, potevano permettere il passaggio senza correre troppi pericoli.

—Tremal-Naik—disse Sandokan;—occupati di far passare le persone. Surama hai paura?

—No, signore.

—Passa per prima.

—E tu?—chiese Tremal-Naik.

—Vado a coprire la ritirata e preparare la barriera che impedirà agli assedianti di darci la caccia.

Riattraversò il tetto e ridiscese negli appartamenti.

La battaglia fra gli indù, i malesi ed i servi del palazzo infuriava, facendo accorrere da tutte le vicine vie nuovi combattenti.

I malesi nascosti dietro i parapetti delle varanghe che avevano coperto con materassi, cuscini e pagliericci, sparavano furiosamente facendo indietreggiare, ad ogni scarica, gli assalitori e mandandone molti a terra morti o feriti.

La folla però, che era pure armata di ottime carabine e di pistole, rispondeva non meno vigorosamente e anche dalle case fronteggianti il palazzo di Surama si sparava contro la varanga, mettendo in serio pericolo i difensori.

Sandokan si era precipitato fra i suoi uomini, gridando:

— Riparate subito sul tetto! fra pochi minuti il palazzo sarà in fiamme! prima le donne ed i servi, ultimi voi per coprire la ritirata.

Ciò detto strappò una torcia che illuminava la varanga e diede fuoco alle stuoie di coccottiero, quindi si slanciò attraverso le splendide stanze che formavano l'appartamento riservato di Surama, incendiando i cortinaggi di seta delle finestre, le coperte dei letti, i tappeti, i leggeri mobili laccati.

— Ci diano la caccia ora — disse quando vide le fiamme avvampare e le stanze riempirsi di fumo. — Cinquantamila rupie non valgono un dito di Surama.

Ritornò sulla varanga inseguito dalle colonne di fumo per accertarsi che non vi fosse più nessuno.

Indiani e malesi, dopo aver dato un'ultima scarica, erano precipitosamente fuggiti; e le stuoie, le colonne di legno e persino il pavimento, avvampavano con rapidità prodigiosa lanciando intorno bagliori sinistri.

— Questo palazzo brucerà come un pezzo d'esca — mormorò Sandokan. — È tempo di metterci in salvo.

Raggiunse l'abbaino e balzò sul tetto. La ritirata era cominciata in buon ordine; uomini e donne attraversavano rapidamente il ponte volante reggendosi sulle due funi, mentre i malesi, curvi sui margini del tetto, consumavano le loro ultime munizioni e scagliavano nella via, sulle teste degli assedianti, ammassi di tegole.

Sul terrazzo della pagoda le persone si accumulavano, prendendo subito la via dei tetti, sotto la guida di Tremal-Naik, di Kammamuri e di Bindar.

Quando Sandokan vide finalmente il ponte volante libero, vi fece passare i malesi, poi troncò con un colpo di coltello le due funi che erano state legate attorno al comignolo d'un camino, onde gli assedianti, nel caso che la casa non bruciasse interamente, non potessero accorgersi da qual parte gli assediati fossero fuggiti.

— Ora un esercizio da buon marinaio — mormorò Sandokan.

Prima di eseguirlo lanciò intorno un rapido sguardo. Dagli abbaini uscivano nuvoli di fumo e getti di scintille e nella sottostante via si udivano i clamori feroci della folla.

— Entrate e dateci la caccia — mormorò il pirata con un sorriso ironico.

Afferrò una delle due funi, si spinse fino sull'orlo del tetto e senz'altro si slanciò andando a battere i piedi contro il cornicione della pagoda che sorreggeva il terrazzo.

Nessun altro uomo, che non avesse posseduta l'agilità e la forza straordinaria di Sandokan, avrebbe potuto tentare una simile volata senza fracassarsi per lo meno le gambe.

Il pirata però che doveva possedere una muscolatura d'acciaio, non provò che un po' di stordimento, prodotto dal violentissimo contraccolpo.

Stette un momento fermo per rimettersi un po', quindi cominciò a issarsi a forza di pugno finché raggiunse il terrazzo.

Sui tetti delle vicine case i servi e le donne fuggivano rapidamente, fiancheggiati dai malesi. Surama camminava alla testa, sorretta da Tremal-Naik e da Kammamuri.

Sandokan, pur camminando con una certa precauzione, in pochi istanti li raggiunse.

—Finalmente!—esclamò il bengalese,—stavo cominciando ad essere in apprensione non vedendoti comparire.

—Io ho l'abitudine di andare sempre fino in fondo—rispose la Tigre della Malesia.

—Ed il mio palazzo?—chiese Surama.

—Brucia allegramente.

—È un patrimonio che se ne va in fumo.

—E che la Tigre della Malesia pagherà—rispose Sandokan alzando le spalle.

—Ci inseguono?—chiese Tremal-Naik.

—Attraverso le fiamme? si provino a mettere i loro piedi entro quella fornace.

Io già non ti seguirei di certo.

—Ma dove finiremo noi?

—Aspetta che troviamo una via che c'impedisca di andare più avanti, amico Tremal-Naik. Ho già fatto il mio piano.

—E quando la Tigre della Malesia ne ha uno nel cervello, si può essere certi che riuscirà pienamente—aggiunse Kammamuri.

—Può darsi—rispose Sandokan.—Non fate troppo rumore e non guastate troppe tegole. In questo momento non potrei risarcire i danneggiati.

La ritirata si affrettava sempre in buon ordine, passando da un terrazzo all'altro. Gli uomini aiutavano sempre le donne a scavalcare i parapetti, che talvolta erano così alti da costringere i malesi a formare delle piramidi umane, per meglio favorire le scalate.

Verso il palazzo si udivano sempre urla e spari e si scorgevano le prime lingue di fuoco sfuggire attraverso gli abbaini.

Nelle case di fronte e di dietro, di quando in quando, partivano delle grida altissime:

—Al fuoco! al fuoco!

I fuggiaschi che temevano di essere sorpresi, si affrettavano. Se le fiamme s'alzavano, qualcuno poteva scorgerli e dare l'allarme, e questo, Sandokan assolutamente non lo desiderava.

—Presto! presto!—diceva.

Ad un tratto gli uomini che si trovavano all'avanguardia, ripiegarono verso il terrazzo che avevano appena allora superato.

—Che cosa c'è?—chiese Sandokan.

—Non si può più andare avanti—disse Bindar che guidava quel drappello. Abbiamo una via davanti ed è tanto larga che non la potremo sorpassare.

— Vedi nessun abbaino?

— Ce ne sono due sotto il terrazzo.

— Di che cosa ti lagni dunque amico, quando abbiamo delle scale per scendere nella via? fa sfondare quegli abbaini e andiamo a fare una visita agli abitanti di questa casa. Sarà troppo mattutina, ma la colpa non è nostra.

Capitolo 20

La Ritirata
Attraverso i Tetti

Come Bindar aveva detto, proprio sotto la parete che reggeva l'ultimo terrazzo, s'aprivano due finestre grandi abbastanza per lasciar passare un uomo, e riparate da semplici stuoie di coccottiero.

Sandokan che si era unito a Tremal-Naik, a Kammamuri e a Surama, dopo averle osservate un momento, trasse dalla fascia il kriss e con un colpo solo tagliò il tessuto e si sporse a guardare l'interno

— Nessuno? — chiese il bengalese.

— Sembra che le grida e le fucilate non abbiano ancora guastato il sonno agli abitanti di questa casa — rispose Sandokan. — Passatemi una torcia

— Eccola, sahib — rispose Bindar.

— Accendila, ragazzo.

— Fatto, padrone.

La Tigre della Malesia sfondò la stuoia strappandola completamente; prese la torcia, armò una pistola ed entrò in un bugigattolo ingombro solamente di vecchi mobili fuori uso.

— Che tutti mi seguano — comandò — e tenete pronte le armi.

Con una semplice spinta aprì una porta e trovata una scala, si mise a scendere tranquillo, come se fosse stato in casa sua. Molte porte s'aprivano a destra e a sinistra, però tutte erano chiuse e nessun rumore si udiva.

— Si direbbe che questa casa è deserta — mormorò Sandokan.

S'ingannava, poiché mentre stava per scendere il primo gradino d'uno scalone, due servi indiani, due sudra, gli si pararono davanti roteando minacciosamente nodosi randelli e gridando:

— Ferma!

— Sgombrate — rispose invece Sandokan puntando contro di loro la pistola. — Siamo in quaranta e tutti armati.

— Che cosa vuoi? — chiese il più vecchio. — Come sei entrato qui, senza il permesso del padrone?

— Noi desideriamo solamente andarcene, senza disturbare nessuno.

— Siete ladri?

— Nessuno dei miei uomini ha toccato le cose appartenenti al tuo padrone. Dài, tira fuori la chiave e apri il portone. Abbiamo fretta.

—Io non posso aprire senza l'ordine del padrone.

—Ah, occorre il suo ordine? la vedremo.

Si volse verso i malesi che l'avevano raggiunto e disse loro:

—Legate ed imbavagliate questi due servi.

Non aveva ancora terminato quell'ordine, che già i malesi si erano scagliati come tigri sui sudra disarmandoli ed imbavagliandoli.

—La chiave! se non volete che vi faccia gettare giù dalla scala—disse
Sandokan con voce imperiosa.—Vi ho detto che abbiamo fretta.

I due indiani spaventati non osarono più rifiutarsi e porsero la chiave.

Sandokan riprese la discesa seguito da tutto il drappello e aprì con
cautela il portone. Nessuno pareva che si fosse accorto di quell'invasione,
poiché nessun altro servo si era mostrato.

—Eccoci finalmente liberi—disse Sandokan.—Come hai veduto, mio
caro Tremal-Naik, la cosa non poteva essere più facile.

—Tu sei sempre l'uomo straordinario che la Malesia intera ha temuto
e ammirato.

—Venite tutti.

Non essendo ancora sorta l'alba, la via era deserta, sicchè poterono
allontanarsi indisturbati e raggiungere le viuzze d'un vicino sobborgo, che
terminava sulle rive del Brahmaputra.

In lontananza il cielo era tinto di rosso. Erano i riflessi dell'incendio
che divorava il palazzo di Surama.

Vedendoli, la giovane principessa non poté trattenere un lungo sospiro,
che non sfuggì a Sandokan che le camminava a fianco.

—Tu rimpiangi la tua casa, è vero amica?—disse il pirata.

—Non lo nego.

—Fra non molto ne avrai una più bella: il palazzo del rajah.

—Tu dunque speri sempre, signore?

—Non avrei lasciato la Malesia—rispose Sandokan,—se non fossi
stato certo di condurre a buon fine l'impresa.

Fra me, Yanez e Tremal-Naik, rovesceremo quell'ubriacone sanguinario,
che regna sull'Assam e gli strapperemo la corona che egli ha conquistata
con un semplice colpo di carabina.

Egli ha mandato te a fare la bajadera e noi manderemo lui a fare... il
bramino od il gurus.

Intanto erano giunti sotto i folti tamarindi che ombreggiavano la riva
del fiume. Sandokan si era fermato rivolgendosi verso i servi e le donne,
che si erano raggruppati dietro di lui.

—È tempo che lasciate la vostra padrona—disse loro.—Riceverete
ognuno cinquanta rupie di regalo, che vi consegnerà domani mattina
Bindar nel bungalow di passaggio.

Appena avremo bisogno di voi riprenderete il vostro servizio.

—Grazie, sahib—risposero i sudra commossi da tanta generosità.

—Disperdetevi e non dimenticatevi dell'appuntamento.

Le donne baciarono le mani di Surama, gli uomini l'orlo della veste, poi si allontanarono rapidamente prendendo varie direzioni.

—Ora a noi, Bindar—riprese Sandokan,—posso contare sulla tua assoluta fedeltà?

—Mio padre è morto difendendo quello della principessa ed io, che sono suo figlio, sarei ben lieto di fare altrettanto—rispose con nobiltà l'assamese.—Comanda, sahib.

—Andrai, innanzi tutto, a presentare questa tratta di cinquantamila rupie al banco anglo-assamese e pagherai i servi.

—Bene sahib: ti riporterò la rimanenza non più tardi di domani sera.

—Non c'è premura—disse Sandokan.—Hai altro da fare qui, prima di raggiungermi nella jungla di Benar.

—Comanda, sahib.

—Vai al palazzo reale e cerca di vedere Yanez o qualcuno dei suoi uomini.

—Che cosa devo dire al sahib bianco?

—Narrargli tutto ciò che è avvenuto e dirgli dove noi ci troviamo. Se ti darà una lettera noleggerai una barca e mi raggiungerai nella jungla.

—Non mi lascerò sorprendere, signore—rispose Bindar.

L'assamese baciò l'orlo della veste di Surama, poi si allontanò velocemente scomparendo sotto gli alberi.

—Alla bangle ora—disse Sandokan.—Speriamo di trovarla ancora nel medesimo posto dove l'abbiamo lasciata.

—E facciamo presto—aggiunse Tremal-Naik.—Noi non saremo interamente sicuri finché non ci troveremo nella pagoda di Benar.

—Se lo saremo anche là.

—Dubiti?

—Eh! chi lo sa? il greco non mancherà di spie, mio caro Tremal-Naik, e tu sai meglio di me quanto sono astuti e intelligenti i tuoi compatrioti.

—Questo è vero—rispose il bengalese.

—E faremo perciò bene a guardarci alle spalle. Alla bangle amici, e andiamocene prima che il sole sorga.

Si cacciarono in mezzo agli alberi seguendo la riva che era popolata solamente di marabù, ritti e fermi sulle loro zampe, in attesa che la luce avanzasse per recarsi a pulire le vie della città, essendo quegli ingordi volatili i soli spazzini dei quartieri indù: divorano instancabili ossa, vegetali marci e avanzi di qualunque genere che i cani più affamati sdegnerebbero.

Le stelle cominciavano ad impallidire quando il drappello giunse nel luogo dove era stata lasciata la bangle.

—Niente di nuovo?—chiese Sandokan ai due malesi che erano rimasti a guardia della barca.

—Sì: siamo spiati, Tigre della Malesia—rispose uno dei due.

—Che cos'hai notato?

—Alcuni uomini sono venuti a ronzare presso la bangle.

—Molti?

—Cinque o sei.

—Soldati del rajah?

—No, non erano guerrieri quelli.

—Sono ritornati?

—Due ore fa li abbiamo riveduti—rispose il malese.

Sandokan guardò Tremal-Naik.

—Che cosa ne dici?—gli chiese.

—Che la nostra presenza è stata notata e che il rajah o il greco tenteranno qualche colpo contro di noi—rispose il bengalese.

—Che vengano ad assalirci nella jungla?

—Ho proprio questo dubbio.

—Bah! abbiamo laggiù forze sufficienti per opporre una terribile resistenza. Se vogliono seguirci lo facciano pure.

Salirono sulla bangle; i malesi presero i remi e si spinsero al largo risalendo la corrente del Brahmaputra.

Sandokan, come era sua abitudine, si era collocato a prora con Tremal-Naik e Surama. Gli occhi vigili del pirata sorvegliavano attentamente la riva. E con ragione, infatti la bangle non aveva ancora percorso duecento metri, quando da una piccola insenatura, nascosta da giganteschi tamarindi, vide avanzare sul fiume una di quelle leggere barche, che gli indiani chiamano mur-punky e che somigliano nelle forme alle baleniere, ma con la prora alta e adorna d'una grossa testa di pavone.

—Ah! furfanti!—mormorò.—Mi aspettavo questo inseguimento.

—E ci lasceremo dare la caccia da quegli uomini?—chiese Surama.

—Non siamo ancora giunti nella jungla di Benar—rispose Sandokan.—Aspettiamo prima d'imboccare il canale che conduce nello stagno dei coccodrilli. Magari offriremo a quelle bestie una cena appetitosa.

—Quegli uomini possono diventare un giorno miei sudditi.

—Ne avrai sempre abbastanza—rispose freddamente Sandokan.—Se io avessi risparmiato tutti i miei nemici, non sarei diventato la Tigre della Malesia, né avrei potuto rimanere per tanti anni nella mia Mompracem. D'altronde io non potrei tenere troppi prigionieri: ne ho già tre nella jungla, uno dei quali potrebbe darmi dei gravi fastidi.

—Chi è?

—Il fakiro che ti ha rapita, mia cara Surama. Se quello riuscisse a scapparmi, a noi non resterebbe altro che rifugiarci al più presto nel Borneo, e allora la tua corona sarebbe perduta. Ah! ci corrono dietro! la vedremo, signori miei: abbiamo palle e polvere ancora.

Il mur-punky che era montato da otto rematori e da un timoniere, filava rapidissimo tenendosi sulla scia della bangle. Che quegli uomini fossero semplici rematori, vi era da dubitare, poiché Sandokan aveva visto le canne di parecchi fucili, ma ancora non si poteva essere sicuri sulle loro intenzioni: se stessero cacciando uccelli o proprio loro.

Ad un tratto però la leggera baleniera si gettò fuori dalla scia, piegando a destra e con uno sforzo di remi sorpassò la bangle, che in causa della sua pesante costruzione e dei suoi larghi fianchi, non poteva vincerla in velocità, e con non poca sorpresa di Sandokan e di Tremal-Naik, si diresse verso la riva sinistra, dove si scorgeva vagamente, sotto le immense fronde di tamarindi costeggianti il fiume, una massa nera.

—Che cosa significa questa manovra?—si chiese il pirata.

—Che ci siamo ingannati?—disse Tremal-Naik.

—Adagio, amico—rispose Sandokan.—Cerchiamo di capire che cos'è che si nasconde sotto le piante.

—Da' ordine al timoniere di accostare alla riva. Voglio vederci chiaro in questa faccenda.

—Toh! guarda, Tremal-Naik. Il mur-punky l'ha abbordata.

—Che sia qualche bangle? in tale caso non dovremmo spaventarci.

Quegli uomini del mur-punky possono essere marinai che tornano a bordo del loro legno.

—Uhm!—fece Sandokan.—Non sono affatto rassicurato. Ehi, Kammamuri, poggia ancora!

La bangle deviò verso la riva sinistra mentre i malesi rallentavano la battuta e passò davanti alla massa oscura a trenta o quaranta metri di distanza.

Un doppio grido di stupore sfuggì dalle labbra del pirata e del bengalese.

—Il poluar!

Si guardarono l'un l'altro interrogandosi con gli occhi.

—Sarà quello che ci ha seguiti quando scendevamo il fiume?—chiese Tremal-Naik.

—Quando io ho veduto una volta una nave non la scordo più—rispose Sandokan,—Sono loro.

—E che si prepara a seguirci ancora—aggiunse Kammamuri, che aveva ceduto il timone ad un malese.—Stanno spiegando le vele.

—Non possiamo permettere che scoprano il nostro rifugio—disse Sandokan che era diventato pensieroso.

—Vorresti assalirlo?—chiese Surama,—sono più numerosi di noi.

—Ho un'idea—disse Sandokan, dopo essere rimasto alcuni istanti silenzioso.—Tu, Kammamuri, saresti capace di fabbricarmi una bomba? basterà una scatola di latta, una di quelle che contengono le conserve. Ne dobbiamo avere qui.

—Ho fatto imbarcare una dozzina di scatole di biscotti, prima di lasciare la jungla, quante ne faccio svuotare?

—Ne basterà una: con un chilo di polvere si può produrre un bel danno.

Lega la scatola con del filo di ferro e mettici una buona miccia, che non sia più lunga di cinque centimetri.

—E con quale cannone la lancerai a bordo del poluar?—chiese Tremal-Naik.

—Andrò io a regalarla a quei signori—rispose Sandokan.—Saremo costretti ad aspettare la notte poiché il sole già si alza; ma noi non abbiamo fretta.

— Non riesco a comprendere il tuo progetto.

— Lo capirai quando mi vedrai all'opera. Va' a riposarti, Surama, tu devi essere molto stanca.

Ti sveglieremo all'ora della colazione e tu Kammamuri occupati della bomba e metti fra la polvere più palle di carabina che puoi. Vedremo poi come se la caverà quel poluar.

Accese la pipa e si portò a poppa della nave per sorvegliare le mosse di quei misteriosi naviganti.

Il piccolo naviglio, levate le ancore e sciolte le sue due vele quadrate, aveva lasciato la riva ed avendo il vento favorevole, si era messo dietro alla bangle tenendosi ad una distanza di tre o quattrocento metri. Dietro la poppa rimorchiava il mur-punky.

Se avesse voluto avrebbe potuto superare facilmente la pesante barca di Sandokan, essendo quei piccoli bastimenti velocissimi, anche con vento scarso; infatti di quando in quando abbassavano ora l'una ora l'altra vela in modo da rallentare la marcia.

Essendo il sole ormai alto sopra le immense foreste del levante, Sandokan e Tremal-Naik potevano distinguere facilmente le persone che montavano quel poluar.

Non erano che dieci o dodici e parevano battellieri, non avendo per vestito che un semplice dootée annodato intorno ai fianchi per esser più lesti a montare sull'alberatura, ma forse altri si tenevano nascosti nella stiva.

Una cosa aveva subito colpito il pirata ed il bengalese: era un enorme tamburo, uno di quelli che gli indiani chiamano hauk, tutto adorno di pitture e di dorature e sormontato da mazzi di penne variopinte e che si trovava collocato fra i due alberi, quasi in mezzo alla coperta.

— Quello non è uno strumento da guerra — disse Sandokan, a cui nulla sfuggiva, — né fino ad oggi ho visto quei tamburoni sui velieri indiani.

— E nemmeno io — rispose Tremal-Naik. — Lo hanno collocato là per qualche motivo e che io forse indovino.

— Vuoi dire?

— Che quegli strumenti quando sono vigorosamente percossi si possono udire a distanze incredibili.

— Sicchè a che servirebbe?

— Per trasmettere dei segnali.

— Giusto — disse Sandokan. — Si prepara qualche cosa contro di noi e questo è qualcosa più di un sospetto.

— Bah! aspettiamo questa sera e quando andrà a tenere allegra compagnia ai pesci del Brahmaputra.

La bangle intanto continuava la sua marcia, senza troppo affrettarsi, non volendo Sandokan allontanarsi di troppo dal canale che conduceva alla laguna, seguita ostinatamente dal poluar.

Il fiume che si svolgeva superbo, scendendo dolcemente, invece di restringersi tendeva ad allargarsi, scorrendo fra due magnifiche rive coperte di palas, di palmizi tara, di mangifere splendide e di nim dal tronco enorme e dal fogliame cupo e foltissimo.

Di quando in quando compariva qualche risaia, chiusa tra arginetti alti alcuni piedi, destinati a trattenere le acque, tutta coperta da lunghi steli d'un bel verde e che producono dei chicchi enormi; ma ben presto la foresta riprendeva il suo impero svolgendosi fra un caos di liane che formavano dei pergolati bellissimi.

Numerose bande di semnopiteci, svelte e leggere scimmie che gli indiani chiamano langur, alte un metro e mezzo, ma così magre da non pesare oltre dieci chilogrammi, si mostravano sugli alberi e con fischi acuti scagliavano contro l'imbarcazione frutta e ramoscelli, essendo insolentissime.

Sulle rive invece, fra i canneti, svolazzavano gruppi di bellissime anatre bramine, di cicogne, di bozzagri e di marabù e sonnecchiavano indolentemente, scaldandosi al sole, grossi coccodrilli dai dorsi rugosi.

A mezzogiorno, Sandokan fece dirigere la bangle verso la riva sinistra e affondare l'ancora, onde permettere ai suoi uomini di far colazione.

Il poluar continuò la sua marcia per altri tre o quattrocento metri forse per non destare dei sospetti, ma poi poggiò verso la riva destra gettando le sue ancore in un minuscolo seno del fiume.

Dal fumo che sfuggiva dal casotto di poppa, Sandokan s'accorse subito che anche quell'equipaggio si preparava il pasto del mezzodì.

—Ancora dubbi sulle loro intenzioni?—chiese a Tremal-Naik.

—No—rispose il bengalese che appariva preoccupato.—Se non troviamo il mezzo di sbarazzarci di quel legno, non ci lasceranno più.

Quegli uomini devono aver ricevuto l'ordine di spiarci.

—Aspettiamo questa notte.

Fecero chiamare Surama e pranzarono sulla tolda, dopo aver avuto la precauzione di far stendere una vela sopra le loro teste onde preservarsi da qualche colpo di sole.

Non fu che verso le quattro del pomeriggio che Sandokan fece dare il segnale della partenza.

La bangle si era appena mossa che anche il poluar spiegava una delle sue due vele, prendendo la medesima via.

—Ah, non volete lasciarci?—sbottò il pirata.—La bomba è pronta e vediamo se riuscirò a farvi cambiare idea.

Le due barche continuarono a navigare di conserva, l'una a remi e l'altra a vela, mantenendo una distanza dai trecento ai cinquecento metri.

La regione era diventata deserta.

Non si scorgevano più né risaie, né capanne e nemmeno barche.

La jungla, regno delle tigri e delle pantere, non doveva essere lontana.

Infatti verso il tramonto, la bangle che aveva fatto molta strada, benché lentamente, passava davanti al canale che conduceva nella palude; ma

Sandokan vedendosi sempre alle costole il poluar, si guardò bene dal dare il comando di entrarci.

Lasciò che la barca risalisse il fiume per un paio di miglia ancora, poi, quando le tenebre scesero, fece gettare di nuovo le ancore presso la riva sinistra.

Il poluar, come aveva fatto al mezzodì, proseguì la sua marcia per alcune centinaia di metri e si ancorò non già sulla riva opposta, bensì in mezzo al fiume, per sorvegliare più strettamente la piccola barca.

— Cenate pure — disse Sandokan a Tremal-Naik ed a Surama.

— E tu? — chiese il bengalese.

— Mangerò dopo il bagno.

— Che cosa vuoi fare?

— Non te l'ho detto? voglio sbarazzarmi di quegli spioni.

— E come?

— Il tuo bravo Kammamuri mi ha preparato una bomba che li convincerà a fermarsi. Quando tu, Surama, diventerai la regina dell'Assam lo nominerai generale dei granatieri.

— Io farò tutto quello che desidereranno i miei protettori — rispose la giovane con un amabile sorriso.

— Pensiamo ora al nostro affare — disse Sandokan. — La notte è scura e nessuno mi vedrà attraversare il fiume.

— Tu vuoi farti divorare! — esclamò Tremal-Naik spaventato.

— Da chi?

— Vi sono coccodrilli e anche squali d'acqua dolce nelle acque del Brahmaputra.

Sandokan alzò le spalle, poi levandosi dalla fascia il kriss malese disse con noncuranza:

— E quest'arma a che cosa servirebbe? — chiese. — Quando il vecchio pirata di Mompracem ce l'ha in pugno, se ne ride degli uni e anche degli altri. La mia carne non fa per loro, tranquillizzati.

— Lascia che t'accompagni.

— No, amico. In queste faccende non può agire che un solo uomo.

— Non mi hai spiegato ancora il tuo progetto.

— È semplicissimo. Vado ad appendere la mia bomba ai cardini del timone del poluar, accendo la miccia e ritorno tranquillamente a bordo della mia bangle. Vedrai che guasto farà quel chilogrammo di polvere! Kammamuri, sono pronto.

Il maharatto accorse portando con una certa precauzione la famosa bomba, la quale non consisteva che in una scatola di latta, bene cerchiata con filo di rame tolto dai bordi della bangle, con una miccia lunga otto o dieci centimetri ed un gancio, ad una delle due estremità, formato pure di filo di rame, per poterla appendere ai cardini del timone.

Sandokan la esaminò attentamente, fece col capo un gesto di soddisfazione, poi entrato nel casotto di poppa, si spogliò rapidamente stringendosi ai fianchi un dootée e passandovi dentro il kriss.

—Ora tu, mio bravo Kammamuri, mi legherai sulla testa la bomba e vi unirai l'acciarino e l'esca.

Assicura bene l'una e gli altri, onde non costringermi a rifare il viaggio.

Kammamuri non si fece ripetere due volte l'ordine.

—Fa' calare una fune ora—riprese Sandokan.

—Bada ai coccodrilli, signore—disse Surama che sembrava impaurita.—Tu rischi la tua preziosa vita per me.

—E per gli altri—rispose il fiero pirata.—Stai tranquilla, mia bella fanciulla. La carne delle vecchie tigri di Mompracem è troppo coriacea.

Stese la mano alla giovane ed a Tremal-Naik, raccomandò il più assoluto silenzio, poi si lasciò scivolare lungo la fune, immergendosi, dolcemente, nella corrente dal fiume.

Surama, Tremal-Naik e tutto l'equipaggio, avevano seguito ansiosamente con lo sguardo il formidabile pirata chiedendosi, non senza sgomento, come sarebbe finito quell'audace tentativo, ma dopo pochi istanti lo perdettero di vista essendo l'acqua scurissima ed il cielo coperto di vapori.

Sandokan si era messo a nuotare silenziosamente, tagliando la corrente, che era d'altronde debolissima, senza far rumore. Con frequenti colpi di tallone si teneva ben alto, temendo che qualche spruzzo bagnasse l'esca o la miccia.

Il poluar si trovava a soli quattrocento metri: una distanza irrisoria per un uomo dell'arcipelago della Sonda. Nessun nuotatore può competere con un malese o un bornese della costa. Si può dire che quegli audaci pirati nascono nel mare e che vi muoiono dentro.

Sandokan, di passo in passo che s'accostava al piccolo veliero indiano, diventava più prudente. Non era il timore d'incontrare qualche coccodrillo o qualche squalo d'acqua dolce, bensì il timore che degli uomini vegliassero a bordo e che potessero scorgerlo.

Di quando in quando si fermava per ascoltare, poi rassicurato dal profondo silenzio che regnava sul fiume e sul veliero, riprendeva la sua marcia silenziosa, muovendo le braccia e le gambe con prudenza.

A cinquanta passi dal poluar subì un urto. Credette per un istante che qualche sauriano cercasse di assalirlo; trovò invece sotto mano un corpo molle, che lo appestò col suo puzzo nauseante di carogna imputridita.

—Un cadavere—mormorò, sospirando.

S'allungò ed evitò il morto e con cinque o sei bracciate giunse sotto la poppa del veliero.

Quantunque avesse avuta la precauzione di non levare le mani dall'acqua, gli uomini che vegliavano sul poluar, s'accorsero di qualcosa, poiché udì distintamente una voce che diceva:

—Maot, mi pare che qualcuno abbia toccato il bordo della nave. Tu hai sentito nulla?

—Solo il timone a cigolare sui cardini—rispose un'altra voce.—Bah! qualche coccodrillo lo avrà urtato.

—Sarà meglio accertarsene, Maot. Mi hanno detto i seikki che quelli che montano la bangle non sono indiani, sarà meglio stare all'erta.

—Guarda dunque.

Sandokan si era prontamente cacciato sotto la poppa, aggrappandosi al timone.

Trascorse un mezzo minuto poi la medesima voce di prima riprese:

—Non si vede nulla con questa oscurità, Maot.

Ti ripeto che sarà stato un coccodrillo. Quelle brutte bestie non mancano su questo fiume.

Dammi un po' di betel e riprendiamo la nostra guardia a prora. Dal castello osserveremo meglio.

Sandokan, che ascoltava attentamente, udì uno stropiccìo di piedi nudi allontanarsi.

—Stupidi!—mormorò.—Al vostro posto non mi sarei accontentato di chiacchierare come pappagalli. Ah! sapete che noi non siamo indiani? ecco una ragione di più per farvi saltare in aria.

Attese ancora qualche minuto, poi rassicurato dal profondo silenzio, che regnava sul poluar, levò con una mano la scatola, si mise fra le labbra l'acciarino e l'esca, badando bene di non bagnare quest'ultima e appese la bomba al secondo cardine.

Ciò fatto strinse le gambe contro il timone e con grande precauzione, diede fuoco all'esca accostandola alla miccia.

Il rumore però, per quanto lievissimo, prodotto dalla selce battuta contro l'acciarino, fu certamente udito dai due battellieri di guardia, poiché Sandokan s'accorse che s'avvicinavano.

Si lasciò andare a picco nuotando sott'acqua con estrema velocità, onde non saltare insieme con la nave.

Emerse a cinquanta metri e fissò subito gli occhi sul poluar.

Piccole scintille cadevano sotto la poppa. Era la miccia che ardeva.

—Eccovi serviti—mormorò, tornando a tuffarsi e percorrendo sempre sott'acqua altri cinquanta o sessanta metri.

Quando tornò a galla, urla acutissime partivano dal poluar:

—Al fuoco! al fuoco!

Quasi nello stesso momento un lampo squarciò le tenebre, seguìto da una detonazione che parve un colpo di cannone.

La poppa del piccolo veliero era stata squarciata dalla bomba, e per l'enorme falla l'acqua entrava a torrenti. Il timone era fuori uso.

A quel rimbombo, che si propagò lungamente sotto le interminabili volte di verzura che si estendevano sulle due rive, tenne dietro un breve silenzio, poi le grida dell'equipaggio tornarono a farsi udire:

—Il poluar affonda! si salvi chi può!

Sandokan con poche bracciate raggiunse la bangle e afferrata la fune, che non era stata ritirata, si issò sul ponte.

Surama e Tremal-Naik erano accorsi.

—Ah! Tigre della Malesia!—esclamò la prima.—Io ormai non dubito più di diventare una regina, quando l'uomo che mi protegge possiede una tale audacia.

—Tu sei un demonio—aggiunse il bengalese.

—Lascia che me lo dicano quei poveri diavoli che affondano—rispose Sandokan, scuotendosi di dosso l'acqua.

Il poluar s'inabissava rapidamente, inclinandosi verso la poppa. Numerosi uomini saltavano in acqua, mentre altri si salvavano sull'alberatura mandando grida di terrore, con la speranza che il fiume non fosse in quel luogo così profondo da inghiottire tutta la nave.

—Lasciamoli urlare e raggiungiamo il canale—disse Sandokan freddamente.—Se la cavino da loro. Ai remi, amici.

I malesi che avevano assistito impassibili a quel disastro, per loro già non nuovo, afferrarono le lunghe pagaie e la bangle ridiscese velocemente il fiume, aiutata dalla corrente, che si faceva sentire piuttosto forte lungo la riva sinistra.

Per alcuni minuti i fuggiaschi udirono ancora le urla disperate dei disgraziati che venivano tratti a fondo insieme col naviglio, poi il grande silenzio tornò ad imperare sul Brahmaputra.

Sandokan che si era affrettato ad indossare le sue vesti, aveva raggiunto Surama e Tremal-Naik, che dall'alto della poppa cercavano ancora di discernere il poluar.

—Non mi ero ingannato—disse loro.—Ho avuto la prova che quei battellieri avevano avuto l'incarico di sorvegliarci e forse anche di catturarci. A bordo vi erano dei seikki del rajah.

—E come l'hai appreso?—chiese il bengalese stupefatto.

—Da un discorso fatto da due di quegli uomini, nel momento in cui stavo appendendo la scatola al timone. È un vero miracolo se non mi abbiano scoperto.

—Sanno dunque chi siamo noi?—chiese Surama.

—Non credo—rispose Sandokan—ma qualche cosa è trapelato di certo dei nostri progetti. Tu devi aver parlato, Surama.

—È possibile, se mi hanno dato da bere qualche narcotico.

—E ciò m'inquieta per Yanez.

—Non spaventarmi signore!—esclamò la bella assamese.—Tu sai quanto io ami il sahib bianco.

—Tu finché Yanez non ci manda qualche messo, non devi preoccuparti. Aspettiamo che torni Bindar.

—Tu però sospetti che possa correre qualche pericolo.

—Per il momento no, e poi mio fratellino è un uomo da cavarsela anche senza il mio aiuto. Come ha giocato James Brooke, il rajah di Sarawak, saprà raggirare anche il rajah dell'Assam. Presto avremo sue nuove.

La bangle che scendeva il fiume con grande rapidità, era già giunta davanti al canale che conduceva alla palude.

Kammamuri che aveva ripreso il suo posto al timone, guidò la barca entro il passaggio, dopo essersi prima ben assicurato che nessun'altra nave spiava la bangle.

Venti minuti dopo affondavano le ancore in mezzo al vasto stagno.

Essendo la jungla pericolosissima di notte, Sandokan mandò a dormire i suoi uomini, che cadevano per la fatica, vi mandò poi Surama, e lui si stese sul ponte, su una semplice stuoia accanto a Tremal-Naik, dopo essersi messa a fianco la sua fida carabina.

L'indomani, dopo aver assicurato bene la bangle che per loro era vitale e averla nascosta sotto un enorme ammasso di canne e di rami, Sandokan ed i suoi compagni attraversarono felicemente la jungla e giunsero alla pagoda di Benar.

I malesi ed i dayaki si trovavano riuniti, sorvegliando attentamente il fakiro, il demjadar dei seikki e il ministro del rajah.

Durante l'assenza della Tigre della Malesia, nessun avvenimento aveva turbato la calma che regnava in quella parte della jungla.

Solo qualche tigre e qualche pantera avevano fatto la loro comparsa, senza però osar di assalire l'accampamento, troppo formidabile anche per quei feroci animali.

Sandokan fece allestire alla meglio, in una delle stanze dei gurus, un modesto alloggio per Surama, poiché la vasta sala della pagoda, in parte diroccata, non si presentava molta solida, ed attese pazientemente il ritorno di Bindar.

Fu la sera del settimo giorno che il fedele assamese finalmente comparve. Aveva risalito il fiume su un piccolo gonga, ossia su un battello scavato nel tronco d'un albero, e aveva attraversato la jungla prima che le belve, che l'abitavano si fossero messe in cerca di preda. Egli recava una terribile notizia.

—Sahib—disse appena fu condotto davanti a Sandokan che stava fumando sotto un tamarindo, godendosi un po' di fresco insieme con Tremal-Naik—una catastrofe ci ha colpiti.

Sandokan ed il bengalese balzarono in piedi in preda ad una vivissima agitazione.

—Che cosa vuoi dire?—gridò il primo.

—Il sahib bianco è stato arrestato ed i suoi malesi sono stati decapitati.

Un vero ruggito uscì dalle labbra del pirata.

—Lui... preso!

—E tu stai per essere assalito. La jungla domani sarà circondata.

Capitolo 21

Una Caccia Emozionante

Mentre Sandokan lavorava tenacemente e con buona fortuna a liberare Surama, Yanez si riposava, almeno apparentemente, alla corte del rajah, passando il suo tempo a bere, a mangiare, a fumare più sigarette che poteva e ad ammirare le bellissime bajadere, che ogni sera intrecciavano danze nel vasto cortile del palazzo al suono di tamburi d'ogni genere e di lottatori, avendone sempre un buon numero i principi indiani.

Non perdeva però di vista il greco e non mancava d'informarsi minutamente, ogni mattina, della guarigione del suo avversario, ben sapendo che il maggior pericolo stava celato nel cervello di quell'avventuriero.

Una cosa però l'aveva subito crucciato, una certa freddezza che aveva notato nel rajah. Dopo quella famosa rappresentazione teatrale ed il suo duello, il principe non si era più occupato di lui, né più lo aveva fatto chiamare, come se in tutto il regno gli animali feroci fossero scomparsi.

Ciò annoiava non poco quell'uomo d'azione che era tutt'altro che amante della neghittosità e dell'indolenza indiana.

—Per Giove!—esclamava ogni mattina, rotolando giù dal suo splendido letto dorato e scolpito.—Che cacciatore sono dunque? possibile che gli animali feroci non mangino più indiani in Assam? eppure le tigri non devono mancare in questo paese che ha così tante foreste e così tante jungle.

Erano tre giorni che oziava non sapendo più come impiegare il suo tempo, quando la mattina del quarto, un ufficiale del rajah, si presentò dicendogli:

—Milord, il rajah ha bisogno del suo grande cacciatore.

—Finalmente!—esclamò il portoghese che si trovava ancora a letto.—Il principe si è dunque ricordato di avere al suo servizio un distruttore di belve feroci? cominciavo ad annoiarmi. Di che cosa si tratta?

—Gli abitanti d'un villaggio, che si trova presso le rive del fiume, si lamentano perché un rinoceronte distrugge ogni notte i loro raccolti.

—Mi rincresce per quei disgraziati coltivatori, ma saranno vendicati. Dove scorrazza quel bestione?

—A venti miglia da qui.

—Dirai al rajah che io lo ucciderò e che gli porterò il corno. Fai preparare cavalli ed elefanti.

—Tutto è pronto, milord.

—Ed anche la mia carabina è pronta—rispose Yanez.—Ed il favorito come sta?

—Ieri sera si è alzato qualche ora.

—Per Giove! quell'uomo ha la pelle più spessa di quella del rinoceronte che andrò a uccidere—mormorò il portoghese.—Se un'altra volta mi capita fra i piedi lo passerò da parte a parte.

Saltò giù dal letto, chiamò il suo maggiordomo per dargli alcuni ordini, poi si vestì rapidamente.

—Chissà che uscendo dal palazzo non possa avere qualche notizia di Surama e di Sandokan—disse quando fu solo.—E chissà che il rajah, dopo una tale caccia, si ricordi più sovente di me. Il greco lavora sott'acqua ed io farò altrettanto, amico. La popolarità avanza e quando sarà ben assicurata avrò buon gioco su te e sul principe, tuo protettore. Non è che questione di pazienza, come dice sempre Sandokan.

Prese la sua carabina, la stessa che aveva già abbattuto la terribile tigre nera, chiamò i malesi fra i quali si trovava Kubang, che si era ben guardato di narrargli del rapimento di Surama, e scese nel gran cortile, dove si trovavano pronti dodici cavalli, due elefanti, molti cani e una ventina di seikki, che dovevano aiutarlo nella pericolosissima caccia.

Fu nondimeno un po' sorpreso nel trovare invece d'un maggiordomo o d'un conduttore di scikary, un alto ufficiale del rajah, il quale gli disse senza preamboli:

—Milord, la direzione della caccia spetterà esclusivamente a me.

—Oh!—fece Yanez incrociando le braccia.—Ed a me che cosa spetta?

—Di uccidere il rinoceronte.

—E se lo uccideste voi invece?

—Io non sono un gran cacciatore—rispose seccamente l'alto ufficiale.—Mi hai capito milord? io solo ho la direzione.

—Spero che mi porterai davanti il bestione, però.

—Lascia fare ai seikki, milord.

Yanez salì su uno dei due elefanti, molto di cattivo umore ed anche un po' pensieroso.

—Non ci vedo chiaro in questa faccenda—mormorò.—Il greco deve aver tentato qualche colpo. Come mai il rajah ha cambiato così presto d'umore verso di me? c'è sotto qualche cosa che mi sfugge. Stiamo in guardia. In una caccia è facile sbagliare un animale e uccidere invece un cacciatore. Avvertirò i miei malesi d'aprire per bene gli occhi e di non perdere di vista un solo istante i seikki. Il pericolo sta là.

Si sdraiò sui cuscini della cassa, accese la sigaretta e affettando una calma completa che realmente non sentiva, fece segno al cornac di muovere l'elefante, il quale già cominciava a dar segni d'impazienza.

La carovana attraversò la città sfilando fra due ali di popolo, che osservava con curiosità, non esente da una certa simpatia, il famoso cacciatore;

poi rimontò la riva destra del fiume avviandosi ai grandi boschi che si estendevano verso ponente.

L'ufficiale del rajah che montava il secondo elefante, si era messo alla testa della truppa, fiancheggiato da seikki che montavano bellissimi cavalli, di forme perfette, d'origine certamente araba o per lo meno persiana. Pareva che si fosse perfino scordato della presenza del grande cacciatore di corte a cui spettava il poco invidiabile onore di abbattere il terribile rinoceronte.

Per cinque ore la carovana continuò a costeggiare la riva del fiume, oltrepassando di quando in quando dei meschini raggruppamenti di capanne, formate di rami intrecciati, mescolati a fango rossastro o grigiastro; poi l'ufficiale comandò di accamparsi nei dintorni d'un villaggio piuttosto grosso, che sorgeva in mezzo a vastissime piantagioni d'indaco.

—È questo il luogo che il rinoceronte frequenta?—chiese Yanez al cornac che stava a cavalcioni dell'elefante.

—Sì, signore—rispose l'indiano.—Quel brutto animale ha già distrutto tanto indaco, che seicento rupie non basterebbero a ricompensare questi poveri contadini. Oh, ma tu lo ucciderai signore, è vero?

—Farò il possibile.

—Ci fermiamo qui, signore.

La popolazione del villaggio guidata dal suo capo, un bel vecchio ancora vegeto, era andato incontro alla carovana, dando a tutti il benvenuto e mettendosi a loro disposizione.

Essendo già stata precedentemente avvertita da un corriere mandato dal rajah, aveva preparato una specie di campo chiuso da bambù incrociati e solidamente legati, innalzandovi nel mezzo otto o dieci capanne formate con frasche e coperte da rami ancora verdeggianti. Yanez senza occuparsi dell'alto ufficiale, scelse la più comoda e la più ampia, istallandovisi con i suoi sei malesi.

Nella sua qualità di grande cacciatore, credeva di averne tutto il diritto.

I cuochi servirono ai cacciatori ed ai servi una colazione fredda e abbondante, innaffiata con dell'eccellente toddy, poi il capo del villaggio, accompagnato dall'ufficiale del rajah, chiese a Yanez:

—Sei tu sahib, che sei incaricato di liberarci dal cattivo animale?

—Sì, amico—rispose il portoghese,—ma per poter far ciò tu devi darmi delle indicazioni e anche una guida.

—Io darò a te tutto quello che vorrai, signore, e anche un premio.

—Quello lo darai ai danneggiati. Dove credi che si trovi il rinoceronte?

—Nella foresta che costeggia lo stagno dei coccodrilli.

—È lontana?

—Qualche ora di marcia.

—Si è mai mostrato di giorno?

—Mai, sahib. È solamente a notte tarda che lascia la foresta per venire a devastare le nostre piantagioni.

—L'hai visto?

—Sì, tre notti or sono gli ho sparato contro due colpi di carabina, ma non sono riuscito a colpirlo.

—È grosso?

—Non ne ho mai veduto uno così grosso.

—Va bene. Lasciami riposare fino dopo il tramonto e avverti l'uomo che deve guidarci di tenersi pronto.

—Sarò io che ti condurrò sul luogo che la cattiva bestia frequenta.

—La prego, una parola, milord—disse l'ufficiale del rajah.—Come intendi cacciarlo?

—Lo aspetterò all'imboscata.

—Non otterresti nulla, perchè al primo colpo di fucile, quegli animali assalgono e scappano, e tu sai che una palla sola non basta ad atterrarli.

Il rajah ha messo a tua disposizione uno dei suoi migliori cavalli, onde tu possa inseguire l'animale dopo fatto il colpo.

—Me ne servirò—rispose Yanez.—Ora lasciatemi tranquillo perchè non so se questa sera avrò tempo di dormire.

Attese che il capo e l'ufficiale si fossero allontanati, poi volgendosi verso i suoi malesi che stavano seduti a terra, lungo le pareti, disse loro:

—Qualunque cosa debba succedere, voi non mi lascerete solo nella foresta. Non abbiate paura del rinoceronte: penso io ad abbatterlo.

—Temi qualche tradimento, padrone?—chiese Kubang.

—Sono sicurissimo che quel maledetto greco, cercherà di vendicarsi, con tutti i mezzi possibili, e perciò dubito di tutto e di tutti.

In una caccia in mezzo alla foresta accade talvolta di ammazzare un cacciatore invece dell'animale.

—Non perderemo d'occhio i seikki, capitano Yanez. Alla prima mossa sospetta, piomberemo addosso a loro come tigri e vedremo quanti sfuggiranno alle nostre scimitarre.

—Che uno di voi monti la guardia fuori della capanna e cerchiamo di riposare.

Si stese su una stuoia ed invitato dal gran calore che regnava e dal profondo silenzio, poiché anche gli elefanti e gli indiani si erano addormentati, chiuse gli occhi.

Fu svegliato verso il tramonto dai latrati dei cani, dai nitriti dei cavalli, dai barriti degli elefanti e dai cornac e dai seikki affaccendati nell'accampamento.

I malesi erano già in piedi e pulivano le loro carabine e le loro pistole.

—La cena—disse Yanez,—poi andremo a scovare questo mastodonte.

I cuochi avevano preparato il pasto serale e non aspettavano che l'ordine del gran cacciatore per servire.

Yanez mangiò alla lesta, prese la sua magnifica carabina a doppia canna, caricata con palle rivestite di rame, veri proiettili da grossa caccia, e uscì.

Gli uomini scelti per accompagnarlo, non erano che in sei e tenevano

per le briglie alcuni splendidi cavalli, fra i quali uno tutto nero che pareva
avesse il fuoco nelle vene e che era bardato.

—Il mio?—chiese Yanez all'ufficiale.

—Sì milord—rispose l'indiano.—Non montarlo però ora.

—Perché?

—I cavalli devono giungere sul luogo della caccia freschissimi. I rinoceronti corrono con la velocità del vento quando caricano e guai al cavallo
che in quel momento si trovasse affaticato.

—Hai ragione. E la guida?

—Ci aspetta di là delle piantagioni.

—Partiamo, ma senza cani: disturberebbero la caccia.

—Così ho pensato anch'io, visto che desideri cacciare all'agguato.

Lasciarono l'accampamento e presero un sentiero che attraversava le
piantagioni d'indaco, seguiti dagli sguardi di tutti i contadini, i quali si
erano schierati sui margini dei campi.

La notte era splendida e propizia per una buona caccia. Una fresca
brezzolina, che scendeva dagli altipiani giganteschi del Bhutan, soffiava
ad intervalli, sussurrando fra le pianticelle d'indaco, e la luna sorgeva
maestosa dietro i lontani picchi della frontiera birmana. In cielo le stelle
fiorivano a milioni e milioni, proiettando una luce dolcissima.

Yanez con la sua eterna sigaretta fra le labbra, con la carabina sotto
un braccio, seguìto subito dai suoi malesi, marciava in testa al drappello.
L'ufficiale invece guidava i seikki che conducevano i cavalli.

Oltrepassate le piantagioni il drappello trovò il vecchio capo.

—L'hai veduto?—gli chiese Yanez.

—No, sahib, ma ho saputo dove si trova il suo covo. Un cacciatore di
nilgò me l'ha indicato.

—Credi che sia già uscito a pascolare?

—Oh! non ancora.

—Meglio così: lo sorprenderemo nel suo covo.

Ripresero la marcia avviandosi verso una foresta che nereggiava verso
ponente e che sembrava immensa.

Bastò un'ora di marcia rapidissima, essendo gli indiani dei camminatori
lestissimi ed infaticabili non meno degli abissini, perché la raggiungessero.

Per un caso veramente raro, quella foresta si componeva quasi tutta di
fichi d'India, piante colossali d'una longevità straordinaria, dalle foglie
ovali lanceolate, coriacee, mescolate a piccoli frutti d'un sapore dolciastro
che poco hanno da fare coi nostri fichi d'Europa, e dai cui tronchi gli
indiani estraggono, mediante una semplice incisione, una specie di latte
che non è però bevibile, ma che invece serve ottimamente a preparare una
specie di gomma-lacca, che nulla ha da invidiare a quella che viene usata
dai cinesi e dai giapponesi.

Il vecchio capo fece una breve fermata sul margine della foresta mettendosi in ascolto, poi non udendo che gli ululati lontani di alcuni lupi

indiani, s'inoltrò risolutamente fra quella miriade di tronchi, dicendo a Yanez:

—Non ha ancora lasciato il suo covo. Se fosse uscito lo si udrebbe, perché quando per le boscaglie fa sempre udire il suo *sniff-sniff*.

—Meglio così—rispose Yanez.

Gettò via la sigaretta, armò la carabina, fece segno ai malesi di fare altrettanto e seguì la guida che s'inoltrava con passo sicuro sotto le immense volte dei fichi, tenendo in mano un vecchio fucile che ben poco avrebbe potuto servire contro quei colossali animali, che hanno una pelle quasi impenetrabile ai migliori proiettili.

La foresta, di passo in passo che i cacciatori avanzavano, diventava sempre più fitta. Per di più enormi cespugli crescevano qua e là, avvolti in una vera rete di calamus e di nepente.

I cacciatori avevano percorso un buon mezzo miglio, quando il vecchio indiano fece a loro segno di arrestarsi.

—Ci siamo?—chiese Yanez sottovoce.

—Sì, sahib: lo stagno dei coccodrilli è poco lontano ed è sulle sue rive che il rinoceronte ha il suo covo. Fai avvolgere le teste dei cavalli nelle gualdrappe onde non nitriscano. L'animale può essere di buon umore e sfuggirci, invece di caricarci.

Yanez trasmise l'ordine ai seikki poi disse alla guida:

—Avresti paura a seguirmi?

—Perché sahib?

—Desidero scovare il rinoceronte senza avere dietro di me i seikki ed i miei uomini. Spareranno dopo di me se non riuscirò ad abbatterlo.

—Tu sei il grande cacciatore del rajah, quindi nulla devo temere.

—Aspettatemi qui e tenetevi pronti a montare a cavallo—disse Yanez alla scorta.—Se io manco aprite il fuoco e mirate bene. Se ci carica sarà un affare serio arrestarlo in piena corsa.

Andiamo amico: conducimi nel luogo preciso dove si trova il covo.

—Vieni, sahib.

Si allontanarono in silenzio, passando con precauzione fra le innumerevoli colonne dei fichi, facendo attenzione al più piccolo segno della presenza del pachiderma

Regnava un profondo silenzio. Perfino i bighama, i lupi dell'India, tacevano in quel momento. Anche il venticello notturno era cessato e non faceva più stormire il fogliame degli immensi alberi.

Percorsi altri trecento passi il vecchio indiano tornò a fermarsi.

—Lasciami ascoltare—disse sottovoce a Yanez.—Lo stagno dei coccodrilli sta davanti a noi.

—Odi nulla?

—Il rinoceronte. Deve essere nascosto in mezzo a quel cespuglio.

—Che non abbia fame questa sera?

—Si sarà cibato abbondantemente stamane.

—Lo costringerò io a mostrarsi.

Si guardò intorno e scorto un grosso pezzo di ramo, lo scagliò, con quanta forza aveva, al di sopra del cespuglio.

Subito una specie di fischio rauco s'alzò fra le fronde seguìto da uno strano grido.

Era il *sniff-sniff* del rinoceronte.

—Si è svegliato—sussurrò Yanez puntando rapidamente la carabina verso il punto dal quale proveniva il rumore.—Che si mostri e gli caccerò due palle nel cervello.

Trascorsero alcuni istanti senza che l'animale si mostrasse.

Anche l'indiano, quantunque avesse una scarsa fiducia nell'efficacia del suo vecchio fucile, si teneva pronto a sparare.

Ad un tratto il cespuglio si agitò in tutti i sensi, come se una tempesta fosse improvvisamente scoppiata nel suo seno, poi s'aprì bruscamente ed un enorme rinoceronte comparve lanciando furiosamente il suo grido di guerra.

Subito tre detonazioni rimbombarono l'una dietro l'altra, seguite tosto da un altissimo grido lanciato dall'indiano.

—Fuggi, sahib!...

Il rinoceronte quantunque dovesse aver ricevuto qualche palla, poiché Yanez non mancava mai ai suoi colpi, caricava all'impazzata coll'impeto furibondo, che è particolare a quelle bestie.

Il portoghese vedendolo, aveva voltato le spalle slanciandosi a tutta corsa verso il luogo ove si trovavano i malesi e i seikki.

Fortunatamente gli innumerevoli tronchi di fico d'India, che in certi luoghi crescevano così uniti da non permettere il passaggio ad un grosso animale, avevano frenato lo slancio terribile del colosso, lasciando così tempo ai fuggiaschi di raggiungere i loro compagni.

—A cavallo!—gridò Yanez.

Un seikko gli condusse prontamente davanti quel cavallo che il rajah gli aveva destinato. Il portoghese con un solo slancio fu in sella senza servirsi delle staffe.

I malesi e i seikki vedendo il rinoceronte apparire fra i tronchi dei baniani a corsa sfrenata, fecero una scarica, poi si dispersero in varie direzioni, trasportati loro malgrado dai cavalli spaventati che non obbedivano più né alle briglie, né agli speroni.

L'ufficiale del rajah era stato il primo a scappare, senza perdere tempo a far fuoco.

Yanez aveva fatto fare al suo nero destriero un salto terribile per evitare l'urto del furibondo colosso, mentre il vecchio indiano, più fortunato, si poneva in salvo, con un'agilità scimmiesca, su un fico.

Il rinoceronte, reso feroce dalle ferite ricevute, continuò la sua corsa per un due o trecento passi; poi fatto un brusco voltafaccia tornò indietro lanciando per la seconda volta il suo grido di guerra: *sniff-sniff!*...

Se gli altri erano scappati, Yanez era rimasto sul luogo della caccia e non per volontà sua, bensì per bizzarria del suo cavallo che pareva fosse diventato improvvisamente pazzo.

Faceva dei terribili salti di montone come se il peso del cavaliere gli spezzasse le reni, s'inalberava nitrendo dolorosamente, poi sferrava calci in tutte le direzioni.

Il portoghese però non si lasciava scavalcare e stringeva nervosamente le ginocchia e non risparmiava né strappate di briglie, né colpi di sperone, imprecando come un turco.

— Via! scappa! — Urlava. — Vuoi farti sventrare?

Il cavallo non obbediva ed il rinoceronte tornava alla caccia, con la testa bassa ed il corno teso, pronto ad immergerlo tutto nel ventre del nemico.

Un freddo sudore bagnava la fronte di Yanez. Un terribile sospetto gli era balenato nel cervello, ossia che il greco gli avesse preparato qualche tranello per perderlo nel momento più pericoloso.

Guardò rapidamente in aria. Appena ad un metro sopra la sua testa si stendevano orizzontalmente i rami dei fichi.

— Sono salvo! — esclamò, gettandosi a bandoliera la carabina.

In quel momento il rinoceronte piombò addosso all'imbizzarrito destriero. Il corno scomparve intero nel ventre del povero animale, poi con un colpo di testa alzò cavallo e cavaliere. Uno solo però cadde: il primo, poiché il secondo, che aveva conservato un meraviglioso sangue freddo anche in quel terribile frangente, si era disperatamente abbrancato ad un ramo, issandosi prontamente.

Il cavallo, sventrato di colpo, stramazzò al suolo, s'alzò ancora inalberandosi, poi cadde di quarto mandando un nitrito soffocato.

Il rinoceronte, con la brutalità e ferocia istintiva degli animali della sua razza, tornò addosso al povero animale immergendogli per la seconda volta nel corpo il corno, poi preso da un eccesso di furore indescrivibile, si mise a calpestarlo rabbiosamente mandando fischi acuti.

Sotto il suo peso enorme, le ossa del cavallo scricchiolavano e si spezzavano, e dagli squarci prodotti da quei due colpi di corno, uscivano insieme getti di sangue, intestini e polmoni.

Yanez che aveva ricuperata prontamente la sua calma, appena si era messo a cavalcioni del ramo, ricaricò la carabina, borbottando:

— Ora vendicherò il cavallo del rajah, quantunque quel testardo, per poco, non mi abbia spedito diritto nell'altro mondo.

In quel momento alcuni spari rimbombarono a breve distanza: poi i sei malesi passarono a centocinquanta metri circa da Yanez, trasportati in un galoppo sfrenato.

— Andate pure, miei bravi — disse Yanez. — Ci penso io al rinoceronte.

Si accomodò meglio che poté sul ramo e puntò la carabina.

Il bestione che pareva impazzito non aveva ancora lasciato la sua vittima. La squarciava a gran colpi di corno avvoltolandosi nel sangue, la calpestava lasciandosi poi cadere con tutto il suo enorme corpaccio e non cessava di mandare urla stridenti.

Una palla che lo colpì un po' sopra l'occhio sinistro, lo calmò per un istante.

S'arrestò guardando in aria, con la bocca aperta. Era il momento che Yanez aspettava.

Il secondo colpo di carabina partì colpendo l'animale al palato e penetrandogli nel cervello.

La ferita era mortale, pure il bestione non cadde. Anzi si mise a galoppare vertiginosamente intorno ai tronchi dei fichi schiantandone parecchi.

— Per Giove! — esclamò Yanez ricaricando l'arma. — Per questi animali ci vorrebbe una spingarda o meglio un cannone.

Attese che gli passasse sotto e fece fuoco quasi a bruciapelo, colpendolo fra la nuca ed il collo.

L'effetto fu fulminante. L'animalaccio si rizzò di colpo sulle zampe posteriori, poi stramazzò pesantemente a terra rimanendo immobile. Aveva ricevuto cinque palle e tutte foderate di rame e di grosso calibro.

— Era tempo che tu morissi! — esclamò Yanez lasciandosi scivolare giù da uno di quegli innumerevoli tronchi. — Ho ammazzato tanti animali, ma nessuno m'ha fatto sudare né passare un brutto momento come questo. Vediamo ora che gioco hai tentato, maestro Teotokris dell'Arcipelago greco. Che una tigre mi divori se qui sotto non vi è la tua mano! il cavallo era troppo su di giri.

S'avvicinò con precauzione al rinoceronte e dopo essersi ben accertato che fosse proprio morto e che non vi fosse più pericolo che si rimettesse in piedi, rivolse la sua attenzione al destriero del rajah.

Disgraziato animale! intestini, cuore, polmoni e fegato giacevano intorno a lui, strappati dal brutale corno del colosso ed il suo corpo schiacciato, mostrava delle ferite spaventose dalle quali il sangue colava ancora abbondantemente.

— Sembra quasi una focaccia — mormorò Yanez. — Spero nondimeno di poter ancora trovare il perché aveva il diavolo in corpo. Ci deve essere qui sotto qualche bricconata.

Guardò a lungo il cadavere, poi slacciò la fascia ventrale e alzò la sella.

— Ah! birbanti! — esclamò.

Nella parte interna vi erano state confitte tre punte d'acciaio, lunghe un centimetro.

— Ecco perché il povero animale era diventato furibondo — riprese il portoghese. — Saltando in sella gli si erano conficcate nelle carni.

Questo è un tiro del greco. Egli sperava che il rinoceronte mi sventrasse. No, mio caro, anche questa t'è andata a vuoto. Yanez ha la pelle più dura di quello che tu credi e, devo dirlo, anche una fortuna prodigiosa. Acqua in bocca per ora e lasciamo correre, ma ti giuro, birbante, che un giorno ti farò pagare, e tutto d'un colpo, i tuoi tradimenti.

Già quell'altissimo ufficiale, che deve essere una tua creatura, mi era sospetto.

Caricò flemmaticamente la carabina e sparò, con un certo intervallo l'uno dall'altro, due colpi in aria.

Le due detonazioni rombavano ancora sotto le infinite volte di verzura, quando vide giungere, a breve distanza l'uno dall'altro, i suoi fidi malesi seguiti dall'ufficiale del rajah.

— Ecco fatto — disse Yanez con una certa ironia, guardando l'indiano. — Come vedi la faccenda è stata sbrigata senza troppa fatica.

L'ufficiale rimase per qualche istante muto, guardandolo con profondo stupore.

— Morto? — Chiese incredulo.

— Non si muove più — rispose Yanez.

— Tu sei il più grande cacciatore di tutta l'India.

— È probabile.

— Il rajah sarà contento di te.

— Lo spero.

— Farò tagliare dai seikki il corno e tu stesso lo regalerai al principe.

— Lo presenterai tu, così potrai avere una mancia.

— Come vuoi, milord.

— Fammi condurre un altro cavallo, purché sia più docile del primo. Ne ha qualcuno troppo bizzarro il tuo signore.

L'ufficiale finse di non udirlo ed essendo in quel momento giunti i seikki accompagnati dal vecchio indiano, fece cenno a uno di loro di smontare.

Yanez stava per montare in sella quando un'improvvisa agitazione si manifestò fra gli seikki, seguita quasi subito dalle grida:

— Lo jungli-kudgia!... lo jungli-kudgia!

Yanez udendo dietro di sé aprirsi i cespugli si voltò rapidamente.

Un animale che a prima vista sembrava un bisonte indiano, era comparso improvvisamente aprendosi il passo fra le liane e i nepenti.

— Fuoco, amici! — gridò.

I sei malesi, che avevano le carabine ancora cariche, fecero fuoco simultaneamente, non badando al grido mandato dal vecchio indiano:

— Ferma!

Il ruminante colpito da cinque o sei palle stramazzò fra le erbe, senza mandare un muggito.

— Sventura sui maledetti stranieri! — urlò il capo del villaggio slanciandosi verso l'animale che agonizzava e alzando le braccia verso il cielo. — Hanno ucciso la vacca sacra di Brahma!

— Ehi capo, diventi matto? — chiese Yanez. — Se è per spillarmi un po' di rupie, sono pronto a pagarti la tua bestia.

— Una vacca sacra non si paga — rispose l'ufficiale del rajah.

— Andate tutti al diavolo! — gridò Yanez che perdeva la pazienza.

— Temo, milord che tu dovrai fare i conti col rajah, perché qui, come in tutta l'India, una vacca è un animale sacro, che nessuno può uccidere.

—Perché dunque i tuoi uomini hanno gridato lo jungli-kudgia? sebbene non conosca profondamente la lingua indiana, quel nome lo si dà, se non erro, ai terribili bisonti della jungla, che non sono meno pericolosi d'un rinoceronte.

—Si saranno ingannati.

—Peggio per loro.

Mentre si scambiavano quelle parole, il vecchio indiano continuava a girare intorno al cadavere della vacca, manifestando la più violenta disperazione e vomitando una sequela infinita di ingiurie contro gli uccisori dell'animale sacro.

—Finiscila, cornacchia!—gridò Yanez, sempre più seccato.—Ti ho liberato dal rinoceronte che guastava le tue piantagioni, e non cessi d'ingiuriarmi. Tu sei la più grande canaglia che abbia conosciuto da che sono nato. Se non ritiri la tua linguaccia da cane, ti farò bastonare dai miei uomini.

—Tu non lo farai—disse l'ufficiale del rajah con voce dura.

—Chi me lo impedirebbe, signor ufficiale?—chiese Yanez.

—Io, che qui rappresento il rajah.

—Tu non sei, per me, che sono un milord inglese, che un impiegato della corte, inferiore ai miei servi.

—Milord!

—Vattene all'inferno—disse Yanez, montando a cavallo.

Poi volgendosi verso i malesi che guardavano ferocemente i seikki, pronti a caricarli al primo moto sospetto, disse a loro:

—Torniamo in città; ne ho abbastanza di questo affare.

—Milord—disse l'ufficiale—gli elefanti ci aspettano.

—Gettali nel fiume, non ne ho bisogno.

Fece salire dietro di sé il malese che gli aveva dato il cavallo e partì al galoppo, mentre il vecchio indiano gli urlava dietro ancora una volta:

—Maledetti stranieri! che Brahma vi faccia morire tutti!

Usciti dal bosco, le tigri di Mompracem si gettarono fra le piantagioni, senza badare se rovinavano più o meno l'indaco, e presero la via di Gauhati.

Quando entrarono in città era ancora notte. Le guardie che vegliavano davanti al portone, si affrettarono ad introdurli nel vasto cortile d'onore, dove, sotto i porticati spaziosi, dormivano su semplici stuoie, scudieri e staffieri, onde essere più pronti ad ogni chiamata del loro signore.

Yanez affidò a loro i cavalli e salì nel suo appartamento svegliando il chitmudgar.

—Tu, signore!—esclamò il maggiordomo stropicciandosi gli occhi.

—Non mi aspettavi così presto?

—No, signore. Hai già ucciso il rinoceronte?

—Sì, l'ho messo a terra con quattro colpi di carabina. Portami una bottiglia, alcune sigarette e aspettami, devo chiederti importanti spiegazioni.

—Sono ai tuoi ordini, sahib.

Yanez si sbarazzò della carabina, mandò i suoi malesi a coricarsi, poi raggiunse il chitmudgar, che aveva già acceso la lampada e messo sul tavolo una bottiglia di liquore ed una scatola di sigarette indiane, formate d'una foglia di palma arrotolata e di tabacco rosso.

Vuotò un bicchiere di vecchio gin, poi sdraiatosi su una poltrona, gli narrò succintamente come si era svolta la caccia, dilungandosi solo sull'uccisione di quella maledetta vacca sacra, che l'aveva fatto uscire dai gangheri:

—Che cosa ne dici tu ora di questo affare?

—È una cosa grave, milord—rispose il maggiordomo che appariva preoccupato.—Una mucca è sempre sacra, e chi l'uccide incorre in grandi fastidi.

—Mi avevano detto che era un bisonte della jungla ed io ho comandato il fuoco senza guardarla bene.

Il chitmudgar scosse il capo mormorando:

—Affare serio! affare serio!

—Dovevano tenersela nel villaggio.

—Tu hai ragione, milord, ma il torto sarà tuo.

—Quel capo è un vero furfante. Non gli ho ucciso il rinoceronte che devastava le piantagioni del villaggio? ah! e se in questa faccenda vi fosse sotto la mano del favorito del rajah? e poi le punte di ferro vi erano nella sella.

—Non mi stupirei—rispose il maggiordomo.—Io so che quell'uomo ti odia a morte.

—E me ne sono già accorto, vorrà anche vendicarsi di quel colpo di scimitarra.

—Certo, milord.

—Allora è stata ordita una vera congiura. Prima ha tentato di farmi sventrare dal rinoceronte, poi mi ha mandato la vacca sacra.

Che fosse d'accordo anche il capo del villaggio?

—È probabile, signore.

—Per Giove! non mi lascerò mettere nel sacco. Vado a riposarmi e se prima di mezzogiorno il rajah manda qualcuno dei suoi satrapi, risponderai che dormo e che non voglio essere disturbato. Se insistono, lancia contro di loro i miei malesi. È ora di mostrare a quel cane di greco e a quell'ubriacone che serve, che un milord non si lascia prendere in giro. Vai, chitmudgar.

Spense la lampada e si gettò sul ricchissimo letto senza spogliarsi, addormentandosi quasi subito.

Capitolo 22

La Prova dell'Acqua

Yanez sognava di Surama, che già vedeva sul trono del rajah, con un dootée azzurro costellato di diamanti del Guzerate e di Visapur, quando tre colpi fortissimi sulla porta della sua camera lo svegliarono di soprassalto.

—Entrate!—urlò.—È questo il modo di svegliarmi?

Il maggiordomo, tutto umile, avanzò dicendo:

—Signore, è mezzodì.

—Aho! benissimo. Non mi ricordavo più dell'ordine che ti avevo dato. Hanno già chiesto di me?

—Più volte, signore, un ufficiale del rajah si è presentato insistendo per vedervi.

—Ed i miei malesi non si sono seccati?

—Hanno finito per scaraventarlo giù dalla scala.

—Si è rotto almeno una gamba quel seccatore?

—Si sarà certo ammaccato le costole.

—Avrei preferito che si fosse rotto il collo—disse Yanez.—Sono tornati quei bricconi che mi hanno accompagnato alla caccia?

—Sì, poco dopo lo spuntare del sole.

—Briganti! chissà che cosa avranno detto di me dopo il servizio reso. Il rajah troverà però questa volta un osso duro da rodere, ed il signor Teotokris avrà poco da ridere. Per Giove! un milord non si lascia divorare come un pesce del Brahmaputra.

Fece un po' di toeletta, poi uscì dopo d'aver raccomandato ai malesi di non muoversi. Era agitato da una sorda collera: cosa piuttosto strana in un uomo che pareva più flemmatico d'un vero inglese.

Sulla porta del salone reale trovò un ufficiale.

—Vai subito a dire al tuo signore che voglio vederlo—disse imperioso.

Ciò detto entrò nel magnifico salone sdraiandosi su uno dei divani, che si stendevano lungo le marmoree pareti, mettendosi a fumare come fosse nella sua stanza.

Non trascorse un minuto, che le cortine di seta pendenti dietro a quel letto-trono, s'aprirono ed il principe comparve.

—Ah! siete voi!—disse Yanez gettando via la sigaretta e accostandosi alla piattaforma.

—T'ho fatto chiamare tre volte—disse il rajah con voce un po' dura.

—Dormivo—rispose Yanez pure seccamente.—La caccia mi aveva molto stancato.

—Ho ricevuto il corno del rinoceronte che tu milord hai ucciso. Il suo proprietario doveva essere un animale ben grosso.

—E anche molto cattivo, Altezza.

—Lo credo. I rinoceronti sono sempre di cattivo umore.

—Non sono solamente quelle bestie che hanno indosso l'umore nero: vi sono anche degli uomini.

—Che cosa vuoi dire, milord?—chiese il principe fingendo un grande stupore.

—Che alla vostra corte, Altezza, avete dei furfanti.

—Che cosa dici mai, milord?

—Sì, perchè mentre io rischiavo la pelle, per fare il mio dovere di grande cacciatore del rajah dell'Assam, altri cercavano di assassinarmi a tradimento—disse Yanez con collera.

—Ed in quale modo?

—Mettendo delle punte di ferro sotto la sella dal cavallo, che voi mi avete mandato. L'animale si è imbizzarrito nel momento in cui occorreva che fosse calmo per permettermi di far fuoco, e se non vi fosse stato un ramo sopra la mia testa, io non sarei qui, Altezza.

—Io farò cercare il colpevole e lo punirò come si merita—disse il rajah.—Non ti nascondo però che sarà un po' difficile che lo trovi. Altra cosa invece è la colpa che tu hai commesso e che è gravissima. Stamane è venuto da me il capo del villaggio, dove tu hai cacciato, e che per tua disgrazia è uno dei più influenti del regno, a dirmi che tu e i tuoi uomini avete ucciso la vacca sacra, che godeva la protezione di Brahma.

—Io credevo in buona fede che fosse un bisonte della jungla.

—Il capo del villaggio sostiene il contrario e ti sfida alla prova.

—Mi sfida!—esclamò Yanez, scattando.—A colpi di carabina forse? venga e gli salderò il conto con una palla nella testa.

—Non credo che sia capace di tanto—disse il rajah con un sottile sorriso.—Vuole sfidarti a provare il contrario.

—Come! vuole avere ragione lui?

—E ci tiene.

—Dov'è quel mascalzone?

Il principe prese una piccola mazza d'argento che stava su una piccola mensola, e batté tre colpi su un disco di bronzo appeso alla parete.

Subito la porta principale del magnifico salone s'aprì ed entrò il vecchio indiano, accompagnato dall'ufficiale e dai sei seikki, che avevano assistito all'uccisione della vacca sacra.

Vedendoli Yanez non poté trattenere un moto di collera. Stavano per tendergli di nuovo un agguato e forse più pericoloso del primo.

—Furfanti!—mormorò,—questi sono le marionette del greco.

Il rajah si era sdraiato sul suo letto-trono, appoggiandosi ad un gran cuscino di seta cremisi con ricami d'oro, mentre una mano passando fra le cortine, gli aveva dato un superbo narghilè di cristallo azzurro, già acceso, con una lunga canna di pelle rossa e il bocchino d'avorio.

Il capo del villaggio avanzò verso la piattaforma e si gettò tre volte a terra, senza che il rajah si degnasse di rispondere a quell'umiliante saluto.

—Ah, sei qui, vecchio briccone—disse Yanez con disprezzo,—che vuoi?

—Solamente giustizia—rispose l'indiano.

—Dopo che ti ho sbarazzato del rinoceronte? bella riconoscenza la tua!

—Mi hai ucciso la vacca sacra e chissà ora quali calamità piomberanno sul villaggio. I danni che recava il rinoceronte, saranno niente in confronto a quelli che ci colpiranno ora.

—Tu sei un imbecille.

—No, io sono un indiano che adora Brahma.

Yanez stava per mandare al diavolo anche il dio, però si trattenne.

Il rajah si era sollevato dal letto-trono sul quale era disteso e dopo aver guardato per qualche istante tanto il capo quanto l'europeo, disse gettando in aria una nuvoletta di fumo:

—Che cosa vuoi Kadar?

—Giustizia, rajah.

—Quest'uomo bianco che io ho nominato grande cacciatore della mia corte, sostiene che tu hai torto.

—Io ho dei testimoni.

—E cosa dicono?

—Che il sahib ha ucciso la vacca sacra pur avendo riconosciuto che non era un jungli-kudgia.

—Tu sei una canaglia!—gridò Yanez.

—Taci, milord—disse il rajah con accento severo.—Io sto amministrando la giustizia e non devi interrompere né Kadar, né me.

—Ebbene ascoltiamo questo brigante, che non ha mai saputo che cosa sia la riconoscenza.

—Continua, Kadar—disse il rajah.

—Quella vacca era stata consacrata a Brahma, onde proteggesse il mio villaggio, tale essendo l'uso. Nessuno poteva ucciderla, né avrebbe osato commettere un così esecrando delitto. Brahma certo si vendicherà e allora che cosa accadrà delle nostre piantagioni? la miseria più spaventosa piomberà su noi tutti e finiremo per morire tutti di fame.

—Te ne regalerò io una e il tuo dio si calmerà—disse Yanez ironicamente.

—Non sarà più quella.

—Che cosa vuoi dunque?

—La tua punizione.

—Io non l'ho uccisa per recare uno sfregio alle tue credenze religiose.

—Sì.

—Tu menti come un sudra.

—Mi appello a questi uomini.

—È vero—disse l'ufficiale che lo aveva accompagnato alla caccia.—Tu hai ordinato il fuoco ai tuoi, per fare un dispetto a quest'uomo e uno sfregio a tutti gli abitanti.

—Anche tu m'accusi?

—Ed anche i seikki.

Yanez si trattenne a stento e volgendosi verso il rajah, che stava vuotando un enorme bicchiere pieno di liquore fornitogli dalla mano misteriosa che gli aveva dato il narghilè, gli disse:

—Non credere, Altezza, a questi miserabili.

Il rajah ingollò con uno sforzo il liquido, poi rispose socchiudendo gli occhi:

—Sono in otto che ti accusano, milord, ed io devo, secondo le nostre leggi, credere più a loro perchè sono in molti.

—Io farò venire qui i miei uomini.

—I servi non possono testimoniare davanti ai guerrieri. La loro casta è troppo bassa.

—Che cosa devo fare dunque?

—Confessare che tu hai ucciso la vacca sacra per dispetto e lasciarti punire. Il delitto è grave.

—Sicché dovrei subire qualche pena.

—Se tu fossi un mio suddito, milord, io dovrei farti schiacciare il capo dal mio elefante carnefice, come vogliono le nostre leggi; ma tu sei straniero e per di più inglese e siccome io non desidero aver questioni col viceré del Bengala, con mio grande rincrescimento, dovrò sfrattarti dallo stato.

—Se ti giuro, Altezza, che questi uomini hanno mentito.

—Io ti sfido!—disse il capo.—Vieni con me a tentare la prova dell'acqua! se tu rimarrai più sotto di me, la ragione sarà tua.

—Che cosa mi proponi tu, manigoldo?

—Ti propone la prova dell'acqua.

—In che consiste?

—Si tratta di tuffarsi nelle acque del Brahmaputra, di discendere lungo un palo fino in fondo al fiume e di resistere più che si può. Il primo che salirà avrà torto.

—Ah!—fece Yanez.

Squadrò il vecchio da capo a piedi poi gli disse freddamente:

—Per quando questa prova?

—Per domani mattina, sahib; se non ti spiace.

—Sta bene ed io dimostrerò al rajah che tu hai torto.

—E allora gli farò dare cinquanta legnate—disse il principe, facendo un cenno per far capire che l'udienza era finita:

Yanez fece un leggero inchino e fu il primo ad uscire non senza aver lanciato sui suoi accusatori uno sguardo di profondo disprezzo e di aver sputato sulle scarpe rosse che l'ufficiale calzava.

—Ah, mi tendono un altro agguato—mormorò salendo le scale che conducevano al suo appartamento.—Anche questa volta vi siete ingannati, bricconi. Io rimarrò qui a vostro dispetto. Per Giove! valgo quanto un palombaro e sarai tu, vecchio furfante, che caccerai prima fuori la testa, se non vorrai crepare asfissiato.

Tu non sai che quantunque io sia un europeo, sono ormai mezzo malese, la razza più acquatica del mondo.

Il chitmudgar lo aspettava sulla porta dell'appartamentino in preda ad una vivissima ansietà, poiché quel brav'uomo amava sinceramente il grande cacciatore della corte.

—Dunque, milord?—gli chiese.

—Me la caverò a buon mercato—rispose Yanez.—Mi si tendono delle reti intorno, tuttavia non dispero di sgusciare fra le maglie. Poi verrà la mia volta e tutti questi bricconi avranno il loro conto. Portami il pranzo e non chiedermi altro.

Nonostante le sue preoccupazioni, mangiò con appetito invidiabile, poi scrisse un biglietto per Surama incaricando Kubang di portarglielo. Voleva avvertire Sandokan di quanto gli accadeva e della pessima situazione in cui cominciava a trovarsi.

Gli agguati del greco, troppo possente per il momento, cominciavano ad impensierirlo, quantunque fosse ben deciso a tenere testa a quell'avventuriero dell'Arcipelago greco.

Passò la serata chiacchierando coi suoi malesi e andò a coricarsi presto, onde essere pronto ad affrontare, il mattino seguente, la prova dell'acqua.

Se si fosse trovato in altro paese, avrebbe certamente accoppato i suoi accusatori e forse anche il rajah, ma trovandosi quasi solo in una corte che poteva scagliargli addosso delle centinaia di guerrieri, Yanez, che non era uno stupido, si vedeva pur troppo costretto, a suo malgrado, a subire gli avvenimenti.

Tuttavia, quantunque seri pensieri lo turbassero, anche quella notte dormì non meno saporitamente del solito, fidando nella propria audacia e soprattutto nella sua stella e sull'appoggio della formidabile Tigre di Mompracem, il vincitore dei thugs e del loro non meno formidabile capo.

L'orologio della torre che s'alzava sul palazzo reale, suonava le cinque, quando il chitmudgar lo svegliò, portandogli il thé.

—milord—disse il fedele maggiordomo.—Il capo indiano, i giudici del rajah ed i testimoni, sono già partiti alla volta del Brahmaputra ed un elefante ti aspetta sulla piazza.

—Per Giove!—esclamò Yanez.—Quelle canaglie hanno fretta di vedermi emergere asfissiato. Vedremo se fra un'ora quel vecchio lupo avrà il dorso fracassato a colpi di bastone, o se io sarò in viaggio per la frontiera del Bengala. Ci vuole una buona tazza di liquore, chitmudgar, perché mi scaldi un po' il sangue. Ed il favorito, come sta?

—M'hanno detto che si è già alzato e che assisterà alla prova.

—Perdio! ha la pelle dura come un coccodrillo quell'avventuriero? un'altra volta invece della scimitarra adopererò le armi da fuoco, con palle foderate di rame. Se ho ammazzato un rinoceronte, bucherò anche lo stomaco di quel greco dell'Arcipelago. Aspettiamo l'occasione.

Vuotò la tazza di té ed il bicchiere che gli aveva portato il maggiordomo e discese. Sulla piazza, davanti alla marmorea gradinata del palazzo reale, lo aspettavano cinque malesi, giacché Kubang non si era ancora fatto vivo, dopo che era stato mandato al palazzo di Surama.

Un elefante, bardato sontuosamente, con una immensa gualdrappa di velluto rosso e grossi pendagli d'argento agli orecchi e sulla fronte, lo aspettava.

—Parti, mahut—disse salendo rapidamente la scala di corda e prendendo posto nella cassa che era coperta da una cupoletta di legno dipinta in bianco con arabeschi dorati.—Fai trottare l'animale.

I malesi lo avevano seguìto, prendendo posto di fronte a lui:

—Amici—disse loro,—qualunque cosa accada, lasciate in riposo le vostre armi, tanto da fuoco che da taglio. Lasciate che me la cavi da solo. Sto giocando una carta che può farmi perdere la partita. Siate prudenti e non muovetevi se io non vi darò il segnale.

L'elefante si era messo in moto allungando il passo.

Essendo ancora molto presto, poche persone, per lo più sudra, muniti di enormi panieri destinati a ricevere le provviste, percorrevano le vie della capitale.

Veder passare degli elefanti era una cosa così comune che nessuno se ne curava, sicché Yanez poté giungere sulla riva del fiume senza quasi essere stato notato.

La prova doveva avere un carattere privato, poiché il rajah aveva fatto innalzare una semi-recinto, le cui ali estreme terminavano nel fiume.

Numerosi personaggi appartenenti tutti alla corte, vi si erano già radunati. Anche il vecchio indiano era giunto e chiacchierava coi tre giudici scelti dal rajah, che stavano seduti su un tappeto collocato di fronte a due pali piantati nel letto del Brahmaputra, a due metri di distanza l'uno dall'altro, in un luogo ove l'acqua era molto profonda.

Vedendo giungere il gran cacciatore, tutti gli invitati avevano interrotto le loro conversazioni, guardandolo con viva curiosità. Forse credevano di scorgere sul viso dell'europeo qualche preoccupazione per quella prova che non conosceva; ma dovettero rimanere ben delusi.

Yanez era calmo come al solito e fumava, gustandosi tranquillamente il fumo della sua sigaretta.

—Eccomi, vecchio briccone!- disse dopo aver attraversato il recinto, fermandosi davanti all'indiano.—Forse tu speravi che io non venissi.

—No—rispose asciuttamente Kadar.

I tre giudici si erano alzati inchinandosi davanti al grande cacciatore, poi il più anziano gli disse:

—Sai di che cosa si tratta, milord?

—Me l'ha spiegato il rajah—rispose Yanez.—Bah! un bagno non fa male in questa stagione, anzi servirà ad aguzzarmi l'appetito.

—Tu dovrai resistere più che potrai.

—Oh stancherò facilmente questo vecchio brigante.

—Lo vedremo, sahib—disse Kadar con voce ironica.

—Se non vorrai crepare asfissiato dovrai mettere fuori la testa.

—Sì, dopo la tua.

—Non mi conosci ancora.

Si levò la giacca, i calzoni e gli stivali, conservando solo la camicia e le mutande e con un salto fu sulla riva dicendo:

—Vieni birbante.

—Un momento, milord—disse uno dei giudici.—Quando avrai raggiunto il tuo palo, aspetta il nostro segnale prima di tuffarti.

—Un momento anche per voi, signori giudici—aggiunse a sua volta Yanez.—Vi avverto che se non agirete lealmente vi farò accoppare dalla mia scorta.

Ciò detto balzò in acqua, subito seguito da Kadar e con quattro bracciate raggiunse il suo palo, aggrappandovisi strettamente, onde la corrente non lo portasse via.

Si era fatto un profondo silenzio fra gli spettatori. I tre giudici ritti sulla riva, aspettavano che i due uomini fossero pronti.

Ad un tratto il più anziano alzò un braccio gridando con voce tuonante:

—Giù!...

Yanez ed il vecchio indiano si tuffarono nel medesimo istante, lasciandosi scivolare per qualche metro lungo il palo e stringendo attorno al medesimo le gambe.

Tutti gli spettatori si erano riversati sulla riva, fissando attentamente i due pali che l'impeto della corrente faceva oscillare fortemente. Una viva ansietà si scorgeva su tutti i volti.

Trascorse un minuto, ma nessuna testa riapparve. La corrente continuava la sua marcia gorgogliando sopra i due sommersi.

Passarono ancora alcuni secondi, poi un cranio, nudo e lucido come la palla d'un bigliardo, comparve bruscamente; quindi il viso di Kadar, spaventosamente alterato, emerse.

Una salva di invettive coprì il disgraziato.

—Canaglia!

—Stupido!

—Buono da nulla!

—Va' a coltivare i campi!

—Ti sei fatto insaccare dall'uomo bianco!

—Carogna!

Kadar in asfissia non rispondeva che con colpi di tosse e contorcimenti. I suoi occhi erano iniettati di sangue e la sua respirazione affannosa.

Altri tre o quattro secondi erano trascorsi, quando anche Yanez comparve a galla aspirando rumorosamente una lunga boccata d'aria. Non era in così cattive condizioni come Kadar. Più sviluppato del magro indiano, con polmoni più ampi e anche più abituato alle lunghe immersioni, aveva meglio resistito alla prova pericolosa.

Vedendo presso di sé il suo avversario tutto avvilito, gli disse ironicamente:

— Te lo avevo detto io che non avresti guadagnato con me. Va' ad offrire il tuo dorso al bastone del carnefice. Consolati di avere la pelle dura e poca carne sulle tue ossa.

Lasciò il palo e raggiunse la riva.

Gli spettatori che avevano posto tutte le loro speranze in Kadar, lo accolsero con un silenzio glaciale.

Solo il giudice più vecchio gli disse:

— Tu hai vinto, milord, quindi tu avevi ragione e quel miserabile avrà la punizione che si merita, a meno che tu non chieda la sua grazia.

— Ai furfanti di quella specie la grazia non si può dare — rispose il portoghese.

Si asciugò alla meglio con un dootée che gli aveva dato uno dei suoi malesi, si vestì rapidamente e lasciò il recinto senza salutare alcuno, mentre le invettive continuavano a grandinare sul disgraziato Kadar, il quale si teneva ancora aggrappato al palo, per paura di aver un'accoglienza peggiore da parte dei suoi compatrioti.

— Subito al palazzo reale — disse il portoghese salendo sull'elefante.

Dieci minuti dopo, avvertito da un ufficiale che lo aveva atteso alla base della marmorea gradinata, entrava nella sala del trono dove il rajah lo attendeva.

— So che tu hai vinto la prova — gli disse il principe con un benevolo sorriso — e ne sono lieto.

— Ed io ben poco. La vostra giustizia indiana è ben al di sotto di quella inglese, Altezza.

— Da migliaia d'anni è rimasta sempre eguale ed io non ho il tempo di modificarla. Che cosa posso fare ora per te? io ti devo una ricompensa per l'uccisione del rinoceronte.

— Voi sapete, Altezza, che io mi sono messo ai vostri servigi senza nessuna pretesa. Lasciate che vada a riposarmi: è tutto quello che chiedo.

— Penserò più tardi al miglior modo di mostrarmi generoso con te, milord.

Yanez, che pareva fosse un po' indispettito, s'inchinò senza ribattere parola e salì al suo appartamento.

Capitolo 23

Le Terribili Rivelazioni del Greco

Yanez non doveva ancora essere giunto al suo appartamento, quando le tende che servivano, come abbiamo detto, da sfondo al letto-trono, su cui si trovava ancora il rajah, s'aprirono e Teotokris comparve. Questi non era ancora completamente guarito e certo il principe non lo aspettava, poiché, nello scorgerlo, non poté frenare un gesto di sorpresa, esclamando nel medesimo tempo:

—Tu!...

—Io, Altezza—rispose il greco.

—Perchè hai lasciato il tuo letto? questa è un'imprudenza.

—Appartengo ad una razza solida, la più solida d'Europa—disse—e poi non amo infiacchirmi nel letto.

—Sicché va meglio la tua ferita?

—Fra pochi giorni non rimarrà più, sulla mia pelle, nessuna traccia.

—E perchè ti sei alzato?

—Perchè volevo ascoltare ciò che diceva quel milord.

—Non sai dunque che ha vinto?

—Purtroppo—rispose il greco coi denti stretti.—Eppure il piano era ben congegnato e se avesse perso, tu avresti potuto sbarazzarti per sempre di quella spia.

—Spia!—esclamò il rajah.

—Sì, quell'uomo è una spia!—ribatté il greco.—Ed io ne ho le prove.

—Tu!

—Egli era d'accordo con una principessa venuta da non so dove...

—Tu vuoi spaventarmi, Teotokris?—interruppe il rajah che era diventato grigiastro, e che per l'improvvisa emozione, aveva lasciato cadere sulla ricca coperta del suo letto-trono, il bicchierino di forte liquore che teneva in mano.

—No, poiché anche essendo a letto ho provveduto a tutto.

—In quale modo?

—Facendo rapire e sequestrare l'amica del milord.

—Per tutti i cateri *(nda: giganti malefici)* dell'India! tu hai fatto questo?

—Sì, Altezza—rispose Teotokris.

— E dove si trova ora?

— Nel mio palazzo.

— E tu mi confermi che quella principessa sia una spia?

— E qualche cosa di più ancora.

— Continua.

— Sembra che ella ti stesse ordendo una congiura per prenderti la corona. I miei uomini e uno dei tuoi ministri l'hanno costretta a confessare.

Il rajah che aveva preso dallo sgabello, situato presso il trono, un altro bicchierino, lasciò cadere anche quello senza aver avuto il tempo di vuotarlo.

Un forte tremito assalì quel principe ubriacone, mentre dal suo viso trapelava uno spavento impossibile a descriversi.

— Ma io farò stritolare tutti quei traditori sotto le zampe del mio elefante carnefice! — urlò poi con uno scatto di furore.

— Allora dovresti cominciare da milord.

— Perchè da lui?

— È l'amico intimo di quella principessa e prima che egli fosse nominato grande cacciatore, la visitava di frequente.

— Chi te l'ha detto?

— Un fakiro che elemosinava nei pressi del palazzo di quella principessa.

— E nessun'altra prova? capirai che noi dobbiamo agire con la maggior prudenza. Il milord può essere stato mandato qui dal viceré del Bengala, e tu sai che gli inglesi sono abituati ad approfittare anche delle più piccole occasioni, per stendere le loro mani rapaci sui principati ancora indipendenti.

— Ma quella principessa è un'indiana e non una donna bianca.

— Ebbene la farò sfrattare dal mio stato.

— E gli altri?

— Quali altri?

— I complici. Sai che cosa credo? che faccia parte della congiura un principe di non so quale paese, non di razza bianca però e che è quello stesso che ha respinto i nostri seikki, quando hanno assalito la pagoda sotterranea.

— E me lo dici ora, Teotokris! — gridò il re con collera. — E vuotando un paio di bicchierini per prendere probabilmente un po' d'animo, saltò o meglio si lasciò scivolare giù dal letto-trono, mettendosi a passeggiare nervosamente per la piattaforma.

Teotokris, appoggiato allo stipite della porta, lo guardava con un sorriso beffardo sulle labbra.

— E dunque? — chiese finalmente il principe — che cosa devo fare?

— Accusare direttamente il grande cacciatore e, giacché non osi farlo schiacciare dall'elefante, metterlo sotto chiave.

— E poi?

— Eh! — fece il greco. — In carcere possono succedere tante cose.

—Ossia?

—Se passato un certo tempo, senza che il viceré del Bengala inoltri qualche reclamo sull'arresto del suo suddito, un po' di veleno farà scomparire ogni cosa: carne ed ossa.

Il rajah lo guardò con ammirazione.

—Grande Teotokris—disse poi,—questi europei sono meravigliosi!

—Siete deciso, Altezza?

—Ho piena fiducia di te.

—Lo accuserai direttamente?

—Sì—rispose il rajah.

—Quando?

Il rajah ci pensò qualche momento poi rispose:

—Per meglio mascherare le cose, questa sera daremo una festa nella sala degli elefanti, e quando l'allegria sarà al colmo, chiederò conto al mio grande cacciatore delle sue relazioni con la misteriosa principessa.

Tu terrai pronti cinquanta seikki, perché quel milord è sempre armato e non fa un passo se non ha dietro quei sei brutti musi verdastri.

—Non vi pentirete Altezza?

—No, sono risoluto a troncare la testa a questa congiura. Ho ucciso mio fratello per avere la corona; non la cederò finché avrò una goccia di sangue.

Il greco aprì le tende e scomparve, mentre il principe saliva sul suo trono-letto, allungandosi sulla coperta di seta inzuppata di whisky...

Mentre il greco preparava la trappola per Yanez, questi, che non sospettava nemmeno lontanamente quale tegola stava per cadergli sul capo, specialmente dopo la splendida riuscita della prova e le promesse del rajah, faceva tranquillamente la sua colazione chiacchierando col chitmudgar e coi suoi malesi.

Quantunque le manovre del greco lo preoccupassero non poco, egli era profondamente convinto che avrebbe dato di lì a poco la scalata al trono, e di offrirlo alla sua adorata Surama.

Ciò che lo inquietava invece, era la mancanza di notizie da parte di Sandokan e da parte di Surama, che non aveva più riveduto, dopo la sua entrata nel palazzo reale, temendo di comprometterla.

Se avesse saputo che in quel momento ella era già prigioniera del greco! Kubang fortunatamente si guardò bene dall'avvertirlo, confidando nell'audacia della Tigre della Malesia.

Divorata coscienziosamente la eccellente colazione, fattagli preparare dal chitmudgar, si era pacificamente addormentato sull'ampio seggiolone di bambù, con la sigaretta semi-spenta fra le labbra.

I malesi presto lo imitarono dopo essersi ritirati nella loro ampia stanza.

Era d'altronde l'ora in cui tutti si riposavano, ricchi e poveri, poiché dal mezzodì alle quattro pomeridiane, in tutte le città dell'India, ogni lavoro viene sospeso, per evitare i tremendi colpi di sole, che sono quasi sempre fortissimi, come lo sono i colpi di luna per coloro che durante la notte s'addormentano all'aperto, senza aver la precauzione di gettarsi qualche straccio sul viso. I primi quasi sempre uccidono, i secondi invece accecano o producono gonfiori alla faccia, e fortissime febbri.

Alle cinque il chitmudgar svegliò il portoghese portando, su un vassoio d'argento, un biglietto e un piccola scatola d'oro finalmente cesellata.

—Ah!—esclamò Yanez, alzandosi.—Il rajah vuole certamente ricompensarmi dell'uccisione del rinoceronte. Se ciò gli fa piacere accettiamo pure.

La scatoletta conteneva un altro magnifico anello con un rubino, del valore di qualche migliaio di rupie; la lettera era un invito per una festa che il rajah offriva alla sua corte nella sala degli elefanti.

—Per Giove!—esclamò nuovamente Yanez.—Il rajah comincia ad apprezzare i miei servigi. Speriamo d'indurlo a poco a poco a sbarazzarsi di quel briccone di greco. Via quell'individuo, io e Sandokan non avremo da fare altro che allungare le mani e togliere, dalla testa di quell'ubriacone, la corona che gli pesa ormai troppo.

Si mise il prezioso anello e siccome la festa doveva cominciare al tramonto, fece un'accurata toeletta, indossando un nuovissimo vestito di flanella bianca, molto leggero, e stivaloni lucidissimi. Alle reni cinse poi una larghissima fascia di seta a varie tinte, doppiandola in modo da poter nascondere le sue pistole ed il kriss, lasciando solo in vista la scimitarra.

—Non si sa mai quello che può succedere—mormorò.

Anche i suoi malesi si erano vestiti a nuovo ed avevano ben pulito le loro carabine e le loro scimitarre, riempiendosi le tasche e le fasce di munizioni, come se dovessero recarsi ad una partita di caccia, piuttosto che ad una festa, essendo per istinto non meno diffidenti del loro padrone.

Quando Yanez udì squillare nell'ampio cortile i baunk, che sono specie di trombette dal suono acutissimo, e rumoreggiare i grossi tamburi, lasciò l'appartamento preceduto dal chitmudgar, che si pavoneggiava in un ampio dootée di seta gialla e seguito dai suoi malesi.

La sala degli elefanti si trovava a pianterreno e s'apriva su uno dei quattro angoli del cortile. Era più vasta e più splendida di quella che il rajah usava per i ricevimenti, con magnifiche colonne ricche di sculture e di dorature, e anche quella non mancava d'un trono.

Era un immenso seggiolone sorretto, come quello del Gran Mogol, da sei piedi d'oro massiccio, che si dipartivano da una foglia di palma di dimensioni enormi, di legno intagliato. Sopra la spalliera un pavone tutto di bronzo dorato, allargava la sua coda variopinta, che teneva incastrati diamanti, zaffiri e rubini d'un effetto splendido.

Il rajah era già seduto, circondato dai suoi ministri e dai suoi favoriti e riceveva gli omaggi dai pezzi grossi della capitale.

In un angolo dell'immensa sala, su una piattaforma, coperta da un bellissimo tappeto di Persia, una trentina di suonatori soffiavano disperatamente dentro quelle lunghe trombe di rame chiamate ramsinga, o dentro le surnae che rassomigliano alle nostre chiarine, mentre altri pizzicavano le corde di seta delle sitar, che sono le chitarre indiane, o quelle dell'omerti, quello strano strumento formato con una mezza noce di cocco, coperta per un terzo d'una pelle finissima.

Fra le otto colonne che reggevano la volta della sala, una cinquantina di can-ceni, ossia di danzatrici, con il seno chiuso dentro corazze di metallo dorato, con lunghi capelli sciolti, che avevano alle estremità dei mazzolini di fiori, eseguivano la ram-genye, la danza più graziosa tra quelle indiane.

All'estremità della sala invece altrettanti balok, ossia giovani ballerini, col corpo semi-nudo, dipinto in più luoghi e con le teste ornate di fiori e di nastri, danzavano la ram-genye, eseguendo dei passi difficilissimi, assai ammirati dai numerosissimi spettatori accorsi all'invito del rajah.

Yanez dopo aver dato un rapido sguardo a tutti quegli invitati, attraversò la sala sempre seguìto dai suoi malesi e andò a salutare il principe, il quale contraccambiò porgendogli di propria mano una tazza di arak birmano.

Il principe sembrava di buon umore, forse anche perchè era ormai piuttosto alticcio; però aveva nello sguardo un certo lampo falso che non sfuggì al portoghese. Non vedendo però fra i ministri il greco, si rassicurò alquanto e dopo aver vuotata la tazza, andò a sedersi su uno dei divani, che che adornavano la sala.

Alle danze seguivano altre danze, ora accompagnate dal bin, dal sitar e da altri strumenti a corda, come usano gli indiani ed ora dal tobla, dall'hula e dal sarindàh, come usano invece i mussulmani dell'India centrale e settentrionale.

Di quando in quando una turba di servi, splendidamente vestiti, che reggevano degli immensi vassoi d'argento o d'oro, irrompevano nella sala, offrendo agli invitati pasticcini, gelati, bibite di varie specie, o delle pipe già cariche di eccellente tabacco, o scatole piene di betel.

Già il ballo durava da un paio d'ore quando, con sorpresa di tutti, si vide regnare una improvvisa agitazione sulla piattaforma del trono.

I ministri che fino allora erano sempre stati seduti presso il trono, bevendo e fumando, si erano alzati discorrendo animatamente fra di loro e gesticolando, mentre il rajah gesticolava come in preda alla collera.

Ufficiali salivano e scendevano dalla piattaforma, come per ricevere e dare ordini.

— Che cosa può essere successo? — si chiese Yanez a cui non era sfuggito quel tramestìo. — Forse una rivoluzione in qualche parte del regno?

Si era appena fatta quella domanda quando vide il rajah lasciare la piattaforma e scomparire dietro una tenda, subito seguìto da uno dei suoi ministri. Quasi nel medesimo tempo un ufficiale della guardia si diresse verso il divano su cui stava seduto Yanez.

Yanez vedendolo avvicinarsi, provò una stretta al cuore. Gli era balenato subito il sospetto che Sandokan avesse tentato qualcuno dei suoi audaci colpi di testa e che gli fosse toccata qualche disgrazia.

—Milord—disse l'ufficiale, fermandoglisi davanti e curvandosi, in modo che i vicini non potessero udirlo.—Il rajah desidera parlarti.

—Che cosa è successo?

—Lo ignoro: so solo che mi ha detto di condurti senza indugio da lui.

—Ti seguo—rispose Yanez forzandosi di mostrarsi tranquillo.

I malesi che stavano appoggiati alla parete, vedendo il loro padrone alzarsi, si erano staccati per seguirlo, ma l'ufficiale fu pronto a dire:

—Il rajah desidera parlare al suo grande cacciatore senza testimoni, perciò voi dovete rimanere qui. È l'ordine che ho ricevuto.

—Rimanete pure—disse Yanez volgendosi verso i malesi.

Fece però un gesto che voleva dire: *"Tenetevi pronti a tutto"*.

Poi seguì l'ufficiale, le danze continuavano animatissime e strumenti musicali facevano echeggiare di allegre melodie l'ampia sala degli elefanti.

Uscirono da una delle due parti che si aprivano ai due lati del trono, e Yanez si trovò in una saletta ammobiliata con molto gusto, con divani, specchi e lampadari bellissimi. Il rajah era là, seduto su una poltrona di bambù, appoggiata contro una tenda, che doveva nascondere di certo qualche porta.

Non aveva con sé che un ministro e due ufficiali della sua guardia.

Yanez comprese di primo acchito, dall'espressione alterata del viso, che il rajah non era più di buon umore.

—Che cosa desiderate, Altezza?—chiese Yanez fermandosi a due passi dal principe.—C'è qualche altra caccia da organizzare?

—Forse, milord—rispose bruscamente il rajah;—ma dubito molto che darò l'incarico a te, questa volta.

—Perchè, Altezza?

—Perchè potresti essere tu la selvaggina.

Yanez con uno sforzo prodigioso trattenne un sussulto, poi guardando bene in viso il principe gli chiese freddamente:

—Volete scherzare, Altezza, o guastare la festa?

—Né l'una, né l'altra cosa.

—Allora spiegatevi meglio.

Il rajah s'alzò e facendo un passo innanzi, gli chiese a bruciapelo:

—Chi è quella principessa indiana?

Per la seconda volta il portoghese fu costretto a fare un nuovo e più terribile sforzo, per mantenersi calmo e non tradirsi.

—Di quale principessa intendete parlare, Altezza?—domandò mentre impallidiva a vista d'occhio.

—Di quella che ha il suo palazzo davanti alla vecchia pagoda di Tabri.

—Ah!—fece Yanez tentando di sorridere.—Chi è stato quell'imbecille che vi ha detto che quella è una principessa?

—Non importa che te lo dica, milord. La conosci?

—Da molto tempo.

—Chi è?

—Una bellissima indiana, che io ho scoperto nel Mysore, e che m'accompagna sempre nei miei viaggi, perchè mi ama e a mia volta anch'io la amo. Siete ora soddisfatto, Altezza?

—No—rispose seccamente il principe.

—Che cosa desiderate sapere ancora?

—Sapere quale motivo ti ha spinto a venire nel mio regno.

—Ve l'ho già detto: la passione per le grosse cacce.

—In tale caso non si conducono tanti uomini.

—Non ne ho che sei.

—E quelli che occupavano il tempio sotterraneo e che mi sono sfuggiti di mano?

Yanez, malgrado il suo straordinario coraggio, si sentì vacillare.

—Quali?—chiese dopo un breve silenzio.—Io non so di quali uomini vogliate parlare.

—Vuoi dirmi che non li conosci?

—Non so chi siano, né per quale motivo si siano rifugiati in quella pagoda.

—È strano che la tua donna non te n'abbia mai parlato.

—Chi?—chiese Yanez con impeto.

—Quella che chiamano la principessa.

—Quella fanciulla conoscerebbe quegli uomini! chi vi ha narrato questo, Altezza? questa è una infamia!

—L'ha confessato ella stessa.

Yanez portò ambo le mani alla fascia dove teneva nascoste le pistole e guardò ferocemente il principe.

La collera, a poco a poco, lo invadeva. Aveva capito perfino troppo e si sentiva mancare il terreno sotto i piedi.

—Altezza!—disse con voce minacciosa,—che cosa avete fatto di quella fanciulla?

—L'abbiamo fatta rapire.

—Miserabili!—tuonò Yanez con accento terribile.—Chi vi ha dato il permesso?

Il rajah che aveva preso un animo insolito per l'eccitamento dei liquori poco prima tracannati, rispose prontamente:

—Da quando un principe, che regna assoluto, deve chiedere permesso agli stranieri, milord?

—Io vi ho reso dei servigi.

—Ed io ti ho pagato.

—Un uomo come me non si compera, né con diecimila, né con centomila rupie, m'avete capito, Altezza?

Si strappò dalle dita i due anelli e li gettò con disprezzo a terra dicendo:

—Ecco che cosa ne faccio io dei vostri regali. Fateli raccogliere dai vostri servi.

Il rajah un po' atterrito da quello scoppio d'ira e da quell'atto, rimase silenzioso, limitandosi ad aggrottare la fronte.

—Altezza—rispose Yanez con una rabbia furibonda,—voi avete agito non come un principe, bensì come un malandrino. Ricordatevi però che io sono un suddito inglese, che sono per di più un milord, che la mia donna è sotto la protezione del governo inglese, e che alle frontiere del Bengala vi sono truppe sufficienti per invadere il vostro stato e conquistarlo.

—Tu mi hai offeso, milord—rispose il rajah con collera.

—Non me ne importa. Rendimi quella fanciulla o io...

—Che cosa oseresti fare?

—Non terrò più in conto il tuo rango di principe.

—Ed io ti risponderò invitandoti a deporre le armi.

—Io!—gridò Yanez balzando indietro.

—Tu, milord, devi averne sotto la tua fascia—disse il rajah.

—Un inglese quando si trova in paesi ancora barbari, non lascia mai le sue pistole.

—Allora sarò costretto a fartele togliere con la violenza.

Yanez incrociò le braccia sul petto e guardandolo fisso con tono di sfida:

—Provatevi e vedrete che cosa succederà qui...

Il rajah, visibilmente spaventato dall'audacia del portoghese, era rimasto silenzioso, volgendo gli occhi ora verso l'una ed ora verso l'altra delle sue guardie, come per chiedere una pronta protezione.

Il suo ministro, che tremava come se avesse avuta la febbre, aveva battuto prudentemente la ritirata verso una delle due porte della sala degli elefanti.

—Dunque?—chiese Yanez vedendo che il principe non si decideva a riprendere la parola.

—Milord—disse finalmente il rajah riprendendo un po' di coraggio—ti dimentichi che ho qui più di duecento seikki, pronti a dare il loro sangue per me?

—Lanciatemeli addosso: io sono qui ad aspettarli.

—Allora deponi le armi.

—Mai!

—Facciamola finita!—gridò il rajah esasperato.—Ufficiali, disarmate quest'uomo!

—Ah! è così che tu tratti il tuo grande cacciatore?—gridò Yanez.

In tre salti attraversò la stanza e si precipitò nella sala tuonando:

—A me, malesi!...

Aveva estratto le pistole e le aveva puntate verso la porta, pronto a fulminare i due ufficiali della guardia, se lo avessero seguìto.

I malesi, udendo la voce del loro capo e vedendolo precipitare fra le danzatrici e gli spettatori con le armi in pugno, balzarono in avanti come tigri, armando precipitosamente le carabine e puntandole verso la folla.

Un immenso grido di terrore echeggiò nella vasta sala.

—Via tutti!—gridò Yanez,—o comando il fuoco!

Le danzatrici, i suonatori e gli spettatori, che erano inermi e che ormai sapevano quanto fosse audace il grande cacciatore, si rovesciarono confusamente verso la porta, che metteva nel cortile d'onore, pigiandosi e gareggiando accanitamente per giungere prima all'aperto. Urlavano tutti in preda ad un vivissimo spavento, credendo in buona fede che la scorta del grande cacciatore, si preparasse a far fuoco dietro le loro spalle.

Yanez approfittò di quella confusione per chiudere le due piccole porte di bronzo massiccio, che mettevano nelle vicine stanze ed a sprangarle, onde impedire ai seikki d'irrompere nella sala.

Quando gli ultimi spettatori, dopo essersi schiacciati presso l'uscita, riuscirono a loro volta a mettersi in salvo nel cortile, i malesi chiusero con gran fracasso anche quella porta, che era pure di bronzo, e così spessa da sfidare il fuoco d'un pezzo d'artiglieria.

— Ora — disse Yanez — prepariamoci a vendere cara la pelle, amici.

Sappiate che tutto è stato scoperto, che Surama è stata rapita, e che non si sa nulla di Sandokan. Non ci resta che morire, ma noi vecchie Tigri di Mompracem, non abbiamo paura della morte. Avete molte munizioni?

— Quattrocento colpi — rispose Burni.

— Peccato che Kubang non sia ritornato a tempo. Vi sarebbe una carabina in più.

Come mai non si è più fatto vivo?

— Capitano, che sia stato assassinato? — disse uno dei cinque malesi.

— Può darsi — rispose Yanez. — Vendicheremo anche lui. — Burni, tu per il momento prenderai il posto di Kubang.

— Va bene, capitano.

In quell'istante, ad una delle due porte che comunicavano con le stanze, si udì echeggiare un colpo sonoro che parve prodotto dall'urto d'una mazza di metallo, seguìto subito da una voce imperiosa che gridava:

— Aprite, ordine del rajah!

Yanez che stava dirigendosi già verso il portone di bronzo, immaginandosi che l'attacco più vigoroso sarebbe stato tentato da quella parte, tornò prontamente indietro, gridando a sua volta:

— Vai a dire a Sua Altezza che il suo grande cacciatore non ha per il momento alcun desiderio di ricevere i suoi ordini.

— Se non obbedisci, milord, farò abbattere le porte.

— Ma dietro le porte troverai degli uomini pronti a tenerti testa, perchè tutti noi siamo risoluti a vendere carissima la nostra pelle.

— Rifiuti, milord?

— Assolutamente.

— È la tua ultima parola?

— Sì, l'ultima — rispose Yanez.

La voce non si fece più udire. Yanez s'accostò alla porta di bronzo che metteva sul cortile e si mise in ascolto.

Al di fuori si udiva un brusio di voci, come se molti uomini si fossero radunati davanti alla porta.

—Saranno i seikki del rajah—mormorò.—Per Giove! la faccenda minaccia di diventare seria! e non posso avvertire Sandokan! come finirà tutto ciò? non potremo resistere indefinitamente, e questa porta, per quanto robusta, finirà per cadere.

Ad un tratto trasalì!

Aveva udito un barrito spaventoso, quello d'un elefante infuriato, rimbombare a breve distanza dalla porta.

—Ah per Giove! non avevo pensato a questo!—esclamò.—A me, malesi!

I cinque uomini si ripiegarono rapidamente verso il centro della sala.

—Che cosa dobbiamo fare, capitano Yanez?—chiese Burni.

—Prendere tutti questi divani, queste sedie ed innalzate una barricata dietro la grande porta di bronzo.

Non aveva ancora terminato di parlare che già i malesi erano al lavoro. Bastarono pochi minuti a quegli uomini infaticabili per elevare dietro alla porta una barricata imponente, più per intralciare il passo all'elefante che per arrestarlo. Yanez però era sicuro di abbatterlo a colpi di carabina, prima che potesse scagliarsi attraverso la sala.

—Dietro a tutti questi divani, ci difenderemo a meraviglia—disse ai malesi.—Rimanga un uomo solo a guardia delle due porticine. L'attacco si farà qui per ora.

In quell'istante un altro e più formidabile barrito si fece udire al di fuori, seguito da alcune grida. Erano i cornac che incitavano l'animale a dare addosso alla porta.

—Tutti intorno a me!—comandò Yanez.—Qualunque cosa accada, non lasciate la barricata, o morrete schiacciati dalle porte di bronzo.

Un rombo metallico fece tremare perfino le pareti della vasta sala e oscillare spaventosamente le massicce porte di bronzo.

L'elefante aveva dato il primo colpo.

—Che forza prodigiosa hanno questi pachidermi!—mormorò Yanez.—Sette od otto di questi colpi ed il varco sarà aperto.

Trascorse mezzo minuto d'angosciosa aspettativa per gli assediati, poi un altro urto fu dato alla porta, la quale oscillò dalla base alla cima. Parve che fosse scoppiata qualche grossa granata, o che gli assedianti avessero dato fuoco ad un mortaio di grosso calibro.

Ne seguì un terzo, poi un quarto, sempre più violento. Al quinto le porte, divelte dai cardini, piombarono con un fragore assordante addosso ai divani, schiacciandone un gran numero, ma rinforzando nel medesimo tempo con la loro massa, la barricata.

—Amici!—gridò Yanez, che era già preparato a quella caduta—prepariamoci a dare a questi indiani una lezione che faccia epoca.

Capitolo 24

La Resa di Yanez

L'elefante, atterrato l'ostacolo, si era frettolosamente allontanato di una ventina di passi, poi si era voltato presentando agli assediati un'enorme proboscide, che stringeva all'estremità una massiccia sbarra di ferro.

Seduto fra le due orecchie stava il suo cornac, armato dell'uncino in modo da spingerlo all'attacco.

Dietro ed ai fianchi si erano radunati trenta o quaranta seikki; però altri dovevano trovarsi nel cortile a giudicare dalle grida e dai comandi che si udivano.

La porta era così ampia che l'elefante poteva entrare senza fatica nella sala, la quale, forse in altri tempi, era servita da scuderia a quei colossali pachidermi.

Prima che il grosso animale salisse il primo gradino, una ventina di seikki gli si gettarono davanti, sparando all'impazzata fra i divani e le sedie, con la speranza di far scaricare le carabine degli assediati; questi però, che si erano messi al riparo, si guardarono bene dal cadere nel tranello.

Non ricevendo risposta, i seikki, dopo aver consumato senza alcun risultato un centinaio di cartucce, lasciarono il passo al pachiderma, il quale avanzò coraggiosamente ostruendo, con la sua enorme mole, tutta la porta.

Era il momento atteso da Yanez.

—Ecco la nostra nuova barricata—mormorò.—Non lasciamolo passare del tutto.

Alzò la sua grossa carabina, tenendosi inginocchiato dietro un divano e lasciò partire uno dopo l'altro i due colpi, subito imitato dai suoi uomini.

L'elefante colpito alle giunture delle spalle, i due punti più vulnerabili, e crivellato dai proiettili dei malesi, tentò di dare indietro per uscire da quella strettoia; ma le forze improvvisamente gli mancarono e s'accasciò di colpo, ostruendo tutto il passaggio con la sua massa enorme.

Al di fuori si levò un coro di urla di rabbia, mentre il disgraziato animale, dopo aver lanciato tre o quattro possenti barriti, cominciò a rantolare. Grosse lacrime gli cadevano dagli occhi e la sua proboscide, scossa da un tremito convulso, soffiava sangue: indizio sicuro d'una prossima morte.

—Per Giove!—esclamò Yanez.—Questo è un brutto un tiro che i seikki non s'aspettavano di certo. Vedremo ora come faranno a entrare.

Saranno costretti ad assalirci dalla parte delle due porticine, e quelle aperture non sarà difficile difenderle. Burni!

—Capitano.

—Prendi due uomini e va' a demolire il palco dei suonatori. È necessario barricare le due porticine.

Quindi volgendosi verso i due malesi che gli stavano inginocchiati ai fianchi, spiando gli ultimi sussulti del pachiderma, disse loro:

—Non perdete di vista un solo istante la porta, e fate fuoco sul primo che cercherà d'entrare. Potrete facilmente vederlo perchè sarà costretto passare sul corpo dell'elefante. Ed ora vedremo come si metteranno le cose.

Si alzò con precauzione e sporse il capo fra due divani, lanciando un rapido sguardo verso la porta. L'elefante rantolava ancora e dietro la sua massa si vedevano spuntare numerose carabine. Era evidente però che i seikki aspettavano che il povero pachiderma avesse esalato il suo ultimo respiro, prima di avventurarsi sul suo corpo, per timore di ricevere qualche colpo di proboscide.

Burni e i suoi due uomini avevano appena terminato di barricare le due porticine, accumulandovi dietro tavole, pali grossissimi e gli ultimi divani, quando una nota metallica uscì dalle fauci del pachiderma: la morte stava per sorprendere il disgraziato animale.

—È il suo ultimo barrito—disse Yanez.—Tenetevi pronti a respingere l'attacco. I seikki non tarderanno ad aprire il fuoco.

—Ne posso vedere già uno che sta arrampicandosi sul dorso dell'elefante—disse Burni.

Un guerriero seikko, sicuro ormai che l'elefante fosse morto, oppure non più in grado di far uso della terribile proboscide, si era arrampicato sul gigantesco corpo e avanzava strisciando.

Burni, che non lo perdeva di vista, si rizzò in piedi, mirò qualche istante, tenendosi semi-nascosto dietro un divano, poi lasciò partire un colpo secco che risuonò nell'immensa sala.

L'indiano rotolò verso uno degli stipiti della porta, lasciandosi sfuggire il fucile che teneva in mano, senza fare nemmeno un gesto, né mandare un grido.

—Ecco uno che non griderà più—disse Yanez freddamente.—Se tutti i proiettili colpissero così bene, con le munizioni che abbiamo, non resterebbe più un solo seikko a quel maledetto rajah.

Altri due seikki avevano preso il posto dell'ucciso. Vedendo alzarsi dietro i divani una nuvoletta di fumo, fecero fuoco quasi contemporaneamente, credendo di colpire l'uccisore del loro compagno, ma Burni si era nascosto dietro la barricata.

—Lasciatelo a me, ora—disse Yanez.—Vi mostrerò io come tira il grande cacciatore.

Due spari fortissimi seguirono quelle parole. La grossa carabina del portoghese aveva fulminato anche quei nuovi assalitori, facendoli ruzzolare uno a destra e l'altro a sinistra dell'elefante.

Quei tre colpi meravigliosi scatenarono un clamore assordante e rallentarono, nel medesimo tempo, l'attacco. Il grande cacciatore del rajah, già ammirato per la sua straordinaria audacia, cominciava a terrorizzare anche quei coraggiosi guerrieri, che tutti gli indiani ritenevano invincibili.

—Ah! se potessi avvertire la Tigre della Malesia!...—esclamò Yanez.—Ma dove si troverà? deve essere impegnato in qualche grave affare il mio fratellino, se non ha mandato a noi sue notizie. La va male! come finirà questa brutta faccenda? mah, non disperiamo e cerchiamo di resistere più che possiamo! i lamenti sono inutili in questo momento.

Una detonazione fortissima scosse l'immensa sala, poi un largo tratto di soffitto precipitò al suolo, a breve distanza dagli assediati.

I seikki, non osando attaccare risolutamente i malesi, avevano messo in batteria, all'estremità del cortile d'onore, un pezzo d'artiglieria ed avevano cominciato il fuoco.

La fronte di Yanez si era annuvolata.

—Questa non me l'aspettavo—mormorò.—Speriamo che non adoperino delle granate.

Una seconda detonazione rimbombò più acuta della prima, ed un proiettile, dopo aver attraversato l'elefante quasi a livello della spina dorsale, passò sibilando sopra la barricata dei divani, conficcandosi profondamente nella parete opposta.

—Fino a quando potremo resistere?—disse Yanez.

Un terzo sparo rimbombò nel cortile e si vide uno spettacolo orribile. L'elefante era stato colpito da una granata e questa, scoppiando nel suo corpo, aveva orrendamente squarciato la massa, scagliando, contro gli stipiti della porta, enormi lembi di pelle e di carne e spruzzando di sangue le vicine pareti, le porte di bronzo, i divani e perfino le sedie.

La detonazione non si era ancora spenta, quando dieci o dodici seikki si slanciarono sul corpo mutilato del pachiderma, mandando urla feroci e facendo fuoco in tutte le direzioni.

I malesi avevano già alzato le carabine per rispondere all'attacco; Yanez fu pronto a trattenerli:

—No: tiriamo a colpo sicuro!

I seikki, superato il corpo dilaniato del pachiderma, si erano slanciati sulle due porte di bronzo che, come abbiamo detto, erano cadute addosso ai divani, e stavano per attraversarle quando una voce secca, tagliente, si fece udire:

—Fuoco, malesi!

Una scarica terribile, quasi a bruciapelo, colpì il minuscolo drappello d'avanguardia.

Sei seikki caddero in mezzo ai divani, più o meno fulminati. Gli altri, che avevano le carabine scariche, balzarono rapidamente sull'elefante attraverso lo squarcio sanguinoso e scapparono a gambe levate.

—Questi montanari sono testardi—disse Yanez.—Però io al loro posto sarei più prudente, sapendo d'aver davanti degli uomini che tirano bene e solo a colpo sicuro.

—In guardia, capitano!—esclamò Burni.

—Vengono ancora?

—Sì, tornano all'attacco.

Turbanti e canne di carabine tornavano a mostrarsi dietro all'elefante. I seikki si preparavano di certo per tentare uno sforzo supremo.

Dovevano essere furibondi per le perdite subite, quindi ben più terribili di prima.

Un urlo feroce, il grido di guerra di quelle intrepide tribù montanare, li avvertì che l'attacco stava per essere ripreso.

Ed infatti, un momento dopo, una valanga d'uomini scalava l'elefante, proteggendosi con un fuoco vivissimo, di nessun effetto però per gli asse-diati, che si trovavano riparati prima dalle porte di bronzo che erano rimaste inclinate, e poi da tutto quell'ammasso di divani e sedie.

—Date dentro!—comandò Yanez ai suoi uomini.

I malesi non si fecero ripetere il comando. Meravigliosi tiratori, aprirono a loro volta il fuoco abbattendo un uomo per ogni colpo che sparavano.

I seikki, quantunque atterriti dalla precisione di quel fuoco, che non cessava un solo istante, se non osavano avanzare, si tenevano però ostina-tamente sul dorso del pachiderma, rispondendo colpo per colpo, mentre il pezzo d'artiglieria, piazzato in fondo al cortile, tuonava mandando le palle sopra le loro teste, cercando di sfondare il soffitto e di provocarne la caduta per schiacciare i difensori della sala.

Fortunatamente la volta era stata troppo bene costruita e non rovina-vano che qualche mattone e larghi pezzi di calcinaccio, proiettili che non inquietavano affatto né Yanez, né i malesi.

Il fuoco era diventato terribile d'ambo le parti e anche rapidissimo. Ogni seikko che cadeva, veniva subito sostituito da un altro non meno ostinato, né meno valoroso del compagno e che non tardava a capitom-bolare morto o ferito.

Una ventina di uomini erano già stati posti fuori di combattimento, quando il segnale della ritirata venne dato.

Quel comando giungeva in buon punto, poiché i malesi si trovavano ormai imbarazzati a tener fronte a tanti avversari, e si bruciavano le mani essendo diventate le canne delle carabine roventi.

Anche questa volta il fuoco dei seikki non aveva ottenuto alcun risul-tato, poiché solo Burni era stato colpito da una palla di rimbalzo, che gli aveva portato via il lobo dell'orecchio destro, provocando un'emorragia che non poteva avere alcuna grave conseguenza.

—Capitano—disse Burni,—credi che ce la caveremo? che cosa tente-ranno ancora i seikki?

—Eccoli radunati intorno al pezzo—gridò Yanez.—Amici, preparatevi a sgombrare o riceverete in pieno petto una palla di buon calibro.

I malesi furono solleciti ad allontanarsi, riparandosi dietro le due estreme ali della barricata, che si trovavano fuori dalla linea del portone. Avevano appena raggiunto i loro posti, quando il cannone avvampò con un fragoroso rimbombo.

La palla rimbalzò sulle porte di bronzo, scheggiando quella di destra, attraversò la barricata dei divani, affondandone parecchi e andò a conficcarsi in una parete.

— Avranno però da fare, a sfondare le porte di bronzo, capitano — disse il malese.

— Cederanno anche quelle. Il pezzo che i seikki adoperano deve essere buonissimo — osservò Yanez.

Un altro colpo seguì il primo e la palla tornò a rimbalzare, sfondando però un'altra buona parte della barricata.

— L'hanno demolita — disse Burni scuotendo tristemente la testa.

I colpi si succedevano ai colpi, facendo tremare le vetrate della sala. Le palle rimbalzavano da tutte le parti, scrosciando sulle porte di bronzo, le quali a poco a poco cedevano, e si conficcavano contro le muraglie aprendo dei buchi enormi.

Yanez ed i malesi, rannicchiati dietro i divani, cupi, pensierosi, stringevano le loro carabine senza sparare un solo colpo, ben sapendo che sarebbero state cartucce perdute senza alcun profitto, poiché la massa del pachiderma impediva a loro di scorgere gli artiglieri.

Il cannoneggiamento durò una buona mezz'ora, poi quando le due porte caddero spezzate, e la barricata fu sfondata, il fuoco fu sospeso ed un uomo, salito sui resti dell'elefante, si presentò, tenendo infisso sulla baionetta un pezzo di seta bianca.

Yanez si era già alzato, pronto a fulminarlo, ma accortosi a tempo che si trattava d'un inviato a parlamentare, abbassò la carabina chiedendo:

— Che cosa vuoi?

— Il rajah mi manda per intimarvi la resa. La vostra barricata ormai non vi protegge più.

— Dirai a Sua Altezza che ci proteggeranno le nostre carabine, e che il suo gran cacciatore ha ancora le braccia ferree e la vista eccellente, per mettergli fuori combattimento le guardie reali.

— Il rajah mi ha mandato per proporti delle condizioni, milord.

— Quali sono?

— Ti concede la vita, purché tu ti lasci condurre alla frontiera del Bengala.

— E ai miei uomini?

— Hanno ucciso, non sono uomini bianchi e pagheranno con la loro vita.

— Va' a dire allora al tuo signore, che il suo grande cacciatore li difenderà finché avrà una cartuccia e un soffio di vita. Sgombra o ti fucilo sul posto!

Il portavoce fu lesto a scomparire.

—Amici—disse Yanez con voce perfettamente tranquilla—qui si tratta di morire: la Tigre della Malesia penserà a vendicarci.

—Signore—disse Burni,—la nostra vita ti appartiene e la morte non ha mai fatto paura alle vecchie tigri di Mompracem. Cadere qui o sul mare non ha importanza, è vero camerati?

—Sì—risposero i malesi ad una voce.

—Allora prepariamoci all'ultima difesa—disse Yanez.—Quando non potremo più sparare, attaccheremo con le scimitarre.

Ai colpi di cannone di poco prima, era seguito un profondo silenzio. I seikki si consigliavano e stavano preparando la colonna d'attacco.

I nemici invece di esporsi al tiro di quelle infallibili carabine, avevano trascinato il pezzo d'artiglieria vicino alla porta, e siccome l'elefante, ormai quasi interamente distrutto dalle granate, non impediva più il puntamento, si preparavano a mitragliare i difensori della sala.

—Ecco la fine!—disse Yanez, che si era accorto della manovra.—Cerchiamo di morire da prodi.

Una bordata di mitraglia scrosciò sugli avanzi della barricata, fulminando Burni che si era avanzato per vedere come stavano le cose.

Seguì una seconda scarica che fece cadere un altro malese, poi il portavoce tornò a mostrarsi fra il corpaccio dilaniato dell'elefante, gridando per la seconda volta:

—Il rajah mi manda per intimarvi la resa. Se rifiutate vi stermineremo tutti.

La difesa era insostenibile.

—Noi siamo pronti ad arrenderci—rispose finalmente il portoghese—a condizione però che i miei uomini abbiano, al pari di me, la vita salva.

—Il mio signore te lo promette.

—Ne sei ben certo?

—Mi ha dato la sua parola.

—Eccomi.

Balzò sopra gli avanzi della barricata seguito dai suoi malesi, superò l'elefante e saltò sul gradino, fermandosi davanti al cannone ancora fumante.

Il cortile era pieno di seikki ed in mezzo a loro si trovava il rajah coi suoi ministri, i quali reggevano delle torce.

Yanez gettò a terra la carabina, respinse gli artiglieri che cercavano di afferrarlo e mosse verso il principe a testa alta, con le braccia strette sul petto, dicendo con un accento sardonico:

—Eccomi, Altezza. I seikki hanno vinto l'uccisore di tigri e di rinoceronti, che esponeva la sua vita per la tranquillità dei vostri sudditi.

—Tu sei un valoroso—rispose il rajah evitando lo sguardo fiammeggiante del portoghese.—Poche volte mi sono divertito come questa sera.

—Sicché Vostra Altezza non rimpiange i seikki, che sono caduti sotto il mio piombo.

—Li pago e anche profumatamente per questo—rispose brutale il principe.—Perchè non dovrebbero distrarmi con questi spettacoli?

—Ecco una risposta degna d'un rajah indiano—rispose Yanez ironicamente.—Che cosa farete ora di me?

—A questo penseranno i miei ministri—rispose il principe.—Io non voglio avere questioni col governatore del Bengala. T'avverto però che finché non si saranno decisi, tu sarai mio prigioniero.

—Ed i miei uomini?

—Li farò rinchiudere intanto in una stanza appartata.

—Assieme a me?

—No, milord, almeno per ora.

—Perchè?

—Per maggior sicurezza. Siete uomini troppo astuti voi per lasciarvi insieme.

—Avverto però Vostra Altezza che anche i miei servi sono sudditi inglesi, essendo nati a Labuan.

—Io non so che cosa sia questo Labuan—rispose il principe.—Tuttavia terrò conto di quanto tu mi dici.

Fece poi un segno con la mano e subito quattro ufficiali piombarono sul portoghese, afferrandolo strettamente per le braccia.

—Conducetelo dove voi sapete—disse il rajah.—Non dimenticatevi però che è un uomo bianco e per di più un inglese.

Yanez si lasciò condurre via senza opporre resistenza.

Era appena entrato in una delle sale del pianterreno, quando i seikki si scagliarono, con l'impeto di belve feroci, contro i tre malesi, strappando a loro di mano le carabine e legandoli solidamente.

Quasi nel medesimo istante, da una delle ampie porte che s'aprivano sul cortile, usciva un colossale elefante, montato da un cornac barbuto e d'aspetto feroce.

Appeso alla proboscide reggeva un ceppo, poco dissimile a quello su cui i macellai usano spaccare i quarti di bue. Quel bestione era l'elefante-carnefice.

In tutte le corti dei principi indiani vi è un simile animale, ammaestrato sul miglior modo di mandare all'altro mondo tutti coloro che danno ombra a quei crudeli regnanti.

Mentre i seikki si ritiravano per lasciargli il passo, il gigantesco pachiderma depose, proprio nel centro del cortile, il ceppo, posandovi poi sopra una delle sue zampe, come per provarne la solidità.

—Avanti il primo—disse il rajah che stava comodamente seduto su una poltrona, con un sigaro fra le labbra.—Voglio vedere se questi uomini, che si battono con il coraggio delle tigri, saranno altrettanto coraggiosi davanti alla morte.

Quattro seikki afferrarono uno dei tre malesi e lo trascinarono davanti all'elefante, facendogli appoggiare la testa sul ceppo e trattenendolo con tutto il loro vigore.

Il gigantesco carnefice, ad un ordine del cornac, fece due o tre passi indietro, alzò la proboscide cacciando fuori un lungo barrito, poi avanzò verso il ceppo, levò la zampa sinistra e la lasciò cadere sulla testa del povero malese.

Il cadavere fu gettato da un lato, e coperto con un largo dootée; poi l'uno dopo l'altro, furono giustiziati, nel medesimo modo, i due altri malesi.

— Teotokris sarà ora contento — disse il rajah. — Andiamo a riposarci.

Cominciava allora ad albeggiare.

Egli si alzò e entrò in uno degli edifici laterali, seguìto dai suoi ministri e dai suoi ufficiali, mentre i seikki si preparavano a portare via i loro camerati, caduti sotto il piombo delle tigri di Mompracem.

Il principe si era forse appena coricato, quando un uomo entrava frettolosamente nel palazzo reale e saliva a quattro a quattro i gradini, che conducevano nell'appartamento di Yanez.

Era Kubang che tornava, dopo aver assistito all'attacco del palazzo di Surama, e alla fuga di Sandokan e di Tremal-Naik verso il fiume.

Udendo bussare frettolosamente, il chitmudgar, che dopo le prime fucilate sparate nella sala si era precipitosamente rifugiato lassù, non osando prendere le parti del gran cacciatore, aveva subito aperto.

Il pover'uomo, che da una finestra che prospettava sul cortile d'onore, aveva assistito alla resa di Yanez, e all'esecuzione dei tre malesi, era disfatto per l'intenso dolore e piangeva come un fanciullo.

— Ah, mio povero sahib! — esclamò vedendosi davanti Kubang, — vuoi morire anche tu, dunque?

— Che cosa dici chitmudgar? — chiese il malese, spaventato dal pianto di quell'uomo.

— Il tuo signore è stato arrestato.

— Il capitano! — esclamò il malese facendo un salto.

— Ed i tuoi compagni sono stati tutti giustiziati.

Kubang diede indietro come se avesse ricevuto una palla di fucile in mezzo al petto.

— Povera Tigre della Malesia! — esclamò con voce strozzata, — povero capitano Yanez!

Poi rimettendosi prontamente e afferrando strettamente le braccia del chitmudgar, gli disse:

— Narrami ciò che è avvenuto, tutto.

Quando fu informato del combattimento avvenuto nella notte, il malese si passò più volte una mano sugli occhi, strappando via qualche lacrima, poi chiese:

— Credi che il rajah giustizierà anche il mio padrone? è necessario, prima che lasci questo palazzo, che io lo sappia.

— Io non so nulla, tuttavia secondo il mio modesto parere, il rajah non oserà alzare la mano su un milord inglese. Ha troppa paura del governatore del Bengala.

— Dove hanno rinchiuso il mio padrone?

— Se non m'inganno devono averlo condotto nel sotterraneo azzurro, che si trova sotto la terza cupola del cortile d'onore.

— Un luogo inaccessibile?

— Ne sono certo.

— Bene guardato?

— So che giorno e notte vegliano dei seikki davanti alla porta di bronzo.

— Vi sono dei carcerieri?

— Sì, due.

— Incorruttibili?

— Eh, questo poi non lo posso sapere.

— Sotto la terza cupola mi hai detto?

— Sì — rispose il chitmudgar.

— Potresti farmi uscire senza che mi vedano?

— Per la scala riservata ai servi, che mette dietro il palazzo.

— Un'ultima domanda.

— Parla, sahib.

— Dove potrei rivederti?

— Ho una casetta nel sobborgo di Kaddar, che è tutta dipinta in rosso, ciò che la fa spiccare fra tutte le altre, che sono invece bianchissime, e dove tengo una donna che mi è assai affezionata e che due volte alla settimana posso vedere. Là potrai trovarmi quest'oggi, dopo mezzogiorno.

— Tu sei un brav'uomo — disse il malese. — Ora fammi fuggire.

— Seguimi: il sole è appena sorto ed i servi non si saranno ancora alzati.

Attraversarono un piccolo terrazzo che s'allungava sul di dietro dell'alloggio di Yanez, si cacciarono entro una scaletta aperta nello spessore delle muraglie, e così stretta da non permettere il passaggio che ad un solo uomo alla volta, e scesero nei giardini del rajah, che avevano una notevole estensione e che, stante l'ora mattutina, erano deserti.

Il chitmudgar condusse il malese verso una porticina di metallo, adorna delle solite teste di elefante e l'aprì, dicendogli:

— Qui non vi sono sentinelle. Ti aspetto nella mia casetta. Io mi sono affezionato al tuo padrone e tutto quello che potrò fare per liberarlo dalla sua prigionia, te lo giuro su Brahma, mio sahib, lo tenterò.

— Tu sei di certo il più bravo indiano che io abbia conosciuto fino a oggi — rispose Kubang, commosso. — Il padrone, se un giorno sarà libero, non ti dimenticherà.

Si avvolse nel dootée e s'allontanò frettolosamente, senza volgersi indietro, avviandosi verso la casa di Surama, con la speranza d'incontrare in quei dintorni qualcuno di sua conoscenza.

Stava per giungervi scorgendo già le ultime colonne di fumo che s'alzavano sopra le rovine del palazzo, interamente divorato dal fuoco, quando un uomo che veniva in senso contrario con molta premura, gli sbarrò bruscamente il passo.

Kubang, già troppo esasperato dalla catastrofe che aveva colpito il suo padrone, stava per sparare una pistolettata sull'insolente, quando un grido di gioia gli sfuggì:

—Bindar!

—Sì, sono io sahib—rispose subito l'indiano.—Surama e la Tigre della Malesia sono ormai in viaggio per la jungla di Benar e venivo ad avvertire il tuo padrone.

—Troppo tardi, amico—rispose Kubang con voce triste.—Egli è prigioniero ed i miei camerati sono stati massacrati. Pare che tutto sia stato scoperto e che quel cane di greco sia vincitore su tutti. Non perdere un momento, va' a raggiungere subito la Tigre della Malesia e avvertilo subito di quanto è avvenuto.

—E tu?

—Io rimango qui a sorvegliare il greco. Ho modo di sapere quello che può accadere alla corte. La mia presenza in Gauhati può essere più utile che altrove.

—Hai bisogno di denaro? ho riscosso or ora per conto del capo.

—Dammi cento rupie.

—E dove potrò trovarti?

—Nel sobborgo di Kaddar vi è una casetta tutta rossa, che appartiene al chitmudgar, che era stato messo a disposizione del capitano Yanez. Là andrò a stabilirmi. Ora parti senza indugio e va' ad avvertire la Tigre. Quell'uomo libererà di certo il capitano.

Bindar gli contò le cento rupie, poi partì a corsa sfrenata dirigendosi verso il fiume, dove contava di acquistare o di noleggiare qualche piccolo battello.

Kubang proseguì il suo cammino per raggiungere il borgo, il quale trovandosi lontano dal palazzo reale, aveva meno probabilità, in quel luogo, di venire scoperto.

Sua prima cura però fu quella di entrare da un rigattiere baniano e di cambiare il suo costume troppo vistoso, con uno musulmano; poi dopo d'aver fatto colazione in un modestissimo bungalow di passaggio, riprese la marcia addentrandosi nelle tortuose viuzze della città bassa.

Eccetto che nei grandi centri, o nei dintorni dei palazzi reali o delle più celebri pagode, le città indiane non hanno strade larghe.

La pulizia è una parola poco conosciuta, sicché quelle viuzze, prive d'aria, sempre sfondate e polverose, essendo rare le piogge, somigliano a vere fogne.

Una puzza nauseante si alza da quei labirinti, anche perchè di quando in quando si trovano delle vaste fosse, dove vengono gettate le immondizie delle case, il letame delle stalle e le carogne d'animali morti. Guai se non vi fossero i marabù, quegli infaticabili divoratori, che da mane a sera frugano entro quei mondezzai, ingozzandosi fino quasi a scoppiare.

Fu solamente verso le tre del pomeriggio che Kubang, che aveva parecchie volte sbagliato via, non conoscendo che imperfettamente la città, riuscì finalmente a scoprire la casetta rossa del chitmudgar.

Era una minuscola costruzione a due piani, che sembrava più una torre quadrata che una vera casa, che si elevava in mezzo ad un giardinetto dove sorgevano sette od otto maestose palme, che spandevano all'intorno una deliziosa ombra.

— È un vero nido — mormorò Kubang. — Speriamo che il proprietario sia già qua.

Aprì il cancelletto di legno che non era stato fermato e s'inoltrò sotto le piante.

Il maggiordomo stava seduto davanti alla sua casetta, insieme a una bella e giovane indiana dalla pelle vellutata, appena un po' abbronzata, con lunghi capelli neri adorni di mazzolini di fiori.

— Ti aspettavo, sahib — disse l'indù muovendo sollecitamente incontro al malese. — Sono due ore che sono giunto.

Ecco la mia donna, una brava fanciulla, che sarà ben lieta di riceverti come ospite, se tu, come credo, avrai intenzione di fermarti qui. Almeno saresti al sicuro, specialmente ora che hai cambiato pelle.

— È una offerta che io accetto ben volentieri, avendo dato appuntamento qui agli amici del mio padrone.

— Saranno sempre ben ricevuti da me e dalla mia donna.

— Hai raccolto notizie sul capitano?

— Ben poche. Posso solo dirti che è sempre rinchiuso nel sotterraneo della terza cupola, però...

— Continua.

— Ho trovato il modo di poter far pervenire a lui tue notizie, se credi che possano essergli utili.

— E come? — chiese il malese con ansietà.

— Il rajah ha rinnovato i carcerieri che vi erano prima, e uno è un mio parente.

— E si presterà al pericoloso gioco?

— È troppo furbo per lasciarsi sorprendere. Con un po' di rupie, sarà a nostra disposizione.

— Dammi un pezzo di carta.

— Più tardi: ora pranziamo.

Capitolo 25

La Ritirata della
Tigre della Malesia

Quantunque il colpo, che non si aspettavano di certo, fosse stato terribile, Sandokan e Tremal-Naik non avevano tardato a riprendere il loro sangue freddo. Erano uomini troppo ben temprati, per rimanere molto a lungo sotto l'impressione d'un disastro, per quanto grave fosse.

Dopo aver avvertito Surama di quanto era accaduto e di averla tranquillizzata, radunarono fuori della pagoda tutti i loro uomini per concentrarsi sul da farsi.

Da quel consiglio non scaturì che una sola idea, condivisa da tutti. Salvare più presto che fosse possibile Yanez, prima di tentare l'ultimo scontro che doveva travolgere il rajah e privarlo della corona.

Disgraziatamente un gravissimo pericolo li minacciava, pericolo che non erano ben certi di evitare. Bindar, dopo aver annunciato la cattura del portoghese, aveva pure recato la notizia che il loro rifugio era stato scoperto e che le truppe del rajah si preparavano a circondare la jungla. Era quindi necessario, innanzitutto, sfuggire a quel pericoloso accerchiamento.

Perciò appena terminato il consiglio, Sandokan, dopo d'aver lanciato una decina d'uomini in tutte le direzioni, onde non farsi sorprendere, richiamò Bindar che stava rifocillandosi entro la pagoda:

— Hai visto con i tuoi occhi, le truppe del rajah avanzare verso la jungla?

— Ho scorto tre grossi poluar, carichi di seikki e di guerrieri assamesi, gettare le ancore nella palude dei coccodrilli e due bangle pure montate da soldati, risalire il fiume con l'evidente intenzione di sbarcare più a oriente.

— Quanti uomini supponi che vi fossero a bordo di quei cinque velieri?

— Non meno di duecento — rispose l'indiano.

— Hai visto artiglieria a bordo?

— I poluar avevano un pezzo ciascuno; le bangle solamente delle spingarde.

— Sei proprio sicuro che quegli uomini mirino a attaccarci, oppure non potrebbe essere una qualche spedizione diretta contro qualche tribù ribelle?

— Non ci sono abitanti da queste parti, sahib, per un tratto immenso. Qui le jungle e gli stagni si seguono per parecchie dozzine di miglia e non vi è che un solo villaggio, quello di Aurang, ed è troppo piccolo per ribellarsi all'autorità del rajah, o per rifiutarsi di pagare le tasse. No, sahib, quei guerrieri hanno intenzione di muovere verso di noi.

—Dove si trova quel villaggio?

—A oriente della jungla.

—E là possiamo trovare degli elefanti?—chiese Sandokan.

—Il capo ha un piccolo parco dove nutre una mezza dozzina di quegli animali.

—Pagandoglieli bene pensi che ce li venderebbe?

—Certo, sahib. È per quello che li alleva

—Puoi raggiungere quel villaggio?

—Una quindicina di miglia non mi fanno paura.

—Che cosa vuoi farne di quelle bestie?—chiese Tremal-Naik, che assisteva al colloquio insieme a Surama e a Kammamuri.

—Tu sai che ho sempre delle strane idee—rispose la Tigre della Malesia.

—E sempre di esito sicuro—aggiunse il maharatto.

—Io ho bisogno di almeno quattro elefanti—riprese Sandokan rivolgendosi a Bindar.—Hai riscosso le rupie?

—Sì, sahib.

—Credi che gli uomini che hanno risalito il fiume, abbiano già circondato la jungla verso oriente?

—È impossibile: da quel lato è molto vasta e anche se fossero già sbarcati, sarei più che certo di passare attraverso alle loro sentinelle senza correre il pericolo di venire scorto e fucilato.

—Amico, tu hai nelle tue mani la sorte di noi tutti—disse Sandokan con voce grave.—Parti subito, indicaci la via da seguire per giungere al villaggio, acquista gli elefanti e non preoccuparti per noi. Questa sera noi leveremo il campo e attraverseremo la jungla a dispetto dei seikki e dei guerrieri assamesi. Ah! mi scordavo una cosa importantissima. Tu sai dove rivedere Kubang?

—Sì, nella casa del chitmudgar, che il rajah aveva messo a disposizione del sahib bianco.

—Mi basta.

—Sandokan—disse Surama che aveva ancora i lucciconi agli occhi—che cosa vuoi fare? non abbandonerai il mio fidanzato è vero?

Un lampo terribile avvampò negli occhi del formidabile uomo.

—Fossi sicuro di perdere ambe le braccia, ti giuro, Surama, che Yanez, l'uomo che io amo più di un fratello, sarà libero, e che vendicherò anche i miei uomini caduti sotto le zampe dell'elefante-carnefice.

Quando saremo sfuggiti all'accerchiamento, il rajah ed il greco avranno da fare i conti con me.

—E perchè vuoi quegli elefanti?—chiese Tremal-Naik.

—Desidero, prima di ridiscendere verso Gauhati, vedere le montagne dove è nata Surama. E poi mi occorre della forza in mano, ed una forza terribile da scaraventare addosso a quei due miserabili. I seikki ormai li tengo in mano e quando vorrò, il demjadar s'incaricherà di metterli a mia disposizione; ma quelli non bastano per spazzare via un trono.

Che io possa avere cinque o seicento montanari e vedrai come prenderemo d'assalto la città e come l'Assam intero griderà: *"Viva la nostra regina!"*, forza, facciamo i nostri preparativi.

—Ed i prigionieri?

—Verranno con noi, per ora.

Due ore prima del tramonto, come già era stato convenuto, i dieci uomini mandati in esplorazione, fecero ritorno alla pagoda. Recavano tutti notizie poco rassicuranti.

Molti uomini erano realmente sbarcati nello stagno dei coccodrilli, e si erano accampati sul margine della jungla.

—Bindar non si è ingannato—disse Sandokan.—È proprio contro di noi che si stanno preparando. Ebbene prenderanno d'assalto una pagoda vuota.

I malesi ed i dayaki si caricarono dei loro fardelli, contenenti tappeti, tende, coperte, munizioni ed un po' di viveri e si misero in marcia su una doppia fila, tenendo nel mezzo i prigionieri e Surama.

Tremal-Naik e la Tigre della Malesia, con sei uomini scelti fra i migliori tiratori, aprivano la marcia, mentre Kammamuri e Sambigliong con altri quattro, pure scelti, la chiudevano per coprire la colonna alle spalle.

Le tenebre calavano rapide e le grida dei numerosi volatili, appollaiati sulle cime degli altissimi bambù, a poco a poco si spegnevano, mentre invece in lontananza cominciavano a farsi udire le lugubri urla dei cani selvaggi.

Di passo in passo che la piccola colonna si allontanava dalla pagoda, la via diventava sempre più difficile, poiché in quella direzione non esistevano sentieri. Gigantesche macchie di bambù, di quando in quando, sbarravano il passo, obbligando gli uomini dell'avanguardia a lavorare con le scimitarre per aprirsi un varco.

Fortunatamente di tratto in tratto s'incontravano delle radure abbastanza vaste; ma anche là i fuggiaschi si vedevano costretti ad avanzare con infinite precauzioni, perchè il suolo era tutto irto di quelle erbe taglienti e rigide come sciabole, chiamate kalam, che hanno le punte così acute, da traforare le suole delle scarpe.

La marcia, in conseguenza di quegli ostacoli, diventava lentissima, mentre Sandokan avrebbe desiderato che fosse stata velocissima, temendo, e non a torto, che anche le truppe, sbarcate nella palude dei coccodrilli, approfittassero delle tenebre per addentrarsi nella jungla, con la speranza di sorprendere gli abitatori della pagoda ancora addormentati.

Dopo un'ora la colonna aveva appena percorso due miglia, ed il margine orientale della jungla era ancora lontanissimo.

—Eppure bisogna raggiungerlo prima che spunti l'alba—disse

Sandokan a Tremal-Naik,—se vorremo passare inosservati.

Gli indiani che hanno risalito il fiume possono essere già sbarcati ed essere in agguato. La nostra salvezza sta nella nostra rapidità e negli elefanti, se Bindar riuscirà a procurarceli. Con quegli animali ci lasceremo indietro seikki e assamesi.

Di quando in quando qualche animale, disturbato dal rumore prodotto dalle scimitarre e dal cadere delle gigantesche canne, balzava fuori dai cespugli vicini e fuggiva a precipizio.

Non erano però sempre dei nilgò o degli axis, gli eleganti cervi delle jungle indiane, che scappavano davanti alla colonna: qualche volta era una pantera che mostrava qualche velleità di resistenza, ma che si decideva, dvanti al lampeggiare delle scimitarre dell'avanguardia, a battere in ritirata, pur ringhiando e brontolando.

Altre tre miglia erano state guadagnate ed in lontananza cominciava a delinearsi qualche albero, quando una detonazione debole, si propagò attraverso i bambù della jungla.

—Tremal-Naik, quel rumore proveniva da est, vero?—chiese Sandokan.

—Sì—rispose il bengalese che stava ascoltando attentamente.

—Allora, questo significa che gli indiani hanno raggiunto il margine della jungla.

Un altro sparo, un po' più distinto però, si udì in quel momento e non verso oriente, bensì verso occidente.

—Le due colonne si tengono in contatto a distanza—riprese Sandokan, la cui fronte si era rabbuiata.—Quella che viene dalla palude dei coccodrilli, è più vicina dell'altra.

—Credo che abbiamo un vantaggio di tre o quattro miglia per lo meno—disse Kammamuri.

—Che perderemo se riescono a trovare la nostra pista—rispose Sandokan.—Mentre noi saremo costretti a farci strada, a loro basterà seguire i varchi che abbiamo aperto nella jungla. Affrettiamoci!

Altri quattro uomini: due armati di bastoni, fiancheggiavano l'avanguardia tirando furiose legnate a destra ed a manca, per far fuggire i serpenti, i quali preferiscono abitare le macchie più fitte per meglio sorprendere le prede. Già tutte le jungle indiane, sia del settentrione, del centro che del sud, sono infestate di serpenti del minuto, che in meno di quaranta secondi fulminano l'uomo più robusto; di gulabi, chiamati anche serpenti rosa; di cobra-capello, i più terribili della specie, e di cobra manilla, lunghi appena un piede, di colore azzurro e sottilissimi e pure pericolosi, e di colossali rubdira mandali, che raggiungono talvolta la lunghezza di dieci e perfino undici metri, e di pitoni che posseggono una forza così prodigiosa da stritolare, fra le loro possenti spire, i formidabili bufali e perfino le ferocissime tigri.

A mezzanotte Sandokan concesse un po' di riposo ai suoi uomini, sia per riguardo a Surama che doveva essere stanchissima, quanto per mandare Kammamuri con due dayaki a fare una rapida esplorazione alle spalle della colonna.

Quella corsa, eseguita dal maharatto con velocità straordinaria, non diede però alcun risultato apprezzabile. I guerrieri sbarcati nella baia dei coccodrilli dovevano essere ancora lontani.

Una detonazione che rimbombò verso oriente, più chiara della prima, decise Sandokan a levare frettolosamente il campo. Una seconda rispose, dopo qualche minuto, in direzione opposta.

—Ci stringono—disse Sandokan a Tremal-Naik.—Se deviassimo verso il nord?

—Bindar ci aspetta con gli elefanti...—fece il bengalese.

—Lo ritroveremo più tardi. Quello che ora mi preme di più è di non lasciarci rinchiudere in un cerchio di ferro e fuoco.

—Proviamo—concluse il bengalese.

Riformarono la colonna e dopo aver percorso il tratto di sentiero aperto dall'avanguardia, piegarono decisamente verso il settentrione.

L'idea di Sandokan fu ottima, poiché dopo che ebbero percorso altri cinque o seicento metri, la jungla pur rimanendo sempre tale, e conservando le sue inestricabili macchie, cominciò a diradarsi.

La colonna incontrava con maggior frequenza degli spazi liberi, dove non vi erano che delle erbe che non avevano la rigidezza dei kalam e dove poteva avanzare con maggior rapidità, però aumentava il pericolo da parte degli abitatori della jungla.

Se cervi e caprioli scappavano, di tratto in tratto qualche gigantesco bufalo o qualche rinoceronte, si precipitava all'impazzata addosso all'avanguardia e non voltava il dorso se non dopo d'aver ricevuto una mezza dozzina di palle di pistola nel corpo.

Alle due del mattino Sandokan fece fare una seconda sosta. Era inquieto, e prima di piegare verso oriente, non volendo discostarsi troppo dalla linea, sulla quale doveva incontrare il villaggio, voleva avere almeno qualche notizia delle due bande indiane, per sapersi regolare sul cammino che doveva tenere.

Avendo scoperto un fico baniano, che da solo formava una piccola foresta e la cui cupola immensa era sorretta da parecchie centinaia di tronchi, come il famoso ficus chiamato dagli indiani cobir-bor, che è celebre nel Guzerate, fece nascondere là in mezzo la sua colonna, poi chiamati due uomini e Tremal-Naik, partì alla scoperta, dopo aver raccomandato agli accampati il più assoluto silenzio.

—Rifacciamo la via percorsa—disse al bengalese.—Noi non dobbiamo procedere così alla cieca senza prima sapere se i nostri nemici ci sono alle calcagna o se ci preparano qualche nuovo agguato.

Si erano messi a correre, seguendo la medesima via tenuta da prima, segnata da bambù abbattuti e da kalam decapitati.

Un silenzio profondo regnava sulla jungla. Non si udivano né urla di bighama, né ululati di sciacalli: quello non era un indizio rassicurante.

Se estranei non avessero percorso le macchie, quegli eterni cacciatori non sarebbero stati zitti. Se tacevano, ciò voleva dire che erano spaventati.

Bastarono venti minuti, a quegli infaticabili corridori, per giungere al sentiero che avevano aperto prima di cambiare direzione.

Sandokan, non udendo alcun rumore e non parendogli di scorgere nessun nemico, stava per spingere una breve esplorazione anche su quello, quando Tremal-Naik, che gli stava presso, gli posò energicamente una mano sulle spalle, spingendolo poi quasi con violenza verso un gruppo di banani selvatici, i quali stendevano in tutte le direzioni le loro gigantesche foglie.

Erano trascorsi appena due minuti, quando udirono distintamente i bambù agitarsi e scricchiolare, poi quattro uomini, armati di fucili, sbucarono nella piccola radura che s'apriva fra le gigantesche canne ed il gruppo di banani.

Non erano però seikki, bensì scikary, ossia battitori delle jungle, persone abilissime, anzi impareggiabili nel seguire le piste, sia degli uomini come delle belve feroci.

Si erano subito arrestati esaminando attentamente il terreno e rimuovendo le erbe che lo coprivano.

— Hanno cambiato direzione, Moko — disse uno di quei scikary.— Non marciano più verso oriente.

— Lo vedo — rispose quello che doveva chiamarsi Moko.— Devono essersi accorti che noi siamo sulle loro tracce e filano verso il settentrione.

— Allora sfuggiranno all'accerchiamento.

— E perchè?

— Non abbiamo truppe in quella direzione.

Uno di noi raggiunga i seikki che ci seguono, e noi continuiamo a camminare sulla pista.

Mentre uno partiva di corsa rifacendo la via, gli altri tre si erano rimessi in cammino, curvandosi di quando in quando al suolo, per non perdere di vista le piste della colonna fuggente.

Sandokan e Tremal-Naik attesero che si fossero allontanati, poi, a loro volta, si misero in cammino, girando la macchia di banani dal lato opposto.

— Dobbiamo procedere veloci e superarli — disse la Tigre della Malesia.

— Tendiamo un agguato a quei scikary — disse Tremal-Naik.

— Un colpo di carabina in questo momento tradirebbe la nostra presenza. Penseremo più tardi a sbarazzarci di loro. Corriamo, amici!

Tremal-Naik, che aveva trascorso la sua gioventù fra le grandi jungle delle Sunderbunds, possedeva un senso d'orientamento naturale, cosa comune a molti popoli dell'oriente, quindi era più che sicuro di condurre i suoi compagni là dove la colonna si era accampata.

Per timore però d'incontrare nuovamente i scikary sui suoi passi, deviò verso ponente, descrivendo un lungo giro.

Quella corsa rapidissima, poiché tutti avevano ancora le gambe solide, quantunque il malese e l'indiano non fossero più giovani, durò una ventina di minuti.

—Pronti a ripartire senza indugio—comandò Sandokan ai suoi uomini, quando ebbe raggiunto l'accampamento.

—Ci seguono?—chiese Surama.

—Hanno scoperto le nostre tracce—rispose Sandokan.—Non inquietarti però, fanciulla. Riusciremo a sfuggire all'accerchiamento, dovessimo sfondare qualche linea.

La colonna si riformò, mettendo i prigionieri nel mezzo e partì a passo accelerato. Sandokan aveva raddoppiato gli uomini della retroguardia, temendo da un istante all'altro un attacco da parte dei scikary. Aveva però raccomandato a Kammamuri, che la comandava, di respingerli con le armi bianche non volendo segnalare, con spari, la sua direzione al grosso degli assamesi.

La jungla continuava a diradarsi e tendeva a cambiare. Alle macchie intricate e difficili ad attraversarsi, si succedevano, di quando in quando, gruppi d'alberi, per lo più palmizi tara, circondati però da cespugli foltissimi, che avevano delle estensioni straordinarie, ottimi rifugi in caso di pericolo.

La marcia diventava sempre più precipitosa. Tutti sentivano per istinto che solo dalla velocità delle gambe, dipendeva la loro salvezza e che stavano per giocare una partita estremamente pericolosa, anzi la corona di Surama. Che cosa sarebbe avvenuto se le truppe del rajah li avessero schiacciati nella jungla? chi avrebbe salvato Yanez? la catastrofe sarebbe stata completa e avrebbe segnato la fine assoluta delle ultime e formidabili Tigri della gloriosa Mompracem.

Alle tre del mattino Kammamuri, che era rimasto sempre con la retroguardia, ad una notevole distanza, raggiunse Sandokan.

—Padrone—disse con voce affannosa per la lunga corsa—i scikary ci hanno raggiunti.

—Quanti sono?

—Sei o sette.

—Sono dunque aumentati di numero?

—Sembra, Tigre della Malesia. Che cosa devo fare?

—Tendere a loro un agguato e distruggerli.

—E se fanno fuoco?

—Farai il possibile di sorprenderli e d'ucciderli prima che mettano mano alle carabine.

Kammamuri ripartì a corsa sfrenata, mentre la colonna continuava la ritirata fra le macchie e gli alberi.

Altri dieci minuti trascorsero, minuti lunghi come ore. Poi delle grida orribili ed un cozzar d'armi ruppero il silenzio, che regnava sulla tenebrosa jungla, seguìto qualche istante dopo da un colpo d'arma da fuoco.

—Maledizione!—esclamò Sandokan, fermandosi.—Questo sparo non ci voleva.

—E nemmeno questi—aggiunse Tremal-Naik.

A quella detonazione isolata aveva tenuta dietro una scarica di carabine fortissima. Dovevano essere stati i seikki e gli assamesi a far fuoco.

—Sono ancora lontani!—esclamò Sandokan, che aveva tirato un sospiro di sollievo.

—Un miglio almeno—rispose Tremal-Naik.

—Aspettiamo Kammamuri.

Non attesero molto. Il maharatto giungeva di corsa seguìto dalla retroguardia.

—Distrutti?—chiese Sandokan.

—Tutti, padrone—rispose Kammamuri.—Disgraziatamente non abbiamo potuto impedire a uno dei scikary di scaricare la sua carabina.

—Ha ucciso nessuno dei nostri?—chiese Tremal-Naik.

—Ho avuto il tempo di fargli deviare la canna del fucile.

—Tu vali una tigre di Mompracem—disse Sandokan.—Riprendiamo la corsa. Abbiamo qualche miglio di vantaggio e potremo forse aumentarlo.

—O perderlo—disse in quel momento Sambigliong.

—Perchè?—chiese Sandokan.

—I kalam ricominciano al di là di queste macchie e ci faranno nuovamente tribolare, padrone.

—Sono secche quelle erbe?

—Bruciate dal sole.

—Benissimo, avremo, in caso disperato, una riserva preziosa.

—In quale modo?—chiese Tremal-Naik.

Invece di rispondere Sandokan si bagnò l'estremità del dito pollice e l'alzò come fanno i marinai, per indovinare la direzione del vento.

—Soffia da settentrione la brezza—disse poi.—Allo spuntare del sole sarà più viva. Dio, Maometto, Brahma, Siva e Visnù, tutti uniti, ci proteggono. Dateci la caccia ora, miei cari seikki! amici, avanti, io rispondo di tutto!

Capitolo 26

Fra il Fuoco ed il Piombo

Che cosa aveva scoperto? lui solo lo sapeva e se un tale uomo aveva pronunciato quelle parole, voleva dire che era certo della riuscita del suo piano.

Sambigliong aveva detto il vero annunciando la presenza dei kalam, quelle erbe alte e durissime, rigide come lame. Infatti appena la colonna ebbe attraversata l'ultima macchia, cadde nel bel mezzo d'una vastissima radura, tutta irta di quei pericolosi vegetali. Non mancavano però, qua e là, gruppi di cespugli che avevano delle estensioni non comuni.

L'avanguardia fu raddoppiata e riprese la sua faticosa manovra, sciabolando le erbe per aprire il passo ai compagni, che correvano il pericolo di rovinarsi le gambe ed i piedi.

Ed intanto le tenebre cominciavano a dileguarsi. Le stelle impallidivano rapidamente, ad oriente la luce cominciava a fare la sua comparsa dilagando per il cielo, la jungla continuava ad estendersi come se non dovesse finire mai.

Sandokan si manteneva nondimeno sempre tranquillo. Il suo sguardo era fisso su una massa ancora oscura che giganteggiava al di là della pianura dei kalam e che sembrava una foresta od una gigantesca macchia di altissimi bambù.

Certamente era quella che desiderava raggiungere, prima di decidersi a mettere in atto il suo piano.

Si era messo dietro all'avanguardia e stimolava i falciatori a far presto, temendo che la sua truppa potesse venire raggiunta prima di arrivare a quel rifugio, che aveva già indovinato e dove sperava di poter opporre un'accanita resistenza, anche se fosse stato assalito alle spalle.

La pianura dei kalam fu finalmente attraversata, nel momento in cui il sole sorgeva, fiammeggiante, sull'orizzonte.

Tutti erano sfiniti, specialmente Surama che aveva tenuto testa a quei poderosi camminatori delle foreste del Borneo.

Erano giunti sul margine d'un piccolo bosco, formato quasi esclusivamente di banani selvatici e di giacchieri, che reggevano dei frutti colossali.

Sandokan fece ricoverare la sua truppa sotto quelle foglie superbe, poi chiamato Kammamuri gli chiese:

— Abbiamo delle bottiglie di gin fra i nostri bagagli?

— Una dozzina.

—Falle deporre davanti a me, poi farai raccogliere quanta legna secca si potrà trovare. Affrettati, poiché i seikki e gli assamesi, non devono essere lontani.

—Sì, padrone.

Chiamò alcuni uomini e si cacciò nel bosco.

Sandokan e Tremal-Naik intanto si erano spinti avanti, verso i kalam, sorvegliando attentamente la radura che avevano poco prima attraversato. S'aspettavano da un momento all'altro di veder comparire il nemico ed erano sicuri di non ingannarsi.

Un fischio di Kammamuri li avvertì che gli ordini erano stati eseguiti. Non vedendo comparire gli avversari, ripiegarono verso il bosco, dove trovarono pronti una trentina di fasci di legna secca, disposti in semi-cerchio davanti al campo.

—Preparatevi ad aprire il fuoco—disse Sandokan ai suoi malesi ed ai suoi dayaki, che aspettavano appoggiati alle loro carabine.—Sparate a colpo sicuro e non fate spreco di munizioni: oggi ne abbiamo più bisogno che mai. Sei uomini attraversino intanto il bosco e ci guardino le spalle. Gli uomini che sono sbarcati a monte del fiume, possono averci chiuso la ritirata verso il nord. Silenzio e lasciamo avanzare quelli che procedono da ponente.

Si erano tutti sdraiati dietro le ultime file dei kalam, tenendo la carabina a fianco.

Ad un tratto una parola sfuggì da tutte le labbra:

—Eccoli!

All'estremità della vasta radura, in piena luce, poiché il sole si alzava rapidamente dietro i grandi alberi, erano comparsi alcuni uomini, che portavano sulla testa dei turbanti monumentali, ed altri ne sbucavano.

Erano i seikki del rajah che precedevano gli assamesi, e che avanzavano su due colonne, pronti a slanciarsi all'attacco.

Sandokan si avvicinò alle bottiglie, le spaccò una ad una lasciando scorrere il liquido sui fastelli di legno, poi acceso un ramo resinoso, li incendiò tutti. Fiamme livide s'alzarono tosto, comunicandosi ai kalam, semi-bruciati dal sole.

Bastarono pochi secondi perchè una vera cortina di fuoco, si stendesse davanti al margine della foresta.

—Ora, amici!—gridò il formidabile uomo, gettando il ramo fiammeggiante e afferrando la carabina—salutate i montanari dell'India. Sono degni avversari delle tigri di Mompracem, e ne hanno il diritto.

I seikki, che si erano fatti avanti rapidissimi, non erano che a quattrocento metri.

Una scarica nutrita, li arrestò di colpo, facendone cadere parecchi a terra.

I montanari indiani, quantunque non si aspettassero una così brutta accoglienza, allargarono le loro file per offrire meno presa alle palle nemiche, ed a loro volta cominciarono a sparare, a casaccio però, poiché le fiamme che si alzavano altissime ed i nuvoloni di fumo misti a immensi getti di scintille, coprivano interamente i dayaki ed i malesi.

Questi d'altronde, si erano così bene nascosti in mezzo alle piante, da non poter essere colpiti.

Il fuoco dei seikki e dei soldati assamesi, ebbe una durata brevissima, poiché l'incendio si propagava con rapidità prodigiosa, soffiando una forte brezza dal settentrione.

I kalam investiti dalle fiamme si contorcevano, scoppiettavano e sparivano a vista d'occhio. Pareva che tutta la jungla dovesse venire distrutta dall'elemento divoratore.

I seikki, davanti a quel formidabile nemico che li minacciava da tutte le parti, e contro il quale nulla potevano, avevano cominciato a battere rapidamente in ritirata.

Nuvole di cenere ardente e di scintille, piovevano già su di loro, costringendoli a raddoppiare la corsa.

Sandokan, appoggiato al tronco d'un tara, guardava tranquillamente l'incendio ed i nemici a scappare a rotta di collo.

—Non avrei mai creduto che ti fosse nata nel tuo fantasioso cervello una così splendida idea—gli disse Tremal-Naik, che gli stava presso con Surama.—Tu sei sempre la terribile ed invincibile Tigre della Malesia.

—Questo incendio non si spegnerà, se non quando avrà divorato l'ultimo bambù di questa jungla; e i seikki, se vorranno salvarsi, saranno costretti a riguadagnare la palude dei coccodrilli.

—E gli altri, li hai dimenticati? possono aver già compiuto l'aggiramento alle nostre spalle.

—Sfonderemo le loro linee.

—Una cosa però mi cruccia. Dove si troverà il villaggio? ci siamo gettati molto fuori di strada.

—Vedo una collina a tre o quattro miglia verso nord. Di lassù potremo benissimo scorgerlo e raggiungerlo.

Già la colonna di Sandokan stava per raggiungere gli avamposti mandati ad esplorare i margini settentrionali della macchia, quando si vide farsi avanti Sambigliong, facendo dei larghi gesti come per raccomandare il più assoluto silenzio.

—Che cosa c'è ancora?—chiese la Tigre della Malesia quando il vecchio pirata fu vicino.

—C'è padrone, che noi siamo giunti troppo tardi sui margini della jungla—rispose Sambigliong.

—Vuoi dire che abbiano davanti a noi altri nemici.

—Sì, e non mi sembrano pochi.

—Saccaroa!—esclamò Sandokan con ira.—Hanno le ali questi indiani? quei guerrieri devono essere quelli sbarcati a monte del fiume.

—Certo—disse Tremal-Naik.

—Dove sono?

—Imboscati a quattro o cinquecento passi da noi—rispose Sambigliong.

—Quando sono giunti?

—Pochi minuti fa. Correvano come gazzelle, attratti senza dubbio dall'incendio.

—Vi hanno scorti?

—Sì e per questo si sono arrestati.

—Ebbene li attaccheremo e passeremo attraverso le loro file—disse Sandokan.—Formiamo due piccole colonne d'attacco, con Surama ed i prigionieri in coda guardati da sei uomini. Siete pronti?

—Non aspettiamo che il vostro segnale—rispose Kammamuri per tutti.

—All'attacco, Tigrotti della Malesia!

Dayaki e malesi si sparpagliarono alla bersagliera e si spinsero innanzi attraverso le erbe ed i cespugli, guidati gli uni da Tremal-Naik e da Kammamuri, e gli altri da Sandokan e da Sambigliong.

La sparatoria incominciò intensissima da una parte e anche dall'altra. Gli indiani però, che non contavano fra di loro alcun seikko, tiravano come coscritti alle prime prove del bersaglio, mentre gli uomini di Sandokan, che erano tutti validi combattenti, di rado sbagliavano.

Sandokan che non voleva esporre troppo i suoi uomini al fuoco, per quanto irregolarissimo e pessimo, spingeva alacremente l'attacco, desideroso di venire all'arma bianca.

Si era gettato a bandoliera la carabina ed aveva impugnato la sua terribile scimitarra, quell'arma che manovrata dal suo formidabile braccio, non poteva trovare alcuna difesa.

Correva davanti ai suoi uomini, balzando come una vera tigre a destra ed a sinistra, urlando come una belva feroce:

—Sotto, Tigrotti di Mompracem! all'attacco!

I dayaki ed i malesi, che non erano meno agili di lui, piombarono con le scimitarre in pugno addosso alla colonna assamese, come uno stormo di avvoltoi affamati.

Sfondarla e fugare i nemici a gran colpi di sciabola, fu l'affare di pochi secondi. Una scarica di carabine li decise a sgombrare completamente il fronte d'attacco e a rifugiarsi nella jungla.

—Tutta quella gente non vale un seikko—disse Sandokan.—Se il rajah conta su questi guerrieri è perduto.

—Prima che possano riunirsi e ritentare l'attacco, raggiungiamo la collina—disse Tremal-Naik.—Potrebbero ritornare alla caccia e tormentare la nostra marcia verso il villaggio.

—E da lassù potremo difenderci meglio—aggiunse Sambigliong.

—Voi parlate come generali prudenti—disse Sandokan, sorridendo. Riprendiamo la nostra corsa amici.

La collina non distava ormai che cinque o seicento metri e sorgeva perfettamente isolata. Era una montagnola che spingeva la sua vetta a sette od ottocento piedi, e coi fianchi coperti da una lussureggiante vegetazione.

La colonna, che si era riformata, attraversò a passo di corsa la distanza, sparando di quando in quando qualche colpo di fucile.

L'ascensione fu compita in meno di mezz'ora, nonostante gli ostacoli opposti da tutta quella massa di piante e senza che gli assamesi avessero ritentato l'attacco.

Giunti sulla cima, Sandokan fece accampare i compagni, onde accordare a loro un paio d'ore di riposo, ben meritato d'altronde, dopo una così lunga corsa attraverso la jungla, sempre battagliando; poi con Tremal-Naik e Kammamuri si inerpicò su una roccia che formava il culmine della collina, e che era spoglia di qualsiasi vegetazione.

Di lassù lo sguardo poteva dominare un immenso spazio, estendendosi tutto intorno la pianura.

L'incendio continuava ancora nella jungla minacciando di estendersi fino sulle rive del Brahmaputra e verso la palude dei coccodrilli.

Era un vero mare di fuoco, che aveva un fronte di cinque o sei miglia e che tutto divorava sul suo passaggio.

Enormi colonne di fumo nerissimo e getti immensi di scintille, ondeggiavano su quell'immane braciere, avvolgendo già la foresta che si estendeva dietro la jungla. Perfino la vecchia pagoda di Benar era crollata, e non era rimasto in piedi che qualche pezzo di muraglia.

Sandokan ed i suoi compagni volgendo lo sguardo verso levante, non tardarono a scoprire un piccolo villaggio, formato da una minuscola pagoda e da qualche centinaio di capanne.

Si trovava molto lontano dall'incendio e fuori da qualsiasi pericolo, perchè vaste risaie, coi canali pieni d'acqua, lo circondavano.

—Non può essere che quello—disse Sandokan additandolo ai compagni.—Non ne vedo altri in nessuna direzione.

—E nemmeno io—rispose Tremal-Naik.—Quanto credi che disti da noi?

—Cinque miglia.

—Una semplice corsa.

—Sì, se gli assamesi ci lasceranno tranquilli.

—Li vedi?

—Sono sempre nascosti fra i kalam.

—Che ci spiino?

—Ne sono certo. Proveremo a ingannarli passando dall'altro versante.

Si lasciarono scivolare lungo la parete rocciosa, che aveva già una notevole pendenza e raggiunsero i loro compagni, che si erano accampati fra le piante.

—Tutto va bene, almeno per ora—disse Sandokan a Surama.—Spero di poter raggiungere il villaggio in un paio d'ore, tenuto conto delle difficoltà che incontreremo nella foresta.

Se troveremo gli elefanti, faremo correre i seikki, se vorranno ancora darci la caccia.

—E Yanez? — chiese la giovane con angoscia.

—Come ben puoi comprendere, per il momento, nulla possiamo fare per lui. La sua liberazione richiederà un certo tempo. D'altronde non inquietarti: egli non corre alcun pericolo, perchè il rajah, convinto che sia un inglese, non oserà torcergli un capello.

Tutt'al più lo farà tradurre alla frontiera bengalese.

—E come potremo ritrovarlo poi?

—Oh! sarà lui che muoverà incontro a noi, quando gli giungerà la buona notizia che le Tigri di Mompracem ed i tuoi montanari hanno preso d'assalto la capitale del tuo futuro regno. Ah! mi dimenticavo di chiederti una preziosa notizia. Il Brahmaputra attraversa le tue montagne?

—Sì.

—Ha delle barche quella gente?

—Bangle e anche dei grossi gonga.

—Non speravo tanto — disse Sandokan.

Si sdraiò poi sotto un banano selvatico, accese la sua pipa e si mise a fumare con studiata lentezza, tenendo lo sguardo fisso sui kalam, in mezzo ai quali dovevano trovarsi ancora gli assamesi, non potendo allontanarsi a causa dell'incendio, che sbarrava a loro la ritirata verso il fiume. Gli altri lo avevano già imitato, chi fumando e chi masticando noci d'areca.

Era trascorsa un'ora e forse anche di più, quando Sandokan vide delle ombre umane scivolare fra i kalam e radunarsi presso una doppia fila di cespugli, che s'allungavano quasi ininterrottamente verso la base dell'altura.

—In piedi amici — comandò. — È il momento di sloggiare.

—Che cosa succede ancora? — chiese Surama.

—I tuoi futuri sudditi si preparano a snidarci — rispose Sandokan, — ed io non ho alcun desiderio di aspettarli quassù... Coraggio, sarà una corsa impegnativa. Tenetevi sempre fra le piante, finché avremo raggiunto il versante opposto.

Strisciando fra i sarmenti ed i cespugli e tenendosi al riparo dalle larghe foglie dei banani, la piccola colonna girò intorno alla roccia e raggiunse, inosservata, il pendio settentrionale, che si presentava ingombro di superbe mangifere, che formavano dei gruppi giganteschi di manghi e di areca dai tronchi contorti, legati strettamente fra di loro da un numero infinito di piante parassite, che avevano raggiunto delle lunghezze straordinarie.

L'avanguardia fu costretta a riprendere il suo faticoso lavoro, per praticare un passaggio attraverso quella muraglia verde, che non presentava alcuna apertura.

Sandokan, sempre prudente, aveva rinforzato la sua retroguardia, poiché il pericolo veniva solo più dal versante opposto.

Forse in quel momento gli assamesi avevano già attraversato la distanza che li separava dalla collina e stavano salendo, sicuri di sorprendere i fuggiaschi ancora accampati.

Se loro salivano in fretta, anche i malesi ed i dayaki, scendevano non meno rapidamente, sfondando rabbiosamente quel caos di piante. Gli uomini dell'avanguardia, si cambiavano di cinque in cinque minuti, onde vi fossero sempre alla testa lavoratori freschi.

La fortuna proteggeva certamente la colonna, poiché questa poté finalmente raggiungere la foresta, che Sandokan e Tremal-Naik avevano scorto dall'alto della roccia, e senza che fosse stato sparato un colpo di fucile, né da una parte, né dall'altra.

Contrariamente a quanto avevano dapprima creduto, quella foresta era poco folta, essendo composta di piante di tek e di nagassi, ossia di alberi del ferro, vegetali che conservano una certa distanza e che non permettono, ai cespugli che nascono sotto le loro foglie, di svilupparsi troppo. La marcia poteva quindi ridiventare rapidissima come nell'ultimo tratto della jungla.

Era bensì vero che anche gli assamesi, se avevano scoperta la pista, ciò che non era difficile col sentiero aperto dalle scimitarre, potevano a loro volta spingere l'inseguimento; ma già a Sandokan ormai poco importava, essendo sicuro che Bindar aveva già preparato gli elefanti.

Già non distavano dal villaggio che un mezzo miglio, quando Sandokan e Tremal-Naik, udirono echeggiare alle loro spalle alcuni spari, seguiti subito da una nutrita scarica di carabine.

— Ci sono già addosso! — esclamò il primo arrestandosi.

— La retroguardia ha risposto con un fuoco di fila — aggiunse il secondo.

— Dieci uomini con me: gli altri con Kammamuri continuino la via. Vi raccomando di far preparare subito gli elefanti.

Dieci malesi si staccarono dalla colonna e seguirono a passo di corsa i due capi, che già rifacevano la via percorsa, armando le carabine.

Dopo trecento passi s'incontrarono con la retroguardia, che era condotta da Sambigliong.

— Siete stati attaccati? — chiese Sandokan.

— Sì, da un piccolo gruppo di esploratori, che è fuggito a rompicollo alla nostra prima scarica.

— Abbiamo dei feriti?

— Nessuno, Tigre della Malesia.

— Come mai quegli uomini ci hanno raggiunti così presto?

— Correvano come gazzelle.

— Sei ben sicuro che si siano dispersi?

— Li abbiamo inseguiti per due o trecento metri.

— Affrettatevi: il villaggio non è che a due passi e forse troveremo gli elefanti pronti.

Radunò i due piccoli drappelli e tornò indietro sempre di corsa, temendo che il grosso degli assalitori, si trovasse a poca distanza.

Quando raggiunse la colonna, questa si trovava già intorno a cinque colossali elefanti, montati ognuno da un cornac e forniti della cassa destinata a contenere gli uomini.

Bindar era con loro.

—Ah, sahib!—esclamò il bravo ragazzo.—Ero in ansia per voi, vedendo l'incendio divorare la jungla e udendo tante scariche! temevo che tu fossi stato sopraffatto ed i tuoi guerrieri distrutti.

—Siamo gente diversa dagli indiani noi—si limitò a rispondere Sandokan.—Vi sono altri elefanti nel villaggio?

—Due soli ancora.

—Basteranno questi a trasportare tutta la mia gente?

—Sì, sahib.

Fece salire Surama sul primo elefante, poi diede ordine ai suoi uomini di occupare gli altri e di tenersi pronti a salutare con una buona scarica gli assalitori, nel caso che si fossero mostrati sul margine della foresta.

Bindar s'arrampicò anche lui, con l'agilità d'una scimmia, sul primo elefante, che era montato, oltre che dalla futura regina, da Sandokan, da Tremal-Naik, da Kammamuri e da tre malesi, che si erano accomodati dietro la cassa sull'enorme dorso del bestione.

—Avanti, cornac e spingete la corsa. Venti rupie di regalo, se li farete galoppare come cavalli spronati a sangue—gridò Sandokan.

Non ci voleva di più per incoraggiare i conduttori, che forse non guadagnavano tanto in un anno di servizio.

Mandarono un lungo fischio stridulo impugnando, nel medesimo tempo, i corti arpioni e tosto i cinque colossali pachidermi si misero in marcia con passo rapidissimo, con quello strano dondolamento che dà l'impressione, a chi li monta, di trovarsi su un battello scosso ora dal rollio ed ora dal beccheggio.

Bindar, che come abbiamo detto, si trovava sull'elefante montato da Sandokan, aveva dato ordine ai cornac di risalire verso sud-est, seguendo la lunga e stretta frontiera bengalese, che si frappone come un cuscinetto fra il Boutam e l'Assam, avvolgendo quest'ultimo stato a settentrione ed a levante, in modo da separarlo dai montanari dell'Himalaya e dai montanari della vicina Birmania.

Makum, l'antica capitale del piccolo principato, retto dal padre di Surama, ultima cittadella della frontiera assamese, doveva essere la mèta della loro corsa.

Appena oltrepassate le risaie, che si estendevano tutte intorno al villaggio per uno spazio considerevole, i cinque elefanti si trovarono in mezzo alle eterne jungle, che seguono, per centinaia e centinaia di miglia, la riva destra del Brahmaputra, spingendosi quasi ininterrottamente fino ai primi contrafforti della catena del Dapha Bum e dell'Harungi.

La foresta che stavano per attraversare, non era così fitta come quella di Benar, tuttavia aveva anche questa immense distese di bambù di dimensioni straordinarie, ottime per servire d'agguato a uomini e a belve, infinite distese di kalam e di cespugli; però non mancavano le piante d'alto fusto,

come tara, pipal, palas e palmizi splendidi, che allargavano smisurata-
mente le loro foglie dentellate o frangiate.

Sandokan che s'aspettava da un momento all'altro qualche brutta sorpresa da parte degli assamesi, i quali potevano essersi accorti della nuova
direzione presa dai fuggiaschi, raccomandò ai suoi uomini di non deporre
le carabine e di sorvegliare attentamente le macchie.

Era sicuro di non passarla liscia, quantunque gli elefanti avanzassero
con la velocità di cavalli spinti a buon galoppo.

Più avanti le cose sarebbero certamente cambiate, poiché i nemici per
quanto lesti corridori, non avrebbero potuto resistere a lungo alla corsa
indiavolata degli elefanti, ma per il momento c'era da aspettarsi qualche
brutto tiro.

—Tu temi qualche altra sorpresa, è vero?—gli chiese Tremal-Naik,
senza cessare di osservare attentamente le folte macchie dei bambù, che
gli elefanti costeggiavano, aprendosi un passaggio a gran colpi di proboscide, quando se le trovavano davanti.

—Dubito sempre, e poi mi sembra impossibile che quegli uomini
abbiano interrotto così bruscamente l'inseguimento. Devono averci scorti
e mi aspetto, fra queste macchie, qualche colpo di mano.

In quel momento, con sorpresa di tutti, gli elefanti, che fino allora avevano continuato ad accelerare la corsa, la rallentarono bruscamente.

—Ehi, cornac, che cos'ha il tuo elefante-pilota?—chiese Tremal-Naik,
che si era subito accorto.—Sente la vicinanza di qualche tigre forse? noi
siamo uomini da ammazzarne anche una dozzina.

—Pessimo terreno, signore—rispose il conduttore crollando il capo.

—Vuoi dire?

—Che le ultime piogge hanno reso il terreno eccessivamente fangoso
e che le zampe dei nostri animali affondano fino al ginocchio. Non mi
aspettavo una simile sorpresa.

—Non possiamo deviare?

—Altrove il terreno non sarà migliore. Vi è dell'argilla sotto questa
jungla e le acque stentano a filtrare.

Sandokan e Tremal-Naik si alzarono guardando il terreno. Apparentemente sembrava asciutto alla superficie, ma guardando le larghe impronte,
lasciate dagli elefanti, si poteva facilmente comprendere come sotto esi-
stesse una riserva d'acqua, poiché quei buchi si erano subito riempiti d'un
liquido fangoso ed a quanto sembrava, tenacissimo.

—Cornac, cerca di spingere l'elefante il più possibile,—disse Sandokan.

—Farò del mio meglio, signore.

I cinque pachidermi non sembravano troppo contenti di aver incontrato
quel terreno. Barrivano sordamente, agitavano la tromba e le grandi orecchie e scuotevano le loro teste massicce, manifestando il loro mal umore.

Nondimeno, quantunque affondassero di quando in quando fino al
ginocchio e provassero talvolta qualche difficoltà ad estrarre le loro zampe

da quel fango tenace, come se avessero compreso che dalla loro velocità dipendeva la salvezza degli uomini che li montavano, facevano sforzi prodigiosi, per non rallentare troppo la corsa.

Disgraziatamente, di passo in passo che avanzavano, il terreno diventava sempre meno resistente. L'acqua ed il fango sprizzavano da tutte le parti, macchiando le rosse gualdrappe dei pachidermi.

Era soprattutto sotto i bambù che il terreno era più zuppo: là gli elefanti non potevano scorgere dove ponevano i piedi; avanzavano a passo quasi d'uomo e non cessavano di barrire, segnalando così la loro presenza, mentre Sandokan avrebbe desiderato il più scrupoloso silenzio.

Una buona mezz'ora era trascorsa, da che avevano lasciato il villaggio, quando Bindar, che si teneva dietro al cornac del primo elefante, con una mano stretta sull'orlo della cassa, avendo nell'altra la carabina, si lasciò sfuggire una esclamazione. Quasi nello stesso momento l'elefante si fermava, alzando rapidamente la tromba e fiutando l'aria a diverse altezze.

—Che c'è, Bindar?—chiese Sandokan, alzandosi precipitosamente.

—Ho veduto dei bambù che si muovevano—rispose l'indiano.

—Dove?

—Sulla nostra sinistra.

—Che vi sia qualche tigre? mi pare che l'elefante sia inquieto.

—Una bâgh non spaventerebbe questi cinque colossi, che marciano uno addosso all'altro. Deve aver fiutato qualcos'altro.

—Fermo, cornac!

—L'elefante non avanza più—rispose il conduttore.

—Preparate le armi!—continuò Sandokan, alzando la voce.

Malesi e dayaki si erano alzati come un solo uomo, armando le carabine.

Anche gli altri elefanti, che si erano stretti contro il primo, manifestavano una certa inquietudine.

Trascorsero alcuni minuti senza che alcun che di straordinario accadesse. I bambù non si erano più mossi, eppure i pachidermi non si erano ancora interamente tranquillizzati.

Sandokan, che era impaziente di guadagnare via, stava per ordinare ai cornac di riprendere la marcia, quando alcune detonazioni scoppiarono da un macchione di bambù, che si estendeva a circa duecento metri dai pachidermi.

—Gli assamesi!—esclamò Sandokan.—Fuoco là in mezzo!

I malesi dapprima, poi i dayaki con un intervallo di pochi secondi, fecero una scarica poderosa, mentre l'elefante-pilota mandava un barrito spaventoso, rovesciandosi addosso ai compagni.

Qualche palla doveva averlo colpito, poiché gli altri si mantennero impassibili, come brave bestie, abituate al fuoco.

Gli assamesi non risposero più. A giudicare dai movimenti disordinati dei bambù, dovevano aver battuto precipitosamente in ritirata, per paura forse di dover subire una carica furiosa da parte dei pachidermi.

—Quindici uomini vadano a esplorare quella macchia!—gridò Sandokan.—Se il nemico resiste, ritornate da noi facendo fuoco.

Le scale furono gettate ed un drappello composto di dayaki e di malesi, sotto la guida del vecchio Sambigliong, si slanciò attraverso il pantano, balzando fra i bambù e le erbe, le cui radici opponevano una certa resistenza.

Sandokan e gli altri, dall'alto delle casse, sorvegliavano intanto la macchia, pronti a sostenere i loro compagni.

L'elefante-pilota continuava a lanciare barriti formidabili e a indietreggiare, nonostante le buone parole che gli diceva il suo conduttore.

—È ferito—disse Tremal-Naik a Sandokan.

—Spero non sia grave—rispose la Tigre della Malesia.

—Cornac, vai a vedere dove è stato colpito.

—Sì, signore—rispose il conduttore raggiungendo rapidamente la scala di corda e lasciandosi scivolare sul pantano.

Girò intorno al pachiderma osservandolo attentamente lungo i fianchi e si arrestò presso la gamba sinistra posteriore.

—Dunque?—chiese Tremal-Naik.

—Sanguina qui, signore—rispose il cornac.—Ha ricevuto una palla all'altezza dell'articolazione.

—Ti sembra grave la ferita?

Il conduttore scosse il capo a più riprese, poi disse:

—Durerà finché potrà. Questi colossi posseggono una forza prodigiosa, eppure sono d'una sensibilità estrema e guariscono difficilmente.

—Puoi fare una fasciatura?

—Mi proverò, signore, tanto per arrestare il sangue. Estrarre il proiettile, che si è cacciato sotto la pelle, sarebbe impossibile.

—Fai presto!

In quel momento Kammamuri ed il suo drappello ritornavano.

—Fuggiti?—chiese Sandokan.

—Scomparsi ancora—rispose il maharatto.

—Canaglie! non hanno il coraggio d'affrontarci in campo aperto.

—Li ritroveremo più avanti, se questi elefanti non trovano subito un terreno migliore. Subiremo delle imboscate finché non potremo galoppare furiosamente.

—Continua il fango?

—Sempre.

—Montate e tenete sempre pronte le carabine.

Malesi e dayaki si arrampicarono su per le scale di corda, seguiti poco dopo dal cornac, che era riuscito ad arrestare l'emorragia del suo elefante.

—Avanti!—comandò Sandokan.—Vedremo adesso che cosa sapranno fare quei dannati assamesi.

Capitolo 27
La Carica degli Jungli-Kudgia

Qualche minuto dopo la piccola colonna riprendeva l'interminabile ritirata attraverso le jungle, ritirata che rassomigliava, in certo qual modo, a quella famosa compiuta attraverso il Bundelkund da Tantia Topi, il celebre generalissimo degli insorti indiani del 1857, che per un anno intero, insieme alla bellissima rhani di Jhansie, tenne in scacco ben tre corpi d'armata inglesi.

Gli elefanti avanzavano a fatica, tastando prima il fango per assicurarsi della solidità del suolo.

L'elefante-pilota, che si era di già calmato, teneva sempre la testa alta e indicava ai compagni, con dei sordi barriti, la via da tenersi.

L'istinto di quell'animale, il più grosso dei cinque, era assolutamente meraviglioso, poiché sapeva scegliere, anche di primo acchito, il posto dove si poteva procedere più spediti.

Degli assamesi non si scorgeva alcuna traccia, tuttavia Sandokan e Tremal-Naik erano più che certi della loro vicinanza.

Le macchie di bambù, ora altissimi ed ora invece bassi, grossi e assai spinosi, si susseguivano quasi senza interruzione, ma i banchi di fango non accennavano a terminare tanto presto. Pareva che quella jungla fosse stata un giorno il fondo di qualche immensa palude.

Corvi, bozzagri e cicogne, s'alzavano in grandi stormi all'appressarsi degli elefanti. Altre volte erano bande di superbi pavoni, volatili ritenuti sacri dagli indiani perchè rappresentano, secondo le loro strane leggende, la dea Sarasvati, che protegge le nascite ed i matrimoni; oppure coppie di sâras meglio conosciute sotto il nome di gru Antigone, le più belle della famiglia, avendo le penne di una splendida tinta grigio perla, e la testa adorna di piume rosse di grande effetto. Sono anche le più grosse perchè raggiungono sovente l'altezza di un metro e mezzo ed al pari dei pavoni sono venerate, rappresentando l'emblema della fedeltà coniugale, e forse non a torto, perchè vanno sempre appaiate.

Si scorgevano pure cani selvaggi dal pellame corto e bruno fulvo, scappare attraverso le macchie, e qualche cita, graziosa e piccola pantera dell'India, che si addomestica con molta facilità e viene usata per la caccia.

Per due ore i pachidermi continuarono a lottare in mezzo ai pantani, facendo subire alle persone che li montavano delle brusche scosse; poi avendo trovato un pezzo di terreno sodo, che formava come una striscia di qualche centinaio di passi su tre o quattro metri d'altezza, tutto coperto di erbe palustri, grosse come lame di sciabole, di cui sono ghiotti tutti i pachidermi, di comune accordo, si arrestarono.

—Sono stanchi—disse il cornac dell'elefante-pilota, volgendosi verso Sandokan.—E poi qui hanno trovato il loro pasto.

—Avrei preferito che continuassero fino a trovare il terreno duro.

—Non deve essere lontano, signore. Vedo all'orizzonte una linea oscura. Laggiù vi devono essere delle foreste di palas e quelle piante non si sviluppano nei terreni acquitrinosi.

D'altronde le nostre bestie non chiederanno che qualche ora di riposo.

—Approfitteremo per fare colazione, se avremo ancora viveri bastanti.

—Faremo presto a far provvista di carne—disse Tremal-Naik.—I volatili sono numerosi e abbiamo due buoni fucili da caccia.

—Accettato—rispose Sandokan.—Così faremo una piccola puntata verso settentrione, per vedere se gli assamesi continuano a seguirci.

Scesero tutti e improvvisarono un accampamento in mezzo alle typha elephantina, come chiamano i botanici quelle piante; ma i viveri non erano sufficienti per tante bocche. Non v'era che un mezzo sacco di biscotti e una mezza dozzina di scatole di carne conservata.

Fu quindi decisa subito una partita di caccia, anche per mettere in serbo un po' di cibo.

Sandokan e Tremal-Naik si armarono di fucili a doppia canna, di fabbricazione inglese, carichi di pallettoni e balzarono risolutamente in mezzo al pantano, seguiti da quattro malesi muniti di carabine e di scimitarre per scortarli.

Attraversato una specie di canale fangoso, trovarono un altro strato di terreno solido, tutto ingombro di bambù, che pareva avesse una estensione maggiore di quello dove si erano arrestati gli elefanti.

In mezzo a quelle canne giganti, dalle foglie verdi pallide, i volatili abbondavano straordinariamente. Gru, pavoni, oche, pappagalli, volteggiavano in tutti i sensi, insieme a grossi stormi di anatre bramine, senza manifestare troppa paura per la presenza di quei cacciatori.

Sandokan e Tremal-Naik non tardarono ad aprire il fuoco e siccome erano entrambi valentissimi cacciatori, in pochi minuti un buon numero di volatili furono raccolti dai quattro malesi di scorta.

Continuando a trovare terreno resistente, avanzarono ancora, impegnandosi in mezzo ad una pianura molto vasta, che era coperta di folti cespugli ed anche da qualche piccolo gruppo di palmizi.

—Ecco un posto che servirà magnificamente ai nostri elefanti—disse Sandokan al bengalese.—Li faremo deviare su questo terreno, così potranno galoppare a loro agio.

—È anche un luogo propizio per fare delle grosse cacce—aggiunse il bengalese che si era bruscamente arrestato.

—Che cos'hai visto?

—Della selvaggina, pericolosa, ma molto grossa.

—Non vedo che dei sâras volare davanti a noi.

—Guarda dentro la macchia, che si stende a duecento passi da noi. È un jungli-kudgia quello.

—Un bufalo selvaggio, vuoi dire?

—Sì, Sandokan.

—Fra mezz'ora ti saprò dire se le sue bistecche sono veramente squisite.

—Fai nascondere i tuoi uomini e cambiamo le armi. Quelle bestie sono a prova di spingarda.

Presero due carabine e le relative munizioni, diedero ordine alla scorta di cacciarsi in mezzo ad un cespuglio e si allontanarono, tenendosi curvi, per non farsi scoprire prima di giungere a buon tiro.

Si trattava veramente d'uno di quei giganteschi bufali che, in fatto di statura, nulla hanno da perdere, nel confronto, con i bisonti dell'America settentrionale, con la testa corta, con la fronte alta e larga, armata di due corna ovali, e fortemente appiattite, che si curvavano dapprima indietro per rialzarsi poi in avanti, il collo grosso e breve, il dorso gibboso ed il pellame rossiccio.

Dopo le tigri sono le bestie più pericolose che s'incontrano nelle jungle.

Raggiungono sovente i tre metri, dal muso alla base della coda, e un'altezza di un metro e ottanta centimetri, e hanno la pelle così spessa, che si adopera per fare degli scudi resistentissimi, a prova di sciabola.

Sono inoltre irascibili, coraggiosi fino alla pazzia e una volta in corsa, non s'arrestano nemmeno davanti ad un esercito di cacciatori. Non temono, d'altronde, né le tigri, né le pantere e non esitano ad impegnare, con quei terribili predoni, dei furiosi combattimenti.

Lo jungli-kudgia scoperto da Tremal-Naik pascolava tranquillamente lungo il margine della macchia, senza manifestare alcuna apprensione, quantunque quegli animali abbiano un udito finissimo, che li compensa largamente della loro pessima vista.

Fu appunto quella tranquillità che non fece buon effetto sul bengalese, che conosceva profondamente le abitudini di quegli animali, avendoli già cacciati per molti anni nelle Sunderbunds del Gange.

—Quella calma non mi rassicura affatto—disse a mezza voce a Sandokan, che strisciava a qualche passo di distanza.—Non deve essere solo. Già di solito marciano a branchi e piuttosto numerosi.

—Ammazziamo questo intanto—disse Sandokan che non voleva certo rinunciare a quella grossa preda.—Dietro di noi abbiamo i malesi imboscati. A me il primo colpo.

Lo jungli-kudgia si presentava a un buon colpo, poiché in quel momento offriva al tiratore il suo largo petto, lasciando così indifeso il cuore.

Una detonazione secca rimbombò, facendo scappare le gru ed i pavoni, che stavano nascosti in mezzo ai bambù.

Il bisonte indiano, colpito un po' sotto la spalla sinistra, mandò un lungo muggito, abbassò rapidamente la testa e si avventò verso il luogo ove vedeva ancora ondeggiare la nuvola di fumo.

Quella corsa furibonda non durò più di due secondi, poiché stramazzò pesantemente a meno di venti passi dal cacciatore, agitando pazzamente le zampe.

Era appena caduto, quando i cespugli s'aprirono impetuosamente, sotto un urto irresistibile e quindici o venti bufali, di statura gigantesca, irruppero attraverso la jungla, lanciati ad una carica spaventosa.

—Gambe, Sandokan!—urlò Tremal-Naik, facendo fuoco a casaccio, quantunque fosse sicuro di non arrestare quei furibondi colossi.

I due cacciatori che avevano le ali ai piedi, in pochi istanti raggiunsero i malesi, traendo i bufali nella loro corsa sfrenata; poi balzarono in mezzo al pantano, salvandosi a tempo in mezzo agli elefanti.

Alle loro grida d'allarme, tutti gli accampati, credendo a un nuovo attacco degli assamesi, erano balzati in piedi, afferrando le carabine, mentre i cornac facevano rialzare precipitosamente i pachidermi, che si erano coricati per meglio brucare le alte e durissime typha.

I bisonti, dopo essersi arrestati un momento presso i cespugli, dove poco prima si erano tenuti nascosti i malesi, sperando forse che i cacciatori si fossero imboscati là in mezzo, avevano ripresa la loro carica indiavolata, tutto abbattendo sul loro passaggio.

Parevano tanti enormi proiettili scagliati da qualche colossale pezzo di marina, tanto era il loro impeto.

I bambù, che come si sa, sono resistentissimi, cadevano falciati dai robusti zoccoli di quei demoni, come se fossero semplici giunchi.

Giunti davanti allo strato fangoso, s'arrestarono di colpo, piegandosi fino a terra e accavallandosi gli uni sopra gli altri.

—Per Siva!—esclamò Kammamuri, raggiungendo rapidamente i suoi padroni, che si erano messi in salvo sul loro elefante.—Altro che assamesi! questi sono ben più pericolosi di quei poltroni!...

—Avanti, cornac!—gridò Tremal-Naik.—Se passano lo strato fangoso, assaliranno gli elefanti.

—E voialtri aprite il fuoco!—comandò Sandokan, vedendo che anche tutti i suoi uomini erano già montati.

Otto o dieci colpi di carabina rimbombarono, ma non ottennero altro effetto, che quello di rendere maggiormente furiosi i jungli-kudgia.

Gli elefanti, aizzati dai cornac, si erano già lanciati coraggiosamente nella fanghiglia, avanzando frettolosamente, temendo di dover provare la robustezza e l'acutezza di quelle terribili corna.

I bisonti, vedendoli allontanarsi, anziché calmarsi si misero a muggire spaventosamente ed a spiccare salti; poi provarono a gettarsi a loro volta nel pantano, ma accorgendosi che le loro gambe, che non avevano lo spessore di quelle degli elefanti, sprofondavano interamente, rimontarono lo strato duro, seguendo su quello i fuggiaschi.

—Che non vogliano lasciarci?—chiese Sandokan che cominciava ad inquietarsi.—Avrei accolto più volentieri gli assamesi.

—Quegli animali sono testardi ed eccessivamente vendicativi—rispose Tremal-Naik.—Aspetteranno che i nostri elefanti trovino un terreno solido per darci battaglia.

—Spero che prima di allora saranno ben decimati.

—Non ci rimane altro da fare, amico.

—Non sono che a trecento metri, e le nostre carabine hanno una portata più che doppia.

—Fatto sta che il dondolio degli elefanti renderà il nostro tiro molto difficile.

Sandokan prese la carabina, si piantò per bene sulle gambe, appoggiando il petto contro l'orlo superiore della cassa, e puntò l'arma, aspettando che l'elefante pilota trovasse qualche punto su cui poggiare con minor violenza, le sue zampacce.

Trascorse qualche minuto, poi Sandokan lasciò partire il colpo, approfittando d'un istante di sosta del pachiderma.

La palla, quantunque ben diretta, andò a spezzare una delle corna del bisonte, che guidava la truppa e che era il più colossale di tutti.

L'animale si fermò un momento, sorpreso, senza dubbio, di vedersi cadere davanti una delle sue principali difese; poi riprese tranquillamente la marcia, come se nulla fosse avvenuto.

—Saccaroa!—esclamò Sandokan, deponendo l'arma ancora fumante, per prenderne un'altra che gli porgeva Kammamuri.—Quegli animali valgono i rinoceronti.

—Te l'ho detto—disse Tremal-Naik.

Sandokan tornò a puntare l'arma, mirando ancora il capo-fila, essendosi promesso di abbatterlo a qualunque costo.

Due minuti dopo un altro sparo rimbombava e la palla passava oltre senza aver colpito nessuno del branco.

—Tu sprechi il piombo—disse il bengalese.

—Ho ancora una palla.

—Confesserai almeno che si spara male, stando sul dorso d'un elefante, e che per distruggere tutto quel branco, dovremmo consumar tutte le munizioni.

—Ciò che non desidero affatto, non sapendo se gli assamesi ci seguono ancora o, se sono tornati indietro.

—Uhm! lo dubito: sono testardi come i jungli-kudgia.

Riprese la carabina e per la terza volta l'alzò, aspettando il momento favorevole.

Una nuova fermata dell'elefante pilota, il quale era sprofondato nel fango fino alle ginocchia, rimanendo immobile per qualche istante, gli permise di sparare il suo ultimo colpo.

Il bisonte mandò un lunghissimo muggito, poi si fermò bruscamente abbassando la testa fino quasi al suolo, con la lingua pendente.

Tutto il branco si era fermato, guardandolo e muggendo. Aveva compreso che il capo doveva essere stato gravemente ferito.

Il colossale bisonte non accennava a muoversi. Teneva sempre la testa bassa e dalla sua bocca, assieme ad una bava sanguigna, uscivano dei rauchi muggiti, che diventavano rapidamente fiochi.

— Sta per morire! — esclamò Sandokan.

In quel momento il bisonte cadde sulle ginocchia, affondando il muso nel fango. Tentò ancora di rimettersi in piedi; le forze invece bruscamente gli mancarono e si rovesciò su un fianco.

— Pare che sia proprio morto, è vero Tremal-Naik? — disse Sandokan, tutto lieto di quel successo insperato.

— Tu hai provveduto agli sciacalli ed ai cani selvaggi una buona preda, che avrebbe servito a meraviglia anche a noi — rispose il bengalese. — Tu tiri, come Gengis-khan lanciava le sue frecce.

— Non lo conosco, né mi occupo di sapere chi sia.

— Un meraviglioso conduttore di esercito ed un famoso arciere.

I bisonti, dopo d'aver fiutato a più riprese il loro capo e aver manifestato la propria rabbia con muggiti possenti, avevano ripreso la marcia, camminando quasi parallelamente agli elefanti.

Vi era da augurarsi che quel pantano si prolungasse indefinitamente, o almeno fino alle falde delle montagne di Sadhja, ciò che era impossibile a sperarsi.

Per altre due ore gli elefanti continuarono a marciare, ostinatamente seguiti dai bisonti. Trovato un altro strato solido, che formava come un isolotto in mezzo alla fanghiglia della circonferenza di tre o quattrocento passi e coperto d'alberi di varie specie, Sandokan comandò una seconda fermata.

Era una precauzione necessaria, poiché il mezzodì era già trascorso e continuando ad avanzare, senza alcun riparo, potevano buscarsi qualche terribile colpo di sole, non meno fatale del morso dei velenosissimi cobra-capello.

D'altronde tutti avevano fame, non avendo potuto prepararsi la colazione durante la prima fermata, in causa dell'attacco furioso degli jungli-kudgia.

Il luogo non era stato scelto male, poiché un largo canale fangoso li difendeva dall'attacco di quei testardi animali; e poi su quell'isolotto assieme a parecchie palme ed a piante d'areca, si vedevano degli ham, ossia dei manghi, carichi di frutta oblunghe di tre o quattro pollici di lunghezza, che sotto la buccia dura e verdognola, contengono una polpa giallastra, d'un sapore aromatico squisitissimo e salubre se ben matura.

Il campo fu subito improvvisato alla meglio, all'ombra delle piante, poiché anche gli elefanti soffrono assai il calore; anzi tenendoli troppo esposti, corrono il pericolo di veder la loro pelle screpolarsi, formando così delle piaghe nella carne viva, che sono talvolta difficili a guarire. È perciò che i loro cornac li spalmano di grasso, specialmente sulla testa.

Furono accesi parecchi fuochi e furono messi ad arrostire i volatili abbattuti da Sandokan e da Tremal-Naik.

Mentre gli arrosti rosolavano infilzati nelle bacchette di ferro delle carabine, e attentamente sorvegliati da una mezza dozzina di cuochi improvvisati, Sandokan, Surama ed il bengalese, scortati da alcuni dayaki, esploravano l'isolotto, per far raccolta di frutta, non avendo ormai più nemmeno un biscotto.

La loro gita non fu inutile, poiché oltre a molli manghi, furono tanto fortunati da scoprire un paio di mahuah, piante preziosissime, che non a torto vengono chiamate la manna delle jungle, perchè danno, dopo la caduta dei fiori, che sono pure commestibili, quantunque sappiano di muschio, dei grossi frutti con il mallo violaceo, contenenti delle mandorle bianche eccellenti, lattiginose, con le quali gli indiani si preparano delle focacce gustosissime, che surrogano benissimo il pane.

La colazione, abbondantissima, essendo tutti i volatili grossissimi, fu divorata in pochi minuti; poi tutti, Sandokan e Tremal-Naik eccettuati, si stesero sotto la fresca ombra delle palme, a fianco degli elefanti, i quali stavano consumando una enorme provvista di teneri rami e di foglie, non potendosi dare a loro né farina di frumento impastata, né la solita libbra di ghi per ciascuno, ossia di burro chiarificato.

I due capi, che sospettavano sempre un attacco degli assamesi, e che da veri avventurieri non sentivano bisogno di riposarsi, avevano riprese le loro armi, per sorvegliare le due rive dell'isolotto. Volevano anche assicurarsi di ciò che facevano i bisonti, che poco prima avevano veduto ancora gironzolare al di là della fanghiglia.

Percorso l'isolotto intero, scorsero nuovamente gli jungli-kudgia. Si erano sdraiati al di là del canalone, brucando le dure erbe palustri che crescevano presso di loro.

Vedendo apparire i due cacciatori, in un attimo furono tutti in piedi, con gli occhi iniettati di sangue, sferzandosi rabbiosamente i fianchi con le loro lunghe code infioccate.

Muggivano ferocemente e dimenavano freneticamente le teste, come se si provassero ad avventare delle cornate.

—Qui non siamo più sul dorso degli elefanti—disse Sandokan.—È questo il momento di decimarli.

Accostò le mani alle labbra e mandò un lungo fischio. Subito malesi e dayaki si precipitarono verso la riva.

—Sparate su quelle canaglie—disse loro Sandokan.—È tempo di finirla con questo inseguimento che dura da troppo tempo.

Fu una scarica terribile quella che partì. Su diciotto bisonti, undici caddero morti o moribondi; gli altri, vista la mala parata, si allontanarono a corsa sfrenata, mettendosi in salvo fra le moltissime macchie di bambù, che coprivano la jungla settentrionale.

I nostri fuggiaschi non scorgendo più i bisonti, fecero ritorno all'accampamento, sicuri di potersi finalmente riposare senza essere più disturbati.

Verso le quattro pomeridiane, quando l'intenso calore cominciava a scemare, l'accampamento fu levato e gli elefanti, sempre preceduti dal pilota, riprendevano le mosse.

Mezz'ora dopo ritrovavano finalmente il terreno solido. La jungla paludosa era stata attraversata e cominciava quella secca, con distese di eterni bambù lisci e spinosi, di erbe altissime semi-bruciate dal solleone, di immensi cespugli con qualche gruppo di mindi, quei graziosi arbusti dalla corteccia bianchiccia, foglie verdi pallide e lunghi grappoli di fiori, d'un giallo delicato e dal profumo delizioso.

Era il momento di spingere i pachidermi a gran corsa, per lasciare definitivamente indietro gli assamesi, se ancora li seguivano.

Una brutta sorpresa però attendeva i fuggiaschi e si preparavano a offrirla gli implacabili bisonti.

Nessuno più pensava a quegli animali, che non si erano fatti più vedere dopo la disastrosa sconfitta, che avevano subita sul margine della fanghiglia, quando una improvvisa agitazione si manifestò fra gli elefanti.

Il pilota per il primo si era fermato dimenando la proboscide e lanciando dei sonori barriti.

—In guardia, signori!—gridò il cornac, volgendosi verso Sandokan e Tremal-Naik, che si erano alzati scrutando le folte macchie che li circondavano.

—Noi abbiamo dimenticato gli jungli-kudgia—disse Tremal-Naik.

—Ancora quelle canaglie!—esclamò Sandokan furioso.

—T'ho già detto che tu non li conosci.

—Questa volta li stermineremo!

—Non ci resta altro da fare, se vogliamo continuare tranquillamente la marcia.

Sandokan alzò la voce.

—Tenetevi pronti tutti! fuoco a volontà e mirate meglio che potete.

Gli elefanti, malgrado i colpi d'arpione, non si muovevano e non cessavano di barrire. Si erano piantati solidamente sulle zampacce, con la proboscide ben alta, pronta a vibrare colpi vigorosi e le teste basse con le lunghe zanne tese innanzi.

Avevano fiutato il pericolo prima degli uomini e si preparavano a sostenere gagliardamente l'urto degli avversari, proteggendosi vicendevolmente i fianchi, per non farsi sventrare dalle aguzze corna di quegli indemoniati animali.

I malesi ed i dayaki, tutti appoggiati ai bordi delle casse, con le dita sui grilletti delle carabine, erano pronti ad appoggiarli e ben risoluti a difenderli.

Gli jungli-kudgia s'avvicinavano, sfondando con slancio irresistibile le macchie. Le altissime canne oscillavano in diversi punti, poi cadevano abbattute dalle corna d'acciaio dei colossali animali.

La carica, a giudicare dalle mosse disordinate dei bambù, doveva avvenire in diverse direzioni. Gli astuti e vendicativi animali, non si slanciavano più in una sola massa, per non cadere in gruppo come sulle rive della fanghiglia.

— Eccoli! — gridò ad un tratto il cornac.

Un bisonte, dopo d'aver sfondato con un ultimo urto una vera muraglia di bambù spinosi, comparve all'aperto e si slanciò, con impeto selvaggio, contro l'elefante pilota, con la testa bassa, per piantargli le corna in mezzo al petto.

Fu così fulmineo l'attacco, che Sandokan, Tremal-Naik, Kammamuri e anche Surama, la quale si era pure armata, essendo una buona bersagliera, non ebbero nemmeno il tempo di far fuoco.

L'elefante-pilota però vegliava attentamente. Alzò la sua possente tromba, poi quando si vide l'animale quasi fra le gambe, lo percosse furiosamente sulla groppa.

Parve un colpo di spingarda. Lo jungli-kudgia stramazzò di colpo, con la spina dorsale fracassata da quella tremenda sferzata.

S'udì quasi subito un crac, come se delle ossa si spezzassero sotto una pressione spaventevole.

Il pachiderma aveva posato ambe le zampe posteriori sul moribondo, schiacciandogli la testa.

— Bravo pilota! — gridò Tremal-Naik. — Questa sera avrai doppia razione di typha!

Altri tre bisonti erano comparsi sbucando da diverse direzioni e caricando all'impazzata. Uno fu subito fulminato da una scarica dei malesi e dei dayaki, il secondo andò a cacciarsi fra due elefanti della retroguardia e subito schiacciato prima che avesse potuto far uso delle sue corna, ed il terzo, ferito e forse gravemente da una palla di Sandokan, voltò le spalle rientrando nelle macchie, forse per morire là dentro in pace.

Giungeva però il grosso del gruppo, formato fortunatamente da cinque soli animali, gli unici superstiti della numerosa truppa.

L'accoglienza che ebbero fu tremenda. I malesi ed i dayaki che avevano avuto il tempo di ricaricare le armi, li ricevettero con un vero fuoco di fila, arrestandoli in piena corsa ed il peggio fu quando gli elefanti, aizzati dai cornac, caricarono a loro volta abbattendo con gran colpi di proboscide quelli che, sebbene gravemente feriti, tentavano ancora di rialzarsi.

— Ehi, Tremal-Naik! — gridò allegramente Sandokan. — Che questa volta sia proprio finita?

— Vorrei sperarlo — rispose il bengalese sollevato da quel successo.

—Che quello che si è rifugiato nella jungla, vada a cercare altri compagni?

—Le truppe di bisonti non s'incontrano ad ogni passo e poi ogni gruppo fa da sé e non si unisce mai agli altri. Facciamo le nostre provviste, giacché la carne qui abbonda, mentre noi siamo a secco. Il filetto e le lingue di questi animali, godono fama di essere bocconi da re.

Gli elefanti furono fatti inginocchiare e tutti scesero a terra, senza l'aiuto delle scale, correndo verso quelle enorme masse di carne.

Non fu però impresa facile spaccare quelle gobbe per trarne i filetti. I bisonti indiani, al pari di quelli americani, offrono delle resistenze incredibili anche dopo morti, per lo spessore enorme delle loro ossa che sono a prova di scure.

I malesi, dopo essersi invano affaticati, dovettero lasciare il posto a Bindar ed ai cornac più pratici di loro. Fatta un'abbondante provvista di lingue e di carne scelta, la carovana riprese la marcia, rimontando verso il settentrione con passo abbastanza celere, malgrado gli ostacoli che presentava incessantemente l'interminabile jungla.

Non fu che verso le otto della sera, nel momento in cui il sole precipitava all'orizzonte e dopo aver percorso ben quaranta miglia in poche ore, che Sandokan diede il segnale della fermata a breve distanza dalla riva destra del Brahmaputra, il quale piegava pure, in senso inverso, a settentrione, scendendo dall'imponente catena dell'Himalaya.

Non essendo improbabile che in quel luogo vi fossero molti animali feroci, Tremal-Naik e Kammamuri fecero improvvisare dai malesi e dai dayaki, uno steccato di bambù, intrecciati e accendere anche, ad una certa distanza, numerosi falò; poi le tende furono rizzate per difendersi dai colpi di luna, che nell'India non sono meno pericolosi di quelli di sole, poiché dormendo col viso esposto all'astro notturno, sovente ci si sveglia praticamente ciechi.

La cena fu deliziosa e, come si può ben immaginare, abbondantissima. Gustate furono specialmente le lingue dei bisonti, che erano state messe a bollire in un pentolone di rame.

I flying-fox, quei brutti vampiri notturni, dalle ali nere, che quando sono interamente spiegate, misurano insieme perfino un metro e che hanno il corpo rivestito da una folta pelliccia rossastra, e la testa che somiglia a quella della volpe, cominciavano a descrivere in aria i loro capricciosi zigzag, quando Sandokan, Surama e Tremal-Naik, si ritirarono sotto la loro tenda, sicuri di poter passare finalmente una notte tranquilla.

Gli altri li avevano già preceduti. Solo Kammamuri e Sambigliong, con quattro dayaki, erano rimasti a guardia del campo, nel caso che qualche tigre, qualche pantera, si celassero nei dintorni e tentassero, sebbene i falò fossero sempre accesi, qualche colpo sui compagni che dormivano.

Capitolo 28

I Montanari di Sadhja

La notte era splendida e fresca, cominciando a farsi sentire le forti arie delle non lontane montagne, che si delineavano maestosamente a nord, primi contrafforti dell'imponente catena dell'Himalaya.

La luna splendeva in un cielo purissimo, sgombro di qualsiasi nube, fra miriadi di stelle che fiorivano senza posa, facendo proiettare, alle altissime e folte macchie di bambù, ombre lunghissime.

Un silenzio profondo, rotto solo di quando in quando dall'urlo monotono e triste di qualche sciacallo affamato o dallo strido acuto di qualche flying-fox *(nda: volpe volante)*, regnava sulla immensa pianura.

Pareva che né le tigri, né le pantere, né i serpenti, animali che vivono in gran numero nelle jungle indiane, avessero ancora lasciato i loro covi, per mettersi in caccia.

Kammamuri e Sambigliong, seduti a breve distanza da un falò, fumavano scambiandosi di quando in quando qualche parola, mentre i dayaki passeggiavano silenziosamente dietro la cinta improvvisata.

Vegliavano da un paio d'ore senza che avessero notato niente di particolare, quando udirono improvvisamente alzarsi nella jungla, un urlare indiavolato, come se centinaia e centinaia di cani selvaggi irrompessero attraverso le macchie.

—Che cosa succede laggiù?—si chiese Sambigliong alzandosi.

—I cani avranno scovato qualche nilgò e si saranno messi in caccia—rispose Kammamuri.

—O che mirino ad assalirci?

—Non sono da temersi molto.

—Eppure i latrati sono sempre più vicini.

Kammamuri stava per rispondere, quando un colpo di fucile, che fece subito tacere la banda urlante, rintronò nella jungla.

—Ah! questo è da temersi, altro che i cani!—brontolò il maharatto.

Lo sparo che si era ripercosso perfino dentro le tende, aveva fatto balzare subito fuori Sandokan e Tremal-Naik e svegliato uomini e gli elefanti.

—Chi ha fatto fuoco?—chiese la Tigre della Malesia accorrendo.

—Nessuno di noi, padrone—rispose Kammamuri.

—Che gli assamesi ci abbiano raggiunti?

—Io credo, padrone, che si tratti invece di qualche viandante che si difende dai cani selvaggi.

— Uhm! — fece Tremal-Naik. — Chi oserebbe inoltrarsi nella jungla, solo, di notte? tu t'inganni, mio bravo Kammamuri.

Si posero tutti in ascolto, ma non udirono nessun altro sparo. Anche i cani non avevano più ripreso i loro latrati.

— Tu che sei un figlio delle jungle, che cosa proponi di fare? — chiese Sandokan rivolgendosi a Tremal-Naik.

— Uscire sarebbe una pessima idea — rispose il bengalese. — Le jungle si prestano troppo bene alle imboscate.

— Tu sospetti che si cerchi di attirarci in qualche agguato.

— Nel tuo caso sai che cosa farei, amico Sandokan? leverei senza indugio il campo e prenderei il largo spingendo gli elefanti alla massima corsa.

— Ed io accetto la tua proposta, senza cercare nemmeno di discuterla.

Poi alzando la voce, comandò:

— Ohe, cornac! fate alzare gli elefanti, riprendiamo la corsa. Tutti pronti a salire! vi accordo, amici, cinque soli minuti per ripiegare le tende.

Malesi e dayaki si erano lanciati attraverso l'accampamento, come uno stormo di avvoltoi, sciogliendo le tende e arrotolando con rapidità fulminea tappeti, materassini e coperte, mentre Sandokan, Tremal-Naik e Kammamuri, varcata la cinta improvvisata, si spingevano per qualche centinaio di passi nella jungla, con la speranza di scoprire qualche cosa.

I cinque minuti non erano ancora trascorsi, che gli elefanti si trovavano pronti a ripartire, quantunque dimostrassero il loro malumore per quella inaspettata marcia, con sordi barriti e con un alzare e abbassare d'orecchi.

Dayaki, malesi e prigionieri erano tutti al loro posto, chi entro le casse, chi sui larghi dorsi dei pachidermi, tenendosi ben stretti alle corde.

Sandokan ed i suoi compagni, dopo aver fatto una breve puntata senza nulla vedere di sospetto, si erano affrettati, a loro volta, a raggiungere l'elefante-pilota, il solo che si mantenesse tranquillo.

— Siamo pronti? — chiese Sandokan quando si fu accomodato nella cassa a fianco di Surama.

— Tutti! — risposero ad una voce malesi e dayaki.

— Via!

Gli elefanti, quasi avessero compreso che un grave pericolo minacciava i loro conduttori, avevano cessato di barrire ed avevano preso un vero galoppo, e così rapido, che difficilmente un buon cavallo avrebbe potuto tenere dietro a loro. A vedere quelle masse enormi, che hanno qualche cosa di antidiluviano, si giudicherebbe che essi fossero animali lenti, mentre invece posseggono un'agilità straordinaria ed una forza di resistenza incredibile, che permette a loro di gareggiare, e senza svantaggio, coi mahari, i famosi corridori del deserto del Sahara.

Erano appena partiti che un grido di rabbia sfuggì da tutte le bocche.

A destra ed a sinistra, dalla via presa dai pachidermi, come per un segnale convenuto, i bambù e le erbe secche della jungla, arse dal sole, avevano preso fuoco su diversi punti!...

—Me l'aspettavo questo brutto gioco!—esclamò Sandokan.—Cornac! spingi gli elefanti alla corsa, o morremo tutti arrostiti!

I conduttori, senza attendere quel comando, vedendo il fuoco propagarsi con rapidità incredibile, avevano già afferrato i loro corti arpioni, lasciandoli cadere violentemente sui crani dei pachidermi, lanciando contemporaneamente fischi stridenti.

Vampe immense s'alzavano di già minacciando di chiudere i fuggiaschi in un cerchio di fuoco.

I malesi ed i dayaki avevano aperto il fuoco, sparando all'impazzata in tutte le direzioni, mentre gli elefanti, atterriti, raddoppiavano lo slancio, barrendo spaventosamente e sfondando, come mostruose catapulte, le folte macchie che si paravano a loro davanti.

Quella fuga aveva qualche cosa di spaventoso ed insieme di fantastico.

Cominciando a cadere le scintille addosso agli elefanti e anche sulle persone che stavano nelle casse, Sandokan sciolse rapidamente una coperta e la gettò addosso a Surama, avvolgendola completamente, mentre Tremal-Naik gridava agli altri:

—Sciogliete le tende ed i materassini! copritevi e riparate le groppe degli elefanti!

L'ordine fu subito eseguito ed appena in tempo, poiché le due linee di fuoco stavano per raggiungersi e chiudere completamente la ritirata.

—Poggia verso il fiume, cornac!—comandò Sandokan che conservava, anche in quel terribile momento, tutta la sua calma di grande capitano.—Là sta la nostra salvezza! getta questa coperta sulla testa dell'elefante e bendagli gli occhi! fate altrettanto voialtri! su, forza, attraverso al fuoco!

I pachidermi, spaventati di vedersi davanti quelle cortine fiammeggianti, pareva che esitassero a proseguire la corsa. Quando però si sentirono avvolgere la testa dalle coperte e dalle tende, presi da un maggior spavento, si slanciarono innanzi all'impazzata, mandando clamori orribili.

Le due cortine di fuoco non distavano che pochi metri l'una dall'altra. Ancora un mezzo minuto di ritardo e si sarebbero chiuse.

Scintille, cenere ardente, foglie accese, cadevano da tutte le parti e l'aria minacciava di diventare, da un istante all'altro, irrespirabile.

I cinque elefanti giunsero, come un uragano, là dove le due linee fiammeggianti stavano per chiudersi, e attraversarono il passo con l'impeto dei proiettili, raddoppiando i loro spaventevoli clamori.

Quattro o cinque colpi di carabina li salutarono al passaggio, sparati però a una così notevole distanza, che le palle non produssero alcun effetto contro il grosso cuoio che rivestiva quei colossi.

I cornac s'affrettarono a togliere le coperte che avvolgevano le teste degli animali, mentre i malesi ed i dayaki gettarono via materassini e tende, che avevano già preso fuoco.

—Non credevo di avere tanta fortuna—disse Sandokan che appariva di buon umore.—Se gli elefanti continueranno questa corsa indiavolata per tre o quattro ore, non avremo più nulla da temere da parte degli assamesi. Che cosa ne dici, Tremal-Naik?

—Dico—rispose il bengalese—che da questo momento noi potremo proseguire tranquillamente il nostro viaggio verso Sadhja, senza essere più disturbati. È vero, Bindar?

—Sì, sahib—rispose il fedele giovanotto.—Tra due giorni noi saremo fra le montagne dove regnava il padre della principessa, il valoroso Mahur.

—E rivedrò volentieri il mio paese!—esclamò la futura regina dell'Assam, con un sospiro.—Purché si ricordino ancora del capo dei kotteri.

—Non ci sono io forse?—disse Bindar.—Mio padre era uno dei più fedeli servitori del tuo e, lassù, fra le montagne, ho molti parenti.

Basterà che io ti presenti a Khampur.

—Chi è costui?

—Il nuovo capo dei kotteri. Era un amico intimo di tuo padre e sarà ben lieto di rivederti e di mettere a tua disposizione tutti i suoi guerrieri.

Egli odia Sindhia e non si rifiuterà di prestarti man forte.

—Speriamolo—rispose Surama.—A me basta liberare il sahib bianco, che tanto amo.

—Lo rivedrai più presto di quello che credi—disse Sandokan.—Non lascerò l'Assam, qualsiasi cosa debba accadere, senza aver prima strappato il mio fratellino bianco dalle zampe di quell'ubriacone di Sindhia e senza aver saldato i conti con quel cane di greco, la causa delle nostre disgrazie.

Fra quindici giorni, e forse anche prima, tutto sarà finito e andrò a respirare una boccata d'aria marina, della quale sento un bisogno grandissimo.

—Come! non ti fermerai alla mia corte, ammesso che io possa diventare la rhani dell'Assam?

—Sì, per un paio di settimane, ma poi tornerò laggiù, al Borneo—disse Sandokan che era diventato improvvisamente cupo.—Anche nelle mie vene scorre sangue di rajah ed un giorno mio padre fu potente, e dominava una regione forse più vasta dell'Assam. Pensiamo a dare ora un trono a te ed a Yanez: poi penserò a posare anche sul mio capo una corona.

Sono vent'anni che medito una vendetta e sono vent'anni che un miserabile straniero siede sul trono dei miei avi, dopo aver spazzato mio padre, mia madre, i miei fratelli, le mie sorelle! quel giorno che comparirò sulle rive del lago di Kini Ballù sarà un giorno di sangue e di fuoco.

—Sandokan!—esclamarono Tremal-Naik e Surama.

Il terribile pirata si era alzato con gli occhi accesi, il viso alterato da un furore spaventoso, ma dopo qualche istante tornò a sedersi, calmo come prima, dicendo con voce rauca:

—Aspettiamo quel giorno!

Caricò rabbiosamente la pipa, l'accese e si mise a fumare con furia, guardando la jungla che fiammeggiava sempre dietro gli elefanti.

Tremal-Naik gli batté su una spalla.

—Quel giorno—gli disse—spero che mi avrai per compagno.

—Ti accetto fin d'ora—rispose la Tigre della Malesia.

—Ed io—disse Surama—metterò a tua disposizione tutti i tesori dell'Assam e tutti i seikki che chiederai.

—Grazie fanciulla, ma a tutto ciò, preferisco Yanez, il mio buon genio. Il principe consorte potrà assentarsi per un paio di mesi.

—Anche per dodici se lo vorrai.

Gli elefanti, ancora spaventati dai bagliori dell'incendio, continuavano intanto la loro rapidissima corsa, ansando fortemente ed imprimendo alle casse tali scosse, che le persone che le montavano, di quando in quando, cadevano le une nelle braccia delle altre.

La jungla continuava ad estendersi lungo la riva destra del Brahmaputra, però a poco a poco tendeva a cambiare.

I bambù sparivano per lasciare il posto alle alte graminacee, ai folti cespugli, alle mangifere che formavano dei superbi gruppi, ai tara e ai latania. Era però sempre una regione senza villaggi, senza capanne, non amando gli indiani abitare là dove imperano le tigri, i rinoceronti, le pantere ed i serpenti dal morso mortale.

Quella corsa velocissima durò fino alle dieci del mattino, poi Sandokan, vedendo che gli elefanti rallentavano, diede il segnale della fermata.

Ormai gli assamesi non erano più da temersi. Anche se avessero avuto dei cavalli di buona razza, non avrebbero potuto tenere dietro a quei colossi, che avevano mantenuto per cinque o sei ore una velocità assolutamente straordinaria.

Quella fermata si prolungò fino alle quattro del pomeriggio, poi gli elefanti ripresero, di buon umore, la loro corsa, senza aver bisogno di essere aizzati dai loro conduttori, avendo trovato, durante quel riposo, un'abbondante provvista di typha e di rami di bâr *(nda: ficus indica)*, il cibo che preferiscono sopra tutti gli altri, quando non trovano delle foglie di pipal *(nda: ficus religiosa)*.

A mezzanotte marciavano ancora, avanzando verso le non lontane catene di montagne, abitate dai sudditi del defunto Mahur, il padre di Surama.

Le jungle erano a poco a poco scomparse, per lasciare il campo a pianure ondulate e coperte da fitti gruppi di alberi, all'ombra dei quali, cominciavano a succedersi piccoli villaggi, circondati da risaie.

Un'altra fermata fu fatta che si prolungò fino alle sette del mattino: poi gli instancabili elefanti ripresero la corsa rimontando verso nord-est, dove già si delineavano alcune catene di altissime montagne, coperte da foreste immense.

Altre due tappe, poi i pachidermi, sempre agili e sempre rapidi, salivano il giorno dopo i primi scaglioni di quelle boscose catene.

Il paese cominciava a popolarsi. Minuscoli villaggi di quando in quando apparivano sui declivi, in mezzo a folte macchie di mangifere e di tamarindi stupendi.

—Ecco il mio paese e i sudditi di mio padre!—diceva Surama con un sospiro.—Quando sapranno che la figlia del vecchio capo dei kotteri, dopo tanti anni, è ritornata, non le rifiuteranno il loro appoggio.

—Lo spero—rispose Sandokan.

Quella sera l'accampamento fu piantato in mezzo alle foltissime foreste e mai notte fu più calma di quella, non abbondando sulle montagne né cani selvaggi, né sciacalli, ed essendo anche piuttosto rare le tigri, le quali preferiscono il clima umido e caldo delle jungle.

La sveglia fu suonata da Bindar, che possedeva un ramsinga di rame, alle quattro del mattino, desiderando tutti di riposarsi alla sera a Sadhja, l'antica residenza del capo dei kotteri.

Gli elefanti, avendo ormai recuperato le forze e anche ben pasciuti, avendo trovato dei banian da saccheggiare, avevano subito ripreso allegramente la marcia, costeggiando una enorme spaccatura, in fondo alla quale rumoreggiava il Brahmaputra, che forse dopo migliaia e migliaia d'anni, si era aperto un varco fra quelle montagne, per raggiungere il sacro Gange e riversare le sue acque nel golfo del Bengala.

Quantunque le chine fossero faticosissime, gli elefanti procedettero sempre con grande rapidità; dimostrando ancora una volta la loro incredibile resistenza e la loro agilità assolutamente straordinaria.

Verso il tramonto la carovana, dopo aver superato altre altissime montagne, sempre ricche di boscaglie, poiché la vegetazione dell'India non cessa che là dove cominciano le nevi ed i ghiacciai, entrava finalmente in Sadhja, la capitale del piccolo stato, quasi indipendente, ossia dei kotteri, dei montanari guerrieri, i più valorosi dell'Assam.

Bindar guidò i suoi padroni verso una vasta capanna, circondata da un giardino, dimora di un suo parente, la quale si trovava un po' fuori dal bastioni della cittadella, desiderando non suscitare, almeno per il momento, la curiosità della popolazione.

Essendo già prossima la notte, quasi nessuno aveva fatto attenzione all'arrivo della carovana, trovandosi la maggior parte di quei montanari nelle loro casette a cenare.

Due vecchi indiani, parenti del giovane, accolsero cortesemente gli ospiti raccomandati dal nipote, mettendo a loro disposizione tutte le provviste che possedevano.

—Cenate senza preoccuparvi di me—disse Bindar,—e consideratevi come in casa vostra.

Io vado ad avvertire Khampur del vostro arrivo.

—Come accoglierà la notizia?—chiese Sandokan che appariva un po' pensieroso.

—Khampur era l'amico devoto di Mahur, il grande capo dei kotteri guerrieri, e sarà ben felice di rivedere la figlia del forte montanaro. E poi so che odia mortalmente Sindhia e che non gli ha mai perdonato d'aver venduto, come una miserabile schiava, l'ultima principessa di Sadhja.

Ciò detto il bravo giovanotto, dopo aver preso per precauzione, forse eccessiva, la sua carabina, entrò in città.

Sandokan si rivolse al capo dei seikki che gli sedeva di fronte e gli chiese:

—Posso sempre contare sulla fedeltà dei tuoi uomini?

—Sempre, sahib—rispose il demjadar.—Quando tu lo vorrai, spiegheranno la tua bandiera, se ne hai una, e apriranno il fuoco contro il palazzo reale.

—Ho la mia bandiera fra i miei bagagli—rispose Sandokan, con uno strano sorriso.—È tutta rossa con tre teste di tigre. Sanno gli inglesi quanto vale.

—Dammela ed i miei seikki la faranno sventolare davanti al rajah.

—Sì, domani, quando ridiscenderemo il Brahmaputra—rispose Sandokan.—Sarà la nuova bandiera dell'Assam, è vero Surama?

—E che io conserverò religiosamente se diventerò veramente la rhani—disse la giovane principessa.—Così mi ricorderò sempre di dover la mia corona alle Tigri di Mompracem.

Avevano appena terminata la cena, quando Bindar entrò seguìto da un bel tipo d'indiano sulla quarantina, vestito come un ricco kaltano, ossia con un costume mezzo orientale, con una larga fascia di seta rossa piena di pistoloni e di armi da taglio.

Era un uomo di statura imponente, vigoroso come uno jungli-kudgia, barbuto come un brigante della montagna, con due occhi nerissimi e sfolgoranti ed i lineamenti energici. Solo a vederlo si capiva che doveva essere un gran capo e soprattutto un uomo d'azione.

Prima ancora che Sandokan ed i suoi compagni si fossero alzati, mosse diritto verso Surama e le si inginocchiò davanti, dicendole con voce alterata da una profonda commozione:

—Salute alla figlia del valoroso Mahur! tu non puoi essere che quella.

La giovane principessa con un rapido gesto l'aveva rialzato.

—Il mio primo ministro non deve rimanere ai miei piedi, se io un giorno riuscirò a spodestare Sindhia—disse.

—Io... tuo primo ministro, rhani!—esclamò il montanaro, meravigliato.

—Se, con l'aiuto di queste persone che mi circondano, che per valore valgono mille uomini ciascuno, otterrò la corona che mi spetta.

Khampur gettò uno sguardo sui malesi e sui dayaki, fermandolo sulla Tigre della Malesia.

—È quello il capo, è vero, Surama?—chiese.

—Un uomo invincibile.

—Lo si vede—rispose l'assamese.—Me ne intendo di uomini. Quello ha la folgore negli occhi.

—E anche la mano lesta—disse Sandokan sorridendo e avanzandosi verso il montanaro, che pareva aspettasse una vigorosa stretta di mano.

—Tu sahib, sei un valoroso—disse il montanaro,—e ti ringrazio di aver raccolto e protetto la figlia del mio amico, il prode Mahur. Bindar tutto mi ha raccontato: che cosa posso fare? che cosa vuoi tu? parla: Khampur è pronto a dare la sua vita, se fosse necessario, per la felicità di Surama.

—Io non desidero da te che mille uomini della montagna, risoluti a qualunque sbaraglio e le barche necessarie per condurli a Goalpara—rispose Sandokan.—Puoi fornirmeli?

—Anche duemila se ne vuoi—rispose il montanaro.—Quando i miei sudditi domani sapranno che la figlia di Mahur è ritornata, affileranno subito le loro armi e staccheranno dalle pareti i loro scudi di pelle di bufalo.

—A noi basta la metà purché siano scelti e valorosi—disse Sandokan.—Noi possiamo contare sulla guardia del rajah, che è formata tutta di seikki provati al fuoco, è vero demjadar?

—Quando tu lo vorrai, sahib, saranno pronti—rispose il capo dei mercenari.—Non avrò da dire a loro che una parola.

Khampur guardò attentamente il seikko, poi disse con una certa soddisfazione:

—Ecco un vero guerriero: conosco il valore di questi montanari.

—Quando potranno essere pronte le barche?—chiese Sandokan.

—Domani dopo mezzodì i miei uomini saranno pronti a discendere il Brahmaputra.

—Di quanti legni puoi disporre?

—Ho una ventina di piccoli legni fra poluar e bangle e potremo caricare su ognuno una cinquantina d'uomini—rispose Khampur.

—Quanto credi che impiegheremo a giungere a Gauhati?

—Non più di due giorni, se non troveremo degli ostacoli. So che il rajah tiene una flottiglia sul fiume.

—Hai delle bocche da fuoco?

—Una cinquantina di falconetti.

—S'incaricheranno i miei uomini di provarli sulle barche del rajah, se cercheranno di sbarrarci il passo—disse Sandokan.—D'altronde non avanzeremo che con estrema prudenza e cercheremo di non destare sospetti. È necessario piombare improvvisamente sulla capitale e prenderla d'assalto con un colpo di mano.

—Tu farai, sahib, quello che meglio crederai—disse Khampur.—I miei uomini ti seguiranno dovunque.

Vado a far battere il tumburà, onde domani siano qui tutti i guerrieri della montagna.

S'inginocchiò davanti a Surama e le baciò ripetutamente l'orlo della veste, omaggio che si rende solo ai sovrani e alle principesse di sangue nobile; e dopo aver augurato a tutti la buona notte, uscì rapidamente rientrando nella cittadella.

Capitolo 29

Sul Brahmaputra

Quella notte nessuno certamente dormì tranquillo in Sadhja.

Il tumburà, quell'enorme e splendido tamburo, ricco di dorature e di pitture, di nastri e di ciuffi di penne di pavone, che gli indiani adoperano solo nelle grandi circostanze, non cessò un solo istante di rullare fragorosamente sulla piazza della cittadella.

Da tutti i villaggi installati sulle chine, o sulle cime delle vicine montagne o nelle profonde gole, si rispondeva a colpi d'hula, altri tamburi, di dimensioni inferiori al tumburà, ma ugualmente udibili.

I prodi montanari della frontiera birmana, avvertiti dall'incessante rullare del tumburà, che qualche grave avvenimento stava per accadere, accorrevano da tutte le parti, in grossi drappelli ed in pieno assetto di guerra: scudi di pelle di bisonte o di rinoceronte, lance, carabine, pistoloni, scimitarre e tarwar affilatissimi.

Pensavano che l'esercito birmano, avesse varcato la frontiera, minacciando la capitale del loro paese. Non era la prima volta.

Certo nessuno s'immaginava che Surama, la figlia del loro adoratissimo capo, che per tanti anni avevano pianto, fosse la causa di tutto quel trambusto.

Quando l'indomani, poco dopo l'alba, Sandokan, Tremal-Naik e Surama entrarono in Sadhja, guidati da Bindar e seguiti dai loro malesi e dayaki, uno spettacolo bellissimo si offerse ai loro occhi.

Sulla vasta piazza della cittadella, più di mille e cinquecento montanari, che indossavano i pittoreschi costumi dei kaltani, con larghi calzoni variopinti, alta fascia rossa piena d'armi da fuoco e da taglio, casacche con alamari gialli o azzurri ed immensi turbanti, stavano schierati in bell'ordine divisi per compagnia, coi capi dei villaggi alla testa, che avevano per unico distintivo un mazzo di penne di sâras ondeggiante sulle loro fronti.

Khampur che per l'occasione montava un bellissimo cavallo bardato all'orientale, con una lunga gualdrappa rossa a guarnizioni d'oro, appena vide giungere Surama coi suoi protettori, sguainò la sua scimitarra, e l'agitò in alto gridando con voce tuonante:

— Salutate e fate omaggio alla figlia di Mahur, il vostro defunto signore.

Un grido, che parve il rombo d'una valanga e che si propagò attraverso le montagne e le vallate, seguì quell'ordine.

—Salute alla rhani di Sadhja! salute!

Poi partì una salva di millecinquecento carabine.

—Salute ai miei fedeli montanari!—gridò Surama quando l'eco delle montagne e delle vallate non ripeté più la scarica.

Khampur avanzò verso Sandokan, che riconosceva ormai come il capo della spedizione, e dopo essere sceso da cavallo gli disse:

—Siamo pronti a muovere alla conquista di Gauhati. Non hai che da scegliere i mille uomini che ti occorrono, sahib.

Ti prometto che essi ti seguiranno anche fino sulle sponde del Golfo del Bengala, se tu lo desidererai.

—Scegli tu i migliori; li conosci meglio di me.

—Come vuoi, sahib.

—Sono pronte le barche?

—Sono già due ore che la flottiglia aspetta.

—Hai imbarcato i falconetti?

—Tutti.

—Vado a vedere, tu intanto scegli i tuoi guerrieri. Guidaci, Bindar.

—Eccomi, padrone—rispose il giovane indiano.

Mentre Khampur sceglieva i montanari che dovevano prendere parte alla pericolosa spedizione, Sandokan, Tremal-Naik e Surama, seguiti dai malesi e dai dayaki, scendevano verso il fiume, il quale scorreva, con grande fracasso, fra due immensi muraglioni di granito, alti più di trecento metri e nei quali gli abitanti avevano scavato delle comode gradinate.

Sulla riva, solidamente ancorati, si trovava una ventina di legni, fra bangle e poluar, di cinquanta od ottanta tonnellate di portata, costruiti un po' rozzamente, ma che li avrebbero serviti bene per la loro missione.

—Basteranno—disse Sandokan, dopo aver dato una rapida occhiata alla flottiglia.—Ogni barca può contenere comodamente una cinquantina di persone sotto-coperta.

—Perchè sotto-coperta?—chiese Tremal-Naik.

—Noi dovremo figurare, fino a Gauhati, come onesti trafficanti che vanno a vendere le loro merci nel Bengala—rispose Sandokan.—Voglio giungere alla capitale in incognito e senza destare sospetti. Se il rajah o meglio il greco, sapessero qualche cosa dei nostri progetti, radunerebbero di certo tutte le truppe che si trovano in Assam e questo non deve avvenire. Il nostro colpo di mano deve essere fulmineo. Caduto il rajah, più nessuno si occuperà certo di accorrere in sua difesa ed il popolo accetterà, senz'altro, il fatto compiuto ed acclamerà la sua bella e giovane rhani. È così che si fa la politica nel tuo paese, è vero?

—Tu sarai un grand'uomo di stato—rispose Tremal-Naik.

—È quello che mi diceva anche Yanez—rispose Sandokan ridendo.

I primi drappelli di montanari giungevano in quel momento preceduti dai loro rispettivi capi.

Sandokan diede ai suoi uomini disposizioni per l'imbarco.

Si prese, innanzi a tutto, il più grosso poluar della flottiglia, che era stato armato con sei falconetti e che poteva servire benissimo come nave ammiraglia, specialmente se montata dai malesi, abili marinai e formidabili artiglieri.

Occorse non meno di un'ora prima che i mille montanari si fossero imbarcati e accomodati alla meglio sotto i ponti, non dovendo mostrarsi che sotto le mura della capitale del rajah, per non destare allarme, che avrebbero potuto produrre delle conseguenze incalcolabili.

Alle sette del mattino la flottiglia salpava le ancore, scendendo il Brahmaputra a gruppi di tre o quattro legni, misti fra bangle e poluar, essendo solamente questi armati di falconetti.

Nel primo giorno di navigazione soli pochi legni furono incontrati.

Anche il secondo fu senza allarmi.

Nessuno aveva fatto caso a quel numero, un po' insolito di navigli, non essendo il Brahmaputra troppo frequentato, quantunque sia una delle più grandi arterie fluviali dell'India settentrionale.

Avendo i malesi, i dayaki ed i barcaioli di Khampur, arrancato vigorosamente tutto il giorno, ed essendo stati molto favoriti dalla corrente che scorreva più rapida e dal vento che soffiava deciso da levante, alla sera giungevano di fronte all'imboccatura del canale che conduceva nella palude dei coccodrilli.

— Dobbiamo fermarci nel nostro vecchio rifugio per qualche giorno — disse Sandokan a Tremal-Naik. È assolutamente necessario che ci assicuriamo innanzitutto l'aiuto dei seikki e di avere notizie di Yanez, prima di piombare su Gauhati.

— E se vi è qualche legno del rajah nella palude?

— Lo coleremo a picco dopo averlo abbordato — rispose risolutamente la Tigre della Malesia.

Poi alzando la voce gridò:

— Ehi, Kammamuri! dai ordine agli uomini d'imboccare il canale.

Il poluar che marciava sempre alla testa della flottiglia, cambiò subito rotta e si cacciò entro il passo, seguìto subito da tutti gli altri legni, che avevano già ricevuto l'ordine di regolarsi sempre sulle mosse della ammiraglia.

Come già Sandokan aveva previsto, nessun legno del rajah stazionava nella palude.

I seikki, cacciati dal fuoco che aveva già divorato interamente la jungla di Benar, disperando ormai di ritrovare i loro avversari, dovevano aver fatto ritorno a Gauhati, sicché la flottiglia dei montanari poté gettare indisturbata le sue ancore all'estremità della palude, presso una riva coperta di folte piante sfuggite, chissà per quale caso, all'incendio spaventoso che aveva divorato la jungla su tutta la sua estensione.

Sandokan, mentre gli equipaggi preparavano la cena, fece chiamare Bindar ed il demjadar dei seikki.

— Ecco il momento di operare — disse a loro.

—Ed io sono sempre ai tuoi ordini, sahib—rispose il capo della guardia.—Ho avuto il tempo di conoscerti e preferisco servire sotto di te, piuttosto che sotto il rajah ed il suo favorito, due bricconi che non hanno mai saputo far nulla di buono.

—Io spero che tu diventerai un bravo ufficiale della rhani, giacché è a quella fanciulla che spetta il trono e non a me—rispose Sandokan.—Prendiamo gli ultimi accordi.

—Ti ascolto.

—Sei sicuro che nessuno dei tuoi guerrieri ti tradirà?

—Non avere il più lontano dubbio su di ciò. Rispondo io per tutti.

—Bene. Dovrai allora catturare il favorito del rajah.

—E poi?

—Liberare immediatamente l'uomo bianco che si trova prigioniero in uno dei sotterranei del cortile d'onore. Affiderai a lui, momentaneamente, il comando delle tue truppe. È un uomo che vale quanto me e ha un coraggio a tutta prova. Tu farai quello che ti dirà lui.

—Dovrò rimanere nel palazzo?

—Se vedrai che gli assamesi opporranno resistenza ai miei montanari, accorrerai in nostro soccorso e li prenderai alle spalle.

Di quanti uomini, senza la tua guardia, potrà disporre il rajah?

—Di tre o quattromila—rispose il demjadar.

—Con artiglierie?

—Due dozzine di vecchi cannoni.

—E gli uomini sono solidi?

—I cipay terranno certamente duro, sahib, ma quelli non sono che sette od ottocento.

—Non lascerò a loro il tempo di barricarsi—disse Sandokan.—Entreremo in città di sorpresa. Ed ora a te, Bindar.

—Comanda, padrone—disse il giovane indiano che era lì in attesa.

—Tu accompagnerai il demjadar e t'informerai come meglio potrai del capitano Yanez.

—A questo ci penso io, sahib—disse il capo dei seikki.—Appena giungerò alla corte interrogherò i miei uomini.

—Ma tu come giustificherai la tua prolungata assenza?—chiese Tremal-Naik, che assisteva al colloquio insieme a Khampur ed a Surama.—Il rajah vorrà sapere dove sei stato finora.

—Ho già pensato a ciò—rispose il demjadar.—Gli dirò che mi sono occupato della caccia ai rapitori del suo primo ministro Kaksa Pharaum, e che le ricerche mi hanno condotto molto lontano da Gauhati. Il rajah non dubiterà di quanto racconterò io.

—Allora tu, Bindar, entro domani, ci raggiungerai—disse Sandokan volgendosi al giovane indiano.—Aspetto tue notizie prima di salpare.

—Prima del tramonto io sarò qui, padrone.

—Conto su di te.

Sandokan fece mettere in acqua un piccolo gonga, che aveva fatto imbarcare sul suo poluar prima di lasciare Sadhja, e fece cenno al demjadar ed a Bindar di prendere il largo, dicendo:

—A domani notte: qualunque cosa succeda, ricordatevi che io non ricondurrò a Sadhja questi valorosi montanari.

I due uomini scesero nel gonga, afferrarono i remi e si allontanarono rapidamente, scomparendo ben presto fra le tenebre.

—Ora—disse Sandokan—possiamo cenare.

Anche quella notte nulla turbò la calma che regnava fra gli equipaggi della flottiglia, sicché tutti poterono dormire tranquillamente, malgrado il rumore che facevano gli sciacalli ed i rauchi brontolii dei coccodrilli, i quali giravano in gran numero intorno ai legni con la speranza che qualche battelliere cadesse fra le loro mascelle spalancate.

L'indomani Sandokan, quantunque non avesse veramente dubbi sulla fedeltà del demjadar, forse per il suo istinto sospettoso, mandò un drappello di montanari, guidati da Kammamuri, verso la bocca del canale ed un altro, sotto la direzione di Sambigliong, verso la jungla, onde sorvegliassero il fiume ed i dintorni.

Quelle precauzioni furono però inutili, poiché il primo drappello non vide che qualche bangle carica d'indaco scendere la corrente, ed il secondo non scorse, fra le ceneri della jungla, che qualche banda di cani selvaggi.

Un'ora prima del tramonto, dai montanari che vegliavano sul fiume, fu segnalato un gonga, montato da due uomini, che avanzava velocissimo verso il canale.

La notizia trasmessa subito a Sandokan, destò una viva ansietà.

—Non può essere che Bindar!—esclamò la Tigre, raggiante.

—E l'altro?—avevano chiesto ad una voce Surama e Tremal-Naik.

—Sarà qualche barcaiolo suo amico, suppongo.

Infatti un quarto d'ora dopo, il piccolo battello compariva, muovendo a gran forza di remi verso la nave ammiraglia.

Subito un grido di gioia sfuggì dalle labbra di Sandokan:

—Bindar e Kubang, il capo della scorta di Yanez!

Il gonga che filava come una rondine marina, abbordò il poluar sotto la poppa ed il montanaro ed il malese in un baleno furono a bordo.

Tutti si erano affollati intorno ai due nuovi arrivati per interrogarli. Sandokan con un gesto imperioso li fece diventare muti.

—Prima a te Bindar—disse.

—I seikki sono tutti ai tuoi ordini—rispose il giovane assamese.—Sono bastate poche parole dal demjadar per deciderli.

—Quanti sono?

—Quattrocento.

—Aspettano il nostro attacco?

—Sì, padrone.

—E Yanez?

—È sempre prigioniero, quantunque trattato con tutti i riguardi possibili ed è stato già avvertito dal demjadar di tenersi pronto.

—Non lo hanno sfrattato?

—No.

—Ah!—esclamò Surama, con una esplosione di gioia intensa.—Il mio caro sahib bianco!

—Taci, fanciulla—disse Sandokan ruvidamente.

—Perchè non lo hanno ancora condotto alla frontiera bengalese?

—Il demjadar mi ha detto che il favorito ha mandato dei corrieri a Calcutta, per accertarsi se il capitano è veramente un milord inglese.

—Perché, nel caso non lo fosse, si sentirebbe autorizzato a farlo uccidere—aggiunse Sandokan.—Sono tornati?

—No, sahib.

—Quando giungeranno, il loro padrone non regnerà più sull'Assam. Ora a te Kubang.

—Per mezzo del maggiordomo che il rajah aveva messo a disposizione del suo grande cacciatore, ho avvertito il capitano Yanez.

—Non vi è pericolo che lo avvelenino?

—No, Tigre della Malesia, perchè il carceriere è un parente del maggiordomo e fa prima assaggiare i cibi ad un cane.

—Surama, ti raccomando quel maggiordomo e quel suo parente—disse Sandokan volgendosi verso la giovane.—Forse quei due uomini hanno salvato la vita al tuo fidanzato.

—Non li dimenticherò, Sandokan, te lo prometto.

—Hai altro da dire, Kubang?—riprese poi la Tigre della Malesia.

—Vorrei chiederti un favore.

—Parla.

—Di vendicare i miei amici che formavano la scorta del capitano Yanez—disse il malese con voce commossa.

Il viso di Sandokan si fece cupo.

—Non era necessario che tu lo chiedessi, amico—disse con voce grave.—Sai che la Tigre della Malesia non perdona.

Quindi volgendosi verso Khampur, il capo dei montanari, gli disse:

—Darai ordine a tutti gli equipaggi, che alla mezzanotte salpino le ancore e che i falconetti siano carichi e pronti a trasportarsi in città. Avremo probabilmente bisogno di un po' di artiglieria, per controbattere quella degli assamesi, se avranno il tempo di condurla al fuoco.

—Sarai obbedito, sahib—rispose il montanaro.—Tutti i miei uomini sono impazienti di combattere e di dare una corona alla figlia di Mahur.

—Li ringrazierai da parte mia—disse Surama,—e dirai a loro che non scorderò giammai di dover ai prodi montanari di Sadhja il mio trono.

—Vieni, Tremal-Naik—disse Sandokan.—Andiamo a prepararci.

A mezzanotte la flottiglia salpava le ancore e con i poluar in testa, essendo i più grossi ed i meglio armati, lasciava silenziosamente la palude.

Capitolo 30
L'Assalto a Gauhati

Alle due del mattino la flottiglia, sempre in buon ordine, giungeva inosservata presso l'isolotto su cui sorgeva la pagoda di Karia, gettando le ancore in prossimità del tempio sotterraneo, il vecchio rifugio di Sandokan e i suoi malesi e dayaki.

Pareva che nessuno si fosse accorto dell'arrivo di quella piccola squadra, che si preparava a dare un formidabile attacco alla capitale dell'Assam.

Sandokan aveva già comunicato a tutti i capi i suoi ordini, D'altronde non si trattava che di sorprendere le guardie che vegliavano davanti alla porta del bastione di Siringar, che era il più prossimo, e di muovere rapidamente verso il palazzo reale, terrorizzando la popolazione con scariche furiose.

Sandokan aveva preso il comando assieme a Tremal-Naik dei malesi e dei dayaki, poco numerosi, è vero, ma d'un coraggio a tutta prova; Sambigliong era stato incaricato di dirigere l'artiglieria, formata da una trentina di falconetti; Khampur aveva diviso i montanari in quattro gruppi, di duecento cinquanta uomini ciascuno.

Prima di scendere a terra, Sandokan si accostò a Surama e le disse:

—Non temere, mia giovane amica. Ora che sono sicuro che i seikki sono con noi, non dubito più di nulla.

Non lasciare questo legno, qualunque cosa debba accadere. Lascio a te una buona guardia, che ti ricondurrà fra le tue montagne se un disastro, che io però non prevedo, dovesse accadere. Aspetta tranquilla mie notizie.

—Mi manderai almeno il sahib bianco?—chiese Surama che appariva profondamente commossa.

—Sì, quando tutto sarà terminato. Yanez non rinuncerà di certo a prendere parte alla battaglia.

Le strinse calorosamente la mano e raggiunse il suo gruppo che formava l'avanguardia delle quattro colonne montanare.

—Avanti, miei bravi!—gridò, snudando la scimitarra.—Le vecchie tigri di Mompracem devono aprire la strada ai forti guerrieri di Sadhja!

I mille uomini si misero in marcia, trascinando con loro i falconetti, sui quali molto contavano per spaventare maggiormente la popolazione ed impressionare il rajah e la sua corte, formata ormai di soli cortigiani e di servi, giacché i seikki si preparavano a disertare.

Sandokan giunto a trecento passi dalla porta che s'apriva nel bastione di Siringar, fece fermare i suoi uomini e avanzò solo con Tremal-Naik, dopo aver armato le pistole.

— Faremo il colpo noi — disse al bengalese.

— Ci apriranno?

— Lo vedrai. Seguimi correndo.

Entrambi si slanciarono come se avessero avuto le ali ai piedi. Una voce che partiva dall'alto del bastione, li costrinse a fermarsi. Ormai però non erano che a pochi passi dalla porta.

— Chi vive! — gridò la sentinella.

— Corrieri del rajah! — rispose Sandokan in buon indiano. — Aprite subito! gravi notizie dalla frontiera.

— Da dove vieni?

— Da Sadhja.

— Aspetta.

Dietro la porta, che era di bronzo, si udirono delle voci che discussero animatamente per qualche istante, poi arrivò lo stridere dei grossi chiavistelli del portale.

— Le pistole in pugno e fa fuoco subito — sussurrò Sandokan a Tremal-Naik.

— Pronto — rispose il bengalese mettendosi la scimitarra fra i denti e levando le sue armi da fuoco.

Un momento dopo la massiccia porta di bronzo si apriva e tre soldati assamesi comparivano muniti di lanterne.

Subito otto colpi di pistola rimbombarono uno dietro l'altro, con rapidità fulminea, crivellando i disgraziati.

— Avanti! — urlò Sandokan riprendendo la scimitarra.

I dayaki ed i malesi, udendo quegli spari si erano a loro volta slanciati a corsa disperata; pronti ad aiutare i loro capi.

Non vi era ormai più bisogno del loro aiuto, poiché i cinque o sei uomini che formavano il corpo di guardia, spaventati da tutti quei colpi, erano fuggiti a gambe levate, non senza urlare però a squarciagola:

— All'armi, cittadini! all'armi!

— Di corsa, tigrotti di Mompracem! — esclamò Sandokan. — Non lasciamo alla guarnigione il tempo d'organizzare la difesa.

Assicuratosi che i montanari di Khampur avanzassero a passo di corsa, portando a braccia i falconetti, onde fare più presto, si slanciò risolutamente attraverso il bastione, sboccando in una delle principali vie di Gauhati.

I malesi ed i dayaki che avevano già ricevuto prima le istruzioni, lo avevano seguìto, mandando clamori selvaggi e sparando contro le finestre delle case e le porte, per impedire agli abitanti di scendere nelle strade.

Anche i montanari di Khampur che avanzavano in ranghi serrati, si erano messi a gridare ed a sparare.

Quella marcia non doveva però prolungarsi molto. I guerrieri che formavano il corpo di guardia, avevano già dato l'allarme, e quando l'avanguardia malese e dayaca fu giunta presso la piazza del mercato, si vide sbarrata la via da un grosso drappello di soldati.

Erano i cipay del rajah, i quali avendo la loro caserma in quei dintorni, erano stati lesti ad accorrere con qualche pezzo d'artiglieria ed un mezzo squadrone di cavalleggeri irregolari.

—Ci siamo!—gridò Sandokan.—Stringete le file e caricate alla disperata. Qui bisogna sfondare.

Quei cipay erano una truppa eccellente, formata dal fior fiore dei guerrieri assamesi, milizia salda che aveva fatto le sue prove alle frontiere della Birmania, e quindi capace di opporre una lunga e forse anche ostinata resistenza.

—Bah!—mormorò Sandokan che guidava bravamente all'attacco il suo drappello,—se non cedono, li faremo assalire alle spalle dai seikki.

Un fuoco vivissimo accolse i montanari che irrompevano sulla piazza in ranghi ben serrati, facendo non pochi vuoti fra gli assalitori; però questi, senza troppo impressionarsi, misero rapidamente in batteria i loro trenta falconetti e aperte le file fulminarono a loro volta i cipay del rajah.

Una vera battaglia si era impegnata d'ambo le parti, con vero accanimento. Se i cipay fossero stati soli, avrebbero resistito a lungo a quel fuoco infernale, quantunque disponessero anche loro di alcuni pezzi d'artiglieria.

Disgraziatamente per i montanari, altri rinforzi giungevano da tutte le parti, asserragliando le vie che sboccavano sulla piazza con carri e lastre e pietre, formando delle vere e proprie barricate.

Tutta la guarnigione della capitale, allarmata da quegli spari, si portava sollecitamente sul campo di battaglia.

Sandokan, che conservava un ammirabile sangue freddo, intuì subito il pericolo che lo minacciava.

—Ogni minuto che perdiamo, aumenterà la resistenza—disse a Tremal-Naik che combatteva al suo fianco.—Forziamo il fronte. Battuti i cipay, saremo padroni della città.

Radunò duecento uomini, mise in testa i malesi ed i dayaki e li scagliò all'assalto contro le linee dei cipay.

Malgrado l'uragano di fuoco, la colonna attraversò di gran corsa la piazza e si gettò contro i primi avversari, impegnando un terribile combattimento all'arma bianca.

Tre volte i montanari furono costretti a dare indietro, lasciando sul terreno un gran numero d'uomini, ma al quarto attacco, appoggiato da una nuova colonna guidata da Khampur, riuscirono a tagliare a metà la linea dei cipay.

Aperto il varco, tutte le altre schiere si spinsero in avanti sciabolando il nemico, che già ripiegava in disordine riversandosi attraverso le vie laterali.

—Diritti al palazzo!—urlò Sandokan.—Avanti, prodi montanari di

Sadhia!... avanti tigrotti di Mompracem!

I guerrieri assamesi che avevano bloccato le vie trasversali, vedendo i cipay fuggire e temendo di venire sorpresi alle spalle, lasciarono le barricate per concentrare la difesa in altro luogo.

I montanari, vedendo la via sgombra, si misero alla corsa, non cessando di far fuoco contro le finestre e le porte.

Nessun abitante osava d'altronde mostrarsi. Le stuoie di coccottiero, rimanevano ermeticamente abbassate, perfino quelle delle verande.

Bindar, che era sfuggito miracolosamente ai colpi dei cipay, quantunque avesse sempre combattuto e valorosamente in prima fila, guidava Sandokan e le sue schiere, verso l'immensa piazza, in mezzo alla quale s'ergeva il superbo palazzo del rajah.

I montanari stavano per irrompere nell'ultima e più ampia via che conduceva nella piazza, quando si trovarono davanti ad una serie di barricate, costruite è vero alla buona, con carri, materassi e panconi di legno incrociati, ma che offrivano una certa resistenza.

Fra le une e le altre si erano ammassati i cipay ed i guerrieri assamesi, con un certo numero di bocche da fuoco.

— Ecco l'osso più duro da rosicchiare — disse Sandokan fermandosi. — I cipay sono stati più lesti di noi ed hanno avuto il tempo di trincerarsi.

— Capo — disse Khampur, accostandosi al pirata. — Se i seikki non si muovono, corriamo il pericolo di farci schiacciare.

— I seikki al momento opportuno entreranno in azione. Devono essere occupati ad impossessarsi del rajah e dei suoi favoriti, in questo istante. Quando giungeremo al palazzo reale, non avremo più nulla da fare là dentro. Fa piazzare tutta la tua artiglieria lungo i camminamenti e manda duecento uomini a occupare le case che si trovano presso la prima barricata.

Dalle verande e dalle terrazze potranno tirare meglio con le carabine. Se è possibile, fa installare anche lassù dei falconetti.

— Sì, capo.

— Dammi ora quattrocento uomini per formare una solida colonna d'attacco.

Quel rapido discorso era stato fatto in mezzo ai colpi di fuoco. Gli assamesi, credendosi sicuri dietro le loro barricate, non avevano però ancora fatto uso delle loro artiglierie, che dovevano essere state caricate a mitraglia.

I malesi, i dayaki ed una compagnia di montanari, avevano risposto con poche scariche e con qualche colpo di falconetto, tanto per provare la resistenza di quelle trincee e dei loro difensori.

Sandokan, prima di dare il gran cozzo, attese che i suoi ordini fossero stati eseguiti, e quando vide i montanari comparire sulle verande e sulle terrazze delle case più prossime alla prima trincea, comandò alcune scariche di falconetti.

Quei piccoli pezzi lanciarono per ben tre volte un vero uragano di palle, del calibro d'una libbra, sfondando parte dei carri e dei panconi, e costringendo i difensori della barricata a ripiegare contro le pareti delle case.

Era il momento opportuno per dare il cozzo finale.

Sandokan e Tremal-Naik fecero stringere le file alla colonna d'assalto, e mentre i montanari che occupavano le terrazze e le verande li proteggevano con un fuoco violentissimo, diretto specialmente contro i cipay, che servivano i pezzi d'artiglieria, si slanciarono all'attacco con impeto meraviglioso.

A cento passi dalla barricata una poderosa scarica di mitraglia, vomitata da tre pezzi collocati ai lati della barricata, fece oscillare la colonna d'assalto, che però si rimise subito, strinse ancor più i ranghi e si spinse audacemente innanzi, malgrado avesse subito gravi perdite.

Una seconda volta si trovò esposta alle scariche di mitraglia, nondimeno quei prodi montanari, incoraggiati dallo slancio ammirabile dei malesi e dei dayaki e dalle grida dei valorosissimi capi, che si esponevano intrepidamente al fuoco, mostrando un disprezzo assoluto della vita, furono ben presto sopra la barricata, caricando i difensori con le larghe scimitarre e gli affilati tarwar.

I cipay ed i guerrieri assamesi tennero duro per qualche minuto, poi volsero in fuga salvandosi dietro la seconda barricata. Sandokan fece voltare verso quella i cannoni conquistati, che valevano ben meglio dei piccoli falconetti, mentre una parte dei suoi uomini sfondavano, coi calci delle carabine, le porte delle case per occupare le verande e le terrazze.

Un'altra colonna, composta di trecento uomini, correva in aiuto dei vincitori. La guidava Khampur.

Quel poderoso rinforzo si slanciò a sua volta, dopo alcune cannonate, all'attacco della nuova trincea, dietro la quale i cipay e gli assamesi, si preparavano ad opporre un'altra accanita resistenza, malgrado avessero subito perdite enormi.

Tutto il tratto di via che correva fra le due trincee, era coperto di morti e di feriti, segno evidente che gli indiani si erano valorosamente difesi, prima di cedere al possente urto dei montanari e delle vecchie Tigri di Mompracem.

Il secondo attacco fu meno laborioso del primo. I soldati del rajah, scoraggiati, non ressero che pochi minuti, poi si rifugiarono nell'immensa piazza dove sorgeva il palazzo reale e dove avevano collocato le loro migliori artiglierie.

I montanari però li avevano seguiti così da presso da non permettere a loro d'innalzare un'altra trincea, né di iniziare a sparare.

L'urto fra le due falangi fu nondimeno sanguinosissimo. Assamesi e montanari gareggiavano per coraggio e per ostinazione.

Tutti avevano gettato via le carabine, diventate inutili in un combattimento corpo a corpo, e combattevano con le pistole e con le armi bianche, con una rabbia crescente e con grande strage da una parte e dall'altra.

La resistenza che opponeva la guarnigione, sempre ingrossata da altre truppe fresche, che giungevano ad ogni istante dai quartieri più lontani della città, era diventata così tenace, che Sandokan, Tremal-Naik e Khampur, per un momento, dubitarono dell'esito dell'impresa.

I montanari cominciavano a dar segno di stanchezza e non assalivano più con il primo impeto, un po' scoraggiati anche di trovarsi continuamente davanti truppe fresche, che non cedevano facilmente ai replicati assalti.

Ad un tratto però, all'estremità opposta della piazza, in direzione del palazzo reale, proprio dietro le spalle delle truppe del rajah, si udirono echeggiare improvvisamente delle nutrite scariche di fucileria, appoggiate da alcuni colpi di cannone.

Un immenso urlo di gioia sfuggì dai petti dei montanari e dai petti delle vecchie Tigri di Mompracem:

— I seikki!

Erano infatti i saldi ed invincibili guerrieri del demjadar, che accorrevano in loro aiuto, e che avevano aperto il fuoco dalle gradinate del palazzo reale.

I cipay e gli assamesi, passato il primo momento di stupore, non potendo subito credere ad un tale tradimento, vistisi presi fra due fuochi, si diedero ad una fuga precipitosa, gettando le armi onde essere più lesti.

Tre o quattrocento però erano rimasti sulla piazza, abbassando le carabine e le scimitarre in segno di resa.

Sandokan e Tremal-Naik si erano slanciati verso il demjadar, che marciava alla testa della sua magnifica truppa, accompagnato da un uomo vestito di flanella bianca, che portava sul capo un elmetto di tela con un lungo velo azzurro.

— Yanez! — esclamarono entrambi precipitandosi fra le braccia aperte del portoghese.

— In carne ed ossa, amici miei — rispose l'ex milord ridendo. — Peccato che sia giunto un po' tardi a prendere parte alla battaglia, ma abbiamo avuto un po' da fare al palazzo reale, è vero mio bravo demjadar?

Il capo dei seikki fece un cenno affermativo.

— Il rajah? — chiese Sandokan.

— È nelle nostre mani.

— Ed il greco?

— Si è difeso come un dannato, aiutato da un manipolo di favoriti e di bricconi degni di lui, e nella lotta è caduto con tre o quattro palle in corpo.

— Morto?

— Per Giove! erano palle di carabina e di buon calibro, mio caro Sandokan.

— Forse è meglio così — disse Tremal-Naik. — I tuoi malesi sono stati egualmente vendicati.

— Hai ragione — rispose Sandokan. — Il rajah è furibondo?

— È mezzo ubriaco e credo che non abbia nemmeno capito che la corona gli cadeva dalla testa — rispose Yanez. — Ma Surama dov'è?

—È a bordo d'uno dei nostri poluar. La faremo subito avvertire.

—E tutta questa gente dove l'hai scovata, tu?

—Sono i sudditi del padre della tua fidanzata. Lascia le spiegazioni a più tardi.

In quell'istante giunse Khampur.

—Capo—disse volgendosi verso Sandokan.—Che cosa devo fare? tutti i soldati del rajah o scappano o si arrendono.

—Manda, innanzi a tutto, una buona scorta al poluar, perché conduca qui, il più presto possibile, Surama.

Manderai poi i tuoi uomini a occupare tutte le caserme della città ed i fortini dei bastioni. Non troveranno ormai più alcuna resistenza.

—Lo credo anch'io, capo.

E ripartì di corsa, mentre i suoi montanari disarmavano i prigionieri e sparavano le loro ultime cartucce contro le case, onde la popolazione non scendesse nelle vie.

—Dal rajah ora—disse Sandokan.—Guidaci, mio bravo demjadar. Tu hai mantenuto la tua promessa e la rhani dell'Assam manterrà i suoi patti.

Il capo dei seikki si diresse verso il palazzo reale seguìto da Sandokan, da Yanez, da Tremal-Naik e da una piccola scorta.

I seikki guardavano le porte, davanti alle quali erano stati piazzati dei piccoli pezzi d'artiglieria.

Il drappello salì lo scalone principale ed entrò nella sala del trono, dove si trovavano radunati i ministri ed alcuni dei più alti dignitari dello stato.

Il rajah invece se ne stava, semi-coricato, sul suo letto-trono, mezzo inebetito dai liquori e dallo spavento. Certo la morte del greco, del suo fido, quantunque perfido consigliere, doveva averlo gettato nello sconforto più cupo.

Vedendo entrare Yanez seguìto da tutti gli altri, scese dal trono e assumendo una certa aria di dignitosa fierezza, infusagli dal cognac bevuto, gli chiese con voce rauca:

—Che cosa vuoi tu, milord, ancora da me? la mia vita forse?

—Noi non siamo assamesi, Altezza—rispose il portoghese togliendosi il cappello e facendo un inchino.

—Al governo inglese premerebbero, forse, più che la mia vita le mie ricchezze?

—Vostra Altezza s'inganna.

—Che cosa volete dire, milord?

—Che il governo inglese non c'entra affatto in questa rivoluzione o, sollevazione, se così vi piace meglio.

Il rajah fece un gesto di stupore.

—Per conto di chi avete agito voi dunque così? chi siete? chi vi ha mandati qui?

—Una fanciulla che voi ben conoscete, Altezza—rispose Yanez.

—Una fanciulla!

— Sapete Altezza chi sono i guerrieri che hanno vinto le vostre truppe? — chiese Sandokan, avanzando.

— No.

— I montanari di Sadhja.

Un grido terribile lacerò il petto del principe.

— I guerrieri di Mahur!

— Si chiamava ben così, il forte montanaro che vostro fratello uccise a tradimento — continuò Sandokan.

— Ma io non ho preso parte a quell'assassinio! — urlò il principe.

— Ciò è vero — rispose Yanez, — però Vostra Altezza non avrà dimenticato che cosa ha fatto della piccola Surama, la figlia di Mahur.

— Surama! — balbettò il rajah diventando livido. — Surama!

— Sì, Altezza. A chi l'avete venduta? ve lo ricordate?

Il rajah era rimasto muto guardando Yanez con intenso terrore.

— Allora voi, Altezza, mi permetterete di dirvi che quella fanciulla, figlia di un grande capo che era vostro zio, invece di farla sedere sui gradini d'un trono, come le spettava per diritto di nascita, l'avete venduta, come una miserabile schiava, ad una banda di thugs indiani, onde ne facessero una bajadera. Vi ricordate ora?

Anche questa volta il rajah non rispose. Solamente i suoi occhi si dilatavano sempre più, come se dovessero schizzargli dalle orbite.

— Quella fanciulla — proseguì implacabile il portoghese, — chiese il nostro aiuto e noi, che siamo uomini capaci di mettere sottosopra il mondo intero, siamo venuti qui, dalle lontane regioni della Malesia, per sostenere i suoi diritti e, come avete veduto, ci siamo riusciti, poiché voi non siete più rajah. E la rhani che da questo momento regna sull'Assam.

Il principe scoppiò in una risata stridula, spaventosa, che si ripercosse lungamente nell'immensa sala.

— La rhani! — esclamò poi, sempre ridendo. — Ah!... ah! ah! le mie carabine... le mie pistole... i miei elefanti... voglio sposare la rhani!... dov'è... dov'è? ah! eccola! bella, bellissima!...

Yanez, Sandokan e Tremal-Naik si guardarono un po' atterriti.

— È diventato pazzo — disse il primo.

— Ci sono degli ospedali a Calcutta — aggiunse il secondo. — Surama è ormai abbastanza ricca per pagargli una pensione principesca.

E uscirono tutti e tre, un po' pensierosi, mentre il disgraziato, colpito improvvisamente da una pazzia furiosa, continuava a urlare come un ossesso:

— Le mie carabine... le mie pistole... i miei elefanti... voglio sposare la rhani!

Dieci giorni più tardi gli avvenimenti narrati, quando già il disgraziato rajah era stato condotto a Calcutta, sotto buona scorta, per essere internato in uno dei primari stabilimenti d'alienati e quando già tutte le città dell'Assam, avevano fatto atto di sottomissione completa, la bellissima

Surama impalmava solennemente il suo amato sahib bianco, cedendogli metà della corona.

— Eccovi finalmente felici — disse a loro Sandokan, la sera stessa, mentre la folla, delirante, acclamava i nuovi sovrani dell'Assam, ed i fuochi d'artificio illuminavano fantasticamente la capitale. — Ora tocca a me procurarmi una corona, quella stessa che portava sul capo mio padre.

— E quando sarà quel giorno? — chiese Yanez. — Sai che noi, quantunque di tinta diversa, siamo più che due fratelli. Parla e verrò io ad aiutarti con i miei scikary e, se sarà necessario, coi montanari di Sadhja.

— E chi potrebbe mai dirlo — disse Sandokan dopo un silenzio relativamente lungo. — Forse quel giorno è più prossimo che tu non lo creda, ma non voglio per ora guastare la tua luna di miele, come dite voi uomini dell'estremo occidente.

Fra giorni mi imbarcherò per il Borneo con i miei ultimi malesi e dayaki e, quando sarò là, riceverai mie notizie.

CATAP
Collana Salgari
Il ciclo indo-malese

Con Salgari sulle ali del vento
in un'avventura senza tempo

Già usciti su

Le Tigri di Mompracem
I Misteri della Jungla Nera
I Pirati della Malesia
Le Due Tigri
Il Re del Mare
Alla Conquista di un Impero

di prossima uscita

Sandokan alla Riscossa
La Riconquista di Mompracem
Il Bramino dell'Assam
La Caduta di un Impero
La Rivincita di Yanez

CPSIA information can be obtained
at www.ICGtesting.com
Printed in the USA
LVHW040750170520
655736LV00003B/158

9 781714 544479